Alex Beer

Die rote Frau

ALEX BEER

DIE ROTE FRAU

Kriminalroman

blanvalet

Sollte diese Publikation Links auf Webseiten Dritter enthalten, so übernehmen wir für deren Inhalte keine Haftung, da wir uns diese nicht zu eigen machen, sondern lediglich auf deren Stand zum Zeitpunkt der Erstveröffentlichung verweisen.

MIX
Papier aus verantwortungsvollen Quellen
FSC® C014496

Verlagsgruppe Random House FSC® N001967

4. Auflage

Dieses Werk wurde vermittelt durch die
Literaturagentur Kai Gatheman
Redaktion: Margit von Cossart
Umschlaggestaltung: www.buerosued.de
Umschlagmotiv: © Michael Trevillion/Trevillion Images
KW · Herstellung: wag
Satz: KompetenzCenter, Mönchengladbach
Druck und Bindung: GGP Media GmbH, Pößneck
Printed in Germany
ISBN 978-3-7341-0751-1

www.blanvalet.de

Nur die Toten haben das Ende des Krieges gesehen.

Platon

Donnerstag,
18. März 1920

1

Dichte Wolken zogen über den Himmel von Wien. Grau und schwer spiegelten sie die Stimmung in der Stadt wider.

Bald würde die Dämmerung einsetzen, was ihm sehr entgegenkam. Manche Dinge ließen sich in der tröstlichen Umarmung der Dunkelheit einfacher erledigen als in der kalten Realität des Tages.

Selbst in den Kriegsjahren war die Versorgungslage nur selten so schlecht gewesen, wie es momentan der Fall war. Lebensmittel blieben streng rationiert, Schuhe und Kleidung waren Mangelware, und da die akute Kohlennot die Eisen- und Stahlerzeugung lahmgelegt hatte, war die Arbeitslosigkeit auf einen neuen Höchstwert gestiegen. Überall spürte man die Armut und Knappheit. So wurden Kaffee- und Gasthäuser, um Energie zu sparen, abends nur mit stinkenden Karbidlampen beleuchtet, die Spielzeit in den Theatern war auf drei Stunden pro Tag limitiert worden, und die Elektrische fuhr bis maximal halb zehn.

Es war kalt für diese Jahreszeit, ein eisiger Wind blies durch die schmalen Gassen des 1. Bezirks. Er stellte den Kragen seines Mantels hoch und vergrub die Hände tief in den Taschen. Das, was er tun musste, würde ihm nicht leichtfallen, doch er hatte keine Wahl. Er würde einen Mann töten und damit eine ganze Nation retten. Wenn nur alles gut ging.

Sein Nachdenken wurde durch ein klopfendes Geräusch unterbrochen, und er hob seinen Blick.

Eine gebeugte Gestalt kam ihm entgegen, die mit einem Stock den Weg abtastete, während sie vorsichtig über das unebene Kopfsteinpflaster schlurfte – ein Blinder, der eine zerschlissene hechtgraue Uniform trug, die ihn als ehemaligen Soldaten der K.-u.-k.-Armee auswies.

Als der Invalide ihn passierte, stieg ihm der Geruch des Elends in die Nase: Schweiß, Alkohol und gekochte Rüben. Er sah dem Mann, der nur einer von Abertausenden Notleidenden war, hinterher und fühlte sich in seinem Entschluss bestätigt. Ja, es war richtig, was er im Begriff war zu tun.

Dem jungen Staat ging es schlecht. Österreich darbte und siechte, und es war kein Ende in Sicht – nicht seit am Tag zuvor der letzte Lichtblick ausgelöscht worden war.

Die deutsche Revolution war gescheitert. Nach gerade mal einhundert Stunden war der Umsturzversuch, der die Weimarer Republik durch eine Militärdiktatur ersetzen sollte, infolge eines Generalstreiks der Arbeiterschaft beendet worden. Gas-, Wasser- und Elektrizitätswerke waren stillgelegt, sämtliche Nachrichten- und Verkehrsverbindungen ausgeschaltet. Der Alltag im Nachbarreich war zum Erliegen gekommen, seine Geschicke waren nicht mehr lenkbar. Den heldenhaften Freiheitskämpfern war nichts anderes geblieben, als aufzugeben.

Wussten die Proletarier denn nicht, was sie mit ihrem Widerstand angerichtet hatten? Dank ihnen würde kein frischer Wind aufziehen, es würde kein verheißungsvolles Regime an die Macht gelangen, das den Zusammenschluss ihrer beiden Reiche befürwortete und den Schandfrieden sowie die unerhörten Verträge, mit denen die Siegermächte sie knechteten, ablehnte. Alles würde so bleiben wie jetzt.

Doch das durfte es nicht. Wenn es so weiterging, waren sie verloren.

In seinem Tun bestärkt, eilte er mit zügigen Schritten durch die schmale Himmelpfortgasse und wurde erst langsamer, als er das ehemalige Winterpalais des Prinzen Eugen passierte. Das Barockjuwel war genauso schön und prächtig wie die Epoche, für die es stand, der Glanz des Hauses Habsburg indes war erloschen. An seiner statt war eine Republik des Elends getreten, die ihren Einwohnern keine Zukunft bieten konnte.

Eine Zukunft aber war es, was die Menschen am dringendsten brauchten. Hoffnung und eine Perspektive – und genau dafür würde er jetzt sorgen.

Er bog in die Seilerstätte ein und blieb eine Weile vor dem Haus stehen, in dem Stadtrat Richard Fürst lebte. Prüfend blickte er sich um.

»Für Gott und Vaterland«, murmelte er schließlich und betätigte die Türglocke.

Montag,
22. März 1920

2

»Bereust du es?« Rayonsinspektor August Emmerich schaute seinem Assistenten, der ihm gegenübersaß, in die Augen und massierte sein rechtes Knie. Eine Kriegsverletzung versteifte sein Bein immer mehr. Bald würde er gar nicht mehr in der Lage sein, es zu beugen, und die damit verbundenen Schmerzen wurden auch immer schlimmer.

»Dass ich Ihnen in die Abteilung ›Leib und Leben‹ gefolgt bin?«

»Du sollst meine Fragen nicht mit Gegenfragen beantworten.« Emmerich zündete sich eine selbst gedrehte Zigarette an, der einzige Luxus, den er sich derzeit leistete. »Sag schon: Bereust du es?«

Anstatt etwas zu entgegnen, ließ Ferdinand Winter seinen Blick durch das Zimmer wandern, das seit drei Monaten ihre Arbeitsstätte war. Während die lang gedienten Kriminalbeamten sich im Kommissariat an der Roßauer Lände zu zweit oder zu dritt ein Büro teilten, waren sie beide zu den Sekretärinnen und Amtsdienern in die Schreibstube gesetzt worden. Offiziell aufgrund von Platzmangel. Die inoffiziellen Gründe wollte niemand laut aussprechen.

Emmerich betrachtete die anderen Arbeitstische und die daran sitzenden Männer und Frauen, lauschte ihrem Gemurmel und dem Kratzen von harten Bleistiftminen auf billigem Papier und atmete tief ein. Die Luft war abgestanden, es stank nach drittklassigem Parfüm, Schweiß und Nikotin. »Antworte mir.«

Damals, einige Monate zuvor, als Winter ihm gegen seinen Willen als Assistent zugeteilt worden war, hatte er ihn aus mangelndem Respekt stets geduzt. Jetzt, da der Kleine sich längst als fähig erwiesen hatte und eine angemessenere Anrede absolut verdiente, war Emmerich schon so an die saloppe Ansprache gewöhnt, dass er die Unart fortführte.

Winter starrte zu Boden. Er war kein guter Lügner und würde nie einer sein. Es gab Dinge, die konnte man nicht lernen, die musste man im Blut haben, und die Kunst der Täuschung war ihm nicht in die Wiege gelegt worden. Im Gegenteil. »Niemand konnte ahnen, dass es so ...« Seine Lider zuckten nervös, während er offenbar nach einer freundlichen Umschreibung suchte, »... so unangenehm werden würde.«

»Unangenehm ...«, setzte Emmerich an. Sein Tonfall ließ nicht erkennen, ob es sich dabei um eine Frage oder eine Feststellung handelte. »Ich würde es eher als ...«

»Pst!« Winter deutete mit einer Kopfbewegung verstohlen auf einen Punkt hinter Emmerich und zupfte nervös an seiner Armschlinge.

Seit einem schweren Unfall im November des vergangenen Jahres musste er den linken Arm ruhig halten. Wie lange das noch nötig war, stand in den Sternen. Der Polizeiarzt hatte ihm aufgetragen, die Knochen auf keinen Fall zu belasten, und Winter hielt sich genau an diese Anweisung.

Etwas zu genau für Emmerichs Geschmack. Entnervt

fuhr er mit den Fingern durch sein ungekämmtes braunes Haar, drehte sich um und schaute direkt in das blasse Gesicht von Revierinspektor Peter Brühl, einem miesen Paragrafenreiter, der zwar im Rang höhergestellt, ihm jedoch an Lebenserfahrung weit unterlegen war.

Brühl knallte einen Stapel Papier auf den Schreibtisch, den Emmerich und Winter sich teilten – ein altes, abgenutztes Möbelstück, das in der hintersten Ecke des Büros stand, dort, wo die Strahlen der Deckenlampe nicht hinreichten, und wo es stets ein bisschen zog. »Berichte vom Fall Fürst. Die gehören abgetippt.«

»Es ist gleich fünf. Schichtende. Wir …«

»Anweisung von Oberinspektor Gonska«, erstickte Brühl Emmerichs Widerstand im Keim und strich mit der Hand über sein dichtes schwarz glänzendes Haar, das seitlich gescheitelt und mit Pomade geglättet war. »Es ist dringend. Beeilung, wenn ich bitten darf.« Als Emmerich nicht sofort reagierte, wandte er sich dem Mann am Nebentisch zu, schenkte ihm einen vielsagenden Blick und formte mit dem Mund ein Wort.

Leo Papousek, ein milchgesichtiger Speichellecker, der für die Postbearbeitung zuständig war, nickte wissend.

Brühl zuckte mit den Schultern und schickte sich an, den Raum zu verlassen, als Emmerich hochschnellte und sich vor ihm aufbaute. »Sagen Sie's mir ins Gesicht!«

»Ich weiß nicht, wovon Sie reden.« Der Revierinspektor grinste, stellte sich breitbeinig hin und spannte seine Muskeln an.

Emmerich trat einen Schritt vor, sodass sich ihre Nasenspitzen beinahe berührten. »Sagen Sie es mir ins Gesicht.«

Brühl fuhr zurück, sein Grinsen erstarb. In dem Raum,

der gerade noch von Alltagsgeräuschen erfüllt gewesen war, wurde es so still, dass man das Ticken der Standuhr im Nebenzimmer hören konnte. »Lassen Sie mich in Ruhe!«

»Glauben Sie eigentlich, ich wäre taub? Oder blöd? Glauben Sie, ich kriege nicht mit, wie Sie uns heimlich nennen?« Emmerich schüttelte den Kopf. »Sie glauben wohl, Sie wären etwas Besseres.«

Brühl versuchte, an Emmerich vorbeizugehen, doch dieser versperrte ihm den Weg. Schließlich verlor der Revierinspektor die Selbstbeherrschung. »Verdammt noch mal«, schnauzte er mit hochrotem Kopf, »ich *bin* etwas Besseres. Jeder in der Abteilung ist es. Wir haben uns harten, anspruchsvollen Eignungstests unterziehen müssen, die ein humpelnder Drogenabhängiger und ein jämmerliches Unfallopfer nie im Leben bestehen würden. Wir waren eine Eliteeinheit. Die Besten der Besten. Bis Horvat … Bis er …«

Tatsächlich hatten Emmerich und Winter die harten Prüfungen nicht absolvieren müssen, die die körperliche und geistige Tauglichkeit der Aspiranten maßen. Carl Horvat, der frühere Leiter der Abteilung, hatte die beiden ins Boot geholt, nachdem Emmerich, damals noch Polizeiagent, einen heiklen Fall gelöst hatte.

»Sagen Sie es endlich! Lassen Sie es raus!« Emmerich stand nun wieder so dicht vor Brühl, dass er dessen warmen, säuerlichen Atem riechen konnte.

»… bis er die Krüppelbrigade eingestellt hat.«

»Na also, war doch gar nicht so schwer.« Emmerich schnippte eine imaginäre Fluse von Brühls Jackett und trat zur Seite. »Ehemaliger Drogenabhängiger übrigens.« Er ging so gemütlich, als wäre nichts geschehen, zurück zu seinem Schreibtisch. »Ich bin sauber.« Leider, fügte er im Geiste hinzu.

In jedem einzelnen Augenblick der vergangenen vier Monate hatte er Verlangen nach der tröstlichen Wirkung des Rauschgifts gehabt. Er vermisste die wohlige Taubheit in seinem Bein und sehnte sich nach der sanften Stimme des Heroins, die ihm zuflüsterte, dass alles gut werden würde. Doch diese Stimme war verklungen. Er hatte einen schmerzhaften Entzug hinter sich, und wenn er seine Stelle behalten wollte, durfte er nicht rückfällig werden. Nur seine geliebten Zigaretten waren ihm geblieben und hie und da ein Gläschen Schnaps.

Noch immer war es im Büro stiller als beim Sonntagsgottesdienst. Erst als ein lautes »EMMERICH!« das Schweigen durchbrach, erfüllte von einem Augenblick auf den anderen wieder rege Betriebsamkeit den Raum. Oberinspektor Albrecht Gonska, der Leiter der Abteilung, stand in der offenen Tür und kniff die Augen zusammen. »Was soll der Aufstand?«

»Alles in bester Ordnung.« Emmerich wusste, dass es keinen Sinn machte, sich mit Gonska anzulegen. Er würde seine Situation dadurch nur weiter verschlimmern. Wobei … Konnte es überhaupt noch schlimmer kommen? Er und Winter saßen schließlich nicht nur im selben Raum wie die Sekretärinnen und Amtsdiener, nein, sie hatten auch dieselbe Arbeit zu tun.

Während die anderen Kriminalbeamten seit vier Tagen den spektakulären Mord an Richard Fürst, einem allseits beliebten Stadtrat, untersuchten, mussten er und Winter Kaffee kochen, Akten ordnen und Botengänge tätigen. Idiotenarbeit, weit unter ihrer Würde, und eine Verschwendung ihrer Fähigkeiten. Sein sehnlichster Wunsch, eines Tages der Abteilung »Leib und Leben« anzugehören, jener Spezialeinheit, die Morde und schwere Delikte gegen die körperliche Integrität untersuchte, hatte sich in seinen ganz persönlichen Albtraum verwandelt. Er war nicht dafür geschaffen, sich als Bürokraft zu verdingen. Er wollte Verbrecher jagen, und zwar nicht nur auf dem Papier.

Carl Horvat, jener Mann, der ihm trotz seiner Behinderung den Aufstieg ermöglicht hatte, war zum stellvertretenden Polizeidirektor befördert worden. Seit sein Nachfolger Gonska die Truppe übernommen hatte, sah die Zukunft düster aus für Emmerich und Winter.

Für die Krüppelbrigade.

Obwohl sie im vergangenen Jahr eine grausame Mordserie aufgeklärt hatten, sahen Gonska und seine Leute, anders als Horvat, in ihnen keine patenten Kriminalbeamten, sondern einen humpelnden Querulanten und einen verweichlichten Jungspund, die einfach nur Glück gehabt hatten. Beschädigte Ware, die nicht in die leistungsstarke Elitetruppe passte und die gerade mal gut genug für die Büroarbeit war. Laufburschen, Tippmamsells, Deppen vom Dienst.

Wenn kein Wunder geschah, würden sie für immer hier drinnen bei Papousek und den Vorzimmerdamen versauern.

»Worauf warten Sie dann noch?« Gonska, ein stattlicher Mann mit breiten Schultern und einem Kaiser-Franz-Joseph-Backenbart, richtete sich zu seiner vollen Größe auf und zog die Weste seines vornehmen Dreiteilers zurecht. »Die Berichte tippen sich nicht von allein.«

Emmerich biss die Zähne so fest zusammen, dass sein

Kiefer knackte. Er war in einem städtischen Waisenhaus aufgewachsen, hatte einige Jahre auf der Straße verbracht und war nach vielen Irrungen und Wirrungen zur Polizei gekommen. Dank seiner rauen Vergangenheit und der Zeit an der Front war er es gewohnt, Ungemach stumm zu erdulden. Hunger, Kälte, Angst und Schmerzen … das waren Dinge, mit denen er klarkam. Was er jedoch nicht ertragen konnte, war Erniedrigung. Erniedrigung war seine emotionale Achillesferse, und wenn sich nicht bald etwas änderte, konnte er für nichts mehr garantieren.

Er setzte sich wieder an den Schreibtisch, wandte Gonska und Brühl den Rücken zu und steckte sich mit der Glut seiner aufgerauchten Kippe die nächste Zigarette an. »Ich bereue es«, zischte er seinem Assistenten zu, der bereits mit dem Transkribieren begonnen hatte. Einhändig.

Winter antwortete nicht. Er hielt mitten in der Bewegung inne und starrte an ihm vorbei.

»Was ist denn jetzt schon wieder?« Emmerich wandte sich in Erwartung einer neuen Gehässigkeit von Brühl um und war umso erstaunter, eine elegante Dame in der Tür stehen zu sehen. Sie trug ein saphirblaues Kleid, hochhackige Schuhe in derselben Farbe und darüber einen Pelzmantel. Ein Hut, dessen Krempe so breit war, dass sein Schatten ihre Züge verdeckte, komplettierte ihre Garderobe. Von ihrem Gesicht war kaum etwas zu erkennen, doch das Wenige, das man sehen konnte, ließ darauf schließen, dass die Unbekannte atemberaubend schön war.

»Ich möchte mit dem Leiter dieser Abteilung reden.« Die Art wie sie sprach, nasal und akzentuiert, ließ keine Zweifel daran aufkommen, dass die Dame aus der gehobenen Gesellschaft stammte, und die Tatsache, dass ihre

Stimme bebte, zeugte davon, dass sie aufgebracht war. Sehr sogar.

»Das ist Rita Haidrich«, flüsterte Winter.

»Kenn ich nicht.« Emmerich nahm einen langen Zug von seiner Zigarette und musterte die junge Frau. Er hätte sein Gehalt darauf verwettet, dass sie heillos egozentrisch war. Nicht unbedingt seine liebste Sorte Mensch.

»Die Schauspielerin.« Vor lauter Aufregung hatte Winter rote Wangen bekommen. Ohne sie auch nur einen Moment aus den Augen zu lassen, strich er sein hellblondes Haar glatt nach hinten und zupfte an seinem beigen Kordsakko. »Sie hat an der Burg die Elektra gespielt.«

»Pah, das Burgtheater ist doch nur was für …« Emmerich schluckte das Wort, das ihm auf der Zunge lag, hinunter. Er hatte sich schon so sehr an den Kleinen gewöhnt, dass er immer wieder dessen vornehme Herkunft vergaß. Winter stammte aus adligen Kreisen und war nur durch eine Verkettung tragischer Schicksalsschläge bei der Polizei gestrandet. Erst hatte die Spanische Grippe seine Familie dahingerafft, dann der Krieg das Vermögen geschluckt, und das Adelsaufhebungsgesetz, das im Vorjahr erlassen worden war, hatte ihm den Titel entzogen. Übrig geblieben war ein junger Mann, furchtbar lieb und schrecklich naiv, der sich nun dem Leben stellen musste. Dem echten Leben.

»Diesen Monat ist die Haidrich auf der Titelseite der *Filmwelt*, aber keine Fotografie wird ihr gerecht«, redete Winter eifrig weiter.

Emmerich blies eine Rauchwolke in seine Richtung und hustete. »Schau ich aus, als würde mich so was interessieren?«

Winter ignorierte seinen Kommentar. »Was sie wohl hier

will? Vielleicht weiß sie etwas über den Mord an Stadtrat Fürst«, spekulierte er.

»Ach was. Wahrscheinlich ist ihr Schoßhund weggelaufen, oder das Hausmädchen hat was mitgehen lassen. Du weißt schon, Reiche-Leute-Probleme.« Emmerich klemmte sich die Zigarette in den Mundwinkel und spannte ein Blatt Papier in die Schreibmaschine.

»Ich glaube, es geht um mehr. Immerhin sind wir hier bei der Mordkommission.«

»Falsch«, brummte Emmerich. »Wir sind hier in der Hölle.«

»Emmerich!« Nicht viel später stand Brühl wieder neben ihrem Schreibtisch, sein Grinsen verhieß nichts Gutes. »Emmerich!«, wiederholte er lauter.

»Ich bin nicht taub!« Emmerich, der gerade eine Zeugenaussage abtippte, drückte so fest auf das F, dass der Typenhebel im Papier stecken blieb.

»Zu Gonska. Jetzt.«

Emmerich rollte mit den Augen und stand auf. Sofort schoss der Schmerz in sein Knie. Er unterdrückte ein Stöhnen und schritt unter den neugierigen Blicken der anderen so aufrecht wie möglich durch den Raum.

Im Flur zündete er sich erneut eine Zigarette an und humpelte vorbei an den dunkelbraunen Nussbaumholztüren, hinter denen seine Kollegen ihrer Arbeit nachgingen. Richtiger Arbeit. Aufgeregtes Murmeln drang aus den Büros. Sie waren auf der Jagd.

Er verabscheute diese Abteilung, nach deren Zugehörigkeit er sich so lange gesehnt hatte. Zu gerne hätte er dem arroganten Pack einfach den Rücken gekehrt – doch er konnte nicht. Durch den Krieg war die Wirtschaft zusammengebrochen, es gab keine Stellen. Sein alter Posten als Polizeiagent war längst nachbesetzt, und niemand riss sich um einen Invaliden. Einen Beschädigten. Einen Krüppel. Die Erinnerung an Hunger und Obdachlosigkeit hielt ihn davon ab, sich auf dem schnellsten Wege davonzumachen.

Emmerich wich einem Mitarbeiter des Erkennungsamtes aus, der bepackt mit Aktenordnern zu Brühls Büro eilte, und betrat, ohne anzuklopfen, das geräumige Dienstzimmer seines Vorgesetzten. Hier war es – anders als an seinem und Winters Arbeitsplatz – stets gut geheizt und angenehm ruhig. Die Wände waren mit eleganten Stofftapeten bezogen, auf dem edlen Eichenholzparkett lag ein dicker beiger Teppich. Ein dreiflammiger Messinglüster im Wiener Jugendstil zeigte sich unbeeindruckt von der herrschenden Energieknappheit, er flutete den Raum mit warmem Licht.

»Inspektor Emmerich, da sind Sie ja.« Gonska, der hinter einem großen Massivholzsekretär saß, breitete lächelnd die Arme aus, als hätte er seinen Untergebenen nicht wenige Minuten zuvor noch abgekanzelt.

Emmerich wusste sofort, dass etwas faul war. Mächtig faul. Und dann fiel sein Blick auch schon auf die schöne Schauspielerin, die Winter so sehr zu bwundern schien.

»Setzen Sie sich.« Gonska wies auf einen freien Stuhl. »Darf ich vorstellen: Die sehr verehrte Rita Haidrich. Sie kennen sie sicher von einem ihrer Engagements am Burgtheater.«

Emmerich nahm Platz und zupfte sich einen Tabakkrümel von der Oberlippe. »Aber natürlich«, sagte er leicht spöttisch, »grüß Gott.« Er starrte auf die Hand, die sie ihm entgegenstreckte. Verwirrt schüttelte er sie.

Haidrich rümpfte die Nase, und Gonska räusperte sich. »Abgesehen von mangelnder Etikette ist Inspektor Emmerich ein fähiger Mann. Sie sind gut bei ihm aufgehoben.«

Emmerich realisierte zu spät, dass wohl ein Handkuss die adäquate Begrüßung gewesen wäre, nahm einen Zug von seiner Zigarette und lehnte sich zurück. Die Gepflogenheiten der Oberschicht empfand er als absolut entbehrlich. Das ganze Gehabe war in seinen Augen kein Akt der Höflichkeit, es diente zur Abgrenzung vom einfachen Volk. Er würde nicht mitspielen. Sollte sie doch von ihm halten, was sie wollte.

Haidrich war noch sehr jung, allenfalls Mitte zwanzig, und tatsächlich ausgesprochen attraktiv – sofern man auf diese Art von Weibsbildern stand. Er zog den natürlichen, unprätentiösen Typ vor – so wie seine Luise.

Zu dem Schmerz in seinem Bein gesellte sich ein Ziehen in seiner Brust. Es ist nicht mehr deine Luise, rief er sich ins Gedächtnis, sie gehört jetzt einem anderen. Xaver Koch, Luises Ehemann, hatte eigentlich als gefallen gegolten, und er, Emmerich, hatte sich um sie und ihre Kinder gekümmert. Er war zu einem fürsorglichen Familienvater und liebenden Partner geworden. Dann war Xaver völlig überraschend aus der Kriegsgefangenschaft heimgekehrt, und Luises Glaube hatte ihr zu Emmerichs großem Kummer nicht erlaubt, sich von ihrem Gatten abzuwenden. »Ich will nur dich«, hatte sie ihm unter Tränen beteuert, »doch ich habe einen Eid abgelegt. Vor Gott und der Kirche. Ich muss zurück zu ihm.«

Verdammter Katholizismus. Man sollte den Herrn im

Himmel genauso abschaffen wie jenen in der Hofburg. Wann würde er sich endlich damit abfinden, dass er seine große Liebe verloren hatte? *Nie*, schrie eine Stimme in seinem Kopf, und er versuchte, sich abzulenken, indem er seine Aufmerksamkeit wieder der jungen Frau zuwandte. Ihr Mund war tiefrot geschminkt, ihr Teint hatte die noble, fast schon durchscheinende Blässe jener Menschen, die nicht fürs Überleben arbeiten mussten. Das sandfarbene Haar war in perfekte Wellen gelegt. Sie war ein Ausbund an Makellosigkeit – einzig die tiefen Schatten unter ihren Augen wollten nicht zu ihrem Erscheinungsbild passen.

»Frau Haidrich hat ein Problem, bei dem Sie ihr behilflich sein werden.« Durch eine Handbewegung gab Gonska der Schauspielerin zu verstehen, dass sie selbst Emmerich über seine Aufgabe unterrichten solle.

»Ich bin in Gefahr.« Sie blickte ihm in die Augen und unterstrich ihre Worte, indem sie sich an die Kehle fasste.

Für einen kurzen Augenblick wurden Emmerichs trübe Gedanken von einem Hoffnungsschimmer erhellt, und er richtete sich in seinem Stuhl auf. Hatte Winter vielleicht doch richtiggelegen? Wusste sie etwas über den Mord an Stadtrat Fürst? Etwas, das eine Bedrohung für sie darstellte? Und wenn ja, bedeutete seine Anwesenheit in Gonskas Büro etwa, dass er endlich in die Ermittlungen mit einbezogen wurde?

Ein Blick auf seinen Vorgesetzten ließ den Traum sofort wieder platzen. Emmerich konnte sehen, dass es Gonska aus irgendeinem Grund schwerfiel, Contenance zu wahren. Seine Mundwinkel zuckten, und seine Oberlippe bebte, als wäre er kurz davor loszuprusten. Ganz gleich, welcher Spaß auch immer folgen mochte – er würde auf seine Kosten gehen.

Emmerich lehnte sich wieder zurück, schlug die Beine übereinander und verschränkte die Arme vor der Brust. »Ich höre.«

Haidrich atmete einmal tief ein und wieder aus und beugte sich zu ihm herüber. »Es geht um einen Fluch«, sagte sie beinahe lautlos.

Gonska tat so, als würde er husten, und Emmerich wusste nicht, ob er sich verhört hatte. »Wie bitte?«

»*Pandora*, der neue Film, in dem ich die Hauptrolle spiele, wurde mit einem Fluch belegt. Ich fürchte, es wird bald etwas Schlimmes geschehen.«

Emmerich starrte sie schweigend an.

»Verstehen Sie?«

»Aber natürlich.« Er verstand sehr wohl. Diese Frau hatte ein psychisches Problem oder ein Aufmerksamkeitsdefizit. Höchstwahrscheinlich beides.

Sie hatte den Zynismus in seiner Stimme entweder nicht gehört oder ihn nicht hören wollen, denn sie sprach unbeirrt weiter. »Als wir mit den Dreharbeiten begonnen haben, ist eine unheimliche Frau im Atelier aufgetaucht. Sie hat den Film verflucht. Seither ereignet sich eine Katastrophe nach der nächsten. Unfälle geschehen, Menschen werden krank ... Das muss aufhören. Am Mittwoch wird die große Schlussszene inszeniert, und am Donnerstag richte ich einen wichtigen Ball aus. Da darf auf keinen Fall etwas passieren.«

»Und was soll ich Ihrer Meinung nach tun? Ich bin Kriminalbeamter, kein Exorzist.«

»Exorzismus nützt nichts. Das habe ich schon probiert.«

»Aber …« Emmerich fehlten die Worte.

»Sie sind doch darin ausgebildet, Hinweise zu verfolgen und Menschen aufzuspüren. Finden Sie diese Frau! Bringen Sie sie dazu, den Fluch aufzuheben!«

Emmerich kratzte sich am Kopf und musterte Rita Haidrich. »Sie meinen das tatsächlich ernst, oder?«

Sie nickte. »Es ist, als hätte diese Hexe tatsächlich die Büchse der Pandora geöffnet. Unerklärliche Dinge geschehen. Böse Dinge. Ich schwöre Ihnen, auf dem Streifen liegt ein Fluch.«

Emmerich fiel es schwer, sich zurückzuhalten. »Hören Sie …« Er sprach langsam und überdeutlich, so als würde er auf ein begriffsstutziges Kind einreden. »Das Problem wird sich auch ohne mein Zutun lösen. Diese ominöse Frau wird bald von ganz allein auftauchen und Ihnen anbieten, den Fluch zurückzunehmen – und zwar gegen eine beträchtliche Summe Geld.«

Haidrich legte ihre Hände in den Schoß und begann, ihre Nagelhaut zurückzuschieben. »Sie hat aber …«, setzte sie an weiterzureden, doch Emmerich bedeutete ihr zu schweigen.

»Lügner und Betrüger, die sich als Heiler oder Wahrsager ausgeben, schießen seit Kriegsbeginn wie Pilze aus dem Boden. Ich weiß, wovon ich rede: Ich war früher Polizeiagent und habe jede Woche zig Scharlatane verhaftet, die Gebetszettel verkauft oder trauernden Angehörigen Kontakt ins Jenseits versprochen haben. Absoluter Humbug, versteht sich. Das sind skrupellose Bauernfänger, die aus den Ängsten und dem Schmerz der Menschen Profit schlagen wollen.«

Haidrich schüttelte mit solcher Vehemenz den Kopf,

dass ihre Frisur durcheinanderzugeraten drohte. »Ich bin nicht das naive Dummerchen, für das Sie mich halten.« Sie ignorierte eine Haarsträhne, die sich gelöst hatte und ihr in die Stirn gefallen war. »Ich habe das Ganze auch erst als Spinnerei abgetan, aber dann sind genau die Dinge geschehen, die sie heraufbeschworen hat.«

»Täuschungen. Davon leben diese Menschen.«

»Ich spreche nicht von einfachen Taschenspielertricks«, insistierte sie.

Emmerich seufzte und warf Gonska einen genervten Blick zu. »Wovon dann?«

»Von schwarzer Kunst, von Hexenwerk … Ich kann mich an ihre Worte ganz genau erinnern. Die werde ich nie in meinem Leben vergessen.« Sie schloss die Augen und atmete langsam ein und wieder aus. »*Beelzebub, Leviathan, Lilith, Marduk: Hört mich an! Lasst Kummer herrschen, Krankheit, Pein. Unglückstag für immer sein*«, rezitierte sie. »*Lasst Wasser fluten, Feuer rasen, Erde beben, Lüfte blasen. Bringt über sie der Welt Verderben. Wer Götter schmäht, muss endlich sterben.*«

Emmerich zuckte mit den Schultern. »Solche Zaubersprüche erfinden diese Menschen immer, um ihre Opfer zu ködern. Wahrscheinlich hat sie dazu wild mit den Armen in der Luft herumgefuchtelt, die Augen verdreht und am Ende auf den Boden gespuckt. Eine gewisse Theatralik gehört zu ihrer Masche dazu. Gerade Sie sollten das durchschauen.«

»Nichts«, rief Haidrich so laut, dass Gonska zusammenzuckte, »nichts davon hat sie gemacht. Sie hat die Worte ganz ruhig ausgesprochen und ist verschwunden. Spurlos. Gleich am nächsten Tag hat es begonnen: Erst sind wichtige

Dinge aus der Requisite weggekommen, dann wurden zwei meiner Kollegen schwer krank, und schließlich ist ein Scheinwerfer auf einen der Techniker gefallen. Kummer, Krankheit, Pein. Verstehen Sie? Eine Woche später hat ein Rohrbruch das Filmatelier unter Wasser gesetzt, und heute …« Sie stand auf, zog den Saum ihres Kleides hoch und streckte Emmerich ihr Bein entgegen, dessen Unterschenkel verbunden war. »Heute, mitten in einer Szene, hat die Dekoration begonnen zu brennen. Einfach so.«

»Dumme Zufälle«, murmelte Emmerich und starrte Gonska mit hochgezogenen Augenbrauen an. »Ich soll einem Fluch auf den Grund gehen. Ist das Ihr …?«

Gonska antwortete, indem er mit der flachen Hand auf den Tisch schlug. »Genug jetzt, Emmerich! Tun Sie einfach, was Frau Haidrich sich wünscht. Spüren Sie die Frau auf, und setzen Sie dem Spuk ein Ende.«

»Sie können gleich mitkommen«, warf Rita Haidrich ein. »In einer halben Stunde findet eine Soiree für die Presse und die Finanziers statt. Gut möglich, dass die Hexe wieder zuschlägt.«

»Könnten Sie uns bitte noch einen Moment allein lassen?«, presste Emmerich hervor. »Ich muss mit dem Oberinspektor kurz etwas Dienstliches bereden. Sie können in der Eingangshalle auf mich warten.«

Er suchte nach einem Aschenbecher, und als er keinen fand, drückte er den Zigarettenstummel einfach in einem der Blumentöpfe auf dem Fensterbrett aus.

Die junge Frau wirkte nicht besonders erfreut, und es dauerte einen Augenblick, bis sie endlich aufstand. »Wenn es unbedingt sein muss.«

Gonska nickte Rita Haidrich zu, Emmerich begleitete sie

zur Tür und schloss diese rasch. »Das kann doch wohl nicht Ihr Ernst sein«, stieß er hervor. »Ich soll Überstunden machen, um den Hexenjäger für dieses exzentrische Frauenzimmer zu spielen? Ich dachte eigentlich, ich arbeite für ›Leib und Leben‹ und nicht für die Spanische Inquisition.«

»Jetzt machen Sie mir hier kein Drama, Emmerich. Dieses exzentrische Frauenzimmer, wie Sie sie nennen, ist die Tochter von Victor Haidrich. Dem Victor Haidrich. Immobilienmagnat und enger Freund des Polizeipräsidenten. Ich finde ihr Anliegen ja auch ziemlich abstrus, aber ich kann sie nicht einfach wegschicken.«

Emmerich setzte sich wieder und stützte seine Ellenbogen auf die Tischplatte. »Weshalb soll ausgerechnet ich diesen peinlichen Auftrag bekommen? Ich bin ein fähiger Kriminalbeamter. Das wissen Sie genau.« Erst als sich ein warmer metallischer Geschmack in seinem Mund ausbreitete, merkte er, dass er sich die Unterlippe blutig gebissen hatte.

Gonska setzte sich aufrecht hin und seufzte. »Was soll ich denn Ihrer Meinung nach machen? Der Rest der Abteilung arbeitet an der Sache Fürst, und es ist wichtig, Frau Haidrich zufriedenzustellen. Ihr Vater kann uns große Unannehmlichkeiten bescheren. Reißen Sie sich zusammen, finden Sie die Frau, und gut ist's. Ich habe wegen der schleppenden Ermittlungen im Mordfall Fürst bereits genug Ärger am Hals.«

Emmerich zog seinen Tabaksbeutel aus der Hosentasche und begann, sich eine Zigarette zu drehen.

Gonska schnaubte, dann sprach er weiter. »Irgendwas wird schon an der Sache dran sein. Finden Sie es einfach heraus, dann haben wir alle Ruhe.«

Emmerich zündete die Zigarette an und nahm einen tiefen Zug. »Na gut. Ich kümmere mich darum, aber unter einer Bedingung: Sollte ich den Fall lösen, möchte ich anschließend inklusive Winter in die Fürst-Ermittlungen einbezogen werden, und zwar nicht als Tippse.«

Gonska kniff die Augen zusammen, was er immer tat, wenn er sich aufregte. »Jetzt werden Sie mir hier nicht frech, Emmerich. Ihre Impertinenz ist absolut unangebracht.« Er beugte sich vor, nahm seinem Gegenüber die Zigarette aus dem Mund, stand auf, öffnete das Fenster und warf sie hinaus. »Aber von mir aus«, sagte er schließlich. »Dafür verlange ich, dass Sie sich in der Gegenwart von Frau Haidrich von Ihrer besten Seite zeigen. Unsere Abteilung hat schließlich einen Ruf zu wahren!«

Emmerich nickte. »Wir haben eine Abmachung?«

Gonska schnaubte erneut. »Ja, und jetzt raus, bevor ich es mir anders überlege.«

Ohne ein weiteres Wort zu verlieren, stand Emmerich auf und öffnete die Tür. »Und dass mir ja keine Beschwerden zu Ohren kommen. Sonst können Sie unsere Übereinkunft gleich wieder vergessen«, war das Letzte, was er hörte, bevor er die Tür hinter sich schloss und zurück an seinen Arbeitsplatz hinkte.

»Feierabend ist gestrichen. Wir haben einen Auftrag«, sagte er zu Winter, der lächelnd am Schreibtisch saß.

Die Augen seines Assistenten leuchteten, er sah beinahe glücklich aus. So hatte Emmerich ihn schon seit Wochen nicht mehr erlebt. »Dann stimmt es wirklich? Wir dürfen Zeit mit Rita Haidrich verbringen?«

»Müssen, Ferdinand, müssen. Dürfen ist was anderes. Sie wartet in der Eingangshalle auf uns.«

»Etwas ist faul im Staate Dänemark.« Brühl stand in der offenen Tür, machte eine theatralische Geste und erntete dafür lautes Gelächter.

»Der Himmel wird es lenken«, antwortete Winter. Es war das erste Mal, dass er Brühl etwas entgegensetzte.

Emmerich, der keine Lust auf ein Dialogduell hatte, fasste seinen Assistenten am Oberarm. »Lass uns gehen.«

Winter schaute ihn überrascht an. »Ich wusste gar nicht, dass Sie aus *Hamlet* zitieren können.«

3

Der kühle Nordwestwind schob dicke Regenwolken über den Himmel, und die Passanten, die an ihnen vorübereilten, hielten die Köpfe gesenkt. Obwohl es bereits auf Ende März zuging, fror es in der Nacht, die Bäume und Sträucher blieben kahl. Die Sonne hatte sich wohl genauso von der Stadt und ihren Bewohnern abgewendet wie das Glück.

»Ausnahmen bestätigen die Regel«, stellte Emmerich fest, als er das glänzende schwarze Automobil sah, das vor der Dienststelle auf Rita Haidrich wartete. Manchen Leuten war Fortuna trotz allem hold geblieben.

Was hatten die, das er nicht hatte?

Während Emmerich noch grübelte, stellte Winter sich der jungen Frau vor, half ihr auf die gepolsterte Rückbank, hastete um den Wagen herum, nahm seine Lammfellmütze ab und setzte sich neben sie. Trotz der Kälte hatten sich Schweißperlen auf seiner Stirn gebildet.

»Frauen …«, sinnierte Emmerich und quälte sich auf den Beifahrersitz. Manche von ihnen verfügten über eine unheimliche Macht, die ganze Reiche ins Verderben stürzen konnte – ganz zu schweigen von unerfahrenen jungen Männern wie Winter einer war.

Liebe war der einzig reale Fluch.

Wieder dachte er an Luise und zwang sein Herz zu verstummen.

Die ersten paar Minuten der Fahrt verbrachten sie schweigend. Winter war zu nervös, um etwas zu sagen, Emmerich hatte keine Lust zu reden, und Rita Haidrich wusste wohl nicht genau, was sie von den beiden Kriminalbeamten halten sollte.

»Sie waren ganz wunderbar als Elektra«, durchbrach Winter endlich die unangenehme Stille. »Ich bekomme Gänsehaut, wenn ich nur daran denke.« Um seine Worte zu untermauern, schob er die Schlinge zur Seite, krempelte seinen Ärmel hoch und streckte ihr den Unterarm entgegen.

Emmerich warf ihm durch den Rückspiegel einen Blick zu, der irgendwo zwischen Besorgnis und Missfallen lag.

Haidrich hingegen schien Winters Schwärmerei zu gefallen. Sie schenkte ihm ein Lächeln und entspannte merklich. Bewunderung und Komplimente. Endlich befand sie sich wieder auf vertrautem Terrain.

Am liebsten hätte Emmerich den Fahrer gebeten, abzubiegen und zu einem Obdachlosenasyl oder den Arbeiterbaracken am Stadtrand zu fahren. Eine Realitätswatsche hatte noch keinem geschadet. Doch er dachte an die Abmachung zwischen ihm und Gonska und starrte schweigend zum Fenster hinaus. Als sie an einer Horde von Menschen vorbeifuhren, die laut skandierend und mit erhobenen Fäusten über die Liechtensteinstraße in Richtung Innenstadt marschierten, runzelte Emmerich die Stirn und wandte sich an den Chauffeur. »Was ist denn da los? Geht es um den Putsch in Berlin?«

»Der Tumult hat nichts mit den Unruhen im Deutschen Reich zu tun. Sie demonstrieren gegen die Ansprüche der Ungarn und Tschechen auf österreichischen Kunstbesitz.«

»Die verschwenden ihre Energie für ein paar alte Bilder?«, wunderte sich Emmerich. »Haben die keine anderen Sorgen?« Die Frage war nicht unberechtigt. Viele Menschen hungerten und froren, prügelten sich um faules Pferdefleisch oder schimmlige Kartoffeln und teilten mit Ungeziefer ihre Betten.

»Kunst ist Nahrung fürs Herz«, rief Rita Haidrich von hinten, und Winter nickte eifrig. »Bitte beeilen Sie sich«, wandte sie sich dann an den Fahrer. »Ich werde sicher schon erwartet.«

Der Chauffeur reagierte nicht, er fuhr mit gleichbleibender Geschwindigkeit weiter.

»Die Veranstaltung beginnt in Kürze«, versuchte sie es erneut, holte einen Flakon aus der Handtasche und sprühte Rosenwasser auf ihr Dekolleté.

»Ich darf Sie daran erinnern, dass wir nicht allein sind, wir haben zwei Herren von der Polizei dabei.«

»Wir sind von der Kripo, nicht vom Verkehr. Tun Sie sich keinen Zwang an.« Emmerich lehnte sich zurück und betrachtete die Grabsteine des alten Döblinger Friedhofs, den sie nun passierten. Seit dem großen Krieg war die ganze Welt ein einziger Totenacker. Wären seine gefallenen Kameraden und all die anderen Soldaten, die fern der Heimat ums Leben gekommen und dort verscharrt worden waren, hier begraben, so würde es Tage oder gar Wochen dauern, um an ihren letzten Ruhestätten vorbeizufahren. So jedoch wurde die Straße schon bald von den prächtigen Villen des Vororts Sievering gesäumt, als wäre nie etwas geschehen.

»Gleich sind wir da«, riss der Fahrer ihn aus seinen Gedanken, drosselte die Geschwindigkeit und bog links in eine lange, steile Auffahrt ein. Sie passierten mehrere Nebengebäude und hielten dann vor einem riesigen Bauwerk mit Rundbogendach. »Bitte schön.«

Das waren sie also – die Ateliers der Sascha AG, dem Herzstück der österreichischen Filmindustrie.

Emmerich konnte dieser Branche nichts abgewinnen. Was waren das für Leute, die tagtäglich Abertausende von Kronen dafür ausgaben, Scheinwelten zu erschaffen, während zur selben Zeit in derselben Stadt Menschen kläglich an Hunger, Kälte und Seuchen verreckten? Wenn er es sich genau überlegte, hatte die Bagage den Fluch redlich verdient.

Leise schimpfend quälte er sich aus dem Automobil, was dank des tief liegenden Sitzes und seines steifen Beins gar kein leichtes Unterfangen war. Eigentlich hätte er schon längst eine Gehhilfe gebraucht, doch sein Stolz ließ das nicht zu. So unauffällig wie möglich lehnte er sich an den Wagen und massierte sein schmerzendes Knie.

»Ich weiß, dass Sie mir nicht glauben.« Haidrich war ebenfalls ausgestiegen und hatte sich vor ihm aufgebaut, die Arme vor der Brust verschränkt. »Sie denken, ich bin nicht ganz richtig im Oberstübchen, aber irgendetwas stimmt hier nicht. Ich spüre es.«

»Ich spüre auch viel, wenn der Tag lang ist …« Die Schmerzen machten Emmerich unleidlich, aber er musste vorsichtig sein. *Und dass mir ja keine Beschwerden zu Ohren kommen. Sonst können Sie unsere Übereinkunft gleich wieder vergessen*, erinnerte er sich an Gonskas Worte und schluckte den Rest des Satzes hinunter.

»Wenn Ihre Theorie stimmt, dann hätte die Frau doch längst eine Forderung gestellt. Hat sie aber nicht. Sie …«

»Vielleicht geht es gar nicht um Geld, sondern um was ganz anderes«, unterbrach Emmerich. »Gibt es Leute, die einen Grund haben, die Dreharbeiten zu sabotieren?«

Haidrich schüttelte den Kopf.

»Und wie sieht es mit persönlichen Animositäten aus? Gekränkten Liebhabern, gekündigtem Personal …?« Er konnte nicht fassen, dass er sich hier um diesen Scheißdreck kümmern musste …

»Niemand, von dem ich wüsste. Außerdem wäre jeder, der nicht zu den Kollegen gehört, sofort aufgefallen. Man kann hier nicht einfach so ein und aus gehen. Allein schon wegen der wertvollen Ausstattung wird die Anlage Tag und Nacht bewacht.«

»Dann muss es ein Interner sein«, warf Winter ein.

»Aber wieso sollte jemand seinen Arbeitsplatz gefährden? Gerade jetzt, da die Wirtschaftslage so verheerend ist.«

Noch bevor Emmerich die junge Frau weiter befragen konnte, stürmte ihnen ein Mann entgegen, der einen schwarzen Smoking und einen Homburg mit hochgebogener, eingefasster Krempe trug. Er war glatt rasiert, der Geruch seines Eau de Cologne hing schwer in der Luft. »Rita! Verdammt, wo bleibst du nur? Alle warten schon auf dich.«

»Das ist Fritz Oswald, der Produzent«, stellte Haidrich ihn vor. »Fritz, das sind Herr Inspektor Emmerich und sein Assistent, Herr Winter. Sie werden dafür sorgen, dass der Fluch endlich aufgehoben wird.«

Der Mann wirkte wie versteinert. Verstohlen schielte er zu den beiden Kriminalbeamten herüber. »Erstens übertreibst du wieder einmal maßlos«, zischte er Haidrich zu, »und zweitens: Was soll denn die Polizei gegen einen Fluch unternehmen?«

»Was weiß ich. Dass die beiden da sind, ist jedenfalls besser als gar nichts.« Sie schürzte die Lippen, reckte das Kinn und stolzierte davon.

Winter eilte ihr hinterher, während Oswald sich an Emmerich wandte. »Rita ist ein bisschen exaltiert, so wie die meisten Vertreterinnen ihrer Profession. Diese Frau ... diese angebliche Hexe ... das ist sicher nur eine Betrügerin, die Rita Angst machen und ihr Geld aus der Tasche ziehen will. Das kommt davon, wenn man immer so großherzig und gutmütig ist.« Er zog ein Taschentuch aus dem Ärmel seiner Jacke und polierte damit seine Manschettenknöpfe. »Wir haben hier alles im Griff. Sie können ruhig wieder gehen.«

»Frau Haidrich behauptet, es habe seltsame Vorfälle gegeben.«

»Wir sind hier beim Film«, winkte Oswald ab. »Hier ist alles äußerst fortschrittlich. Wir betreten Neuland. Wir schreiben Geschichte. Da passieren schon mal kleine Katastrophen. Und was die Krankheiten angeht: Die halbe Stadt siecht vor sich hin. Mich wundert es eher, dass nicht mehr Leute ausfallen.« Er musterte Emmerich von oben bis unten und machte einen Schritt nach hinten.

Emmerich schaute an sich hinab und verstand. Das blühende Leben sah anders aus. Unter der verschlissenen Kleidung zeichnete sich sein ausgemergelter Körper ab, und die chronischen Schmerzen hatten Spuren in seinem Gesicht hinterlassen. »Mein Vorgesetzter hat Frau Haidrich versprochen, dass wir uns um die Sache kümmern. Mir wäre es auch lieber, ich müsste mich nicht damit herumschlagen.« Er stellte sich aufrecht hin und streckte den Rücken durch. »Lassen Sie mich bitte meine Arbeit tun.«

Oswald seufzte und deutete in Richtung Atelier. »Wenn es unbedingt sein muss … Von mir aus, aber fassen Sie nichts an, und halten Sie sich unauffällig im Hintergrund. Wir wollen ja niemanden beunruhigen.«

Emmerich nickte und folgte dem Produzenten in die Rundbogenhalle, die so riesig war, dass man problemlos ein kleines Haus hätte hineinbauen können. Durch eine schmale Tür auf der gegenüberliegenden Seite gelangten sie in ein Atrium und von dort aus in einen Durchgang, der vor einer großen Pforte endete. Als Oswald den rechten Torflügel einen Spaltbreit öffnete und Emmerich hindurchbugsierte, vergaß dieser kurz sein schmerzendes Bein, den Fluch und den Fürst-Fall. Er blieb mit offenem Mund stehen.

Oswald weidete sich am Ausdruck der Fassungslosigkeit auf seinem Gesicht. »Wenn wir es damit nicht auf die Titelblätter schaffen, dann weiß ich es auch nicht.«

Emmerich hörte ihm gar nicht zu, er ließ die unglaubliche Szenerie auf sich wirken: Ein paar Schritte hatten ihn aus dem Wien des Jahres 1920 mitten hinein in einen Tempel der griechischen Antike geführt. Meterhohe Marmorsäulen ragten in die Höhe, überlebensgroße Götterstatuen säumten die Wände. Der Boden war mit weißem Sand bestreut, der unter seinen Schuhsohlen knirschte. In der Mitte der Halle stand eine riesige steinerne Schale, in der ein Feuer loderte, das die Umgebung in flackerndes Zwielicht tauchte. Es duftete nach Räucherwerk, aus der Ferne waren Meeresrauschen und das Zirpen von Grillen zu vernehmen.

Einzig der latente Geruch von Leim und Farbe störte die perfekte Illusion.

Emmerich ließ seine Finger über eine der Säulen gleiten.

Das, was selbst aus der Nähe wie massiver Stein aussah, fühlte sich warm und rau an. Pappmaché.

»Wein?«

Emmerich hatte sich so sehr von der Atmosphäre mitreißen lassen, dass die junge Frau in dem langen weißen Peplos, dem klassischen Gewand der alten Griechen, die Frage wiederholen musste. »Gern«, sagte er, und sie reichte ihm einen tönernen Becher.

Emmerich trank einen Schluck, nickte anerkennend und wandte seine Aufmerksamkeit den Anwesenden zu. Es handelte sich um eine Vielzahl von Männern, eingehüllt in Schwaden aus Zigarrenrauch, teuer gekleidet und gut genährt – das mussten die Geldgeber sein. Trotz des Schummerlichts, konnte er Doppelkinne und feiste Wänste ausmachen. Für ihn ein seltener Anblick, denn dort wo er herkam, gab es keine Üppigkeit.

Zwischen den feinen Herren tummelten sich unzählige Gestalten, die weniger gut angezogen waren, dafür aber ihre Häupter umso höher trugen – die Wiener Journaille. Während die Stadt im Elend versank, berichteten sie über die Affären von Prominenten und die neueste Mode. Sie lenkten die Menschen von der Realität ab, anstatt sie dabei zu unterstützen, ihr Schicksal in die eigene Hand zu nehmen. Demütige Untertanen waren einfacher zu lenken als mündige Demokraten. Diese Schreiberlinge dienten dem neuen Adel, der nicht mehr durch Blutlinien definiert wurde, sondern durch Geld und Skrupellosigkeit.

Affektiert, gelangweilt und selbstgefällig schlenderten einige der Gäste umher und betatschten die Requisiten inklusive der Serviererinnen, andere standen einfach nur herum, feixten, tranken Wein und aßen Häppchen.

Er nahm noch einen großen Schluck aus seinem Becher. Wie gut das tat, wenn der Alkohol den Geist ein wenig benebelte … Plötzlich strömte ein würziger Geruch in seine Nase, Emmerich sah sich um und erspähte einen jungen Mann, der zwei riesige Tabletts balancierte. Auf dem einen stapelten sich gefüllte Weinblätter und auf dem anderen … Er schluckte. Waren das etwa kleine Hähnchenschenkel?

Noch bevor sein Gehirn weitere Überlegungen anstellen konnte, bewegten sich seine Füße in Richtung der Speisen. Wie von allein, als hätten sie einen eigenen Willen. Hungertrieb nannte man das wohl. Die wöchentliche Zuteilung von Fleisch betrug hundert Gramm. Brot war auf tausendzweihundert, Fett auf hundertzwanzig und Mehl auf fünfhundert Gramm beschränkt. Zurzeit war jedoch nicht einmal das erhältlich.

Emmerich hustete und bedeutete dem Kellner, stehen zu bleiben. Ohne sich um dessen fassungslosen Gesichtsausdruck zu scheren, stellte er seinen leeren Becher ab, nahm eine Serviette und stapelte so viele Hähnchenkeulen darauf wie möglich. Sie waren gegrillt und mit einer Mischung aus Rosmarin und Thymian gewürzt.

So duftete also das Paradies …

»Danke«, sagte er, als der Hähnchenberg gefährlich zu schwanken begann, und fing dann unter den pikierten Blicken der Umstehenden an zu essen.

Gerade als er den letzten Knochen abgenagt hatte, wurde es plötzlich noch dunkler, und die Gespräche rund um ihn herum verstummten. Einzig das Prasseln des Feuers und ein leises Schmatzen waren noch zu hören. Als Emmerich bemerkte, dass er selbst Letzteres verursachte, riss er sich zusammen.

»Willkommen im Tempel der Pandora«, ertönte eine Stimme, die unheimlich von den Wänden widerhallte. »Die Götter beschenken die Menschen mit reichen Gaben«, sprach der Unbekannte weiter. »Doch diese bringen ihnen nichts als Undank entgegen. Es wird Zeit für eine Prüfung.«

Donnerhall erklang, und ein Scheinwerfer erhellte den vorderen Teil des Raumes, wo ein großer, reich verzierter Altar stand. Ein Raunen ging durch die Menge, und die Anwesenden drängten sich nach vorn.

»Wie die Motten zum Licht …« Emmerich sah sich verstohlen um und warf seine abgekauten Hühnerknochen in eine große Tonschale.

Auf einmal erschallten ätherische Klänge, Nebelschwaden zogen durch den Raum, und eine Gestalt erschien hinter dem Altar. Emmerich musste zweimal hinsehen, bis er sie erkannte: Rita Haidrich. Ihre Augen waren dunkel umrandet, sie trug ein wallendes weißes Gewand und eine schwarze Perücke, deren wilde Locken von feinen Golddrähten gebändigt wurden.

Applaus ertönte, Bravo-Rufe und zustimmendes Gemurmel. Die Gäste waren offenbar leicht zu beeindrucken. Emmerich rollte mit den Augen und zündete sich eine Zigarette an, während Haidrich voll und ganz in ihrem Charakter aufging. Endlich konnte er auch Winter ausmachen. Er stand am Rand, auf Höhe des Altars, und schmachtete die Schauspielerin mit offenem Mund an.

»Ist sie nicht wunderbar?«, flüsterte jemand.

Emmerich gähnte. Der Wein, sein vollgeschlagener Bauch und die Wärme, die von dem Feuer ausging, machten ihn müde. Er blies Rauchkringel in die Luft und ließ seinen Blick schweifen. Nirgendwo war etwas Verdächtiges zu sehen. Keine Hexe, keine dunkle Bedrohung.

Gelangweilt rauchte er zu Ende, warf den Zigarettenstummel zu Boden und trat ihn aus.

»Öffnet eure Ohren! Öffnet eure Herzen, und höret den Willen der Götter«, rief Rita Haidrich, doch noch bevor sie die Botschaft von oben verkünden konnte, fing der Boden an zu vibrieren.

Erst war es nur ein leichtes Zittern, doch es verstärkte sich schnell, wurde immer heftiger und schwoll schließlich zu einem starken Beben an. Zuerst glaubte Emmerich genau wie alle anderen, dass der Effekt zur Inszenierung gehörte, doch als der Tempel mit einem Mal in flackerndes Scheinwerferlicht getaucht wurde, die Säulen bedenklich wackelten, Haidrich sich entgeistert an die Kehle fasste und die ersten Aufschreie laut wurden, begriff er, dass dies wohl nicht im Drehbuch stand.

»Der Fluch!«, schrie jemand. »Herrgott, hilf! Es gibt ihn wirklich.«

Putz rieselte von der Decke, ein beunruhigendes Knacken und Knirschen war zu vernehmen. Die Kulisse fing bedrohlich an zu schwanken, und Emmerich hatte Probleme, sich auf den Beinen zu halten. Einmal mehr verwünschte er seinen Gesundheitszustand und beobachtete den Tumult, der um ihn herum ausgebrochen war. Es wurde gerempelt, getreten und geschimpft, einige der vornehmen Anwesenden legten unerwartet schlechte Manieren an den Tag.

»Keine Panik«, rief er. »Bewahren Sie Ruhe! Das Pappzeug erschlägt schon keinen.«

Er schaute nach vorn zum Altar, wo Rita Haidrich mit

weit aufgerissenen Augen wie angewurzelt dastand. Schockstarre. Er hatte dieses Phänomen schon oft gesehen. Zu oft.

Als ihre Blicke sich trafen, bedurfte es keiner Worte. *Sehen Sie!*, sagte ihre Miene, und Emmerich ertappte sich bei dem Gedanken, dass Panik ihr gut stand.

4

Das Beben hörte genauso abrupt auf, wie es begonnen hatte. Mit einem Schlag, so als hätte jemand einen Schalter umgelegt, herrschte Totenstille.

Plötzlich ging das Licht an, und die Anwesenden sahen sich ungläubig um. Jene, die gestürzt waren, richteten sich langsam wieder auf. Verwirrte Blicke. Irritiertes Schweigen.

Wasser fluten, Feuer rasen, Erde beben, Lüfte blasen … Das war es, was die angebliche Hexe gesagt haben sollte … Emmerich beobachtete Winter dabei, wie dieser mit viel Müh und Not unter einem herabgestürzten Wandteppich hervorkrabbelte. Er dachte nach, während er seinen Tabaksbeutel hervorholte und sich noch eine drehte. Alles in allem war er mehr überrascht denn erschrocken. Die Prophezeiung hatte sich tatsächlich ein weiteres Mal bewahrheitet. Doch es gab keine Flüche, keine Hexen und keine Verwünschungen. Es musste eine andere Erklärung für das Geschehene geben.

Er riss ein Streichholz an, dann hielt er inne und blies es wieder aus. Verfluchte Sucht. Das Rauchen lenkte ihn von seinen Gedanken ans Heroin ab, aber auf Dauer musste er auch vom Tabak runterkommen. Wenn er so weitermachte, krepierte er noch daran. Seufzend steckte er sich die Zigarette hinters Ohr.

In der Halle machte sich eine Welle der Erleichterung

breit. Die Gäste klopften sich den Staub von den Kleidern, gingen vorsichtig ein paar Schritte. Überall waren verlegenes Lachen und Gemurmel zu vernehmen.

»Ist jemandem was passiert?«, schallte Fritz Oswalds Stimme durch den Raum. Er lief hektisch umher, während die Anwesenden noch immer zu begreifen versuchten, was ihnen soeben widerfahren war. »Geht's allen gut? GEHT ES ALLEN GUT?« Sein Gesicht war gerötet, seinen Hut hatte er wohl im Getümmel verloren.

Als Oswald sicher war, dass niemand Schaden genommen hatte, begann er, die Versammlung höflich, aber bestimmt aufzulösen. »Auf einen Schnaps ins Sascha-Stüberl, meine Herren«, komplimentierte er die Menge hinaus und wischte sich ein paar Schweißperlen von der Stirn. »Den haben wir uns verdient. Geht natürlich aufs Haus.«

Emmerich war schnell klar, wieso der Produzent es so eilig hatte, die Meute fortzuscheuchen. Die Illusion war geplatzt wie eine Seifenblase – sie befanden sich nicht mehr in einem mystischen Tempel, sondern in einem wirren Durcheinander aus umgestürzten Pappelementen, Gipsnachbauten und Sperrholzkonstruktionen. Die Traumfabrik konnte im harten Licht der Wahrheit nicht bestehen.

»Ich kümmere mich um Frau Haidrich. Sie ist völlig aufgelöst. Sie hätten ihre Ängste ruhig ernst nehmen können.« Winter warf Emmerich einen vorwurfsvollen Blick zu und war wieder verschwunden, bevor dieser etwas entgegnen konnte.

Erst jetzt, da der Zauber verflogen war, erkannte Emmerich, dass sie sich in einem riesigen Glashaus befanden. Die Wände waren mindestens sechs Meter hoch, die dicken Glasscheiben wurden von einem massiven Stahlgerüst getragen, das in ein Satteldach mündete. An den Streben hingen Beleuchtungskörper in allen Größen und Formen sowie unzählige Haken und Ösen, die wohl zum Hochziehen und Fixieren von Kulissenelementen dienten.

Der Bau musste ein Vermögen gekostet haben, was man vom Boden nicht behaupten konnte. Durch das Chaos war der Sand an einigen Stellen weggetrampelt worden, und ein schlichter grauer Untergrund kam zum Vorschein. Nackter Zementestrich, so wie damals im Waisenhaus. Billig, robust und einfach zu säubern. Die ungewollten Kinder, die Bastarde und elternlosen Armutschkerln hatten keinen Teppich oder gar Parkett verdient. Bis heute konnte Emmerich den groben, kalten Belag unter seinen Fußsohlen spüren. Gedankenverloren fasste er an seinen Glücksbringer, der an einer Lederschnur um seinen Hals hing. Der kleine silberne Anhänger, eine Schlange, die sich selbst in den Schwanz biss, war in dem Korb gefunden worden, in dem seine Mutter ihn als Baby ausgesetzt hatte. Es war sein wertvollster Besitz und bedeutete ihm die Welt.

Die Erinnerung an früher jagte ihm immer wieder Schauer über den Rücken, und er konnte seinen Blick nicht vom Boden abwenden. Irgendetwas stimmte damit nicht. Er wirkte rau, beinahe wie Schleifpapier, so als hätten sich die Sandkörner in die Oberfläche gedrückt.

Er ging in die Hocke, presste die Zähne zusammen, um den Schmerz zu ignorieren. Grübelnd strich er über den Zement und presste seinen Daumennagel hinein. Ein schmaler, halbmondförmiger Abdruck entstand. Frisch gegossen.

Aber das war noch nicht alles. Noch etwas passte hier nicht ins Bild. Er konnte es nicht klar benennen. Es war ein vages, schwammiges Gefühl, eine Wahrnehmung, so schlüpfrig wie ein Aal, die seinem Verstand immer wieder entglitt.

Emmerich versuchte, die Umgebung auf sich wirken zu lassen, und wurde erneut in die Vergangenheit katapultiert. Dieses Mal nicht in die freudlose Zeit seiner Kindheit, sondern in die Schützengräben an der Front. Aber warum nur? Was wollte sein Unterbewusstsein ihm damit sagen?

Es dauerte einen Augenblick, dann begriff er, was ihn irritierte. Es war der stechende Geruch, der in der Luft hing … Ekrasit. Die K.-u.-k.-Armee hatte diesen Sprengstoff auf der Basis von Pikrinsäure als Füllmittel für Granaten verwendet, und er hatte mehr davon verschossen, als ihm lieb gewesen war.

Langsam entstand ein Bild in Emmerichs Geist. Er schloss die Augen und erinnerte sich daran, was Haidrich gesagt hatte. Sie hatte von der verheerenden Wirtschaftslage gesprochen. Und wie war das mit Oswald gewesen? Was hatte er erwähnt, als sie die Halle betreten hatten? Er wollte es auf die Titelblätter schaffen …

Ein zufriedenes Lächeln umspielte seine Lippen. Er hatte etwas getrunken, gut gegessen und das Rätsel um den Fluch der Pandora gelöst. Ab morgen würden er und Winter die Tipperei an den Nagel hängen und am Fall Fürst mitarbeiten.

Er freute sich schon auf Brühls Gesicht, wenn dieser davon erfuhr.

»Habe die Ehre«, rief Emmerich, als er Oswald draußen vor der Rundbogenhalle entdeckte, wo der Produzent gerade einen untersetzten Mann anherrschte. Auf dessen Kartoffelnase thronte eine dicke Brille, und er war komplett kahl bis auf einen Haarkranz, der von Ohr zu Ohr über seinen Hinterkopf verlief.

»Na? Zufrieden?« Emmerich stellte sich neben die beiden und zündete sich endlich seine Zigarette an. Seiner Meinung nach hatte er sie sich jetzt redlich verdient.

Oswald kniff die Augen zusammen und neigte den Kopf. »Womit?«, fragte er nach einem Moment des Schweigens.

»Sie wissen ganz genau, wovon ich rede.« Emmerich blies ihm Rauch ins Gesicht und grinste.

»Ich habe keine Ahnung.« Der Produzent rümpfte die Nase und wandte sich an den kleinen Mann. »Kommen Sie, Herr Jeschek«, sagte er und ging an Emmerich vorbei zur Tür. »Wir haben zu tun. Wir müssen uns um die Gäste kümmern.«

»Wie Sie wollen.« Emmerich folgte ihm. »Wir können uns auch drinnen über Ihr Beben unterhalten.«

Oswald blieb stehen und schaute sich um. »Was fällt Ihnen ein?«, zischte er.

»Was mir einfällt? Ekrasit zum Beispiel. Eingearbeitet in den Boden und dann gezündet.«

»Ekrasit?« Oswald riss die Augen auf.

»Ja, das reagiert wie Dynamit, nur viel stärker. Sie waren wohl nicht an der Front, sonst würden Sie den Geruch kennen.«

Oswald wurde blass um die Nase. Er rang sichtlich nach Worten. »Ekrasit«, wiederholte er und starrte den Mann namens Jeschek an.

»Des kann ja mal passiern«, sagte der und zuckte mit den Schultern. Seine böhmische Herkunft triefte aus jeder Silbe. »Meine Gite. Hab ich halt des Schwarzpulver und des Ekrasit verwechselt. Is' ja keim was gescheh'n. War so eh viel spektakulärer.« Er schnaufte und stapfte davon. »Des kimmt von die viele Arbeit. Jeschek hier, Jeschek dort. Jeschek, Jeschek, Jeschek. Da kamma scho mal die Konzentration verliern.«

Oswald seufzte, schaute ihm hinterher und fuhr sich mit den Händen übers Gesicht. »Ich weiß nicht, wovon er spricht.«

Emmerich quittierte dies mit einer hochgezogenen Augenbraue. »Die Geschäfte laufen schlecht, und die Konkurrenz ist groß. Durch den Fluch wollten Sie sicherstellen, dass die Aufmerksamkeit der Presse voll und ganz auf Ihren neuen Film gerichtet ist. Stimmt's, oder hab ich recht?«

Oswald scharrte mit den Schuhspitzen auf dem Boden herum. »Die Vita-Film dreht gerade ein aufwendiges Monumentaldrama.« Er hatte sich offenbar für die Wahrheit entschieden. »Weitaus spektakulärer als *Pandora*. Und die Listo hat offenbar auch irgendeinen Kassenschlager in der Mache. Wenn wir im Kino nicht komplett untergehen wollen, brauchen wir ein bisschen Extraberichterstattung.«

Emmerich zeigte sich unbeeindruckt. »Die anderen Filmateliers kommen ganz ohne Flüche und solche Spompanadeln aus.«

»Denen geht's finanziell aber auch besser als uns.« Oswald holte tief Luft. »Schauen Sie, Herr Inspektor. Die letzten Produktionen sind nicht ganz so gelaufen, wie ich es kalkuliert hatte, und dann hab ich auch noch ziemlich viel Geld in die Entwicklung eines revolutionären Audiorekorders gesteckt. Ein kleines, handliches Gerät, das man auf die Kamera montieren kann, um Synchronizität zu gewährleisten. Tonfilm ist die Zukunft. Glauben Sie mir. Das wird bahnbrechend.« Er starrte verträumt an Emmerich vorbei und nickte.

»Die Zukunft der Filmindustrie ist mir ehrlich gesagt schnurz. Ich bin hier, um für Recht und Ordnung zu sorgen.«

Oswalds verklärter Gesichtsausdruck wich einer zerknirschten Miene. »Es geht ja nicht nur um mich. Es geht vor allem um die kleinen Leute: Die Beleuchter, die Schminker, die Komparsen und Kostümbildner. Wenn *Pandora* nicht genügend Geld einspielt, kann ich sie alle nicht bezahlen.«

Dieser Windhund sorgt sich um die Arbeiter?, dachte Emmerich. Niemals. Dennoch war das Argument nicht von der Hand zu weisen.

»Wir wollten nur ein minimales Beben inszenieren, nicht mehr als ein leichtes Zittern. Jeschek sollte ein paar winzige Depots mit Schwarzpulver in den Boden einarbeiten und dadurch eine leichte Erschütterung erwirken. Konnte ja keiner ahnen, dass er stattdessen Ekrasit verwendet.« Er schüttelte vorgeblich betroffen den Kopf.

»Gefährdung der öffentlichen Sicherheit, unbefugte Verwendung von Sprengstoff«, begann Emmerich aufzuzählen. »Vorsätzliche Täuschung …«

»Hören Sie, wir können da doch sicher etwas machen«, unterbrach Oswald ihn. »Immerhin ist keinem was passiert.«

Emmerich warf seinen Zigarettenstummel zu Boden, öffnete seinen Tabaksbeutel und drehte sich einen neuen Sargnagel.

»Hier, nehmen Sie die.« Oswald drückte ihm eine volle Schachtel Nil in die Hand. Dann fischte er ein paar zerknitterte Scheine aus seiner Brusttasche und zählte einmal durch. »Das sind hundertfünfzig Kronen. Mein allerletztes Geld. Mehr besitze ich nicht. Alles andere habe ich in *Pandora* und den Rekorder investiert. Jetzt verstehen Sie vielleicht …«

»Gefährdung, unbefugter Einsatz von Sprengstoff, Täuschung und jetzt auch noch Bestechung? Sie geben das volle Programm.«

Oswald wurde noch blasser. »Denken Sie doch an die armen Arbeiter und ihre Familien. Außerdem würde ich für immer in Ihrer Schuld stehen.«

Emmerich steckte sich die Selbstgedrehte hinters Ohr, zündete sich eine Nil an, nahm einen tiefen Zug und ließ den Rauch durch seine Nase entweichen. »Hm …«

»Drinnen gibt es Rübenschnaps und Würste. Sie hatten vorhin doch so einen gesegneten Appetit. Haben Sie Familie? Ich kann Ihnen was einpacken lassen.«

Emmerich griff nach den Geldscheinen, die Oswald noch immer in der Hand hielt. Er war gnädig gestimmt – immerhin hatte der Produzent ihm, wenn auch unwissentlich, die Mitarbeit am Fürst-Fall beschert. »Von mir aus. Niemand hat was davon, wenn ich Sie auffliegen lasse.«

Oswalds Gesicht bekam langsam wieder Farbe.

»Aber keine weiteren Flüche. Verstanden?«

Oswald nickte. »Heute sollte gereicht haben. Wenn uns dieses Mörderbeben nicht auf die Titelseiten katapultiert, dann weiß ich es auch nicht.«

»Außerdem gehen Sie zu Frau Haidrich«, erteilte Emmerich ihm weitere Anweisungen, »und berichten ihr, dass ich vor Ihren Augen die Hexe gestellt und dazu gebracht habe, den Fluch zurückzunehmen. Sie beide werden sich bei Oberinspektor Gonska für meine ausgezeichnete Arbeit bedanken. Am besten persönlich.«

Oswald nickte eifrig. »Dann hol ich jetzt Ihr Fresspaket. Und wir haben eine Abmachung?«

Dieses Mal war es an Emmerich zuzustimmen.

5

Oswald schlug den Kriminalbeamten vor, sie nach Hause chauffieren zu lassen, und die beiden nahmen dankend an.

Der Fahrer setzte erst Winter ab, da dieser ganz in der Nähe wohnte, und fragte dann nach Emmerichs Adresse.

»Sie können mich an der Wexstraße, Ecke Jäger rauslassen«, wich dieser aus. »An der Haltestelle vom 34er.«

»Ich bringe Sie gern bis vor die Tür, gar kein Problem. Sagen Sie mir einfach, wo ich hinmuss.«

»Wex und Jäger ist perfekt«, hielt Emmerich sich bedeckt. Er wollte auf keinen Fall, dass irgendjemand herausfand, wo er seit Kurzem lebte – in einem Männerlogierhaus.

Als er bei Luise ausgezogen war, hatte er ihr und den Kindern die Möbel gelassen. Sein Erspartes, seine Kleidung und alle anderen Dinge, die er mitgenommen hatte, waren ihm in einer Nacht, in der er sich den Kummer von der Seele gesoffen hatte, gestohlen worden. Alles war fort. Er besaß gerade mal die Sachen, die er am Körper trug, und ein bisschen Wechselwäsche. Mit den paar Kröten, die er bei der Polizei verdiente, konnte er sich derzeit weder die Kaution noch die Vermittlungsprovision für eine anständige Wohnung leisten. Bis er das Geld zusammengespart hatte, musste er im Heim leben. Wieder einmal.

Das Gebäude in der Meldemannstraße im 20. Wiener Gemeindebezirk galt als hochmodern. Es hatte keine Massenschlafsäle, sondern Einzelkabinen im Ausmaß von drei Quadratmetern. Es gab Waschräume, einen Hausarzt und ein Lesezimmer, in dem Bücher und Tageszeitungen auslagen. Ja sogar elektrische Glühlampen, fließendes Wasser und eine Dampfheizung hatte die Kaiser Franz Joseph I. Jubiläums-Stiftung für Volkswohnungen und Wohlfahrtseinrichtungen in dem Haus installieren lassen. Und das alles für gerade mal dreißig Kronen pro Woche.

Die Presse lobte die Einrichtung über den grünen Klee und bezeichnete sie als *Märchen von einer himmlischen Unterkunft auf Erden* und als *Wunder an Eleganz und Billigkeit*. Trotzdem konnte nichts darüber hinwegtäuschen, dass es sich in Wahrheit um ein Obdachlosenasyl handelte, in dem es nach Schweiß und Desinfektionsmitteln roch. Die fünfhundert Männer, die hier lebten, waren hauptsächlich Gelegenheitsarbeiter. Sie trugen allesamt schlecht sitzende Anzüge und abgetragene Schuhe. Ihre Gesichter spiegelten ihren Gemütszustand wider – ausgebrannt und unerträglich müde.

Die Stadtverwaltung hatte versucht, dem Elend einen hübschen Anstrich zu verpassen, doch ganz gleich, wie sehr sie es auch versuchte, Armut und Mangel ließen sich nicht maskieren. Nein, niemand, den er kannte, vor allem nicht Winter, der gemeinsam mit seiner Großmutter in einem alten Stadtpalais lebte, sollte diese triste Umgebung zu sehen bekommen. Emmerich wollte das Mitleid seines Assistenten nicht. Deshalb hatte er ihm erzählt, er sei bei Bekannten untergekommen.

Die Zeiten, in denen er sich auf sein Zuhause gefreut hatte, waren längst vorbei. Zuhause. Das war nur noch ein Wort. Eine leere Hülle ohne das dazugehörige Gefühl.

Schwer atmend durchschritt er die große Eingangspforte, die von einer geschwungenen Bogenlampe erhellt wurde, und betrat das Vestibül. Wohlige Wärme umschloss ihn wie ein Mantel, und gleich kroch die Müdigkeit bleischwer durch seine Adern.

Aus dem Speisesaal drang der penetrante Geruch des – wie die Bewohner es nannten – K.-u.-k.-Menüs: Kohlrüben und Kartoffeln. Selten gab es etwas anderes. Wenn sie Glück hatten, eine Knochensuppe zur Vorspeise.

Emmerich presste das Fresspaket, das Oswald samt einer Flasche Schnaps in eine Jutetasche gesteckt hatte, fest an seine Brust und quälte sich über die Treppe nach oben.

Sein Zimmer, oder besser gesagt seine Kabine, befand sich im zweiten Stock. Sie war mit einer schmalen Pritsche, einem Tischchen, einem Kleiderständer, einer Lampe und einem Spiegel ausgestattet.

Damit die Luftzirkulation gewährleistet war, reichten die hölzernen Trennwände nicht bis zum Boden und auch nicht an die Decke, was dazu führte, dass es ständig kalt und zugig war, und man jedes noch so leise Geräusch aus den Nachbarkojen zu hören bekam. Von wegen Privatsphäre. Davon gab es hier genauso wenig wie damals im Waisenhaus, dafür aber mindestens so viele Vorschriften. Alkohol und Zigaretten waren im gesamten Gebäude verboten, um zehn Uhr herrschte Nachtruhe, die Kabinen durfte man nur zwischen acht Uhr abends und neun Uhr morgens benutzen, und ganz egal, was das Aufsichtspersonal zu sagen hatte, man musste ihren Aufforderungen Folge leisten. Selbstbestimmtheit war im Männerlogierhaus ein Fremdwort, und es war genau diese Bevormundung, die Emmerich – mehr noch als die trostlose Atmosphäre –

aufs Gemüt schlug. Er war Kriminalbeamter im Dienste der Republik Österreich, doch hier wurde er wie ein dummes Kind behandelt.

Er hasste es.

Mit einem leisen Ächzen betrat er sein klägliches Reich, das mit der Nummer 240 versehen war. Nach der verschwenderischen Opulenz, die er an diesem Abend erlebt hatte, kam es ihm noch schäbiger vor als sonst. Er schloss die Tür hinter sich, blieb vor dem Spiegel stehen und betrachtete sein Gesicht. Blass sah er aus, eingefallen und verhärmt. Er legte sich auf die Pritsche und dachte nach. Zumindest einen Lichtblick gab es: Er würde ab sofort in der Fürst-Angelegenheit mitermitteln. Wenn er und Winter sich gut schlugen, könnte das ihre Situation maßgeblich verbessern.

Seine Grübelei wurde durch ein lautes Klopfen jäh unterbrochen.

»Emmerich?«, hörte er eine Stimme. »Geh, mach doch bitte kurz auf.«

Emmerich hielt die Luft an. Er tat so, als wäre er nicht da. Er hatte keine Lust auf Belehrungen, Beschimpfungen oder was auch immer der Mann von ihm wollte.

In diesem Heim gab es zwei Fraktionen – ihn und die anderen. Er war Polizist, alle weiteren Bewohner standen auf der entgegengesetzten Seite des Rechts. Wenn nicht als aktive Spitzbuben, dann zumindest moralisch. Der Staat, dem er diente, hatte ihnen nicht gut mitgespielt. Erst hatte er sie in den Krieg geschickt, und nun konnte er ihnen als Gegenleistung weder anständige Arbeit noch ausreichend Wohnraum und Lebensmittel bieten.

»Emmerich!« Der fragende Unterton war verschwunden

und einem herrischen gewichen. Wahrscheinlich hatte der Kerl die Würste gerochen und war nun gekommen, um zu schnorren. »Emmerich!« Er blieb lästig und klopfte so fest gegen die Tür, dass die ganze Koje wackelte. »Es ist wichtig. Es geht um den Peppi.«

Emmerich, der keinen Peppi kannte, stellte sich weiter tot.

»Emmerich. Wir wissen, dass du da darinnen bist. Der Theo hat dich raufgehen gesehen. So mach doch auf, bitte schön. Für den armen Peppi.«

Wer auch immer dieser Peppi war, und was auch immer er für ein Problem hatte – es war Emmerich egal. Er wollte nichts damit zu tun haben, drehte sich deshalb mit dem Gesicht zur Wand und schloss die Augen. Sollte der Kerl doch klopfen und jammern … Er hatte schon Schlimmeres ausgeblendet.

Tatsächlich schien sein Plan aufzugehen, denn kurz darauf verstummte das Rufen und ging in leises Murmeln über, bis er schließlich Schritte hörte, die sich von seiner Koje entfernten.

Endlich Ruhe.

Er wälzte sich zurück auf den Rücken und fing an, über den Fall Fürst nachzudenken, wurde aber nur wenige Minuten später wieder aus seinen Gedanken gerissen, da die Schritte zurückkehrten und sich vor seiner Tür etwas tat. Knacken und Knarren, Keuchen und Schnauben.

»Glaubst du, der Stuhl hält das aus?«

»Werma gleich sehn.«

Sie würden doch wohl nicht …

»Geht es dir gut? Du bist doch hoffentlich nicht krank?«

Emmerich öffnete die Augen und schaute direkt in das

Gesicht eines Mannes, der ihn über den Türrahmen hinweg anstarrte. Links und rechts von seinen Ohren klammerten sich seine Finger an der dünnen Holzwand fest. Sie waren über und über mit knotigen Geschwüren gespickt.

Als er Emmerichs Blick darauf bemerkte, ließ der lästige Kerl seine Hände verschwinden. »Entschuldige die Störung.«

Emmerich überlegte, woher er den Mann kannte, bei dem es sich um einen seiner vielen Mitbewohner handeln musste. Aus der Badeanstalt? Aus dem Desinfektionsraum? Oder dem Speisesaal? Ja, das war es. Sie hatten beim Abendessen mal ein paar Worte miteinander gewechselt. Der Kerl war ein Hausierer namens Ludwig, wenn er sich recht erinnerte. Ein komischer Kauz, der sich durch gute Manieren und eine gewählte Sprache hervortat. Angeblich war er ein ehemaliger Lateinlehrer, dessen Beruf den Umständen zum Opfer gefallen war – Hunger, Kälte und Seuchen machten den Kleinsten besonders schwer zu schaffen, und so war die Anzahl der schulpflichtigen Kinder in Wien seit 1914 um mehr als Hunderttausend zurückgegangen. In den nächsten Jahren würde sie aufgrund des Geburtenausfalls während der Kriegszeit noch weiter sinken.

»Du bist bei der Kriminalpolizei, nicht?«

Emmerich starrte auf das mit Bartstoppeln übersäte Gesicht und die wuchernden Brauen, unter denen ihn zwei rot geäderte Augen so intensiv anstarrten, als wollten sie ihn hypnotisieren. »Als wenn du das nicht genau wüsstest.«

Ludwig drehte den Kopf. »Es stimmt. Er ist wirklich Kriminalbeamter«, sagte er zu jemandem, von dem Emmerich nur ein paar schmutzige Schuhe sehen konnte.

»Außer Dienst.« Er hasste diese verdammten Kojen, dieses verdammte Logierhaus. Nirgends hatte man seinen Frieden. »Ich bin müde, muss schlafen«, konstatierte er und drehte sich demonstrativ weg.

»Wir haben den ganzen Abend auf dich gewartet«, ließ Ludwig nicht locker. »Es geht um Leben und Tod. Darum, bitte schön, erbarm dich.«

Emmerich sah ein, dass Ludwig ihn nicht in Ruhe lassen würde. Er war immerhin Hausierer. Penetranz war sein tägliches Brot. »Was ist?«

Das war wohl das Stichwort gewesen, auf das Ludwig gewartet hatte. »Der Peppi«, setzte er an, »du weißt schon, unser Kamerad, der auch hier wohnt ... Er ist heute Abend verhaftet worden. Von deinen Kollegen. Die behaupten, er habe den Herrn Fürst ermordet. Den Stadtrat. Aber das hat er nicht. Er ist so unschuldig wie ein Lamm.«

Emmerich schnaubte, allerdings nicht wegen des Schicksals dieses Peppi, sondern weil der Fall offenbar erledigt war. Sein Fall. Der Fall, mit dem er sich endlich bei »Leib und Leben« hätte etablieren können. Der Fall, den er sich heute verdient hatte. Das Leben war und blieb ein elender Bastard. »Dass sie unschuldig sind, sagen sie alle.« Er kramte die Schnapsflasche hervor, öffnete sie und nahm einen Schluck. »Wenn die Kollegen ihn verhaftet haben, wird schon was dran sein.«

»Der Peppi hat den Richard Fürst vergöttert. Verstehst du? Weil der Herr Stadtrat so ein herzensguter Mensch ist ... war. Er höchstpersönlich ist es gewesen, der dem Peppi die Prothesen bezahlt hat.«

Jetzt entsann sich Emmerich endlich, von wem Ludwig die ganze Zeit redete. Peppi war ein schmächtiger Kerl, dem die Russen einen Arm und den halben Kopf weggeschossen hatten. Er besaß einen metallenen Greifhaken und eine Art Maske, die an einem Brillengestell befestigt war und seine rechte Gesichtshälfte verdeckte. Das ärmste aller armen Schweine.

»Außerdem hat der Herr Stadtrat ihm die Arbeit in der Münzprägerei besorgt. Ohne die könnte er sich doch nicht einmal die Miete für hier leisten. Verstehst du? Peppi hatte keinen Grund, den Herrn Stadtrat zu ermorden. Im Gegenteil.«

Emmerich zuckte mit den Schultern. Traumatisierte Soldaten brauchten keine Gründe. »Dort, wo er jetzt ist, muss er gar keine Miete zahlen.«

Ludwig schüttelte heftig den Kopf. »Du musst mir glauben. Unser Kamerad ist unschuldig. Sag es ihm, Theo.«

»Der Peppi hot eam sicher nicht ab'kragelt. Fix ned«, drang eine kratzige Stimme durch die Tür.

»Wenn's so war, werden meine Kollegen das schon feststellen. Ihr könnt ja morgen Zeugnis über Peppis guten Charakter ablegen. Und jetzt gute Nacht.« Er genehmigte sich einen weiteren Schluck und verfluchte das Leben.

»Geh bitte, als ob uns jemand glauben würd«, rief Theo durch die Tür. »Außerdem wiss ma doch eh alle, wie's bei der Kieberei läuft: Wenn die sich mal auf wen eing'schossen ham, dann steh'n die Karten schlecht für den.«

»Ausnahmen bestätigen natürlich die Regel«, ergänzte Ludwig.

»Bis die endlich draufkommen, dass er's ned war – sofern's überhaupt draufkommen – is' der doch längst krepiert. Der überlebt im Häfn ka Woch'n, aber das is' der Kieberei wurscht. Sobald der Peppi tot is', is' der Fall für die Oaschlecha erledigt.«

»Ihr wisst aber schon, dass ich einer von denen bin.« Emmerich setzte sich auf.

»Du bist aber auch einer von uns. Einer von den Meldemann-Männern. Wir Elendsbrüder müssen doch zusammenhalten.«

»Wie praktisch, dass euch das ausgerechnet heute einfällt.«

Die beiden ignorierten den zynischen Einwurf. »Bitt' schön, kannst ned irgendwas für den Peppi tun? Er is' so ein anständiger Kerl. Er hat das ned verdient.«

Emmerich rollte die Augen, versteckte seine Schätze unter dem Bett und öffnete schließlich die Tür.

Die beiden traten ein, Ludwig setzte sich auf den Stuhl, Theo, ein schmächtiger Kerl mit rotem Gesicht, ans Fußende des Bettes. Beide schauten ihn erwartungsvoll an.

»Auf welcher Grundlage wurde euer Freund denn verhaftet?«

»In der Mordnacht hat jemand den Peppi beobachtet, wie er aus dem Haus von Herrn Fürst gekommen ist.« Ludwig kratzte sich, und als er Emmerichs angewiderten Blick bemerkte, zog er seine Hemdsärmel über seine blattrigen Hände. Obdachlosen- und Männerwohnheime waren ein unerschöpflicher Quell für alle nur erdenklichen Arten von Krankheiten. Da konnten die Aufseher so viel desinfizieren, wie sie wollten.

»Er war ja auch wirklich dort«, erklärte Theo weiter. »Aber ned zum Morden. Er wollte Dank'schön sagen.«

Emmerichs Blick fiel auf Theos stark gerötete Handflächen, dann wanderte er zu den geplatzten Äderchen auf seinen Wangen und den Verdickungen an der Nasenspitze – den Insignien der Trinkerarmee.

»In den vergangenen Monaten hat Peppi Geld gespart«, übernahm Ludwig wieder das Wort. »Damit hat er eine Silbermünze gekauft. EIN HERZLICHES VERGELT'S GOTT hat er draufgeprägt. Die Münze hat er dem Herrn Stadtrat am Abend überreicht. Der hat ihn daraufhin auf ein Glas Cognac eingeladen, und dann ist Peppi wieder gegangen.«

»Gleich drauf muss da Mörder zug'schlagn ham.« Theo bekreuzigte sich. »Der arme Herr Fürst, Gott hob eam selig.«

»Das ist ja alles schön und gut, aber was soll ich eurer Meinung nach jetzt machen? Ohne stichhaltige Beweise kann ich nichts tun.«

»Du könntest mit deinen Kollegen reden. Die hören doch sicher auf dich.«

»Die hören nur auf Fakten«, umschiffte Emmerich dieses Thema.

»Dann ermittle auf eigene Faust. Wir helfen auch.«

Die ernst gemeinte Sorge um ihren Kameraden rührte Emmerich. Er hatte vor gar nicht allzu langer Zeit am eigenen Leib erfahren müssen, dass auch Unschuldige nicht davor gefeit waren, von den Mühlen der Gerechtigkeit geschrotet zu werden. »Ich schaue, was sich machen lässt«, versprach er.

Theo fiel ihm um den Hals, er verströmte den Geruch nach Kohl und säuerlichem Schweiß. Den Heimbewohnern stand im Keller zwar ein Waschraum zur Verfügung, doch dieser war kostenpflichtig. Wenn die Männer sich zwischen einer Dusche und Schnaps entscheiden mussten, fiel die Wahl fast immer auf Letzteres. »Dank dir«, sagte er und klopfte Emmerich auf den Rücken.

»Versprechen kann ich nichts«, sagte dieser, konnte damit aber die Euphorie der beiden Männer nicht bremsen.

»Peppi und der Herrgott werden's dir vergelten«, rief Ludwig und sprang auf. »Komm«, sagte er zu Theo. »Lassen wir den Emmerich schlafen. Hast ja gehört, was er vorhin gesagt hat. Er ist müde.« Er packte seinen Kumpan am Oberarm und zog ihn mit sich nach draußen.

»Wart mal«, sagte Theo, als sie auf dem Flur waren. »Irgendwas duftet da nach ... I glab, es san Wiaschtl.«

»Du fantasierst wohl schon. Wenn es hier drinnen etwas anderes als das elende K.-u.-k.-Menü gäbe, dann hätten wir das längst mitgekriegt.«

Dienstag,
23. März 1920

6

»Der Fluch der Pandora!«, schrie ein Zeitungsjunge Emmerich entgegen, als dieser am nächsten Morgen in die Roßauer Lände einbog. »Ist der neue Film von Fritz Oswald verhext? Kaufen Sie die *Illustrierte Kronenzeitung*, und finden Sie es heraus!«

Emmerich blieb im Nieselregen stehen, nahm dem Kleinen eine Ausgabe aus der Hand und betrachtete die Titelseite. *Mysteriöses Beben erschüttert die Sascha-Filmateliers*, stand dort geschrieben. *Während die Erde im Rest von Wien stillsteht, zittert in der Sieveringer Straße der Boden. Der Filmstab berichtet von weiteren mysteriösen Vorkommnissen. Liegt auf dem Streifen etwa ein Fluch? Mehr dazu auf Seite 5.*«

Oswalds Plan war offenbar aufgegangen. *Pandora* war in aller Munde.

»He!« Der Junge zog an Emmerichs Cape. »Erst kaufen, dann lesen.«

Emmerich drückte ihm eine Münze in die Hand und hielt sich das Schmierblatt als Regenschutz über den Kopf, während er weiter in Richtung seiner Dienststelle lief.

»Verhaftung im Mordfall Fürst«, hörte er den Jungen hinter sich rufen. »Wer ist die Bestie, die den guten Samariter meuchelte? Außerdem: Verhandlungen in Berlin. Wie lange wird der Streik noch andauern?«

Es war ein Tag mit vielen Schlagzeilen. Wie hoch deren

Wahrheitsgehalt war, würde sich hoffentlich bald herausstellen.

Als Emmerich die Tür zur Abteilung »Leib und Leben« öffnete, schlug ihm eine Woge von Selbstgefälligkeit entgegen.

»Morgen, Emmerich, auch schon munter?« Brühl stand mitten in der Schreibstube und lehnte sich nonchalant gegen den Schreibtisch, an dem eine unscheinbare Brünette namens Grete Silbermann arbeitete. Sie war für die Telefonie zuständig, und Emmerich glaubte bemerkt zu haben, dass sie ein Auge auf Winter geworfen hatte. Brühl hatte eine Tasse Kaffee in der Hand und ein Grinsen auf den Lippen, das mindestens genauso schmierig war wie seine Haare. »Schon gehört? Ich hab den Mordfall Fürst gelöst.«

Brühl war es also gewesen, der den armen Peppi weggesperrt hatte. Er hätte es sich denken können.

Emmerich zog sein Cape so schwungvoll aus, dass Brühl mit Regenwasser bespritzt wurde. »Erstens waren Sie es wohl nicht allein und zweitens: Nur weil Sie jemanden verhaftet haben, heißt das noch lange nicht, dass er es auch war.«

»Ach so? Solidarität mit dem elenden Hund? Wohl, weil er auch ein Krüppel ist.« Brühl wischte die Tropfen von seinem Hemd.

Emmerich verkniff sich eine bissige Antwort und studierte die Zeitung, während er zu seinem Schreibtisch ging. Die Streiks im Deutschen Reich dauerten an. Die Fronten verhärteten sich weiter, und die Ausschreitungen zwischen dem Militär und der Arbeiterschaft verschärften sich. Im Inland wurden die ideologischen Gegensätze der Großparteien immer offenkundiger, und wenn nicht bald ein

Wunder geschah, würde die Regierungskoalition der Sozialdemokraten und Christlichsozialen nicht mehr lange halten.

Auch der Rest der Schlagzeilen vermochte nicht, Emmerichs Stimmung zu heben. Es ging um steigende Not, Selbstmordwellen, den panislamischen Aufstand und überfüllte Friedhöfe. Dazu kamen trostlose Teuerungsberichte und Schilderungen der kläglichen Versorgungslage.

»Unterm Kaiser hätt's all das Elend und Chaos nicht gegeben«, seufzte Papousek, der Emmerich beobachtet hatte. »Ich hoff' ja immer noch, dass seine Majestät eines Tages zurückkehrt.« Er erntete ein zustimmendes Nicken von Brühl.

»Verdammte Monarchisten«, murmelte Emmerich, setzte sich an seinen Platz, schloss die Augen und ließ die Atmosphäre auf sich wirken. Telefonläuten, das Geklapper einer Schreibmaschine, jemand lutschte ein Zuckerl und schmatzte dabei, Schnäuzen, Kichern, der Geruch von Maiglöckchen und Veilchen, der die Sekretärinnen umfing … Er konnte es nicht mehr ertragen.

Ohne ein weiteres Wort zu verlieren, stand er wieder auf, stapfte aus dem Raum und ging zu Gonskas Büro. Er klopfte an und betrat es, ohne auf eine Antwort zu warten.

»Emmerich. Wer sonst.« Gonska sah von seiner Lektüre auf und strich über seinen Schnurrbart. »Sie haben …«

»Brühl hat den Falschen eingebuchtet«, fiel Emmerich ihm ins Wort und ließ sich auf einen Stuhl fallen.

Gonska seufzte. »Frau Haidrich und Herr Oswald haben mich angerufen und Sie in den höchsten Tönen gelobt. Machen Sie den guten Eindruck nicht gleich wieder kaputt.«

»Herr …« Erst jetzt fiel ihm auf, dass er gar nicht Peppis

richtigen Namen kannte. »Der Mann, den Brühl verhaftet hat … Es gibt ernsthafte Zweifel an seiner Schuld.«

»Für mich sieht die Sache eindeutig aus.« Gonska schenkte ihm einen mitleidigen Blick. »Es tut mir aufrichtig leid, dass Sie nicht mehr zum Zug gekommen sind. Ich verspreche, dass ich Sie bei der nächsten großen Sache berücksichtigen werde.« Er lehnte sich zurück. »Und jetzt erzählen Sie doch mal von gestern. Wie haben Sie die Hexe gefunden, und wie haben Sie sie dazu gebracht, den Fluch aufzuheben?«

Emmerich überging die Fragen. Bis zum nächsten großen Fall konnte viel Zeit vergehen. »Ich habe unter der Hand Informationen bekommen, die darauf hindeuten, dass der Falsche verhaftet wurde. Lassen Sie mich mit dem Verdächtigen reden und ein paar Details überprüfen.«

»Ich weiß, dass Sie und Inspektor Brühl kein gutes Verhältnis haben, aber …«

»Stellen Sie sich doch nur mal vor, was es für den Ruf der Abteilung bedeutet, wenn rauskommt, dass der wahre Mörder noch frei herumrennt, während ein armer, unschuldiger Kriegsversehrter im Gefängnis verrottet.« Er zog selbstgefällig seine Schachtel Nil aus der Hosentasche und zündete sich eine Zigarette an. Dann starrte er Gonska tief in die Augen. »Außerdem hatten wir eine Abmachung.«

Sein Vorgesetzter nahm ihm die Zigarette weg, öffnete das Fenster, schmiss sie hinaus und brachte ihn mit seinem Blick zum Schweigen. »Wer ist Ihr Informant?«

»Ich habe aus meiner Zeit als Polizeiagent noch viele Kontakte. Ich kann keine Namen nennen, aber es sind zuverlässige Männer, denen ich voll und ganz vertraue.«

Gonska lehnte sich zurück und zwirbelte die Enden

seines Schnauzbarts. »Von mir aus«, sagte er nach ein paar Sekunden. »Aber nur weil Sie die Haidrich-Sache so schnell und zu aller Zufriedenheit erledigt haben.«

Emmerich stand auf und wollte gehen, doch Gonska hielt ihn zurück.

»Ich will keinen Unfrieden im Büro«, sagte er. »Hängen Sie die Sache nicht an die große Glocke. Ermitteln Sie so, dass keiner was mitkriegt. Ich fahre in einer Stunde nach Brünn zu einem Kongress. Am Freitag bin ich wieder zurück. Wenn Sie mir bis dahin stichhaltige Beweise liefern können, sehen wir weiter.«

»Freitag? Aber heute ist doch schon Dienstag. Ein bisschen mehr Zeit brauche ich schon. Sagen wir eine Woche.«

»Wir sind hier nicht auf dem Basar, Emmerich. Hier wird nicht gefeilscht.«

»Aber …«

»Kein Aber! Und wenn ich Ihnen einen Rat geben darf: Die halbe Abteilung liegt mir wegen Ihnen in den Ohren. Die wollen Sie loswerden. Bisher konnte ich dagegenhalten, weil Carl Horvat schwört, dass unter all dem …«, er deutete auf Emmerichs Aufzug und suchte nach dem passenden Begriff, doch es schien ihm keiner einzufallen, »… ein fähiger Kriminalbeamter steckt. Aber wenn Sie sich weiterhin so aufmüpfig geben, werden mir irgendwann die Argumente ausgehen. Und mit ›irgendwann‹ meine ich bald.«

»Ich …«, setzte Emmerich an.

»Ich bin noch nicht fertig. Solange ich weg bin, wird Brühl die Leitung der Abteilung übernehmen. Ich weiß, das schmeckt Ihnen nicht, aber reißen Sie sich zusammen. Und jetzt raus.«

Emmerich murmelte etwas Unverständliches und verließ das Büro. Freitag. Das waren gerade mal zweiundsiebzig Stunden.

»Reißen Sie sich zusammen!«, schrie Gonska durch die geschlossene Tür.

»Bei was sollen Sie sich zusammenreißen?«, fragte Winter, der gerade, mit nur einem Arm, einen riesengroßen Aktenstapel durch den Flur balancierte.

»Beim Aufklären des Mordfalls Fürst. Wir sollen keinen Staub aufwirbeln. Brühl hat nämlich den Falschen verhaftet.«

Winter schaute sich um. Zum Glück waren alle Türen geschlossen, und niemand hatte Emmerichs Worte gehört. »Woher wollen Sie das denn wissen?«

»Anonymer Hinweis. Wir haben zweiundsiebzig Stunden, um den wahren Mörder zu finden.«

»Wir?« Winter riss die Augen auf.

»Gonska hat zugestimmt, aber die anderen sollen nichts davon erfahren.« Er zeigte auf die Akten. »Wo willst du damit hin?«

»Ins Archiv. Brühl hat mir aufgetragen, alles, was mit dem Fürst-Fall zusammenhängt, abzulegen.«

»Verstehe.« Emmerich fing an, den Stapel durchzuschauen.

»Was tun Sie denn da?« Winter geriet ins Schwanken, als Emmerich ein paar Blätter herauszog.

»Ich nehme mir, was ich für unsere Ermittlungen brauche.«

»Von mir haben Sie die Unterlagen nicht.«

Emmerich nickte und fing an, die Seiten, auf denen die Rekonstruktion des Tathergangs notiert war, zu überfliegen. »Ich gehe einen Sprung rüber ins Gefangenenhaus.

Ich muss mit dem Kerl reden, den Brühl verhaftet hat.« Endlich entdeckte er auch Peppis richtigen Namen. »Navratil. Josef Navratil heißt er.«

Winter schaute sich verschwörerisch um. »Was soll ich sagen, wenn jemand nach Ihnen fragt?«

»Lass dir was einfallen.« Emmerich hinkte in Richtung Ausgang. »Es ist an der Zeit, dass du endlich lernst, wie man ordentlich lügt.«

Das fünfgeschossige Polizeigebäude an der Roßauer Lände war ein echtes Ungetüm, hinter dessen Mauern Verbrechen und Gewalt zu Hause waren. Das konnten weder die prunkvolle Fassade noch das sanfte Plätschern des Donaukanals, der daran vorbeifloss, wettmachen. Neben der Abteilung »Leib und Leben«, beherbergte das Bauwerk eine Kaserne, die Praxis des Amtsarztes, mehrere Garagen und ein Gefangenenhaus mit hundertfünfzig Zellen.

Die wenigen Meter, die Emmerich bis zu dem Trakt gehen musste, in dem Peppi einsaß, reichten aus, um den Großteil der Akten zu überfliegen: Bertha Fürst, die Ehefrau des Ermordeten, hatte sich am Donnerstag, dem 18. März, gegen halb acht in ihre privaten Räumlichkeiten zurückgezogen, da ihr Mann noch einen späten Besucher, den Hilfsarbeiter Josef Navratil, empfangen hatte. Navratil, den sie als unheimlich beschrieb, war unangemeldet bei ihnen aufgetaucht und hatte, laut Bertha Fürst, nervös und fahrig gewirkt. Ungefähr eine halbe Stunde später war sie durch einen Schuss aus dem Schlaf gerissen worden und hatte ihren Mann tot im Flur gefunden – von dem ungebetenen Gast keine Spur. Mitgenommen hatte er nichts. Ein Fiakerfahrer und zwei Wäschermädel, die sich zur Tatzeit ganz in der Nähe aufgehalten hatten, hatten beobachtet, wie Navratil das Haus verließ und davoneilte.

Das war alles. Keiner der zuständigen Ermittler hatte Peppis Ausführungen viel Glauben geschenkt. Niemand hatte sich die Mühe gemacht, sein Motiv zu hinterfragen. Zu einfach, zu bequem war die Version des gestörten Veteranen. Kriegstrauma. Kopfverletzung. Frontpsychose. *In dubio pro reo?* Von wegen. Im Zweifel richtete Justitia, die blinde Kuh, sich gerne gegen die Angeklagten. Die Armen und Verzweifelten. Die Randexistenzen. Den Abschaum. Gegen Menschen wie Peppi und ihn selbst.

Emmerich betrat den Gefängnistrakt durch ein unscheinbares Tor, das im Vergleich zu dem wuchtigen Gebäudekomplex viel zu klein geraten wirkte. »Rayonsinspektor August Emmerich.« Er hielt dem Wachbeamten, der in einer Art Verschlag saß und wie Zerberus den Eingang zur Unterwelt bewachte, seine Marke unter die Nase. »Ich möchte zu Josef Navratil.«

Der Mann schlug ein dickes Buch auf. »Em… Em… Em…« Er fuhr mit dem Finger von oben nach unten über ein Verzeichnis. »Sie stehen nicht auf der Liste.«

»Sagt wer?«

»Die Liste.« Der Kerl kratzte sich an seinem haarigen Ohr und wandte den Blick auf seinen Schoß, auf dem eine Zeitung lag.

Wie heißer Dampf strömten Ärger und Ungeduld durch Emmerichs Körper. Die Uhr tickte. Sie hatten weniger als drei Tage und absolut keine Zeit, diese mit den Plagen der österreichischen Bürokratie zu verplempern. »Ich bin von ›Leib und Leben‹«, sagte er und präsentierte erneut seine Marke.

»Sie stehen nicht auf der Li…«

»Ich pfeif auf Ihre Liste. Sie behindern meine Ermittlungen!« Emmerich schlug mit der Faust auf den Tresen und hielt seine Marke so nah an das erschrockene Gesicht des Uniformierten, dass dessen Atem darauf beschlug. »Der Fall hat oberste Priorität. Wissen Sie das denn nicht?« Er griff nach dem Telefonapparat, der neben dem Mann stand. »Wie lautet Ihr Name?«

»Was tun Sie denn? Sie können doch nicht… Wieso wollen Sie …?«

Emmerich streckte den Rücken durch und verengte die Augen zu Schlitzen. »Ich werde mich über Sie beschweren. Wie lautet Ihr Name?«

Die Strategie zeigte Wirkung, denn der Mann biss sich verängstigt auf die Unterlippe. »Schon gut«, sagte er, nahm Emmerich das Telefon aus der Hand und platzierte es außer seiner Reichweite. »Ich dachte, der Fall sei gelöst«, murmelte er.

»Eben nicht, und wenn Sie hier noch länger herumhampeln, wird er es auch so bald nicht werden.«

Ohne seinen Unmut zu verhehlen, drückte der Mann auf einen Knopf. Kurz darauf erschien ein Aufseher aus dem hinteren Teil des Gebäudes.

»Was?«, fragte er kurz und knapp.

»Bring den Navratil in den Verhörraum 3«, sagte der Wachbeamte. »Und Sie tragen bitte hier Ihren Namen ein.« Er schob Emmerich das Buch zu.

Emmerich kam der Bitte nach und folgte dem Aufseher durch eine gelb gestrichene Eisentür in den Gefängnistrakt. Jeder ihrer Schritte hallte durch die langen Flure, deren Böden aus Eisenblechplatten gefertigt waren.

»Warten S' hier. Ich hol ihn«, sagte der Aufseher und öffnete eine schmale Tür.

Beim Verhörraum 3 handelte es sich um ein grün getünchtes Kämmerchen, in dessen Mitte ein Metalltisch auf dem Boden fixiert war, ein massives Bollwerk, das die Trennlinie zwischen Gut und Böse darstellte.

Emmerich ließ sich auf der Seite des Gesetzes nieder und fröstelte. Nirgendwo waren die Stühle so hart und die Räume so karg wie hier. Es stank nach Angstschweiß und Verzweiflung. Er trommelte mit den Fingern ein gehetztes Stakkato auf die Tischplatte und fragte sich, wo sie nur blieben.

Wehe, wenn Peppi nicht unschuldig war.

Als sich die Tür nach einer gefühlten Ewigkeit endlich öffnete, war Emmerich so entnervt, dass er zu einer Schimpftirade ansetzen wollte, doch der Anblick von Josef Navratil ließ ihn verstummen. Die kurze Zeit in Untersuchungshaft hatte dem armen Kerl so zugesetzt, dass er noch bemitleidenswerter aussah, als Emmerich ihn in Erinnerung hatte – noch schmaler, noch gebeugter … ein Bäumchen, das von den Naturgewalten gebeutelt worden war und den nächsten Sturm nicht überstehen würde.

»Schon gut«, sagte Emmerich zu dem Aufseher, der sich breitbeinig neben der Tür platzierte. »Ich schaff das auch allein.«

Der Beamte musterte erst Emmerich und anschließend den Gefangenen, nickte und schloss die Tür hinter sich.

»Ich kenne Sie …« Peppi blieb dort stehen, wo der Wärter ihn abgestellt hatte, und starrte Emmerich mit leerer Miene an. Die Armprothese war ihm abgenommen worden, seine gesunde Hand hatte man mit einer langen Kette an sein Bein gefesselt. Die Maske, die seine rechte Gesichtshälfte verdeckte, hing schief, und auf seinem Kinn prangte ein rotblaues Hämatom. Er wirkte kaum mehr wie ein Mensch, eher wie eine groteske Kreatur aus einem schnapsinduzierten Albtraum.

»Ja. Aus der Meldemannstraße.« Emmerich deutete auf den Stuhl vis-à-vis.

Mit hängenden Schultern schlurfte Peppi, einem geprügelten Hund gleich, um den Tisch und setzte sich. »Ach ja?« Mehr sagte er nicht, da er offenbar nicht wusste, wie er diese Information einordnen sollte.

»Ludwig und Theo schicken mich. Sie sagen, du seist unschuldig.«

Peppi schien langsam zu begreifen, dass Emmerich ihm wohlgesinnt war. Er hob den Kopf und nickte. »Das bin ich auch.«

»Gut. Dann wollen wir dafür sorgen, dass du so schnell wie möglich hier rauskommst.«

Peppi gab einen Schluchzer von sich, Tränen rannen über sein Gesicht. Er wollte sie wegwischen, doch die Kette hinderte ihn daran, sodass die großen salzigen Tropfen kreisrunde Flecken auf der Tischplatte hinterließen.

Emmerich ignorierte den Gefühlsausbruch und räusperte sich. »In der Akte steht, dass du gegen halb acht das Haus der Fürsts aufgesucht hast. Stimmt das?«

»Ja, ich wollte …«

»Ich weiß. Die Münze. Deine Freunde haben mir alles erzählt.« Er blätterte in den Aufzeichnungen. »Und du bist ungefähr eine halbe Stunde später wieder gegangen?«

»Ja, da hat er noch gelebt. Ich schwör's bei Gott.«

Emmerich klopfte seine Kleidung vergeblich nach Zigaretten ab und grübelte: der Zeitpunkt, der Schuss, die Zeugenaussagen … Der Täter musste gleich nachdem Peppi gegangen war, in das Haus gekommen sein. Oder er war bereits da gewesen. »War außer dir und den Fürsts noch jemand im Haus? Personal? Handwerker? Lieferanten?«

»Kurz bevor ich mich verabschiedet hab, hat jemand einen Brief gebracht. Ich glaub, schlechte Nachrichten. Herr Fürst war ziemlich geknickt, nachdem er ihn gelesen hat. Der Bote ist aber gleich wieder gegangen. Ich hab am Fenster gesessen und konnte sehen, wie er davongeeilt ist.«

»Dann kann er es nicht gewesen sein.« Emmerich starrte auf die Akten, die vor ihm auf dem Tisch lagen, so als könnte er sie durch Hypnose zwingen, eine verwertbare Spur preiszugeben.

»Ich glaube, es war der Dienstmann«, sagte Peppi leise.

»Der Dienstmann? Welcher Dienstmann?«

»Ein groß gewachsener Kerl. Er trug eine Uniform der Stadt-Couriere.« In Wien gab es zwei Dienstmann-Institute, die über die nötige Konzession verfügten und das Gewerbe betreiben durften: die Wiener Stadtträger und die Stadt-Couriere. »Er hat auf der Seilerstätte herumgelungert und das Haus beobachtet.«

Emmerich blätterte durch die Unterlagen. »Ach ja, hier steht es.« Er überflog die Seite. »Inspektor Brühl …«

»Ich weiß.« Peppi senkte den Kopf, wobei seine Gesichtsprothese nach unten rutschte. Reflexartig wollte er sie hochschieben, wurde aber wieder durch die Kette ausgebremst. Er drehte sein Gesicht und versuchte, sie mit seinem Armstumpf nach oben zu bugsieren, was ihm aber nicht gelang.

Emmerich beugte sich über den Tisch, rückte die Maske zurecht und betrachtete sein Gegenüber. Dieser arme Kerl, ein Watschenmann des Schicksals …

»Herr Brühl behauptet, ich hätte mir den Kerl ausgedacht, um den Verdacht von mir abzulenken. Das Dienstmann-Institut beteuert nämlich, dass keiner seiner Angestellten etwas in der Gegend zu tun hatte. Alle konnten ein Alibi vorweisen, und Uniformen fehlten auch keine.«

Emmerich erinnerte sich an die Aussagen der Mitarbeiter. Er hatte die Gesprächsprotokolle höchstpersönlich abgetippt. »Und du bist sicher, dass der Kerl von keiner anderen Firma hätte sein können?«

»Ganz sicher. Als ich das Haus betreten hab, bin ich an ihm vorbeigelaufen. Er trug einen grauen Lodenrock, eine Hose mit gelber Bordierung und eine Schirmmütze – das ist die Dienstkleidung der Stadt-Couriere. Die Stadtträger haben zwar eine ganz ähnliche Garderobe, aber mit roten Streifen.«

»Stimmt«, sagte Emmerich. »Als du wieder gegangen bist, ist er da noch immer herumgelungert?«

Peppi schüttelte den Kopf. »Ich weiß, die Geschichte klingt völlig abstrus, aber Sie hätten ihn sehen sollen. Die Art, wie er dort gelauert hat. Wie … Wie … ein Raubtier. Ich kann es nicht besser beschreiben.«

»Konntest du einen Blick auf sein Gesicht werfen?«

»Nur ganz kurz. Er hatte einen dichten schwarzen Bart und eine Brille. Ich hab keine Details erkennen können. Die Beleuchtung war schummrig, und ich sehe nicht gerade gut mit nur einem Auge.«

»Bestimmt eine Maskierung.« Dienstmänner gehörten in Wien zum Stadtbild. Gegen ein bestimmtes Entgelt übernahmen sie Botengänge und Trägerdienste, machten Besorgungen, führten Hunde aus, standen Schlange an Warenausgaben und öffentlichen Einrichtungen oder verrichteten andere Aushilfsarbeiten. Niemandem wäre es komisch vorgekommen, wenn einer von ihnen sich in der Seilerstätte herumgetrieben hätte. Der Kerl hatte wahrscheinlich auf eine Gelegenheit gewartet, das Haus unauffällig zu betreten.

Emmerich klopfte mit den Fingern auf den Tisch. So kamen sie nicht weiter. Er brauchte mehr Anhaltspunkte. »Denk nach. Gib mir irgendwas, bei dem ich ansetzen kann.«

Peppi zuckte mit den Schultern. »Das ist alles. Ich zermartere mir schon seit Tagen das Hirn. Seit ich von dem Mord erfahren hab. Aber ich weiß nicht mehr.«

Tick, tack … Emmerich konnte förmlich hören, wie die Zeit verrann. Noch einundsiebzig Stunden und so gut wie keine Spur.

»Ich frage mich, wieso der Mann ausgerechnet den Herrn Stadtrat umgebracht hat«, überlegte Peppi laut. »Er war der gütigste Mensch, den ich kannte.« Seine Wehmut hing schwer und drückend im Raum. »Ohne ihn …«, setzte er an, doch seine Stimme brach, und er musste Luft holen, um sich wieder zu fangen. »Ohne ihn würde ich in der Gosse leben, ausgestoßen von der Gesellschaft. Ohne Prothese, ohne Arbeit und ohne Geld. Ein Monster ohne Gesicht, ein Kinderschreck, der nur im Dunkeln aus seinem Loch kriechen kann.« Er schluchzte. »Es war Richard Fürst, der mich gerettet hat. Ich schulde ihm alles. Eher hätte ich mich selbst umgebracht, als ihm auch nur ein Haar zu krümmen.«

»Schon gut«, versuchte Emmerich, ihn zu beruhigen. »Mich brauchst du nicht zu überzeugen. Ich glaube dir. Brühl ist das Problem.« Und all die anderen Angeber im Kommissariat, fügte er im Geiste hinzu. Er massierte seine Nasenwurzel und grübelte. Peppis Einwurf war von Bedeutung. Der heilige Richard Fürst. Wieso würde jemand ihn umbringen wollen? Das Motiv war womöglich der Schlüssel zur Lösung des Falls. Wenn er das herausfand, fand er auch den Mörder. »Du sagst, der Brief habe ihn aufgewühlt?«

Peppi nickte. »Er wurde ganz blass, hat seinen Cognac hinuntergestürzt, das Papier anschließend angezündet und es im Aschenbecher verbrennen lassen. Ich bin daraufhin gegangen. Wollte seine Gastfreundschaft nicht weiter strapazieren.«

»Irgendeine Ahnung, was drinstand?«

»Nein, aber bevor die Nachricht in Flammen aufgegangen ist, konnte ich sehen, von wem sie war. Von einem gewissen Karl Dobrensky.«

»Karl Dobrensky?« Emmerich riss die Augen auf. »Dem Karl Dobrensky?«

»Keine Ahnung. Ich kenne niemanden, der so heißt.«

»Das spricht für dich.«

Ein Klopfen ertönte, und der Aufseher streckte seinen Kopf herein. »Brauchen Sie noch lang?«

»Einen Augenblick noch.«

Die Tür wurde wieder geschlossen, und Emmerich wandte sich erneut an Peppi. »Ich werde alles tun, um dich hier rauszuholen, aber es wird nicht einfach werden. Es kann ein bisschen dauern.«

Peppi nickte, aber es war nicht zu übersehen, dass der

Gedanke, noch länger im Gefängnis zu bleiben, ihm Angst machte.

»Wirst du halbwegs gut behandelt?«

Sein Schweigen sprach Bände.

»Raus mit der Sprache.«

»Ich werde bedroht, weil der Herr Fürst so beliebt war. Die anderen Häftlinge wollen mir an den Kragen.«

»Und die Wärter?«

»Die lassen mich hungern und nehmen mir die Kette auch in der Zelle nicht ab. Wenigstens haben sie mir meine Gesichtsprothese wiedergegeben.« Er versuchte, zuversichtlich zu klingen, scheiterte aber kläglich.

Emmerich wusste, dass die Rückgabe der Maske kein Akt der Gnade gewesen war. Er konnte sich ungefähr vorstellen, wie es darunter ausschaute – er hatte ähnliche Verletzungen bereits gesehen. Klaffende Krater, schauerliche Verstümmelungen, die ganz normale Gesichter in grausige Fratzen verwandelten. Ein Anblick, dem sich die Wärter nicht aussetzen wollten. »Ich tue mein Bestes. Bis dahin halt durch. Verstanden?«

»Ich versuch's, aber um ehrlich zu sein …«

Es bedurfte keiner weiteren Worte. Emmerich wusste Bescheid. Die Uhr tickte nicht nur für Winter und ihn.

7

Mit einem lauten Knall fiel die schwere Eisentür hinter Peppi ins Schloss. Unwillkürlich zuckte er ob des durchdringenden Geräusches zusammen – ein Reflex, der ihm seit dem Krieg in den Knochen steckte und den er wohl nie wieder loswerden würde. Sein Herz schlug so heftig, als wäre ein Vogel in seiner Brust gefangen, der verzweifelt versuchte, in die Freiheit zu fliegen. Schwer atmend ließ er sich auf den ungezieferverseuchten Strohsack fallen, der ihm als Bettstatt diente, und schaute sich voller Verzagen um.

Die Zelle, in die sie ihn gesperrt hatten, war ein schmutziges Loch, kalt und zugig. Der Eimer, ein improvisierter Abort, verbreitete einen schrecklichen Gestank, und das schmale, vergitterte Fenster, das nahe der Decke angebracht war, ließ so wenig Licht herein, dass sich die Tageszeit nicht klar benennen ließ.

Ein trostloser Ort, an dem er ganz allein war mit all seinen Sorgen und Ängsten.

Sie hatten ihn in Einzelhaft gesteckt, um ihn vor der rasenden Wut der anderen Insassen zu schützen. Richard Fürst war äußerst beliebt gewesen, ein Engel der Armen, dessen Wohltätigkeit vielen der hier einsitzenden Männer oder zumindest deren Familien schon einmal zugutegekommen war.

Seine Beteuerungen, mit der schrecklichen Tat nichts zu tun zu haben, stießen auf taube Ohren. In den Augen seiner Mithäftlinge war er der Mörder – und dafür sollte er bezahlen.

Sie wollten Rache. Sie wollten Vergeltung. Sie wollten ihn sterben sehen – am besten langsam und qualvoll.

Nach reiflicher Überlegung war er zu dem Schluss gekommen, dass es wohl das Beste war, wenn er seinem Elend selbst ein Ende bereitete, indem er mit dem Kopf gegen eine Mauer rannte oder sich die Pulsadern aufbiss, doch kurz bevor er den Plan in die Tat hatte umsetzen können, war dieser Herr Emmerich aufgetaucht.

Er seufzte. Emmerich hatte Hoffnung mitgebracht. Er konnte sie spüren, irgendwo zwischen seinem Bauch und seinem Herzen hatte sie sich eingenistet, warm und hell, ein winziger Samen, in dessen Natur es lag, wachsen zu wollen.

Er lehnte sich zurück und dachte an die Welt da draußen. Trotz seiner Einschränkungen hatte er ein glückliches Leben geführt mit guter Arbeit und Freunden. Ja sogar eine Frau hatte er vor kurzem kennengelernt. Adelheid, eine Kriegerwitwe. Sie war bei Gott keine Schönheit, aber ein grundanständiges und lustiges Weib. Nie im Leben hätte er gedacht, dass er jemals wieder geliebt werden würde, war er doch selbst alles andere als eine Augenweide, doch sie hatte ihn eines Besseren belehrt.

Peppi setzte sich auf und streckte den Rücken durch. Dieser Emmerich hatte wie ein zäher Hund gewirkt, so wie einer, der sich nicht so schnell unterkriegen ließ. Wenn einer das Unmögliche möglich machen und ihn hier rausholen konnte, dann wohl er.

Ein zaghaftes Lächeln schlich sich auf seine Lippen. Würde doch noch alles gut für ihn ausgehen? Gab es auch für ihn die Aussicht auf Gerechtigkeit? Er musste auf Emmerich vertrauen und durchhalten. Koste es, was es wolle.

»He, Krüpplsau!«, zischte eine Stimme. Beinahe zeitgleich wurde das kleine Fenster in der Zellentür, auch Judas genannt, aufgeschoben, und zwei grüne Augen starrten ihn an. »Nur dass du's weißt… Wir wern dich kriegen, und dann wirst du für die Sache mim Herrn Fürst bezahlen.«

»Ich war's nicht!«, rief Peppi. »Bitte. Ihr müsst mir glauben. Ich hab den Herrn Fürst…«

Lautes Grunzen übertönte den Rest des Satzes. »Unschuldig wirst schon nicht hier sitzen.«

»Doch«, beteuerte Peppi. »Ich schwör's bei meinem Leben.«

»Das ist nichts mehr wert. Sag schon mal dein letztes Gebet.« Mit diesen Worten wurde die kleine Luke wieder geschlossen, und Peppi blieb schockstarr zurück.

»Beeilen Sie sich, Herr Emmerich«, flüsterte er. »Machen Sie schnell.«

8

»Hat jemand nach mir gesucht?«, fragte Emmerich, als er zurück ins Büro kam.

»Nein.« Winter stand die Erleichterung darüber im Gesicht geschrieben. »Kein Brühl, keine Lügen, keine Probleme.« Er schaute zu Papousek, der auffallend ruhig war, und beugte sich über den Schreibtisch. »Wie war Ihr Gespräch?«, flüsterte er.

Emmerich durchforstete den Aschenbecher nach einem rauchbaren Zigarettenstummel. Zu dumm, dass er die Nil schon weggequalmt hatte. »Deprimierend. Wir müssen den armen Kerl so schnell wie möglich da rausholen. Lange hält er nicht mehr durch.« Er hatte eine verwertbare Kippe gefunden, wischte die Asche ab und steckte sie sich in den Mund. Als Papousek die Nase rümpfte, warf er ihm einen bösen Blick zu. »Es gibt da jemanden, dem wir ein paar Fragen stellen sollten«, wandte er sich wieder leise an Winter und deutete nach draußen. »Nimm deinen Mantel mit.«

»He, wo wollen Sie denn hin?«, rief Papousek, als die beiden den Raum verließen.

Emmerich tat so, als hätte er ihn nicht gehört und ging zu der geschwungenen, dreiarmigen Säulentreppe, die ins Erdgeschoss führte.

Winter folgte ihm. »Herr Navratil konnte Ihnen einen Hinweis liefern?«

»Nicht direkt, aber wie es scheint, war Stadtrat Fürst nicht ganz so heilig, wie alle denken.«

Sie durchquerten das kreisrunde Vestibül und traten hinaus auf die Straße.

Winter zog seinen Mantel fester zu, als eine eisige Bö ihnen vom Donaukanal entgegenpfiff, und schaute seinen Vorgesetzten mit großen Augen an. »Wirklich?«

»Wirklich.« Emmerich blieb kurz stehen. Sich im Gegenwind den Zigarettenstummel anzuzünden war gar nicht so einfach. »Fürst hatte offenbar Verbindungen zu Karl Dobrensky«, sagte er, als er es endlich geschafft hatte, und nahm einen tiefen Zug.

Winter schaute fragend.

»Du kennst Dobrensky nicht?« Emmerich wusste nicht, ob er das seinem Assistenten anrechnen oder ankreiden sollte. »Dobrensky, den Zuhälter Schrägstrich Rauschgifthändler Schrägstrich Hehler?«

Winter überlegte. »Vielleicht wollte Fürst ihm helfen, auf den rechten Weg zu kommen.«

Emmerich lachte laut auf. »Ich glaube eher, dass es umgekehrt war, dass Dobrensky Fürst auf den Weg der Versuchung geleitet hat. Fragt sich nur, welches die Sünde seiner Wahl war.«

Winter ahnte, was als Nächstes kam. »Und wo finden wir diesen Dobrensky?«

»Dort, wo man zurzeit die meisten Gauner findet. In der Nähe der Feuerwerkswiese.«

Dobrensky hatte aufgrund diverser Delikte eine langjährige Haftstrafe abgesessen, war seit knapp einem Jahr wieder auf freiem Fuß und betrieb seither das Wirtshaus Zum Schönen Harri. Offiziell alles ganz legal und streng nach Vorschrift, doch Emmerich hegte da gewisse Zweifel.

Winter hatte eine vorbeifahrende Mietdroschke angehalten, und Emmerich quälte sich über das Trittbrett in den Wagen. »Zur Ausstellungsstraße«, rief er durch ein Fensterchen nach vorne und ließ sich auf die gepolsterte Lederbank fallen.

Der Kutscher nickte und ließ die Zügel knallen.

Die Ausstellungsstraße, die vom Knotenpunkt Praterstern aus nach Osten verlief, war eine breite Allee, die nach der Weltausstellung von 1873 benannt war. Südlich davon lag der sogenannte Wurstelprater, ein bekannter Vergnügungspark. Während in diesem arglose Einrichtungen wie das Riesenrad, Schaustellerbuden, Achterbahnen und Filmpaläste für die Bespaßung des Volkes sorgten, boten die Unterhaltungsetablissements, die sich nördlich davon befanden, einen ganz anderen Zeitvertreib. Hier gab es Drogen, Huren, Glücksspiel … Kurz gesagt alles, was verboten war.

»Da wär ma, die Herren.« Der Kutscher nahm das Fahrtgeld entgegen und nickte wissend, als seine beiden Kunden ausstiegen. »Viel Spaß, und fangen S' Eana nix ein!« Er schnalzte mit der Zunge.

Obwohl Emmerich und Winter sich immer weiter vom Rummel entfernten, war der Praterlärm unüberhörbar. Die Hauptsaison hatte begonnen, und seither war die gesamte Umgebung mit Operettenmusik, Drehorgelgeleier und dem Geschrei der Schausteller erfüllt.

»Hereinspaziert, meine Damen und Herren! Immer nur hereinspaziert! Erleben Sie eine wahre Sensation. Treten Sie ein, Sie werden's nicht bereuen.«

Nördlich der Ausstellungsstraße gab es keine bunten Buden und aufregenden Attraktionen, sondern heruntergekommene Häuser mit zerbrochenen Fensterscheiben und tote Ratten. Während sie immer tiefer in das zwielichtige Grätzl vordrangen, passierten die Kriminalbeamten in Lumpen gehüllte Bettler, die ihre ungewaschenen Arm- und Beinstümpfe wie Trophäen präsentierten, und bekamen unmoralische Angebote von Frauen aller Altersklassen. Weindunst erfüllte die Straße, vor einer schmutzigen Spelunke lag ein vor sich hin lallender Kerl in seiner eigenen Kotze.

»Zum Schönen Harri. Hier müsste es sein.« Winter zeigte auf einen verblassten Schriftzug, der schon bessere Zeiten gesehen hatte. Schräg darunter befand sich eine Auslage, in der eindeutige Fotografien die vorbeiflanierenden Männer zu locken versuchten: schlanke Beine in seidenen Strümpfen, blasse Brüste hinter durchscheinender Spitze.

»Das würde dir gefallen.« Emmerich grinste, woraufhin Winter rot anlief. »Aber ich muss dich enttäuschen. Es ist hier.« Er zeigte auf eine unscheinbare Tür aus braunem Holz gleich nebenan.

»Sieht harmlos aus.«

»Trau niemals dem arglosen Schein.« Emmerich stieß die Tür auf.

Das Gasthaus Zum Schönen Harri war ein alkoholgeschwängertes Schanklokal, in dem die Luft stand. Die roh gezimmerten Tische und Bänke waren kaum besetzt, einzig vier verwahrlost aussehende Männer saßen in einer Ecke und waren in eine Partie Stoß vertieft, ein äußerst populäres, wenn auch verbotenes Glücksspiel, das einen sehr schlechten Ruf genoss. Schlag auf Schlag schmetterten sie ihre Karten auf den Tisch und gaben dabei so derbe Flüche von sich, dass Winter erneut errötete.

Ein blatternarbiger, dürrer Kerl mit einer schiefen Nase und einem sonderbar schmalen Kopf stand hinter der Theke und musterte die beiden Neuankömmlinge. Er war ganz bestimmt nicht der Namensgeber des Lokals. »Was wollt's?«

»Zwei Schnäpse, Zigaretten und den Chef.«

»Chef ist ned da, und für Zigaretten hamma keine Konzession.« Er warf sich das fettstrotzende Geschirrtuch, das er in der Hand hielt, über die Schulter und schenkte zwei schmutzige Stamperln ein.

»Wann kommt er wieder?« Emmerich kippte einen der Schnäpse hinunter und knallte das leere Glas mit so viel Wucht auf den Tresen, dass die kartenspielenden Männer innehielten und ihn anstarrten.

»Wer will das wissen?«

Er zeigte ihm seine Marke, woraufhin der dürre Kerl ganz grau im Gesicht wurde.

»Kommen S' morgen wieder.« Er probierte, freundlich dreinzublicken. Es blieb bei dem Versuch.

»Machen wir dich nervös?« Emmerich schaute sich demonstrativ um.

»Aber nein«, sagte der Dürre, doch seine Miene strafte ihn Lügen. »Bei uns hat alles seine Richtigkeit. Sie können gern die Schanklizenz sehen, und die Jungs hier spielen Jolly. Zum Spaß um a paar Heller. Des is legal.« Für den Bruchteil einer Sekunde wanderten seine Augen zur Seite.

»Sieht eher nach Stoß aus.« Emmerich folgte dem Blick. »Was ist dort?« Er deutete auf einen Holzverschlag, der die Sicht auf den hinteren Teil des Lokals versperrte.

»Dort? Nix Wichtiges. Bloß ein Extrazimmer für'n Fall, dass es mal z'voll wird, aber des ist es ja heut ned.« Er nahm das leere Schnapsglas und fing geschäftig an, es abzuwaschen.

»Dann hast du ja sicher nichts dagegen, dass ich es mir mal anschaue.« Da Winter ihn nicht angerührt hatte, kippte Emmerich auch den zweiten Schnaps hinunter, schlenderte hinter den Verschlag und fand sich in einem staubigen Flur wieder, der in einen dunklen, fensterlosen Raum mündete.

Der Dürre sprang ihm hinterher. Zu schnell. Zu hektisch. »Zufrieden?«, fragte er und knetete das Geschirrtuch. Man konnte sein Unbehagen beinahe greifen.

»Noch nicht. Erst will ich mich genauer umschauen.«

»Da gibt's nix zum Sehn. Kommen S', gemma wieder nach vorn. I muss ein Aug auf die Gäste ham.«

»Geh ruhig.« Emmerich tastete nach dem Lichtschalter. »Auf uns musst du nicht aufpassen. Wir klauen schon nichts. Schon vergessen? Wir sind von der Polizei.« Endlich hatte er ihn gefunden und drehte an dem Knopf.

Eine einzige Glühbirne unter einem speckig-braunen Schirm verbreitete dämmriges Licht. Emmerich fiel es schwer, sich seine Überraschung nicht anmerken zu lassen. Er hatte damit gerechnet, mit irgendetwas Illegalem konfrontiert zu werden, etwas Zwielichtigem – zumindest mit etwas Unanständigem. Doch alles, was er erblickte, war eine einfache Gaststube. Tische, Stühle, Holzboden, an den Wänden ein paar Bilder mit ländlichen Motiven: Hirsche, Ähren und ein Bauernhaus.

War es tatsächlich möglich, dass im Schönen Harri alles mit rechten Dingen zuging? Es wäre das einzige Lokal weit und breit, das keinen Dreck am Stecken hatte.

Emmerich strich über die Lehne einer Eckbank und betrachtete anschließend seinen Finger. Staub, Fett und Ruß hafteten daran.

»Genug g'sehn?« Der Dürre schaltete das Licht wieder aus und deutete in den Schankraum. »Kommen S', i geb Eana noch ein Schnapserl aus.«

Die Karten spielenden Männer hatten das offenbar gehört und taten lauthals kund, dass sie auch eines wollten.

»Schon gut. Von mir aus«, rief er nach vorn und wandte sich wieder an Emmerich. »Kommen S'?«

»Sofort.« Noch war er nicht bereit aufzugeben. Irgendetwas musste hier faul sein. Aber was? »Krieg ich eine?« Er zeigte auf die Brusttasche des Schankkellners, in der sich eine Zigarettenschachtel abzeichnete. »Verkaufen dürft ihr sie zwar nicht, verschenken aber schon.«

Der Kerl murmelte etwas wie Schnorrer, gab ihm aber eine. Salem Gold. Filterlos. »Jetzt aber. Gemma.«

Emmerich zündete die Zigarette an und inhalierte den Rauch. Dann schloss er die Augen und horchte in den Raum hinein. Gedämpftes Pochen, Keuchen und Ächzen. »Was sind das für Geräusche?«

»I hör nix.«

»Doch. Ganz nah.« Emmerich trat ein paar Schritte in die Dunkelheit und versuchte, den Ursprung auszumachen.

»Ach des.« Der Schankkellner legte Emmerich seine Hand auf die Schulter und versuchte, ihn hinauszubugsieren. »Des san bloß die Nutten von nebenan.«

»Nein, das sind Männerstimmen.« Emmerich streifte die Hand ab, trat an die Wand und hielt sein Ohr dagegen.

»Wollen S' mich verscheißern?« Der Dürre packte ihn am Oberarm. Dieses Mal unsanft. »Natürlich san da drüben auch Männer. Was glauben S' denn? Des ist ein hochanständiger Puff.«

Emmerich blieb unbeeindruckt. Langsam ging er in die Hocke – das Ohr immer noch fest gegen die Steinmauer gepresst – und versuchte, sich von dem Schmerz in seinem Bein nicht ablenken zu lassen.

»Jetzt langt's mir aber mit Eam spinnerten Getue.« Er wollte Emmerich am Arm packen, doch dieser stieß ihn weg.

»Was ist da unten?« Er schaltete das Licht wieder an und ließ seinen Blick über den Boden wandern. Trotz der Beleuchtung war es düster in dem Raum. Absicht? Oder einfach nur das Resultat sparsamen Stromverbrauchs?

Der Schankkellner verschwand hinter dem Holzverschlag und kam mit einem Prügel in der Hand wieder zurück. »Es reicht«, sagte er. »Sie ham kan Durchsuchungsbefehl und auch sonst ka Berechtigung, hier rumzuschnüffeln. Ausse jetzt, und zwar dalli.«

Emmerich beäugte die ausgetretenen Holzplanken zu seinen Füßen und wandte sich an Winter. »Halt ihn mir vom Leib!«

Winters Blick wanderte von Emmerich zu dem Prügel, zu seiner Armschlinge und wieder retour. »Aber ...«

»Versuch's einfach.«

Winter seufzte und zog seine Waffe. »Am besten, Sie lassen ihn in Ruhe«, zischte er dem Mann zu. »Glauben Sie mir, er ist keiner, mit dem man sich anlegen sollte.«

Der Kerl starrte auf die Pistole, gab ein abschätziges Schnauben von sich, warf den Knüppel zu Boden und hob die Hände. »Des werdet's bereu'n«, schimpfte er. »Des werd i ned so einfach auf mir ...«

»Halt die Goschn.« Emmerich hob den Prügel auf und klopfte damit den Boden ab.

Tack. Tack. Tack. Tack. Tack. Tack. Tock.

Er hielt inne, bückte sich und betastete die Dielen, dicke, unbehandelte Holzplanken, ähnlich jenen eines Schiffs. Vorsichtig fuhr er darüber, und als er ein besonders großes Astloch erspürte, steckte er einen Finger hinein und zog. Tatsächlich ließ sich das Brett mühelos anheben und gab den Blick auf eine Treppe frei, die steil nach unten führte. Mitten hinein ins Dunkel.

»Gratuliere«, schnauzte der Schankkellner. »Sie ham den Keller g'funden. Spinnen, Staub und Bierfässer.«

»Ich hab gesagt, du sollst die Goschn halten.« Emmerich klemmte die Zigarette in seinen Mundwinkel, entfernte noch mehr Bretter, legte sich flach auf den Boden und horchte in die Finsternis. Das, was er kurz zuvor vernommen hatte, war jetzt lauter zu hören: Pochen, Keuchen, Ächzen und noch etwas … Anfeuerungen, Jubelrufe und Klatschen. »Ich glaube nicht, dass solche Geräusche aus einem hochanständigen Puff kommen.« Er richtete sich auf, hinkte in den Gastraum und durchsuchte die Regale hinter dem Tresen, bis er fand, wonach er gesucht hatte – eine Petroleumlaterne. »Dann wollen wir den Kellerasseln mal Grüß Gott sagen.«

Unter lauten Protesten des Schankkellners stiegen die drei Männer die Treppe hinunter und fanden sich in einem unterirdischen Gang wieder. Die Luft war feucht und modrig, und als Emmerich den Schein der Lampe herumwandern ließ, traf dieser auf gestampften Lehm, Spinnweben und Ziegelmauern. Langsam ging er voran.

Als der Tunnel plötzlich mit heftigem Rattern erfüllt

wurde, und die Decke vibrierte, zog Winter erschrocken den Kopf ein. »Was war das?«

»Woher soll i des wissen?«, pampte der Schankkellner. »I war noch nie da unten.«

»Spar dir deine Märchen für jemanden, der sie glaubt«, blaffte Emmerich. »Das war wahrscheinlich eine Lastenkutsche. Wir müssen direkt unter der Straße sein. Die Stadt wird doch von einem Keller- und Katakombensystem durchzogen. Viele Gänge und Kammern stammen noch aus dem Mittelalter oder der Römerzeit. Das wird nur nicht an die große Glocke gehängt, um die Kriminellen auf keine dummen Ideen zu bringen. Als würde das Pack nicht von allein draufkommen. Ich bin schon gespannt, wo wir ...« Emmerich hielt inne, als vor ihnen eine eisenbeschlagene Holztür auftauchte. »Sieht aus, als würden wir es gleich herausfinden.«

Da die Pforte keinen Knauf besaß, packte er den schweren Metallring, der als Anklopfer gedacht war, und zog daran. Nichts tat sich.

»Zug'sperrt. Pech g'habt. Gemma wieder«, sagte der Dürre.

Doch da kannte er Emmerich schlecht. Dieser zog mit ganzer Kraft, und mit einem Knarren öffnete sich die massive Tür einen Spaltbreit. Eine Woge abgestandener Luft schlug ihnen entgegen, voll von Rauch und menschlichen Ausdünstungen. »Willkommen in Wiens Unterwelt.«

Emmerich stemmte den Zugang weiter auf und schlüpfte in den dahinterliegenden Raum. Es handelte sich offenbar um einen alten Bierkeller, denn in einer Ecke des gemauerten Gewölbes lagen morsche Holzdauben, rostige Fassreifen und wurmstichige Bänke. So weit recht unspektakulär.

Dafür war der Bereich in der Mitte um einiges aufregender. Hier war aus Pfosten und Seilen ein vielleicht vier mal vier Meter großes Quadrat abgesteckt worden, in dessen Zentrum zwei Männer umeinander herumtänzelten. Beide waren muskulös und breitschultrig, ihre nackten Oberkörper glänzten vor Schweiß.

Während dem einen, einem kahlen Hünen, auf dessen Brust ein Anker und eine barbusige Meerjungfrau prangten, Blut aus der Nase rann, schien sein Gegner, ein stark behaartes Muskelpaket mit einem Stiernacken, noch unversehrt zu sein.

Um das Quadrat herum standen etliche Männer, die lautstark ihren jeweiligen Favoriten anfeuerten.

»Jetzt hack eam endlich um«, schrie ein einarmiger Mann so eindringlich, dass ihm der Geifer aus dem Mund rann.

»Nimm die Linke! Die Linke! In die Nieren.«

»Aufs Aug, du Trottel.«

Der Haarige kassierte einen Kinnhaken, taumelte, umfasste seinen Opponenten, als wollte er ihn herzlich umarmen, und versuchte, ihn niederzudrücken.

»Was soll das sein?«, flüsterte Winter Emmerich ins Ohr. »Boxen? Ringen?«

»Kämpfen.«

Unter frenetischem Jubel und schrillem Gepfeife befreite sich der Glatzkopf, verpasste dem anderen mit der flachen Hand einen Schlag aufs Ohr, legte mit den Fäusten eine Links-rechts-Kombination nach und trat ihm gegen das Schienbein.

Der Stiernacken ging zu Boden, wo er regungslos liegen blieb.

»Eins, zwei, drei, vier, fünf«, zählten die Anhänger des Glatzkopfes lautstark.

»Steh auf, g'fälligst! Mach scho!«, schrie die andere Fraktion.

Ohne Erfolg. Der Mann rührte sich nicht mehr.

»Sechs, sieben, acht, neun, zehn.« Ohrenbetäubendes Grölen und Applaus vermischten sich mit Flüchen und Beschimpfungen.

»Schiebung!«, schrie ein dünner Kerl mit einer rot geäderten Nase und kassierte dafür eine Kopfnuss von einem sommersprossigen Riesen.

In der Zwischenzeit hatten zwei Männer den Bewusstlosen an den Füßen gepackt und aus dem Ring gezogen. Wie ein Stück Müll legten sie ihn vor den kaputten Fässern ab.

Jetzt stellte sich ein kleinwüchsiger Kerl in die Mitte des Rings auf eine Kiste. Er ließ sich erst von der Meute bejubeln, packte dann den Arm des Siegers und riss ihn in die Höhe.

Nachdem das Gegröle abgeebbt war, drehte er sich einmal um die eigene Achse. »Wer is der Nächste?«, rief er. »Wer traut sich?« Er zeigte auf den tätowierten Glatzkopf, der breitbeinig und mit gefletschten Zähnen in die Runde schaute. »Wer schafft's, Pessolt, den Knochenbrecher, zu schlagen?«

Niemand meldete sich.

»Wer sind die?« Ein massiger Kerl in einem eng anliegenden Unterhemd hatte die Eindringlinge bemerkt. Grimmig dreinschauend kam er auf sie zugestapft und zog an dem Zigarrenstummel, der in seinem Mundwinkel hing.

»Tut ma leid, Chef.« Der Dürre zog den Kopf ein. »Die

ham mich mit 'ner Puffn bedroht. Die hätten mi daschossen, wenn …«

»Ich will nicht wissen, was die getan haben. Ich will wissen, wer die sind.«

»Sie müssen Karl Dobrensky sein.« Emmerich zeigte ihm seine Marke. »Wir wollen mit Ihnen über Richard Fürst reden.«

Dobrensky, der einen Kopf größer als Emmerich war, schaute über ihn hinweg und schenkte seinem Angestellten einen Blick, der nichts Gutes verhieß. »Kieberei. Hier unten«, zischte er. »Wie konnte das passieren?«

»I sag ja, die ham mi bedroht.«

»Nächstes Mal lässt du dich gefälligst erschießen. Das ist schneller und schmerzloser als das, was ich mit dir gleich machen werde.«

»Können wir jetzt bitte über Fürst reden«, mischte Emmerich sich ein.

»Keine Ahnung, wen Sie meinen.« Dobrensky zog an seiner Zigarre und blies Emmerich den Rauch ins Gesicht. »Nur damit Sie's wissen: Die Kämpfe hier sind völlig legal. Rangeleien unter Freunden.«

»Genau, deshalb haben die Freunde auch alle Wettscheine in der Hand.«

»Keiner?«, schrie jetzt der Zwerg auf der Kiste. »Auch nicht für hundert Kronen? Ein-hun-dert Kronen für den mutigen Mann, der Pessolt, den Knochenbrecher, besiegt.«

Dobrensky stieß einen Pfiff aus. Sofort erschienen zwei Muskelpakete und stellten sich links und rechts von ihm auf. »Die Herren möchten gehen. Seid so gut und begleitet sie hinaus.«

»Wir sind nicht wegen der Kämpfe hier. Alles, was wir

wollen, sind Informationen über Richard Fürst. Sie könnten mir zum Beispiel erzählen, was in dem Brief stand, den Sie ihm kurz vor seinem Tod geschickt haben. Er soll deswegen ziemlich aufgewühlt gewesen sein.«

»Das war privat. Das geht Sie nichts an.« Dobrensky wandte sich an die beiden Bulldoggen. »Bringt sie raus, bevor sie noch mehr sehen, und dann macht hier klar Schiff.«

»Warten Sie!« Emmerich versuchte, die Hand fortzuschieben, die sich wie ein Schraubstock um seinen Oberarm gelegt hatte. »Ich brauche die Informationen unbedingt. Ihr Nebengeschäft ist mir egal. Glauben Sie mir.«

»Ich soll Ihnen glauben?« Dobrensky paffte eine weitere Rauchwolke in Emmerichs Gesicht. »Beweisen Sie mir, dass Sie vertrauenswürdig sind.«

»Und wie?«

Dobrensky überlegte kurz und deutete dann auf den Ring. »Kämpfen Sie. Wenn Sie eine Runde durchstehen, ohne k.o. zu gehen, erzähle ich Ihnen, was Sie wissen wollen.«

»Kämpfen könnte schwierig werden.« Emmerich zeigte auf sein Bein. »Ich hab mir in Italien einen Granatsplitter eingefangen.«

Dobrensky legte die Stirn in Falten und taxierte ihn und Winter. »Was seid ihr für Kieberer? Der eine hat ein malades Bein, der andere einen kaputten Arm.«

»Vereint sind's dann ein ganzer Mann«, sagte einer der beiden Schlägertypen und stieß ein schäbiges Lachen aus. »Ka Wunder, dass die Kriminalität steigt.«

Dobrensky winkte den Zwerg zu sich. »Wenn ihr es gemeinsam schafft, eine Runde durchzustehen, ohne dass einer k.o. geht, sag ich euch, was in dem Brief stand.«

Noch bevor Winter etwas einwenden konnte, stemmte Emmerich die Hände in die Hüften und reckte das Kinn vor. »Von mir aus.« Er bedachte die beiden Bulldoggen mit einem abschätzigen Blick. »Ihr seid als Nächstes dran.«

Dobrensky brach in schallendes Gelächter aus, klopfte Emmerich auf die Schulter und flüsterte dem Zwerg etwas ins Ohr.

Dieser schaute erstaunt und rannte zurück in den Ring, wo er wieder auf seine Kiste stieg. »Wir haben einen Herausforderer«, grölte er, was mit frenetischem Applaus quittiert wurde. »Und das ist noch nicht alles!« Der Zwerg bedeutete dem Publikum, ruhig zu sein. »Pessolt, der Knochenbrecher, wird nicht nur gegen einen, nein, er wird gleich gegen zwei Männer kämpfen, und zwar nicht gegen irgendwelche, sondern gegen zwei versehrte Kriegshelden von der Kieberei.«

Stille machte sich breit. Offene Münder und ratlose Blicke. Murmeln kam auf, schwoll an, wurde lauter und endete in ohrenbetäubendem Gejohle, das von Stampfen und Klatschen begleitet wurde. Der Mob hatte bekommen, was er wollte. Einen Kampf. Ein Spektakel. Eine Sensation.

»Aber … Wir … wir können doch nicht«, stammelte Winter.

»Genau. Wir können uns vor denen nicht einfach so beleidigen lassen.«

»Aber wie sollen wir denn …« Winter starrte den Knochenbrecher an, der in der Mitte des Rings stand und seine Muskeln spielen ließ. »Der ist mindestens zwei Meter groß. Haben Sie seine Oberarme gesehen? Die sind so dick wie meine Beine. Der Kerl pustet uns mit Leichtigkeit um.«

»Lieber umgepustet als gedemütigt.« Emmerich zog sein Cape aus und begann, sein Hemd aufzuknöpfen.

Winter sah sich Hilfe suchend um. »Wenn es darum geht, uns in richtig schlimme Situationen zu bringen, sind Sie wirklich ein Weltmeister.« Er starrte den haarigen Hünen mit dem Stiernacken an, der immer noch regungslos vor den kaputten Fässern lag.

»Denk einfach an irgendjemanden, den du so richtig hasst«, sagte Emmerich und stellte sich Xaver Koch vor. Das Schwein hatte ihm Luise und die Kinder genommen … »Denk an Brühl und seine dummen Sprüche, und dann hau ordentlich rein.«

»Aber wie soll ich denn …?« Winter hielt Emmerich die Schlinge, in der sein Arm ruhte, vor die Nase.

»Dann tritt halt zu, oder lenk ihn zumindest ab, damit ich ein paar Treffer landen kann. Der Kerl mag unsere Knochen brechen, aber unseren Stolz kriegt er nicht. Wir werden diesen Ring mit erhobenen Häuptern verlassen.«

»Sofern er sie uns nicht vorher abgerissen hat.«

»Bereit?« Dobrensky war neben sie getreten und rieb sich die Hände. »Die Regeln sind einfach. Der Letzte, der noch stehen kann, hat gewonnen. Bis dahin ist alles erlaubt. Ihr dürft schlagen, treten, kratzen und beißen. Kein Körperteil ist tabu. Verstanden?«

Emmerich nickte, während Winter den Kopf schüttelte.

»Ich würde das ausziehen.« Dobrensky zeigte auf Winters Mantel und Hemd. »Die Sachen schauen teuer aus. Wär schade darum.«

Mit zusammengepressten Lippen entkleidete Winter sich und entblößte eine schmale, unbehaarte Brust. Er reichte Dobrensky seine Sachen. »Die krieg ich aber wieder.«

»Sofern du sie noch brauchst.« Dobrensky hob eines der Ringseile an, damit sie darunter hindurchschlüpfen konnten.

Sofort begann die Meute zu pfeifen, Zahlen wurden wild durcheinander geschrien, Banknoten herumgereicht.

Soweit Emmerich es mitbekommen hatte, setzten alle, inklusive des Zwergs, auf ihren Gegner. Nur ein einziger Wettschein wurde zu ihren Gunsten ausgestellt. Er ballte die Hände zu Fäusten.

»Lenk ihn ab, so gut du kannst«, zischte er Winter zu, der wie paralysiert neben ihm stand. »Er wird alles tun, um deinen verletzten Arm zu treffen. Dreh ihm deshalb niemals deine linke Seite zu. Am besten, du versuchst, hinter ihn zu gelangen, und trittst ihm ordentlich in die Kniekehlen.«

»Nicht die linke Seite zudrehen, von hinten in die Kniekehlen treten …«, wiederholte Winter atemlos.

»Seid ihr bereit?«

Emmerich nickte.

»Dann los!«, schrie der Zwerg, sprang von seiner Kiste und rannte unter lautem Gejohle aus dem Ring.

Nach einer scheinbaren Ewigkeit, in der keiner genau wusste, was er tun sollte, kam der tätowierte Glatzkopf mit grimmigem Blick auf Emmerich und Winter zugestapft. Er ging langsam und breitbeinig, selbstsicher und zielorientiert wie ein Bär, der kurz davor war, zwei Schoßhündchen zu zerfetzen.

Emmerich hob die Fäuste und hinkte auf ihren gemeinsamen Gegner zu. »Vergiss niemals«, zischte er Winter zu, »jeder hat eine Schwachstelle. Auch er. Wir müssen sie nur …«

Er kam nicht dazu, den Satz zu beenden, denn der Knochenbrecher holte aus und schwang seine Linke.

Emmerich konnte gerade noch ausweichen, spürte aber den Luftzug, der so heftig war, dass ihm augenblicklich klar wurde, dass er zu Boden gegangen wäre, hätte der Schlag ihn getroffen.

Noch bevor er sich fangen und selbst zum Angriff ausholen konnte, folgte die nächste Attacke. Dieses Mal von rechts. Er duckte sich, stolperte und klatschte mit der Wange gegen Pessolts schweißnassen Bauch. Speichel tropfte aus seinem Mund, er konnte die säuerlichen Ausdünstungen seines Kontrahenten schmecken.

Eine von Pessolts groben Pratzen packte ihn an der Kehle und drückte ihn nach hinten, während die andere sich zur Faust ballte und ausholte. Emmerich, der wie in einer Zwingschraube feststeckte und nicht in der Lage war, sich auch nur einen einzigen Millimeter zu bewegen, starrte direkt auf den Busen der tätowierten Meerjungfrau.

Zumindest würde er etwas Schönes sehen, bevor die Lichter ausgingen.

Als die massive Faust auf ihn zukam, konnte Emmerich nichts anderes tun, als mit angehaltenem Atem auf den Aufprall zu warten. Er sah, wie die haarigen Finger näher und näher kamen – dann hörte er den Schrei.

Erst klang es wie das trotzige Aufbegehren eines Kindes, wandelte sich dann zu einem Laut, der von einem gequälten Tier hätte stammen können, und endete in einem tiefen Brüllen.

Winter.

Emmerich sah aus dem Augenwinkel, wie sein Assistent, einem wilden Stier gleich, mit gesenktem Kopf auf sie zugerannt kam und seinen Scheitel in Pessolts Seite rammte. Es reichte zwar nicht aus, um den Knochenbrecher umzuwerfen, doch er kam ins Schwanken und lockerte seinen Griff, sodass Emmerich sich befreien und aus der Gefahrenzone schleppen konnte.

Buhrufe und Beschimpfungen begleiteten das Geschehen.

»Jetzt stampf die Scheißkieberer doch endlich nieder«, schrie ein Mann mit hochrotem Kopf und rüttelte am Absperrseil.

»Jo genau«, schrie ein anderer. »Planier die g'schissene Bagage.«

»Wos is' mit dir? Des san ja ned amol g'scheite Mannsbilder. Krüppel san des.«

Das reichte. Das Leben war nicht gerecht, dieser Kampf war nicht gerecht. Weshalb sollte er fair bleiben? Emmerich starrte die geifernde Meute an. Sie waren respektlos, voreingenommen und voller Hass gegen alles, was er und Winter darstellten. Dagegen konnte er nichts machen, aber er konnte ihnen ihre Wetteinsätze wegnehmen. Und genau das würde er tun. Er würde Pessolt, den Knochenbrecher, k.o. schlagen. Er würde ihnen zeigen, dass auch ein Krüppel in der Lage war zu siegen.

Er suchte Winters Blick und deutete auf die Armschlinge, die diesem während des Angriffs von der Schulter gerutscht und auf den Boden gefallen war. »Vor die Augen.«

Winter nickte, doch offenbar war er nicht der Einzige, der Emmerichs Plan verstanden hatte.

Pessolt tänzelte hin und her und drehte Winter niemals länger als ein, zwei Sekunden seinen Rücken zu. »Ich krieg dich«, rief er. »Gleich hab ich dich, du Wanz'n.«

»Machen Sie, dass er stehen bleibt«, schrie Winter. »Ein paar Sekunden reichen.«

»He«, rief Emmerich. »Hat deine Mutter auch so straffe Duttln wie die Meerjungfrau?« Er machte mit den Händen eine obszöne Geste. »Oder geht's mit den guten Teilen schon eher Richtung Süden?«

Pessolt lachte. »Glaubst wirklich, dass i auf so was einifall?« Er machte eine halbe Drehung und wischte Winter, der sich von hinten angepirscht hatte, so mühelos fort, als wäre er ein lästiges Insekt. »Ich wett, du weißt ned amol, wer dei Mutter is'.«

Das hatte gesessen.

Emmerich sah ein, dass er den Hünen mit Provokationen nicht aus dem Konzept bringen konnte, und auf regulärem Weg hatten sie keine Chance. Blieben nur die harten Bandagen. »Du hast es so gewollt«, murmelte er, biss die Zähne zusammen, setzte ein Grinsen auf und sprang.

Wie eine anschmiegsame Geliebte legte Emmerich seine Arme um den Hals des Knochenbrechers und schlang seine Beine, so gut es ihm möglich war, um dessen Taille. »Servus, Schatz«, sagte er, und dann küsste er ihn.

Voller Inbrunst presste er seine Lippen auf die seines Gegners, roch dessen faulen Atem, spürte die kratzigen Bartstoppeln auf seinen Wangen und genoss die Schockstarre, die er ausgelöst hatte. Sowohl bei Pessolt als auch beim Publikum.

Stille.

»Du elender Hurenbock!«, schrie Pessolt, als er sich wieder gefangen hatte. Voller Abscheu schlug er seine Stirn gegen Emmerichs, befreite sich aus der Umarmung und stieß ihn von sich fort.

Emmerich prallte auf den harten Untergrund, spürte, wie sich ein glühender Schmerz durch sein Bein und seine Hüfte bohrte, und starrte zu Pessolt hoch. Blut schoss ihm aus den Nasenlöchern, seine Lippe schien aufgeplatzt zu sein.

»Du Oaschpackler, du grauslicher«, schrie sein Gegner mit hochrotem Kopf, wischte sich über den Mund und spuckte auf den Boden. »I bring di um, du woame Sau.«

In diesem Moment sprang Winter auf und schlang seine Armschlaufe über Pessolts Augen.

Emmerich rappelte sich hoch, ignorierte die Schmerzen und schlug zu. Eine Gerade ins Gesicht, ein Kinnhaken, ein Tritt in den Bauch.

Der überrumpelte Knochenbrecher versuchte zu kontern, boxte aber ins Leere. Er fasste sich ins Gesicht, um die Binde wegzureißen, da legte Emmerich noch einmal nach. Rechte Gerade, linker Aufwärtshaken, Tritt zwischen die Beine.

Das reichte. Pessolt fiel unter den fassungslosen Blicken des Publikums erst auf die Knie und kippte anschließend vornüber. Regungslos blieb er liegen.

Winter lachte erleichtert auf, und Emmerich riss die Arme in die Höhe. »Von wegen Krüppel«, schrie er, das Blut, das ihm aus der Nase schoss, ignorierend. »Wer will als Nächster?«

»Ich glaub, wir gehen jetzt lieber.« Dobrensky war in den Ring getreten, nickte seinen beiden Wachhunden zu und gab Winter seine Kleidung wieder. Dann legte er eine Hand in Emmerichs Rücken und dirigierte ihn zu der hölzernen Tür. Buhrufe begleiteten sie.

»Was ist mit Ihnen?« Winter hatte bemerkt, dass Emmerich kaum mehr in der Lage war zu gehen. Er schob seine Schulter unter dessen Achsel, um ihn zu stützen.

»Es hat mein Bein erwischt.«

Winter musterte Emmerichs Gesicht. »Nicht nur das.«

Gemeinsam humpelten sie durch den Tunnel und über die steile Treppe nach oben in den Gastraum. Dort setzten sie sich auf eine Eckbank.

Dobrensky wies den Dürren an, Schnaps und einen nassen Lappen zu bringen. »Ich hoffe, dass Sie keinem von da unten jemals in einer dunklen Gasse begegnen. Die haben wegen Ihnen ganz schön viel Geld verloren.«

»Und Ihnen ganz schön was eingebracht.« Emmerich zeigte auf ein Bündel Geldscheine, das Dobrensky in der Hand hielt. »Sie haben auf uns gesetzt.« Er wischte sich das Blut aus dem Gesicht und kippte ein Stamperl Sliwowitz hinunter. Der Klare brannte auf seiner Lippe.

Dobrensky schenkte nach. »Ich erkenne einen Draufgänger, wenn ich einen sehe. Ich hab gewusst, dass Sie's schaffen können.«

»Kommen wir lieber zu unserer Abmachung … Was stand in dem Brief?«, kam Emmerich auf den Punkt.

»Es ging um meine Schwester.«

»Worum genau?« Emmerich beugte sich über den Tisch, schnappte sich ohne zu fragen eine von Dobrenskys Zigarren und zündete sie an. Sie schmeckte göttlich, außerdem half ihm das Nikotin, die Schmerzen besser zu ertragen. Er zeigte auf sein Gesicht, dann auf sein Bein. »Ich habe jede Information verdient. Ganz egal, wie unwichtig sie Ihnen scheint.«

Dobrensky betrachtete ihn. »Fürst hat meine Schwester geschwängert. Mit dem Brief wollte ich sicherstellen, dass er nicht vergisst, seinen Verpflichtungen nachzukommen.«

»Wusste ich's doch, dass Richard Fürst kein Engel war«, murmelte Emmerich und dachte an die Nonnen aus dem Waisenhaus, die ihn als Kind gequält hatten. »Die, die nach außen am frommsten tun, haben den meisten Dreck am Stecken.« Er wandte sich wieder an Dobrensky. »Erzählen Sie mir von den beiden.«

»Wehe, Sie machen ihr das Leben schwer.«

»Wenn sie nichts Schlimmes getan hat, hat sie auch nichts zu befürchten.«

Dobrensky ließ seine Fingerknöchel knacken. »Da gibt's kaum was zu erzählen. Helene war seit ungefähr einem Jahr seine Geliebte.«

»Wusste seine Frau davon?«

»Keine Ahnung. Ich kenne keine Details. Die müssen Sie schon selbst herausbekommen.«

»Wo finden wir Ihre Schwester?« Emmerich wollte noch einmal nachschenken, doch Dobrensky nahm die Flasche an sich. Seine Gastfreundschaft neigte sich wohl ihrem Ende zu.

»Helene singt heute Abend in der Roten Bretze. Seien Sie gefälligst nett zu ihr. Sie hatte ihn wirklich gern.« Dobrensky stand auf und stellte den Schnaps zurück hinter die Theke. »Es wird Zeit«, sagte er, ohne genauer zu erklären, wofür.

»Moment noch.« Emmerich quälte sich hoch. »Wo waren Sie am vergangenen Donnerstag gegen acht Uhr abends?«

Dobrensky schaute ihn so zornig an, dass Emmerich schon fürchtete, einen weiteren Kampf überstehen zu müssen. »Sie wollen mir doch wohl nicht unterstellen, dass ich etwas mit dem Mord zu tun habe. Ich bin ja nicht blöd und murkse den Kerl ab, der meiner Schwester einen Bankert angehängt hat. Was glauben Sie denn, wer jetzt für das Balg aufkommen darf? Außerdem wär es recht praktisch gewesen, einen Stadtrat in der Familie zu haben. Wenn auch nur inoffiziell. Sagen Sie Bescheid, wenn Sie den Kerl finden, der ihn umgelegt hat. Der Drecksau betonier ich höchstpersönlich eine.«

»Ich würde trotzdem gern wissen, wo Sie waren«, sagte Emmerich. »Reine Routine«, fügte er hinzu, als er bemerkte, dass Dobrensky die Fäuste ballte.

Dieser entspannte sich sichtlich. »Unten. Wir hatten einen großen Kampf. Die Brigittenauer Bestie gegen den Prater-Schlächter. Nicht ganz so amüsant wie das Spektakel, das Sie gerade geliefert haben, aber auf jeden Fall äußerst lukrativ. Es gibt mindestens fünfzig Zeugen.«

Emmerich nickte. »Eine Frage noch: Wer hat den Brief übermittelt?«

Dobrensky zeigte auf den blatternarbigen Dürren, der hinter der Bar mit den Schnapsgläsern hantierte. »Ihn hab ich geschickt.« Ohne sich zu verabschieden, ging er zurück ins Hinterzimmer und verschwand nach unten.

Emmerich paffte Rauchkringel in die Luft und gab Dobrenskys Handlanger zu verstehen, dass er noch einen Schnaps wollte.

Dieser tat so, als hätte er nichts gesehen. Betont lässig wischte er über die Theke und kratzte sich anschließend genüsslich unter der Achsel.

»Soll ich deinem Chef erzählen, dass du nicht kooperativ bist?«, rief Emmerich.

Der Kerl hielt inne und kam an den Tisch. »Was soll der Schmarrn?«, zischte er. »Hörn S' endlich auf, mi zu sekkiern. Wegen Eana hab i schon Ärger g'nug.«

»Selbst schuld. Nicht mein Problem.« Emmerich zeigte auf den Stuhl gegenüber.

»Was wollen S'?«

»Als du am Donnerstag den Brief bei Richard Fürst abgegeben hast, hat da ein Dienstmann auf der Straße gestanden?«

»Ja ... Da war einer. Ist mit mir rein'gangen. Und?«

»Er ist mit dir ins Haus gegangen?«

»Sag i doch. Er hat irgendeinen Auftrag von der Gnädigsten gehabt.«

»Was für einen Auftrag?«

»Was woaß i? Er sollte was abholen oder so ... hat g'meint, er sei öfters im Haus und kennt si aus. Ist gleich nach hinten verschwunden.«

So war der Mörder also ins Haus gekommen ... Wahrscheinlich hatte er sich irgendwo versteckt, gewartet bis Peppi das Haus verließ und dann zugeschlagen. »Wie sah er aus?«

»Oider ... koa Ahnung. Es war spät, und i hab's eilig g'habt. Wie S' ja sicher wissen, muss in alle Wirtshäuser um acht die Elektrizität ab'dreht und auf Karbidbeleuchtung umg'stellt wern. Was glauben S', wer hier dafür verantwortlich is'?«

»Seit wann wird im Schönen Harri so viel Wert auf die Vorschriften gelegt?«

»Seit ma vor drei Wochen erwischt worn sind und mir der Chef die Verwaltungsstrafe vom Lohn ab'zogen hat.« Er schaute die beiden Kriminalbeamten so böse an, als wären sie höchstpersönlich für den Kohlennotstand und die daraus resultierenden Restriktionen verantwortlich.

»Versuch wenigstens, dich zu erinnern. Jedes Detail ist hilfreich.«

Der Schankkellner überlegte. »Dienstmänner schau'n doch eh alle gleich aus. Graue Uniform, Schiebermütze ...«

»Überleg«, drängte Emmerich. »Hatte er ein besonderes Merkmal? Irgendetwas, wodurch wir ihn finden können?«

Der Dürre wischte sich über die Stirn. »Seine Schuh«, sagte er schließlich. »Die san mir aufg'fallen, als er durch die Eingangshalle gangen is. Die war'n viel zu vornehm für einen einfachen Dienstmann. Ganz neu, halbhoch, schwarzes Leder mit silbernen Schnallen. Die hat er sicher irgendwo mitgeh'n lassen. War's das?«, fragte er, als Emmerich keine weiteren Fragen stellte.

Dieser nickte, stand auf und humpelte von Winter gestützt nach draußen.

»Sie müssen zu einem Arzt«, sagte Winter. »Ihr Gesicht sieht schrecklich aus, und von Ihrem Knie will ich gar nicht erst anfangen. Am besten wir fahren ins Krankenhaus.«

Emmerich wollte widersprechen, doch als er versuchte, allein ein paar Schritte zu gehen, und kläglich dabei scheiterte, sah er ein, dass sein Assistent recht hatte.

»Von mir aus, aber nicht zu den Stümpern ins Allgemeine. Die wollen mir nur wieder das Bein amputieren. Außerdem dauert es dort Stunden, bis man drankommt. So viel Zeit haben wir nicht.«

Winter überlegte. »Wir könnten es bei Herrn Dr. Bahrfeldt versuchen. Er ist der Arzt meiner Großmutter und hat eine Ordination im 1. Bezirk. Ich habe ihn bei seinem letzten Hausbesuch kennengelernt, und er scheint schwer in Ordnung zu sein.«

»Gut. Fahren wir zu ihm.« Emmerich lehnte sich mit schmerzverzerrtem Gesicht gegen die Hausmauer, während sich Winter auf die Suche nach einer Mietdroschke machte.

»Hier, mein Freund.« Ein Passant blieb stehen und drückte Emmerich ein paar Münzen in die Hand. »Alles Gute.«

»Ich bin …« Die Schmerzen ließen ihn verstummen. Er steckte das Kleingeld ein und hoffte, dass all die Mühen und Opfer sich am Ende auszahlten.

9

Johanna Abele saß am Fenster und stickte. Es würde ihre letzte Handarbeit sein, es war mit den von der Gicht verkrümmten Fingern beinahe unmöglich geworden, die filigrane Nadel zu halten. Auch ihr Augenlicht wurde immer schwächer.

Mit schwerem Herzen blinzelte sie hinaus in den trüben Tag und drehte das Gasventil der Lampe, die neben ihr auf dem Tisch stand, weiter auf. Die Flamme darin wuchs, und ihr warmes Licht breitete sich aus, bis es den Stoff in ihrem Schoß zur Gänze erhellte. Trotzdem konnte sie kaum etwas erkennen.

Sie seufzte, tauschte die Stickerei gegen die Tageszeitung und versuchte, das kulturelle Programm zu studieren. Wann war sie das letzte Mal ausgegangen? Unter Leute gekommen?

Peer Gynt am Deutschen Volkstheater, der *Wildschütz* in der Oper. Alles viel zu anstrengend. Außerdem waren die Bretter, die angeblich die Welt bedeuteten, auch nicht mehr das, was sie einmal gewesen waren. Die Inszenierungen wurden immer schriller, viele der guten Schauspieler hatten sich dem Kino zugewandt. Rita Haidrich zum Beispiel hatte einen Exklusivvertrag mit der Sascha-Film abgeschlossen. Eine Riesenverschwendung. Ewig schade. Sie war so eine überzeugende Elektra gewesen.

Womöglich wäre der Hugo-Wolf-Abend der Kammerzunft etwas für sie. Johanna Abele versuchte aufzustehen, ließ sich aber sofort wieder in die weichen Kissen fallen. Das elende Kreuz mit dem Kreuz. Sie würde zu Hause bleiben.

Alt werden war nichts für sensible Gemüter. All die Kränkungen, die der eigene Körper einem zumutete, die vielen Schmerzen und Einschränkungen. Vom Verlust der Schönheit gar nicht erst zu reden. Sie starrte auf ihre Hände, deren Gelenke gerötet und angeschwollen waren, und dachte an ihren schiefen Rücken, die aufgedunsenen Beine und all die anderen Gebrechen, die ihren Alltag erschwerten. Wie lange würde sie noch weitermachen können?

Als wäre das ihr Stichwort gewesen, erschien Else in der Tür, ihre Haushälterin und Pflegerin, die ihr fast so etwas wie eine Freundin geworden war. Die kräftige, breitschultrige Frau, deren rechte Wange ein Feuermal zierte, hielt ein Blatt Papier in der Hand und schnaubte. Normalerweise war Else ruhig und gelassen. Jemand, der sich durch nichts aus der Ruhe bringen ließ. Doch heute war das anders. Sie wirkte aufgebracht und verunsichert zugleich. »Das ist nicht Ihr Ernst, oder?« Sie trat näher an Johanna Abele heran und hielt ihr das Schriftstück vors Gesicht.

Die alte Dame kniff die Augen zusammen, beugte sich vor, bis ihre Nasenspitze beinahe das Papier berührte, und rückte ihre Brille zurecht. Dann schaute sie zu Else hoch. »Wo hast du das her?«

»Na, von wo wohl? Glauben Sie, ich wär so schlampig, dass ich nicht auch hinter den Büchern abstaube?« Sie legte das Schreiben auf den Fenstersims, trat zurück und stemmte die Fäuste in die Hüften.

Dort war es also hingerutscht, ihr Testament. Johanna Abele hatte sich schon gewundert, wo es geblieben war – wenn man halb blind, leicht zerstreut und schlecht auf den Beinen war, war es nicht so einfach, verschwundene Dinge wiederzufinden. »Ich wollte mit dir darüber reden. Der passende Zeitpunkt hat sich einfach noch nicht ergeben.«

»Sie können doch nicht alles mir hinterlassen. Ich bin eine einfache Frau. Was mach ich denn mit all dem Geld und dem Haus? Da bin ich doch restlos überfordert mit. Ich hab im Leben nie mehr gehabt als ein paar Kronen.«

»Deswegen sollst du doch alles bekommen.« Die alte Dame legte die Zeitung beiseite und tätschelte mit ihren faltigen Händen Elses schrundige Finger. »Bei dir weiß ich mein Erbe gut aufgehoben.«

»Und Ihr Neffe?«

»Adalbert? Dieser undankbare Kretin würde doch alles nur verspielen, versaufen und verhuren. Nein!« Sie schüttelte den Kopf. »Du wirst alles erben, was ich besitze. Du allein.«

Else atmete tief ein und ließ die Luft langsam wieder aus ihrer Lunge entweichen. »Das wird ihm nicht gefallen.«

»Mir gefällt sein Verhalten auch nicht.« Die alte Dame verschränkte die Arme vor der Brust. »Keine Ahnung, von wem er diesen schrecklichen Charakter hat. Von meinem Teil der Familie jedenfalls nicht, und daher soll er auch mein Geld nicht haben.«

Else seufzte. Ihre Dienstherrin konnte stur sein, das hatte sie schon oft erlebt. »Aber …«

»Kein Aber. Ich will es so und damit Schluss. Du hast es verdient, und außerdem bin ich davon überzeugt, dass du die Sache in meinem Sinne weiterführen wirst.« Als

Zeichen dafür, dass die Konversation beendet war, nahm sie ihre Handarbeit wieder auf. »Ich hätte gerne eine Tasse Tee. Wärst du so nett?«

Else, die ganz offensichtlich völlig durch den Wind war, wischte sich die Hände an der Schürze ab, fuhr durch ihr kurz geschnittenes graues Haar und nickte. »Natürlich«, sagte sie und schickte sich an, den Raum zu verlassen. In der Tür blieb sie kurz stehen und drehte sich noch einmal um. »Versprechen Sie mir, dass Sie dieser Welt noch ein Weilchen erhalten bleiben.«

Johanna Abele blickte auf. »Ich habe nicht vor, in nächster Zeit zu sterben. Aber wer weiß …«, sagte sie, »… wer weiß …«

10

Die Räumlichkeiten, in denen Dr. Gustav Bahrfeldt seine Arztpraxis betrieb, befanden sich in einem repräsentativen Herrenhaus im Herzen der Stadt und erstreckten sich über das komplette erste Stockwerk.

»Und anderswo leben drei Generationen auf fünfzehn Quadratmetern«, murmelte Emmerich. »*Kaiser, König, Edelmann, Bürger, Bauer, Bettelmann*«, fiel ihm ein alter Abzählreim ein, der selbst jetzt, da Österreich eine demokratische Republik geworden war, noch immer Gültigkeit besaß.

»Wir leben halt gerade in einer schwierigen Zeit. Es wird sich sicher bald alles zum Guten wenden«, sagte Winter, der an unerschütterlichem Optimismus litt. Er präsentierte der rothaarigen Sprechstundenhilfe, die sich beim Anblick der beiden verletzten Kriminalbeamten ans Herz gefasst hatte, seine Dienstmarke. »Ich kenne den Herrn Doktor persönlich«, beteuerte er. »Meine Großmutter, Frau Winter, ist eine langjährige Patientin von ihm.«

Die Arzthelferin musterte ihn mit einer hochgezogenen Augenbraue. »Sie haben Glück«, sagte sie schließlich. »Der Herr Doktor hat ja bekanntermaßen eine sehr spezielle Beziehung zu … Sonderfällen.«

»Ich hoffe, er hat keine sehr spezielle Beziehung zum Geld«, flüsterte Emmerich und sah sich die edle Einrichtung an. »Das können wir nämlich nie im Leben bezahlen.« Er öffnete die Tür, die mit »Warteraum« beschildert war. Zwei Augenpaare richteten sich auf die Neuankömmlinge. Sie gehörten zu einem älteren, fein gekleideten Ehepaar, das ziemlich erschrocken schien.

»Jessas, Marant, Josef«, hauchte die Dame, und ihr Begleiter, ein weißhaariger Herr, der die Achtzig schon längst überschritten haben durfte, stand auf und bot Emmerich seinen Sessel an.

Dieser winkte ab, doch Winter manövrierte ihn auf das Möbel. »Für Stolz und Würde ist später noch genügend Zeit.«

»Herr Inspektor Winter!« Ein großer, breitschultriger Mann hatte das Zimmer betreten. Dr. Bahrfeldt. Er war eine imposante Erscheinung mit einem markanten Kinn, einer hohen Stirn und einer langen, schmalen Nase.

Unwillkürlich musste Emmerich an ein Porträt von Julius Cäsar denken, das er als Kind einmal in einem Museum gesehen hatte.

»Was ist mit Ihrem Arm passiert? Und wie geht es Ihrer Großmutter?« Sofern ihn der Anblick der beiden irritierte, ließ der Arzt es sich nicht anmerken.

»Ich hatte einen Unfall«, hielt Winter sich vage. »Und was meine Großmutter betrifft … Unkraut vergeht nicht. Ich bin heute wegen Herrn Emmerich hier, meinem Vorgesetzten.«

Bahrfeldt stellte sich vor Emmerich und betastete vorsichtig dessen Gesicht. »Das sieht aber gar nicht gut aus. Was um Gottes willen haben Sie angestellt?«

»Dienstunfall.« Emmerich zuckte zusammen, als der Arzt seinen Kiefer berührte.

»Sein Bein«, warf Winter ein. »Am schlimmsten hat es sein Bein erwischt.«

Bahrfeldt fasste an Emmerichs Knie, woraufhin dieser laut aufstöhnte. »Würde es Ihnen etwas ausmachen, wenn ich die beiden vorziehe?«, wandte er sich an das Ehepaar. »Ich bin untröstlich, dass Sie warten müssen, aber der Herr ist Polizist und hat sich im Dienst für uns alle verletzt.« Da keine Einwände erhoben wurden, führte er Emmerich und Winter in den Behandlungsraum. »Wie genau ist das geschehen?« Bahrfeldt schloss die Tür und bedeutete Emmerich, die Hose auszuziehen.

Dieser tat, wie ihm geheißen, und legte sich auf die Behandlungsliege. »Wir mussten uns um Informationen prügeln.«

»Ich hoffe, es hat sich rentiert.« Der Arzt untersuchte Emmerichs Knie und das umliegende Gewebe. Seine Miene verhieß nichts Gutes.

»Das wird sich weisen.« Emmerich presste die Lippen aufeinander.

»Wo haben Sie gedient? Diese Narben sehen mir schwer nach Feldlazarett aus.«

»Italienfront. Erst Isonzo, dann Piave. Bei Vittorio Veneto hat es mich erwischt.«

»Kugel?«

»Granatsplitter. Die Italiener, diese Hurensöhne, haben auch auf einzelne Soldaten mit Kanonen geschossen.«

»Die Russen haben da Gott sei Dank ökonomischer gedacht.« Bahrfeldt präsentierte eine kreisrunde Narbe an seinem Unterarm. »Wie lautet die Diagnose?«

»Arthrofibrose.«

Wissendes Nicken. »Haben Sie einen guten Arzt?«

»Die Metzger im Allgemeinen Krankenhaus würden mir das Bein am liebsten abschneiden«, sagte Emmerich bitter. »Und mit dem bisschen, das ich im Kriminaldienst verdiene, kann ich mir keinen Experten leisten. Spezialisten sind weit außerhalb meiner Gehaltsklasse.«

Bahrfeldt seufzte, fasste Emmerich an der Schulter und drückte sie sanft. »Der Krieg …«, murmelte er. »Er hat die Besten gefressen oder verstümmelt. Welch eine Schande, welch ein Ruin.« Er ging zu dem Medizinschrank, der hinter seinem Schreibtisch stand, nahm ein Fläschchen heraus und eine Spritze und zog diese auf. »Gleich wird es Ihnen besser gehen«, sagte er, schnippte mit dem Finger ein paarmal gegen den Zylinder und injizierte die farblose Flüssigkeit direkt in Emmerichs Knie.

Dieser lehnte sich zurück, schloss die Augen und genoss den abebbenden Schmerz, an den wenige Sekunden später nur noch ein leises Pochen erinnerte. Mein Gott, wie herrlich sich das anfühlte. Fast so gut wie Heroin. Frei von der ewigen Qual. Das erste Mal seit so vielen Tagen.

»Abgesehen von Ihrem Bein hatten Sie Glück. Die Nase ist nicht gebrochen, der Kiefer nur geprellt, und die Lippe muss auch nicht genäht werden. Das Mittel, das ich Ihnen gespritzt habe, wird Sie durch den Tag bringen. Danach können Sie die hier nehmen.« Er reichte Emmerich ein Fläschchen mit weißen Tabletten. »Die sind entzündungshemmend und schmerzstillend.«

»Die machen aber nicht abhängig, oder?«, konnte sich Winter nicht verkneifen.

Die freundliche Miene des Arztes wich einem skeptischen Gesichtsausdruck. »Hatten Sie damit schon mal Probleme?«

Emmerich warf Winter einen bösen Blick zu. »Aber nein, Herr Winter ist nur wieder einmal überbesorgt.«

»Das sind Togal-Tabletten. Die sind harmlos, solange man sich an die Einnahmeverordnungen hält, und sie wirken schnell.« Der Arzt wandte sich an Emmerich, der immer noch selig lächelte. »Die Spritze und die Pillen sind nur eine temporäre Lösung. Sie werden an einer Operation nicht vorbeikommen. Ich an Ihrer Stelle würde das so bald wie möglich angehen. In den nächsten Wochen. Bevor das Bein hoffnungslos versteift.«

Emmerichs Lächeln schwand. »Wie gesagt: Den Schlächtern im AKH traue ich nicht, und für einen Spezialisten hab ich kein Geld.«

Bahrfeldt kratzte sich am Kinn. »Ich will Ihnen keine falschen Hoffnungen machen, aber ich bin Mitglied einer Wohlfahrtseinrichtung, die vor Kurzem eine Rehabilitationsanstalt für Veteranen gegründet hat. Dort sollen gut ausgebildete Fachärzte versuchen, die Schäden des Krieges zu beheben.«

»Wirklich?« Das Lächeln kehrte zurück auf Emmerichs Lippen. »So etwas gibt es?«

»Irgendjemand muss ja für unsere versehrten Helden da sein. Der Staat versagt auf ganzer Ebene. Ein Orden und ein paar schöne Worte können niemals ein Ausgleich für die Opfer sein, die Sie und Ihre Kameraden erbracht haben. Schicken Sie mir Ihre Unterlagen, dann werde ich Sie als Patienten vorschlagen.«

»Wenn Sie das tun würden …« Emmerich fehlten die Worte. Er stand vorsichtig auf und schüttelte Bahrfeldts Hand. Dann zog er seine Hose an und steckte die Tabletten ein.

»Gönnen Sie sich Ruhe«, wies der Arzt ihn an. »Das Bein braucht Schonung und Sie auch.«

Emmerich bedankte sich und verließ mit seinem Assistenten unter den neugierigen Blicken der alten Eheleute die Praxis. Draußen warf er einen Blick auf die Uhr des Stephansdoms.

»Sie geht schon wieder nach«, stellte ein Passant fest. »Als ob sie sich nach der guten alten Zeit sehnen würde.«

Emmerich quittierte die Aussage mit einem Grunzen und bog in die Goldschmiedgasse ein.

»Wo wollen Sie hin?«, fragte Winter.

»In die Seilerstätte. Wir müssen mit der Witwe reden und herausfinden, ob sie von der Affäre ihres Mannes wusste. Wie sagt der Volksmund so schön? *Heißer noch als Höllenglut, brennt verschmähter Weiber Wut.* Vielleicht hat sie ja mit dem Mörder unter einer Decke gesteckt – immerhin hat er behauptet, er käme im Auftrag der Gnädigsten.«

»Sie haben aber doch gehört, was Dr. Bahrfeldt gesagt hat: Sie müssen sich schonen.«

»Schonen kann ich mich, sobald der Täter verhaftet und Peppi wohlbehalten entlassen ist. Wir haben heute ein volles Programm vor uns. Erst müssen wir zur Witwe und nachher in die Rote Bretze. Wir sollten außerdem auf einen Sprung ins Erkennungsamt, um die Kategorienbögen zu studieren, die nach Verbrecherspezialisierungen geordnet sind. Vielleicht finden wir dort Hinweise auf Ganoven, deren Masche es ist, sich als Dienstmänner zu verkleiden oder auf welche, die für besonders feudales Schuhwerk bekannt sind.«

»Wenn Sie sich überanstrengen, bringt das Herrn Navratil bestimmt nicht aus dem Gefängnis.«

»Wenn ich mich ins Bett lege, aber auch nicht.«

»Dann ruhen Sie sich wenigstens kurz aus. Die Witwe und das Erkennungsamt schaffe ich auch allein. Vertrauen Sie mir. Abgesehen davon: Frau Fürst würde Sie in diesem Aufzug sowieso nicht ins Haus lassen. Ich bezweifle sogar, dass Sie so in die Rote Bretze kommen.« Winter deutete auf die Blutflecken auf Emmerichs Hemd und Hose.

»Von mir aus«, gab Emmerich nach. Der Kleine hatte recht, außerdem fühlte er sich müde und ausgelaugt. Ein bisschen Schlaf würde seine Sinne klären. »Ich leg mich kurz hin, zieh mich um, und um sieben treffen wir uns vor der Bretze.«

11

Emmerich kaufte Tabak und Zigarettenpapierchen und stieg in die Elektrische, die in Richtung Meldemannstraße fuhr. Er setzte sich auf einen freien Platz am Fenster und zog fröstelnd sein Cape zu. Während sie durch die schmalen Gassen der Innenstadt zockelten und die Grenze zum 2. Bezirk passierten, starrte er nach draußen und versuchte, nicht an die Stunden zu denken, die langsam, aber stetig, davonrannen.

Er konnte Peppis elende Gestalt direkt vor sich sehen. Die Gesichtsprothese, den Armstumpf und die Verzweiflung, die ihn wie eine dunkle Aura umgab.

»Die Fahrscheine bitte«, riss ihn der Schaffner aus seinen trüben Gedanken, und gleich darauf war das Klacken seiner Lochzange zu hören, mit der er die Karten der Fahrgäste entwertete. Zweihundertsiebzig Heller kostete ein Billet mittlerweile. Im vergangenen Jahr waren es gerade mal achtzig gewesen und im Jahr zuvor sogar nur vierzig. Wenn die Preise weiter so rapide anstiegen, würde eine einfache Straßenbahnfahrt für viele Bürger bald zu einem unerschwinglichen Luxus werden. »Ihren Fahrschein«, ertönte es erneut, dieses Mal direkt neben ihm.

Emmerich fasste in seine Tasche und zog ein zerknittertes Stück Papier heraus. In diesem Moment hielt die Elektrische mit quietschenden Bremsen.

»Geh, Depperter, bist blind oder was?«, brüllte der Fahrer einem Passanten zu, der ohne zu schauen über die Schienen gelaufen war.

Emmerich kümmerte sich nicht weiter um den nun folgenden Zank. Sein Blick fiel auf eine Menschentraube, die sich in der Oberen Augartenstraße vor einem alten Gasthaus die Beine in den Bauch stand. Zerlumpte, abgemagerte Gestalten, die darauf hofften, beim Ausschank von Klostersuppe ein Schälchen heißer Brühe zu ergattern.

Eigentlich ein alltäglicher Anblick, der kaum mehr jemanden rührte, doch eine Frau weckte Emmerichs Interesse. Sie trug einen geflickten Mantel, das Haar, das unter ihrem zerbeulten Hut hervorlugte, wirkte brüchig und stumpf. Tiefe Falten hatten sich um ihren Mund eingegraben, die Schatten unter ihren Augen waren so dunkel, als hätte sie dort Kohlenstaub verrieben.

Luise …

Emmerichs Körper verkrampfte sich. Er drückte seine Handflächen gegen die Scheibe und presste seine Nase so nah an das kalte, feuchte Glas, dass sein Atem darauf kondensierte. Als sein Blick auf die drei dürren Wesen fiel, die neben ihr standen, knochig und blass, mit leeren Augen und eingefallenen Wangen, durchfuhr ihn eine Mischung aus tiefem Schmerz und rasendem Zorn. Emil, Ida und Paul waren zwar nicht seine leiblichen Kinder, aber er liebte sie, als ob sie es wären.

Was war nur mit ihnen geschehen? Als er sie das letzte Mal gesehen hatte, im vergangenen November, da waren sie ganz andere Menschen gewesen. Arm zwar, aber trotzdem anständig gekleidet und halbwegs gut genährt.

Wie hatte es nur so weit kommen können?

Es gab nur eine Erklärung: Xaver. Luises wiederauferstandener Ehemann … Der Mistkerl sorgte nicht für seine Familie.

Emmerich stand auf, knallte dem bereits ungeduldig wartenden Schaffner sein Billet vor die Brust und drängte, sich an seinem Sitznachbarn vorbei.

»Geh, G'schissana, muass des sei?«, keifte der, warf einen Blick in Emmerichs zerschundene Visage und verstummte.

In diesem Moment fuhr die Elektrische wieder an. »Ich muss raus! Lassen Sie mich durch!« Emmerich schob Leiber und Taschen zur Seite, ignorierte Beschimpfungen und pikierte Blicke und kämpfte sich durch den heillos überfüllten Wagen nach draußen auf die offene Plattform. »Anhalten!«, brüllte er gegen den kalten Fahrtwind an. »Stoppt die Bahn!«

»Die nächste Station ist der Gaußplatz. Vorher können wir nicht stehen bleiben.« Der Schaffner war ihm gefolgt und musterte ihn mit besorgtem und zugleich argwöhnischem Blick.

Emmerich starrte auf die schmutzig graue Straße, die gefährlich schnell vorüberzog. Beim Einlaufen in die Haltestellen machten Kinder und Jugendliche sich oft einen Spaß daraus, vom fahrenden Wagen abzuspringen – doch für solch ein Manöver war das Tempo schon viel zu hoch, und außerdem war da noch sein Bein.

»Luise …«, murmelte er und starrte auf das Gebäude, vor dem sie gestanden hatte. Es wurde kleiner und kleiner, bis es sich in einen winzigen grauen Punkt verwandelte und endgültig aus seinem Blickfeld verschwand.

Er musste qualvolle Minuten ausharren, während sich die Elektrische in Richtung Brigittenau, der Hochburg des

Lumpenproletariats, schlängelte. Als sie endlich zum Stehen kamen, hangelte Emmerich sich aus dem Waggon und humpelte zurück zur Armenküche.

Luise und die Kinder waren nicht mehr dort.

»Tut mir leid. Für heut ist's aus«, sagte eine große, breitschultrige Frau mit kurzem grauem Haar und einem Feuermal auf der rechten Wange. Sie wischte sich die Hände an ihrer Schürze ab und sah Emmerich mitleidig an. »Kommen S' morgen noch einmal. Dann gibt's wieder eine Suppe. Vielleicht sogar ein Brot.«

Er schaute an sich hinunter, betrachtete seinen alten Anzug, starrte auf seine dürren, nikotingelben Finger und stellte sich vor, wie sein Gesicht wohl aussah. Kein Wunder, dass schon das zweite Mal an diesem Tag jemand dachte, er bräuchte ein Almosen.

Er drehte sich eine Zigarette, zündete sie an, nickte der Frau zu und hinkte in Richtung Männerheim.

12

»Was zur Hölle soll denn das für ein Buchstabe sein?«, ertönte eine Stimme aus dem Lesezimmer im Erdgeschoss.

»Ich glaub, das ist ein F«, hörte man eine andere.

»Nein, du Trottel. Das ist ein S.«

Emmerich warf einen Blick in den Raum, wo Theo, gemeinsam mit ein paar anderen Bewohnern des Heims, über einem Stapel Zeitungen brütete. Da er keine Lust auf Gesellschaft hatte, wandte er sich ab und humpelte zur Treppe – nicht schnell genug. Theo hatte ihn schon entdeckt.

»Na, servus, was ist denn mit deim G'sicht passiert?«, rief er.

»Der andere sieht schlimmer aus«, winkte Emmerich ab und humpelte weiter.

»Warst schon beim Peppi?«

»Ich war heute Vormittag bei ihm. Er hält sich tapfer.« Emmerich streckte gerade seine Finger nach dem Handlauf der Treppe aus, als Theo aufsprang und ihm nacheilte.

»Kannst uns vielleicht kurz helfen?«, bat er. »Wir wollten lesen, was in der Zeitung über den Fall steht …« Er errötete. »Der Ludwig liegt im Marodenzimmer. Dem geht's nicht so gut, und ich und die Männer …«, setzte er erneut an. »Wir …«

Emmerich verstand. »Ich bin auch nicht unbedingt so gut im Lesen«, versuchte er, sich aus der Affäre zu ziehen, doch Theo schaute so flehentlich drein, dass er ihm den Wunsch nicht abschlagen konnte. »Von mir aus. Aber nur ganz kurz.« Er war eh so aufgewühlt von der Begebenheit mit Luise und den Kindern, dass er nicht würde schlafen können.

»Was will denn der Kieberer hier?«, murmelte ein blasser Mann mit trüben Augen. Er funkelte Emmerich feindselig an, als dieser den Raum betrat.

»Halt die Goschn«, schimpfte Theo. »Er hilft dem Peppi ausm Häfn.«

»Von wegen. Der will sich nur bei uns reinschleimen, um rauszufinden, ob einer von uns was Illegales macht. Immer auf die Armen. So funktioniert das System.« Er hielt ein Exemplar der *Illustrierten Kronen-Zeitung* in die Höhe und deutete auf eine Fotografie, die darauf abgedruckt war. Sie zeigte Peppi, der verschreckt in die Kamera blickte. »Wir können schon mal für seine Beerdigung z'ammlegen.«

»Nicht, wenn es nach mir geht.« Emmerich zündete sich demonstrativ eine Zigarette an, griff nach dem Schmierblatt und überflog den Text.

»Was steht drinnen?«

»Nicht viel. Der Staatsanwalt bereitet den Prozess vor. Er will so schnell wie möglich Anklage erheben.«

»Und was steht hier?« Theo hielt ihm einen Ausschnitt aus der *Reichspost* hin.

Emmerich kniff die Augen zusammen. »Sie schreiben, dass Hofrat Otto Völzer so lange Fürsts Agenden übernehmen wird, bis ein Nachfolger gefunden ist.«

»Geh leck«, fluchte einer der Männer, ein verwachsener Kerl mit einem struppigen Schnurrbart. »Der g'schissene Völzer. Der ist der größte Oasch von da bis Triest. Total der Korinthenkacker. Das Blödenheim wird also doch nicht 'baut werden.«

»Sag ich ja«, warf der bleiche Kerl ein. »Immer auf die Armen.«

»Welches Heim?« Emmerich hörte das erste Mal von solch einem Vorhaben.

»Der Fürst, der wollt ein Heim bauen, unten im Laaer Wald. Für die Depperten.« Der Mann machte mit dem Zeigefinger eine Drehbewegung neben seiner Schläfe.

»Und woher weißt du von diesem Plan?«

»Vom Schiller. Dem g'hört das Veloziped-Karussell im Böhmischen Prater. Der hat zwei Kerle belauscht, die das Gelände begutachtet ham.«

»Den Böhmischen Prater gibt's noch? Ich dachte, der Krieg hat ihm den Garaus gemacht.«

»Unkraut vergeht ned. Schiller und Konsorten wollen ihn wiederbeleben.«

»Wo genau wär das Heim denn hingekommen?«

»Da gibt's eine Wiese, ganz am Ende vom Gelände. Dort wollte der Fürst bauen lassen. Den Schiller hat's g'freut. Ein unversiegbarer Quell fürs Monstrositätenkabinett, hat er g'meint. Man müsse dann nur rübergeh'n und ernten.«

Einige der Anwesenden lachten, die anderen schauten grimmig.

»Und die Zirkusleut, die ihre Zelte aufm Baugrund vom Heim aufg'schlagen ham, wär'n auch endlich weg'kommen. Weniger Konkurrenz fürn Schiller. Aber mim Völzer hat sich das erledigt. Der wird keinen Heller für die Depperten lockermachen. Der hat kein Herz für die Armen. Der Schiller wird toben.«

»Aber die Zirkusleute werden sich freuen«, überlegte Emmerich laut. »Von wegen alle lieben den Fürst, und keiner hat ein Motiv. Hast du davon gewusst?«, wandte er sich an Theo.

»Nein«, sagte der und verpasste dem Kerl mit dem räudigen Schnäuzer einen heftigen Klaps auf den Hinterkopf. »Der Peppi, die arme Sau, hockt unschuldig im Häfn, und du Dodl kennst ein mögliches Motiv und sagst nix.«

Der Mann wurde ganz blass um die Nase und schlug sich an die Stirn. »Daran hab ich gar ned 'dacht.«

»Der Herr hat dein Hirn wohl nur als Füllstoff benutzt, damit die Augen ned in dein' Schäd'l purzeln«, murrte der Systemkritiker.

Emmerich stand auf. »Weiß sonst noch wer etwas, das er mir vielleicht sagen sollte?«

Die Männer grübelten, aber keiner konnte mit weiteren relevanten Informationen dienen.

»Na dann …« Emmerich schaute auf die große Standuhr, die im hinteren Teil des Raumes vor sich hin tickte. Es war kurz nach drei. Genügend Zeit, um sich umzuziehen und vor der Roten Bretze noch einen Abstecher zum Böhmischen Prater zu machen. »Ich muss los.«

Er wollte gerade gehen, als ein Stöhnen an sein Ohr drang. Es kam aus einem abgewetzten Lehnsessel, der neben der Tür stand. Ein alter Mann mit eingefallenen Wangen, die mit weißen Stoppeln übersät waren, saß dort. Sein knochiges Kinn versank tief in seinem Kragen.

»Was ist mit dir? Geht's dir nicht gut?«

»Ärger liegt in der Luft«, flüsterte er und gab mit seinen

schlaffen Lippen ein schmatzendes Geräusch von sich. »Ich kann es schmecken.« Er streckte die Zunge heraus und leckte einmal durch die Luft.

Emmerich zuckte mit den Schultern. »Erzähl mir was Neues«, sagte er und verließ das Lesezimmer.

13

Die Stadtvilla der Fürsts war ein prächtiges Gebäude, das sich mit seiner frisch gestrichenen Fassade strahlend weiß von den Nachbarhäusern abhob. Vom Hochparterre bis in den zweiten Stock wölbte sich ein halbrunder Erker, die Eingangstür wurde von Atlanten flankiert. Keine Frage, hier war ein edler Stammbaum zu Hause. Bei solchen Leuten waren Takt und Höflichkeit gefragt, was beides nicht gerade zu Emmerichs Stärken zählte. Ferdinand Winter war deshalb nicht unglücklich darüber, die Witwe Fürst allein aufzusuchen.

Ganz der Etikette folgend stellte er sich beim Hausdiener vor, überreichte seine Visitenkarte und erklärte den Grund seines Besuchs. Ohne Probleme wurde er eingelassen und zu Bertha Fürst geführt.

Mit ein bisschen Höflichkeit war alles so einfach.

»Mein herzliches Beileid.« Winter nahm seine Mütze ab, verneigte sich, küsste der Witwe die Hand und setzte sich auf den ihm angebotenen Stuhl.

Bertha Fürst war um die fünfzig und so durchschnittlich, wie man es nur sein konnte. Weder groß noch klein, weder dick noch dünn. Sogar die Farbe ihrer Haare bewegte sich im absoluten Durchschnitt: nicht wirklich hell, aber auch nicht wirklich dunkel, ein paar graue Strähnen. Keine Auffälligkeiten, keine besonderen Merkmale.

»Bitte verzeihen Sie, dass ich Sie in dieser schweren Zeit störe.« Schleimer, konnte er Emmerichs Stimme in seinem Kopf hören. Arschkriecher.

»Ich dachte, der Fall sei gelöst. Sie haben das Monster, das Richard getötet hat, doch gefasst?«

»Es gibt neue Erkenntnisse, die ich gerne mit Ihnen besprechen würde.«

»Wie Sie meinen.« Sie versuchte zu lächeln, was ihr nicht gelingen wollte. »Verzeihen Sie, es ist alles noch so frisch.«

»Aber natürlich ...«

Bertha Fürst zog ein Taschentuch aus dem Ärmel ihres schwarzen Kleides und schnäuzte sich.

Winter räusperte sich. »Es geht um Folgendes: Am Abend des Mordes war ein Dienstmann im Haus, der behauptet hat, von Ihnen beauftragt worden zu sein. Stimmt das?«

Sie starrte ihn völlig entgeistert an. »Aber nein. Ich war doch schon im Bett und außerdem ... wozu sollte ich so spät noch einen Dienstmann bestellen? War er es? Hat er ...?«

Winter blieb ihr eine Antwort schuldig. Sie schien ziemlich erschüttert, dabei hatte er das wirklich heikle Thema noch gar nicht angeschnitten. »Da ist noch etwas ...«, setzte er an. »Ihr Mann ...« Er hielt inne, suchte krampfhaft nach den richtigen Worten. Nervös spielte er mit der Mütze in seinen Händen. »Sagt Ihnen der Name Dobrensky etwas? Helene Dobrensky?«, stieß er dann aus.

»Nein. Wer soll das sein?« Der Ausdruck auf dem Gesicht der Witwe zeigte ehrliches Interesse – keine Spur von schlechtem Gewissen, Zorn oder Schuldgefühlen.

»Es besteht die Möglichkeit ... Es gibt den Verdacht ...

Uns wurde gesagt ...« Winter wünschte sich Emmerich, für dessen Abwesenheit er gerade noch dankbar gewesen war, zurück an seine Seite. Sein Vorgesetzter hatte keine Probleme damit, unangenehme Fragen zu stellen und lästige Sachverhalte auf den Tisch zu bringen. »Man hat uns den Hinweis gegeben, dass sie eventuell ... vielleicht ... möglicherweise ...«, er hustete und hielt sich die Hand vor den Mund, »... eine Affäre mit ... Ihrem Mann hatte ...«, murmelte er in seine Faust.

»Dass sie was hatte?«

»Eine ... Affäre ... mit Ihrem Mann ... Wissen Sie etwas darüber?«

Auf einmal tat sich etwas in dem nichtssagenden Gesicht der Frau. Sie wurde erst kreidebleich, dann knallrot, riss den Mund auf und schnappte nach Luft. »Was fällt Ihnen ein?«, rief sie. »Verlassen Sie sofort mein Haus!«

So eine Reaktion konnte man nicht simulieren. Nicht einmal Rita Haidrich wäre dazu in der Lage, und die war immerhin eine brillante Schauspielerin.

Winter sprang auf. »Es tut mir ausgesprochen leid, wenn ich Sie aufgeregt habe. Das war nicht meine Absicht. Bitte verzeihen Sie.« Er verneigte sich und sah zu, dass er nach draußen kam. »Bringen Sie ihr ein Glas Wasser«, rief er dem Hausdiener zu und hastete auf die Straße.

»Ich hatt' einen Kameraden, einen bessern findst du nit. Die Trommel schlug zum Streite. Er ging an meiner Seite. In gleichem Schritt und Tritt.« Ein einbeiniger Drehorgelspieler stand an der Ecke zur Himmelpfortgasse und sang lauthals zu seinem Leierspiel.

Winter warf eine Münze in den Hut des Mannes und ging grübelnd weiter in Richtung Dienststelle. Der Krieg hatte sich tief in das Stadtbild eingebrannt. Schrecklich zugerichtete Invaliden, Witwen in Trauerkleidung, rachitische und tuberkulosekranke Kinder. Stadtrat Fürst hatte stets versucht, die Not dieser Menschen einfach und unbürokratisch zu lindern. Wer würde jemanden wie ihn ermorden? Und vor allem: Aus welchem Grund? Hatte es wirklich etwas mit seinem Verhältnis mit Dobrenskys Schwester zu tun? Die Witwe wusste jedenfalls von nichts, dessen war er sicher.

Je näher er dem Polizeigebäude kam, desto stärker traten diese Fragen in den Hintergrund, und ein drängenderes Anliegen bemächtigte sich Winters Gedanken. Was sollte er nur sagen, wenn Brühl oder Papousek nach Emmerich fragten? Wie sollte er ihre Abwesenheit in den vergangenen Stunden begründen? Lügen war und blieb eine seiner größten Schwächen.

Mit gesenktem Blick eilte er über die Treppe bis hinauf in den dritten Stock, wo neben dem Polizeimuseum und einem Lehrsaal auch das Erkennungsamt untergebracht war. Dieses bestand aus der daktyloskopischen Abteilung, in der Fingerabdrücke analysiert und archiviert wurden, einer Handschriftensammlung und der Verbrecherkartei. Letztgenannte war Winters Ziel.

»Na? Braucht Brühl wieder mal was?«, fragte der Sekretär, der für die Amtsadministration zuständig war, durch die offene Tür.

Winter nickte und errötete. Schnell huschte er durch den langen Flur und schlüpfte in den hintersten Raum. Dort wandte er sich den deckenhohen Schränken zu, die die Personenbögen von Abertausenden überführten Kriminellen enthielten.

Wien war eine Weltstadt – schon immer hatte es hier unzählige Delikte gegeben, doch seit dem Krieg war ihre Zahl sprunghaft angestiegen. Die Bevölkerung war verroht, Hunger und Not forderten ihren Tribut. Die Zahl der Einbrüche war so hoch wie nie, die Menschen erdachten immer aberwitzigere Wege, um an Geld zu gelangen, und alles, was nicht niet- und nagelfest war, wurde gestohlen: Türklinken, Parkbänke, ja selbst Grabdenkmäler. Die Verbrecherkartei wuchs täglich, und es war kein Ende in Sicht.

Ob der Gesuchte aktenkundig war? Winter wandte sich nach links, wo die Delinquenten nach der Kategorie des Vergehens klassifiziert worden waren (im Gegensatz zur rechten Seite, wo man die Akten alphabetisch nach Familiennamen geordnet hatte). Es gab achtzig verschiedene Verbrechergattungen, von Fälschern über Auslagendiebe, bis hin zu Vagabunden, Mädchenhändlern und Heiratsschwindlern. Wo sollte er nur beginnen?

Auf gut Glück versuchte er es bei den Hochstaplern. Sich fremder Identitäten zu ermächtigen war ihre Spezialität. Warum nicht auch der eines Dienstmannes?

»Ach du Schande«, murmelte Winter, als er sah, wie viele Betrüger es gab.

Er nahm den vordersten Kategorienbogen und überflog ihn – ein gewisser Walter Lendel schaute ihm ernst, mit weit aufgerissenen Augen von der angehefteten Fotografie entgegen. Der einfache Soldat hatte sich zwischen 1916 und 1918 mehrfach als hoher Offizier ausgegeben und sich dadurch diverse Vergünstigungen und Sonderbehandlungen erschlichen. Lendels Geburtsort, sein Geburtsjahr, Vorstrafen, Verbindungen, eine genaue Personenbeschreibung, besondere Fertigkeiten und Kenntnisse … Alles war akribisch vermerkt, doch nichts davon brachte Winter weiter. Er durchforstete das gesamte Register, doch nirgendwo war etwas von Dienstmann-Uniformen oder auffällig schönen Schuhen zu lesen.

Als Nächstes nahm er sich den Spitznamenindex vor. Hier waren von Aal-Edi bis Zigeuner-Bence alle bekannten Alias aufgeführt, unter denen diverse Ganoven agierten. Auch hier wurde er nicht fündig. Lackschuh-Franz saß gerade eine dreijährige Strafe wegen Schrebergartendiebstahls ab, und Dienstboten-Ferdl war mit einem Meter fünfundsechzig zu klein, um der gesuchte Mörder zu sein. Er rieb sich die Augen.

»Schon gehört?«, schallte plötzlich Brühls Stimme aus dem Flur. »Sixtus von Bourbon-Parma und sein Bruder Franz Xaver sind in der Stadt.«

Winter schlich mit angehaltenem Atem in den angrenzenden Raum, der die daktyloskopische Registratur enthielt. Eine Diskussion mit Brühl war das Letzte, das er jetzt gebrauchen konnte.

»Ich hab's gelesen«, antwortete der Sekretär. »Die Bevölkerung ist ziemlich beunruhigt. Manche glauben, die beiden seien in politischer Mission hier und wollten die Rückkehr des Kaisers vorbereiten.«

»Wäre nicht das Schlimmste, was passieren könnte.« Brühl summte leise die Kaiserhymne vor sich hin.

Gott erhalte, Gott beschütze, unsern Kaiser, unser Land!

Mächtig durch des Glaubens Stütze, führ' er uns mit weiser Hand!

»Kommt drauf an. Wenn der Umsturz so ausartet wie im Deutschen Reich, dann schon. Dort herrschen mittlerweile bürgerkriegsähnliche Zustände.«

Winter fasste sich an die Stirn. War der Mord an Stadtrat Fürst vielleicht politisch motiviert gewesen? Natürlich. Wieso waren sie denn nicht schon früher darauf gekommen? Sozialdemokraten, Monarchisten, Legitimisten, Christlichsoziale, Deutschnationale, Großdeutsche, Kommunisten, Jüdischnationale … Sie alle kämpften um die Macht in dem fragilen, ungefestigten Staatsgefüge der jungen Republik. Gut möglich, dass Fürst irgendjemandem im Weg gestanden hatte.

»Falls Sie Inspektor Winter suchen, der schaut gerade die Kategorienbögen durch«, sagte der Sekretär.

»Winter? Wieso denn das?«

»Keine Ahnung, ich dachte, Sie hätten ihn geschickt.«

Winter hörte schnelle Schritte in den Raum eilen, in dem die Verbrecherkartei aufbewahrt wurde, doch er war längst auf den Flur gehuscht und auf dem Weg nach draußen.

14

Der Laaer Berg am Südrand Wiens war reich an Lehm, weshalb man hier normalerweise die sogenannten Ziegelböhmen antraf – Arbeiter, die aus den ehemaligen Kronländern stammten und unter den denkbar härtesten Bedingungen in den Backsteinfabriken schufteten. Gewalt und Verbrechen standen auf der Tagesordnung und hatten Emmerich in seiner alten Stellung als Polizeiagent öfter hergeführt, als ihm lieb gewesen war.

Einen Lichtblick zwischen all der Tristesse hatte stets das Areal des Böhmischen Praters gebildet. Der kleine Rummelplatz hatte seinen Namen in Anlehnung an das Vergnügungs- und Erholungsareal im 2. Bezirk erhalten und Farbe und Frohsinn in das ärmliche Umland gebracht. Besonders an den Wochenenden waren früher die Menschen aus Favoriten, Simmering, Erlaa und den nahe gelegenen Ziegelwerkkolonien hergeströmt, um in den Wirtshäusern und Unterhaltungsetablissements ihren harten Alltag zu vergessen.

Als Emmerich den schmalen Weg hochstieg, der in den Laaer Wald hinaufführte, wurde ihm schnell klar, dass vom Glanz der vergangenen Tage nicht viel übrig war, denn die einfachen Arbeiter konnten sich den Luxus eines Praterbesuchs nicht mehr leisten. Selbst die bescheidensten Freuden hatte der Krieg sich unter den Nagel gerissen.

Was Emmerich besonders auffiel, war die Ruhe. Wo früher schon von Weitem das Kreischen junger Frauen, Kinderlachen, ausgelassene Tanzmusik und das Ächzen der Ringelspiele zu vernehmen gewesen war, hörte man nun allenfalls noch das Rascheln von Laub und das Gackern von Hühnern. Viele der Schaustellerfamilien hatten zwar ihre Betriebe eingestellt, waren jedoch trotzdem vor Ort geblieben, da sie auf ihren Pachtgründen Gemüse anbauen und Nutztiere halten konnten.

So viel zum Thema Spaß, dachte Emmerich, während er zwischen einem verfallenen Karussell und efeubewachsenen Schiffschaukeln hindurchspazierte. Der lag hier begraben, auf dem Friedhof der Freude.

»He! Du da! Bleib doch mal kurz stehen.«, rief er, als ein schmutziges, rotznasiges Kind seinen Kopf hinter einer Bretterbude hervorstreckte. Es hatte struppiges schwarzes Haar, trug zerrissene Hosen und wirkte genauso heruntergekommen wie die Umgebung. »Weißt du, wo ich den Schiller finde?«

Das Kind, dessen Geschlecht nicht klar erkenntlich war, kam näher, nickte wissend und streckte Emmerich seine Hand entgegen. »Was krieg ich?«

Emmerich rollte mit den Augen. »Nix. Schleich dich. Ich find ihn auch so.« Er lief weiter.

»Warte!«, rief der Dreckspatz, rannte ihm hinterher und schaute ihn mit großen dunklen Augen an. »Das Gelände ist groß. Du findest ihn nie allein!«

Emmerich griff in seine Hosentasche und holte ein paar Münzen heraus. »Wo?«

»Erst das Geld.«

»Ich weiß nicht, ob man deine Eltern abkanzeln oder

ihnen gratulieren sollte.« Schnaubend legte er die Münzen in die schmutzige kleine Hand.

»Da vorne, in dem Schuppen.« Das Kind zeigte auf eine halb zerfallene Hütte, nur wenige Meter von ihnen entfernt, und hüpfte davon.

»Na großartig. Da wär ich sowieso als Nächstes hingegangen«, rief Emmerich ihm hinterher.

Das Kind blieb stehen, drehte sich um und grinste breit, wobei es etliche Zahnlücken entblößte. »Geschäft ist Geschäft. Beehr uns bald wieder.« Es schlug ein Rad, sprang in die Luft und verschwand hinter den Trümmern einer Schießbude.

»Ich hoff, Sie ham dem Gör kein Geld gegeben!« Emmerich erblickte einen großen, breitschultrigen Mann, dessen kantiges Gesicht ganz mit Bartstoppeln bedeckt war. Er stand in der Tür des Schuppens mit einem hölzernen Pferd unter dem Arm. »G'frast elendiges. Klaut und führt sich auf wie 'n kleiner Teufel.« Er hielt ein Nasenloch zu und rotzte durch das andere auf den Boden. »Keinen Anstand, dieses Lumpenpack.«

»Sind Sie Herr Schiller?«

»Jo. Weshalb woll'n S' des wissen?«

Emmerich präsentierte seine Marke. »Es geht um das Heim, das Stadtrat Fürst hier bauen wollte.«

Der Mann gab eine Art Knurren von sich, setzte das Holzpferd auf der Wiese ab und zog ein Stück grobes Schleifpapier aus seiner Hosentasche. »Das Blödenheim, das ist jetzt wohl Geschichte. Wär auch zu schön gewesen …« Er hockte sich hin und begann, den spröden Lack abzuschleifen. »Das Glück war noch nie auf der Seite der Redlichen.«

Emmerich war nicht sicher, ob Schiller sich wirklich zu dieser Fraktion zählen durfte, verkniff sich aber einen Kommentar. »Was können Sie mir darüber erzählen?«

Schiller zeigte nach Südosten. »Dort hinten wär's hingekommen, gleich auf die Lichtung vorm Oberwald. Das wär ein echter Segen gewesen. Gut fürs Geschäft, und die g'schissene Bagage, die die Wiese belagert, hätt' endlich wegmüssen.« Er machte sich keine Mühe, den Hass in seinen Worten zu maskieren.

»Halt, halt, halt«, versuchte Emmerich, ihn zu bremsen, bevor er sich noch mehr in Rage redete. »Können Sie das alles genauer erklären?«

Schiller wischte seine Hände an der Hose ab. »Der Böhmische Prater ist wieder am Kommen. Drüben in der Quellen- und der Gudrunstraße werden neue Wohnhäuser errichtet, das Verkehrsnetz wird ausgebaut, und Lebensmittel gibt's hoffentlich auch bald wieder. Es geht bergauf. Langsam, aber doch. Spätestens im Mai, wenn's g'scheit warm wird, werden die Leut herkommen und sich vergnügen wollen. Weil saufen, fressen und verlustieren – das geht immer. Das ham schon die alten Römer g'wusst.«

»Und was hat das mit dem Heim zu tun?«

»Erstens hätt' das Heim uns zusätzliches Publikum beschert. Beim Bau die Hackler und später dann Ärzte, Pfleger und die Angehörigen von den G'störten.« Er starrte auf einen Punkt in der Ferne, und in seinen Augen glänzte blanker Zorn.

»Und zweitens?«

»Zweitens wär'n dann die verdammten Zirkusleut weg'-kommen. Die ham sich im Herbst einfach angesiedelt. Ohne Genehmigung. Mit ihren klapprigen Wohnwägen, ihren dreckigen Kindern und ihren billigen Tricks.« Er tippte sich mit dem Finger auf den Nasenflügel. »Die Teufelsbrut hat g'rochen, dass hier bald wieder was zu holen is'.« Er schaute Emmerich an. »Sie als Kieberer, können S' ned was machen?«

»Das fällt nicht in meine Zuständigkeit. Da müssen Sie mit dem Magistrat reden.«

»Pah. Das scheißt sich einen Dreck. Schon drei Mal hab ich mich dort beschwert, aber nix. Wenn das Heim nicht gebaut wird, kriegt die Kanaille wahrscheinlich sogar einen Pachtvertrag. Dann hockt das Gesindel da drüben wie ein elender Zeck im Hundspelz und klaut uns die Kundschaft.« Er fing wieder an, das Holz zu schmirgeln und tat dies so erregt, dass Emmerich um das Wohl des Pferdes fürchtete. »Unsereins hat sich über viele Generationen was auf'baut, und dann kommen die und naschen einfach mit. Abschaum verderbter.«

»Das heißt, die Pachterlaubnis ist einiges wert«, überlegte Emmerich laut. »Genug, um fürs Bleibenkönnen zu töten?«

Schiller wurde hellhörig. Er legte das Schleifpapier beiseite und ließ das Holzpferd Holzpferd sein. »Ich hab gleich g'wusst, dass der Navratil, dieser arme Krüppel, es nicht war.« Er stand auf und legte eine Hand auf Emmerichs Schulter. »Passen S' auf«, sagte er verschwörerisch. »Das war ganz sicher einer von denen. Die sind ruchlos und kennen keinen Anstand. Um das Gelände weiter pachten und hierbleiben zu können, würden die morden.«

»Und die? Wer genau sind die?« Schiller hatte viel geschimpft, aber nicht klar gesagt, wen er eigentlich meinte.

Emmerich drehte sich eine Zigarette, und Schiller gab ihm eifrig Feuer. »Gehen S' rüber und schauen S' selbst.

Soll ich die Jungs zusammentrommeln? Wir können Ihnen Schutz bieten.«

»Ich kann schon auf mich selbst aufpassen. Danke und Wiederschau'n.« Emmerich blies Rauch in die Luft und stapfte über den mit Unkraut zugewucherten Pfad in Richtung Wiese. Er war sehr gespannt, was ihn erwartete.

Auf dem Feld vor dem Laaer Wald, der dank seiner pittoresken Wanderwege und dem herrlichen Ausblick auf die Donau-Auen ein beliebtes Ausflugsziel war, bildeten bunt bemalte Wohnwagen einen Halbkreis, davor tummelte sich eine Gruppe außergewöhnlicher Menschen – ein von Kopf bis Fuß tätowierter Feuerschlucker übte seine Künste, während neben ihm ein Muskelpaket, das mit einem archaisch anmutenden Bärenfell bekleidet war, mit Eisenkugeln jonglierte. Eine Frau in Frack und Zylinder probte mit einem Rudel Hunde eine Dressurnummer, ein Schlangenmensch verbog seinen schmalen Körper zu den unmöglichsten Posen, und ein Mädchen mit langen schwarzen Zöpfen spielte ein ergreifendes Lied auf einer Zither.

»Ich bin ein Zigeunerkind, lieb und hass wie keiner …« Als Emmerich näher kam, sah er, dass sie an jeder Hand sechs Finger hatte. *»Ruh noch Rast ich nirgends find, ich bin ein Zigeuner.«*

»Verdammt noch mal, Lisa«, schrie der Feuerschlucker, warf eine brennende Fackel in die Luft und fing sie hinter seinem Rücken wieder auf. »Kannst du nicht mal was Fröhliches singen?«

Sie warf ihm einen bösen Blick zu, nickte dann aber. *»Nimm Zigeuner, deine Geige, lass seh'n, was du kannst«*, stimmte sie den bekannten Schlager aus der *Csárdásfürstin* an. *»Schwarzer Teufel, spiel und zeige, wie dein Bogen tanzt.«*

Die beschwingte Melodie sorgte für Stimmung, und die Artisten widmeten sich wieder ihren Übungen.

Emmerich staunte und amüsierte sich zugleich – und er verstand. So musste Rummel sein. Exotisch, bunt und spektakulär. Kein Wunder, dass die Schausteller die Zirkusleute als Bedrohung betrachteten.

»Entschuldigung«, sprach er eine junge Frau an, die gerade dabei war, Wäsche aufzuhängen. »Ich habe ein paar Fragen. Wissen Sie, mit wem ich am besten …«

Sie drehte sich zu ihm um, und Emmerich verschlug es die Sprache. Die Frau, deren Augen smaragdgrün funkelten, hatte einen dichten, lockigen Bart, der ihr bis auf die Brust reichte. »Was für Fragen?«

Emmerich, der immer noch um Worte rang, zeigte ihr seine Marke.

»Am besten, Sie reden mit Fräulein Melek, sie ist unsere Direktorin.« Sie zeigte auf die Gruppe.

»Die mit den Hunden und dem Frack?«

»Nein, das ist Pudel-Pia. Die dahinter.«

Emmerich kniff die Augen zusammen. Hinter Pudel-Pia und ihren tanzenden Kläffern war niemand.

Die bärtige Frau fasste ihn vorsichtig an seinem lädierten Kinn und lenkte seinen Blick nach unten. »Flaum wie ein Schuljunge«, sagte sie und strich demonstrativ über ihre Gesichtsbehaarung.

Emmerich, dessen Bart schon mit dreizehn zu wachsen begonnen hatte, schenkte ihr eine hochgezogene Augenbraue. »Fräulein Melek ist wohl eine Unsichtbarkeitskünstlerin«, sagte er, nachdem er immer noch niemanden ausmachen konnte.

»Auf der obersten Stufe der Wohnwagentreppe.«

Emmerich schaute genauer hin, und tatsächlich, dort saß eine winzige Frau, die nicht einmal so groß war wie das Kind, das ihn gerade eben übers Ohr gehauen hatte. »Das ist eure Direktorin?«

Die bärtige Frau lachte. »Jetzt wundern Sie sich noch, aber lernen Sie sie erst mal kennen. Ihr Name bedeutet Engel, doch Heldin wäre passender. Sie ist mutiger als die meisten Männer.«

»Dazu gehört nicht viel.« Emmerich ging über den Platz.

»He. Sie können hier nicht einfach rumlaufen.« Der Muskelprotz ließ seine Eisenkugeln ins Gras fallen und stellte sich ihm in den Weg. »Die Vorstellung beginnt erst in zwei Wochen und dann auch nur gegen Eintritt.«

»Ich bin nicht zum Vergnügen hier. Ich bin von der Polizei.«

»Lass ihn!«, bat Fräulein Melek. Obwohl ihre Stimme wie die eines frisch geschlüpften Vögelchens klang, ließen ihre Worte keinen Widerspruch zu.

Sofort trat das Muskelpaket zur Seite und ließ Emmerich passieren.

»Was kann ich für Sie tun?«, fragte die Direktorin, als er bei ihr angelangt war. Sie hatte das Gesicht einer erwachsenen Frau und den Körper einer Sechsjährigen.

Emmerich stellte sich vor und setzte sich auf die unterste Stufe der Wohnwagentreppe, so waren sie ungefähr auf Augenhöhe. »Es geht um das Heim, das Richard Fürst bauen wollte. Wenn sein Plan realisiert worden wäre, hätten Sie den Platz räumen müssen. Stimmt das?«

Fräulein Melek nickte und musterte ihn mit wachen braunen Augen. »Und Sie glauben jetzt, dass wir Herrn

Fürst deshalb umgebracht haben.« Sie sprach ruhig und unaufgeregt.

»Ganz abwegig ist der Gedanke nicht, oder? Haben Sie und Ihre Truppe für Donnertagabend ein Alibi?«

Sie lächelte, und Emmerich sah zwei Reihen strahlend weißer Mäusezähne. »Wir hätten diesen Platz gerne geräumt, wenn dafür die Behinderten ein Zuhause bekommen hätten.«

»So großmütig?«

»Wenn jemand weiß, wie es ist, ausgestoßen und heimatlos zu sein, dann wir. Im Gegensatz zu den Menschen, die hier gewohnt hätten, können wir aber für uns selbst sorgen. Wir hätten schon ein anderes Plätzchen gefunden.«

»Nur sicher kein so gutes. Wenn Herr Schiller recht behält, wird das Viertel bald sehr belebt sein.«

»Wenn wir tatsächlich so gewissenlos wären, uns auf Kosten der Schwächsten hier breitzumachen – was wir nicht sind, aber nur mal angenommen –, glauben Sie wirklich, dass der Eiserne Erwin, Feuer-Fred oder Marie Moustache irgendwo hingehen könnten, ohne Aufsehen zu erregen?«

»Sie vielleicht nicht, aber was ist mit den anderen?«

»Unsere Zwölffinger-Lisa ist noch ein Kind, und Jiri …« Fräulein Melek steckte zwei Finger in den Mund und stieß einen Pfiff aus.

Der Schlangenmensch kam angelaufen, und Emmerich konnte erkennen, dass sein schmaler, drahtiger Körper frei von jeglicher Pigmentierung war. Zudem hatte er eine ausgeprägte Hakennase. Zwei Merkmale, die sogar dem schlecht sehenden Peppi in Erinnerung geblieben wären.

Fräulein Melek nickte, und er entfernte sich wieder.

»Und die Hundedame?«

»Pia ist taubstumm und nicht ganz richtig im Kopf. Sie kann gut mit Tieren umgehen, in der Welt der Menschen findet sie sich nicht zurecht.«

Emmerich ließ seinen Blick von einem zum anderen wandern. »Sind das alle, die hier leben?«

»Marie und Erwin haben ein Kind. Zuzana. Mit ihr sind wir vollständig. Glauben Sie mir. Es war keiner von uns. Wir sind friedliebende Menschen. Leben und leben lassen, das ist unsere Devise.«

Die Direktorin hatte recht. Jeder einzelne der Artisten wäre in der Stadt aufgefallen wie ein bunter Hund – so gut hätten sie sich gar nicht verkleiden können. Keiner von ihnen wäre unbemerkt geblieben. Emmerich rieb resigniert seine müden Augen und seufzte.

»Außerdem gab es das Gerücht, dass das Heim so oder so nicht gebaut worden wäre«, unterbrach sie seine Gedanken.

»Und warum?«

»Keine Ahnung. Die Frau im Magistrat meinte jedenfalls schon vor dem Mord, es sähe gut für uns aus.« Sie betrachtete einen Punkt in der Ferne, und ihre Mimik bekam einen sorgenvollen Anstrich. »Bitte machen Sie uns keinen Ärger. Wenn herauskommt, dass die Polizei uns verdächtigt, etwas mit der Sache zu tun zu haben …« Sie seufzte. »Menschen können grausam sein. Vor allem, wenn es um Leute wie uns geht.«

»Schon gut«, beruhigte Emmerich sie. »Vorerst sind Sie aus dem Schneider.«

Fräulein Melek lächelte zögerlich. »Könnten Sie das auch dem Herrn Schiller und seinen Kumpanen sagen? Ich möchte nicht, dass er das Thema hernimmt, um eine Hexenjagd anzuzetteln.«

Emmerich schnaufte. Er verstand ihre Sorge, hatte aber eigentlich keine große Lust, noch einmal zurück zu dem mürrischen Schausteller zu gehen, um ihm Dinge zu erzählen, die dieser nicht hören wollte.

»Bitte.« Sie umfasste mit ihrer winzigen Hand die seine. »Sie würden mir damit wirklich einen Riesengefallen tun.«

»Von mir aus.« Emmerich stand auf und blickte auf sie hinunter. Sie war gerade mal so groß wie die kleine Ida. Seine Ida. Nein, Xavers Ida. Sein Herz wurde ganz schwer.

»Sie haben was gut bei mir. Kommen Sie doch zu einer unserer Vorstellungen. Es wird Ihnen gefallen.«

Emmerich versprach, das zu tun, und verabschiedete sich. Anschließend nickte er den anderen Artisten zu und humpelte zurück über den Pfad.

»Herr Kieberer?« Das Kind, das ihm vorhin ein paar Münzen abgeluchst hatte, es handelte sich wohl um Zuzana, war wie aus dem Nichts aufgetaucht und hüpfte nun neben Emmerich her. »Sieht dein Gesicht so kaputt aus, weil du dich mit einem Verbrecher geprügelt hast?«

»Sei nicht so neugierig. Das ist nicht gesund.«

Sie stellte sich vor ihn und stemmte die Fäuste in die Hüften. »Niemand von uns hat jemanden ermordet.«

Emmerich blieb stehen. »Hast du uns etwa belauscht?« Er taxierte die Kleine, die ihm gerade mal bis zur Brust reichte, und hoffte für sie, dass sie nicht den Bartwuchs ihrer Mutter geerbt hatte.

»Die ganze Zeit.« Zuzana grinste stolz. »Und du hast mich nicht bemerkt. Dein Freund auch nicht. Ich bin nämlich eine Indianerin.« Sie reckte stolz ihr Kinn. »Im Anschleichen und Ausspionieren bin ich unschlagbar.«

Emmerich zeigte sich unbeeindruckt. »Welcher Freund?«

»Na, der Mann im braunen Anzug, der dir nachgelaufen ist.« Sie betrachtete Emmerichs fragende Miene, und als er nichts sagte, riss sie die Augen auf. »Er ist gar nicht dein Freund!«, rief sie. »Er hat dich heimlich verfolgt und ausspioniert. Und du hast es nicht gemerkt.«

Emmerich drehte sich einmal um die eigene Achse und sondierte das Gelände. »Wo ist er?«

»Hat sich versteckt.«

»Wie sieht er aus?«

Zuzana streckte ihm die Hand entgegen und bedachte ihn mit einem frechen Blick.

Er grinste. »Netter Versuch.«

»Ich sag die Wahrheit«, empörte sie sich. »Den Mann gibt's wirklich.« Sie hielt die Hand höher.

»Darauf fall ich sicher nicht rein.«

»Dann halt nicht.« Die Kleine wirbelte einmal um Emmerich herum, machte einen Salto und rannte davon.

15

Bach. Johanna Abele liebte Bach.

Die *Goldberg-Variationen*, die *Brandenburgischen Konzerte*, das *Wohltemperierte Klavier* oder die *Kunst der Fuge* ... Die scheinbare Leichtigkeit der Musik, ihre Präzision und Grazie – das alles trug normalerweise zu ihrer Erbauung bei und brachte ihre Seele zum Klingen.

Doch nicht an diesem Tag. An diesem Tag hatte sie sich unbewusst für die *Matthäus-Passion* entschieden. Vielleicht weil der Karfreitag vor der Tür stand? Weil sie darüber betrübt war, schon wieder einen Abend daheim verbringen zu müssen?

»*Wir setzen uns mit Tränen nieder* ...«, erklangen die ersten Töne des dramatischen Schlusschors.

Abele lehnte sich in ihren Ohrensessel zurück und ließ sich von dem wogenden Dreivierteltakt mitreißen.

Bach. Die alte Schachtel hörte Bach, und zwar in einer Lautstärke, dass er sich problemlos unbemerkt über die knarzige Treppe und den knackenden Holzboden im ersten Stock hatte schleichen können.

»... *und rufen dir im Grabe zu, ruhe sanfte, sanfte ruh.*«

Er hätte beinahe laut losgelacht. Die *Matthäus-Passion*. Welch eine Ironie.

Langsam öffnete er die Tür und betrat die Stube. Dafür,

dass sie so reich war, lebte die Alte aber ganz schön einfach. Die Möbel waren voller Gebrauchsspuren, der Teppich fadenscheinig, und eingeheizt hatte sie auch kaum.

Abele saß mit geschlossenen Augen auf einem abgewetzten Ohrensessel und wippte im Takt der Musik mit ihrem Kopf. Ihr Körper wirkte so schmal, ihre Arme so zerbrechlich …

»*Ruht, ihr ausgesognen Glieder, euer Grab und Leichenstein …*«

Er hatte wirklich Glück. Diese Mission war ein Kinderspiel. Sein Atem ging gleichmäßig, und sein Leib, der bis gerade eben noch gezittert hatte, war völlig ruhig. Vorsichtig trat er hinter die greise Frau, die noch immer nichts von seiner Anwesenheit bemerkt hatte.

»*Soll dem ängstlichen Gewissen ein bequemes Ruhekissen und der Seelen Ruhstatt sein*«, flüsterte er ihr ins Ohr und legte seine Hände um ihren Hals.

Abele schreckte hoch, gab ein Krächzen von sich und packte seine Finger. Sie zog und zerrte, riss und rüttelte mit einer Stärke, die er ihr niemals zugetraut hätte. Er würgte sie fester, spürte ihren Kehlkopf durch das dicke Leder seiner Handschuhe.

»Stirb endlich, du Volksverräterin«, zischte er. »Du hast es verdient.«

Anstatt endlich aufzugeben, legte die Alte all ihre verbleibende Kraft in einen letzten, verzweifelten Befreiungsversuch. Sie bäumte sich auf, trat gegen den Tisch, auf dem das Grammofon stand, und stieß die Blumenvase von der Fensterbank.

Der unerwartete Widerstand und das Klirren des Porzellans, das in tausend Scherben zerbarst, schreckten ihn, und für den Bruchteil einer Sekunde lockerte er den Druck seiner Hände.

Abele nutzte diesen Moment. Sie drehte ihren Kopf zur Seite und gab ein heiseres Gurgeln von sich. Dann riss sie den Mund auf und verbiss sich in das Erstbeste, das sie zu fassen bekam – sein Handgelenk.

»Verdammtes Miststück«, fluchte er und riss sich los. Er packte sie an der Schulter, presste sie zurück in den Sessel und schlang seine Finger erneut um ihren Hals.

Dieses Mal machte er nicht den Fehler, sie zu unterschätzen.

Als es endlich vollbracht war, schlich er nach draußen auf den Flur und erschrak, als ihn ein bleicher, fremder Mann anstarrte. Er fasste sich ans Herz und atmete auf, als er erkannte, dass es sich um sein eigenes Spiegelbild handelte. War das wirklich er? Er trat einen Schritt näher an die zerkratzte Glasfläche und schaute sich selbst in die Augen. Hatte er sich verändert? Konnte man ihm ansehen, dass er ein kaltblütiger Mörder geworden war?

Nein. Er schaute aus wie immer. Mit einem Lächeln auf den Lippen huschte er nach draußen auf die Straße. »*Ruhe sanfte, sanfte ruh* …«, summte er leise vor sich hin.

16

Die Rote Bretze befand sich, genauso wie einige andere alteingesessene Traditionsgasthäuser, in der Ottakringer Grundsteingasse und bildete gemeinsam mit der Blauen Flasche, dem Weißen Schwan, dem Goldenen Fass und anderen Lokalen eine Art Saufmeile.

Als Emmerich sich kurz nach sieben dort einfand, wartete Winter bereits. Er musterte erst die lehmverdreckten Schuhe seines Vorgesetzten und anschließend dessen Gesicht.

»Ausgeruht haben Sie sich wohl nicht.«

»Es kam etwas dazwischen. Wie war's bei dir?«

»Nun ja«, setzte Winter an. »Ich habe …« Er hielt mitten im Satz inne. »Was ist mit Ihnen? Weshalb schielen Sie dauernd über Ihre Schulter?«

»Ach nichts.« Emmerich schüttelte den Kopf. Diese verdammte Zuzana hatte ihm einen Floh ins Ohr gesetzt. »Erzähl. Konntest du etwas herausfinden, das uns weiterbringt?«

»Jein. Die Sache mit der Witwe war eine Sackgasse. Sie hat den Dienstmann nicht bestellt und auch nichts von der Affäre ihres Mannes gewusst.«

»Und du glaubst ihr?« Emmerich bemühte seinen Tabaksbeutel. Das billige Kraut war bröselig und trocken, und es war kein einfaches Unterfangen, daraus eine Zigarette zu drehen.

»Sie war so empört über meine Frage, dass sie fast einen Schlaganfall bekommen hätte.«

Emmerich leckte über die Klebefläche des Papiers und vollendete sein Werk. »Vielleicht war es nicht Empörung, die diese Reaktion hervorgerufen hat, sondern der Schreck darüber, dass du ihr Motiv aufgedeckt hast.«

Winter kratzte sich am Scheitel. »Natürlich ist das denkbar, aber wenn ich wetten müsste, würde ich nicht auf sie setzen. Sie wirkte wie eine nette Dame.«

»Das hat die Blutgräfin Báthory auch getan. Aber gut, schließen wir sie fürs Erste aus. Was hat die Recherche im Erkennungsamt ergeben?«

»Nichts. Die Ansatzpunkte, die wir haben, sind viel zu vage. Alles ziemlich aussichtslos, aber dann habe ich ein Gespräch mitangehört. Es ging um die Prinzen von Bourbon-Parma. Sie wissen schon … enge Vertraute des Hauses Habsburg. Die beiden sind vor wenigen Tagen nach Österreich gekommen.« Winter hielt eine Ausgabe der *Reichspost* in die Höhe. »Offiziell heißt es, sie würden auf Schloss Schwarzau ein paar private Angelegenheiten regeln.«

»Und inoffiziell?«

»Ich habe mich umgehört. Es wird gemunkelt, dass sie, inspiriert von den Ereignissen im Deutschen Reich, einen Staatsstreich anzetteln wollen. Vielleicht war Fürst in die Sache involviert. Was man so hört, wäre er einer Rückkehr des Kaisers nicht abgeneigt gewesen.«

Emmerich spuckte ein paar Tabakkrümel auf den Boden und deutete auf die Tür. »Interessanter Ansatz. Schauen wir mal, was Dobrenskys Schwester dazu zu sagen hat.«

Ein Gemisch aus Qualm, Bierdunst und Rauflust schlug ihnen entgegen, als sie die Gaststube betraten. Sie schlängelten sich durch eine Vielzahl grober Holztische, an denen vor allem Fabrikarbeiter, Dienstmädchen und ehemalige Soldaten saßen.

Sinnestaumel und Lebensgier hingen in der Luft – ein Phänomen, das es derzeit überall in Wien zu beobachten gab. Die Entbehrungen des Krieges lagen noch nicht lange zurück, und die Zeiten waren unsicher wie nie. Niemand wusste, was das Morgen bringen würde. Politisch war alles im Wanken, mehrere Mächte versuchten, sich die junge Republik, dieses zarte Pflänzchen, einzuverleiben. Schon bald konnten neue, schreckliche Umwälzungen anstehen. Es galt daher, das Heute zu genießen, jeden Augenblick auszukosten.

Die beiden Polizisten kämpften sich durch den Trubel bis zu einem freien Tisch, an den sie sich setzten.

»Ist das Helene Dobrensky?«, fragte Winter.

Emmerich schaute zur Bühne, einem kleinen Holzpodest, auf dem eine untersetzte, sommersprossige Frau wild tanzend ihre Röcke schwang. Als die Kapelle, die rechts daneben saß, zum Refrain des Liedes ansetzte, fing sie an, sich zu drehen. Schneller und immer schneller, bis ihr Gesicht nur noch ein verschwommener Fleck war. »Ich glaube nicht. Dobrenskys Schwester ist die Hauptattraktion, die Tanzmaus da vorne soll die Leute bestimmt nur anheizen.«

Und das tat sie mit Erfolg. Das Publikum begann, sie anzufeuern: »Drah di! Drah di! Drah di«, skandierten sie mit vom Schnaps geröteten Backen und wurden bald so laut, dass die Musik in dem tosenden Geschrei und Geklatsche unterzugehen drohte.

Als die Stimmung ihren Höhepunkt erreichte und in wilde, ungezügelte Raserei zu kippen drohte, nickte der

Kapellmeister seiner Truppe zu, woraufhin die Musik mit einem lauten Tusch verstummte.

Die Frau wurde langsamer und trudelte zum Rand der Bühne, wo sie von einem der Geigenspieler aufgefangen und auf den Boden gesetzt wurde.

»Zwei Krügerl«, bestellte Emmerich bei einem vorbeieilenden Kellner und besah sich das Publikum. Helene Dobrensky würde es nicht einfach haben, sich mit ihrem Gesang gegen das laute Schmatzen, das Klappern des Bestecks und die Gespräche der Gäste zu behaupten. Auch konnte das derbe Publikum der Vorstädte gehässig und gemein sein, besonders Frauen gegenüber.

»Bitte schön, zwei Krügerl, die Herren.« Der Kellner servierte das Bestellte so schwungvoll, dass Bierschaum auf den Tisch schwappte. »Macht fünf Kronen. Sonst noch was?«

»Wann tritt denn die Dobrensky auf?« Emmerich fasste in seine Hosentasche und griff ins Leere. Er wiederholte den Vorgang auf der anderen Seite mit demselben Resultat. Wo zur Hölle war sein Geld? »Zuzana …«, murmelte er und erinnerte sich an den Moment, als das freche Gör um ihn herumgewirbelt war. Ganz kurz und so beiläufig, dass es ihm kaum aufgefallen war, hatte sie ihn gestreift und dabei offenbar um sein Geld erleichtert. Dieser elende Balg war wirklich unverfroren – und äußerst geschickt. »Na warte«, murmelte er, »wenn ich dich in die Finger kriege …«

»Die Dobrensky ist als Nächstes dran.«

Mit diesen Worten steckte der Kellner den Geldschein ein, den Winter ihm gereicht hatte, und verschwand, ohne das Wechselgeld herauszugeben.

»He!« Winter sprang auf und wollte dem Mann nachgehen, doch Emmerich hielt ihn zurück und deutete auf die Bühne, die gerade von einer groß gewachsenen Frau in einem hochgeschlossenen, bodenlangen schwarzen Kleid betreten worden war.

Sie war blass und ungeschminkt, ihr straff nach hinten gebundenes Haar war im Nacken zu einem Knoten geschlungen.

»Die schaut aus wie eine biedere Hausfrau. Das kann unmöglich die Dobrensky sein. Ihrem Bruder sieht sie auch nicht ähnlich.«

»Keine Ahnung, wie seine Hackfresse ausgeschaut hat, bevor er zigmal in Schlägereien und Boxkämpfe involviert wurde«, überlegte Emmerich laut. »Aber du hast recht. Sie wirkt nicht so, als wäre sie eine Mätresse.«

Die anderen Gäste schienen genauso verwirrt über das Erscheinungsbild der Sängerin zu sein. Hochgezogene Brauen und gerümpfte Nasen, wohin man auch blickte.

»Sie sieht immer so aus«, flüsterte eine Frau am Nebentisch ihrem Begleiter zu. »Wart's ab. Du wirst überrascht sein.« Sie kicherte.

»Fegts den schirchen Trampl von der Bühne!«, rief einer.

»Ausziehn!«, schrie ein anderer, woraufhin Gelächter ausbrach.

Die Frau auf der Bühne ließ sich davon nicht beirren. Mit stoischer Miene platzierte sie sich in der Mitte des Podests und gab dem Kapellmeister ein Zeichen. Dieser wandte sich an die Musiker, hob die Hände und begann zu dirigieren.

»Sie saß am Fenster in der Kirchberggasse, ich ging vorbei in herber Liebesqual«, setzte die Frau mit einer außergewöhnlich tiefen Stimme an, die rau und samtig zugleich klang und

alle Anwesenden sofort in ihren Bann zog. *»Ich sprach zu ihr: Du holde Blasse, was kostet es bei dir ein einzig Mal?«* Ein Lächeln, so subtil und geheimnisvoll wie jenes der Mona Lisa, umspielte ihre Lippen, und mit einem Mal wirkte Helene Dobrensky wie die begehrenswerteste Frau der Welt.

Wie hypnotisiert starrte das Publikum sie an. Kein klapperndes Besteck, kein Schmatzen und keine Gespräche mehr.

»Zwei Flörl, sprach sie, dann will ich dich erlösen!« Ihr Lächeln wurde intensiver, der Text, der dann folgte, brachte Winter zum Erröten und die Gäste der Roten Bretze zum Johlen.

Die nächste Strophe war noch frivoler, und die darauffolgende so obszön, dass selbst gestandenen Mannsbildern die Kinnlade hinunterklappte. Sogar Emmerich bekam rote Ohren.

Als der letzte Ton verklang, war es in der Gaststube so still, dass man sogar eine Maus hätte vorbeitrippeln hören. Einen kurzen Moment später ertönte frenetischer Applaus. Männer und Frauen erhoben sich von ihren Plätzen und verlangten nach mehr.

Helene Dobrensky tat so ungerührt, als würde sie der Trubel nicht scheren. Erst nach einer ganzen Weile des Bittens und Flehens gewährte sie gnädig ein weiteres Lied. Dasselbe Prozedere wiederholte sich noch ein paarmal, und als ihr Auftritt schließlich zu Ende war, verneigte sich die Sängerin und verschwand unter tosendem Beifall hinter der Bühne.

»Dann wollen wir mal.« Emmerich leerte sein Bier, eilte ihr nach, und Winter folgte ihm.

»Sie gibt keine Autogramme.« Mit diesen Worten baute sich ein Mann, der fast so breit war wie der Eiserne Erwin, vor den beiden Kriminalbeamten auf. »Und auf grauslige Typen und billige Anmache steht sie schon gar nicht.«

»Aber vielleicht auf ein paar interessante Fragen.« Emmerich präsentierte seine Marke.

»Worum geht's?«

»Geht dich nichts an.« Mit diesen Worten schob er sich an dem Mann vorbei und spazierte durch eine schmale Holztür, die auf eine dunkle Gasse führte. Von Helene Dobrensky war weit und breit nichts zu sehen.

»Sie ist schon fort«, sagte Winter enttäuscht. »Haben wir ihre Adresse?«

»Brauchen wir nicht.«

»Was machen Sie denn?«, fragte Winter, als sein Vorgesetzter begann, wie ein Hund in der Luft herumzuschnüffeln.

»Riechst du das denn nicht?«

Winters Blick fiel auf die Mülltonnen, die neben der Tür standen, unappetitliche Dinge quollen daraus hervor. »Tote Ratte?«

»Nein, Zigarre.« Emmerich wandte sich nach links und folgte dem Geruch. »Teuer«, murmelte er. »Importware, ganz frisch angeraucht.« Die Gasse war unbeleuchtet, sodass man kaum die eigene Hand vor Augen erkennen konnte. Emmerich stolperte durch die Dunkelheit, bis er endlich fand, wonach er gesucht hatte – einen orange glühenden Punkt in einer Mauernische. »Grüß Gott, Frau Dobrensky.«

»Ich gebe keine Autogramme.« Ihre Sprechstimme war genau so tief und rau wie jene, mit der sie sang.

»Wollen wir auch nicht. Wir wollen Antworten.« Er präsentierte seine Marke, realisierte aber, dass sie sie wohl nicht sehen konnte. »Kriminalpolizei«, fügte er hinzu.

»Hat Karl wieder etwas angestellt?« Sie zog an ihrer Zigarre, sodass sie aufglomm und ihr Gesicht für einen kurzen Augenblick erhellte.

»Es geht nicht um Ihren Bruder. Es geht um Richard Fürst.«

Schweigen.

»Wir wissen, dass Sie ein Verhältnis mit ihm hatten.«

Sie sagte noch immer nichts, doch Emmerich konnte spüren, dass plötzlich eine gewisse Anspannung in der Luft lag.

»Wer, außer Ihrem Bruder, wusste noch von der Sache?«

»Niemand. Wir haben es keinem sonst erzählt.«

»Vielleicht hat jemand es mitbekommen?«

»Sicher nicht. Richard war vorsichtig. Er hat eine Wohnung für uns angemietet, und wir haben uns nur getroffen, wenn er einen guten Vorwand hatte, sich für ein paar Stunden davonzustehlen.«

»Was ist mit seiner Frau?«

Sie zog erneut an der Zigarre, und Emmerich konnte erkennen, dass sie den Kopf schüttelte. »Ich dachte, Sie hätten den Mann gefasst, der ihn umgebracht hat. Zumindest stand das in allen Zeitungen.«

»Navratil war es nicht. Der Mörder befindet sich noch auf freiem Fuß.«

Sie zog scharf die Luft ein. »Seine Frau hatte keine Ahnung. Richard konnte keinen Skandal gebrauchen. Er war, was uns anging, sehr penibel. Fast schon paranoid.«

Emmerich atmete den süßen, würzigen Rauch ein, den

Helene Dobrensky ausblies. »Sie wissen hoffentlich, was das heißt. Wenn das stimmt, stehen Sie ganz oben auf der Liste der Verdächtigen.«

Erneutes Schweigen.

»Sie wissen schon ... Die Wut der verschmähten Frau ...«, versuchte Emmerich es erneut. »Richard Fürst hat Sie geschwängert und wollte seine Frau nicht verlassen. Da kann man sich schon mal vergessen.«

»Falls Sie es noch nicht bemerkt haben ... Ich bin nicht so wie andere Frauen.«

Emmerich schwelgte im Klang ihrer Stimme und dem Rauch ihrer Zigarre und musste wohl oder übel zustimmen.

»Ich wollte gar nicht, dass er sie verlässt«, erklärte sie weiter. »Ich hatte nie die Ambition, eine Stadtratsgemahlin zu werden. Empfänge, Etikette, Anstand ... Das ist nicht meine Welt. Alles, was ich von Richard wollte, waren ein paar gemeinsame Stunden und dass er sich hie und da um das Kind kümmert.«

»Und er? Sah er das auch so?«

»Er hat sich auf das Kind gefreut. Seine Frau und er haben es jahrelang erfolglos versucht. Er wäre ein guter Vater geworden.« Als die Zigarre wieder aufglühte, wurde sichtbar, dass sie Tränen in den Augen hatte. »Wenn Sie den Kerl finden, der ihn getötet hat, dann ...« Die Drohung blieb gemeinsam mit dem Rauch in der Luft hängen.

Emmerich glaubte ihr. »Haben Sie ein Alibi für vergangenen Donnerstagabend?«, fragte er dennoch. Frauen sollte man nie trauen. Ganz egal, wie unschuldig sie erschienen.

»Ich bin in der Blauen Flasche aufgetreten.« Sie nahm

den letzten Zug und warf den Stumpen auf den Boden. »Richards Tod hat nichts mit mir oder unserem Verhältnis zu tun.«

»Hatte Herr Fürst Verbindungen zu den Prinzen von Bourbon-Parma?«, griff Emmerich Winters Theorie auf. »Hatte er Ambitionen, Kaiser Karl dabei zu helfen, wieder auf den Thron zu kommen?«

Helene Dobrensky schüttelte den Kopf. »Wie kommen Sie denn bitte auf so einen Blödsinn? Richard war ein stolzer Demokrat.«

Emmerich warf seinem Assistenten einen genervten Blick zu.

»Könnte ihm das zum Verhängnis geworden sein?«, versuchte dieser es mit einem neuen Ansatz. »Stand er vielleicht irgendwelchen Plänen im Weg? Könnten es die Monarchisten gewesen sein, die ihn ausgeschaltet haben?«

Sie schüttelte erneut den Kopf. »Warum ausgerechnet ihn? Wieso nicht den Staatskanzler oder die Vertreter der alliierten Mächte? Warum nicht den Vizekanzler oder die Staatssekretäre? Richard war nur ein kleines Rädchen in einem großen Apparat. Es gibt Hunderte von Männern, die wichtiger und mächtiger sind, als er es jemals hätte werden können.«

Emmerich schnaufte. Schon wieder eine Sackgasse. »Denken Sie nach! Wer könnte ein Motiv gehabt haben? Egal wie unbedeutend … Fürst war immerhin ein Politiker, und Politiker haben Feinde.«

Sie überlegte. »Es gab Ärger wegen des Heims, das er bauen wollte. Das für die Geisteskranken. Im Laaer Wald.«

Emmerich nickte. »Fräulein Meleks Artisten waren es nicht.«

»Im Laaer Wald. Dort waren Sie also«, murmelte Winter.

»Fräulein Meleks Artisten?« Dobrensky klang verwirrt. »Wer soll das sein?«

»Die Zirkusleute aus dem Böhmischen Prater: Feuer-Fred, Schlangen-Jiri, der eiserne Erwin und so weiter.«

»Klingt interessant, aber ich rede von Stadtrat Völzer. Er hat behauptet, Richard habe Geld veruntreut, um damit das Heim zu finanzieren. Er wollte den Bau aus diesem Grund verhindern.«

»Und? Hat er Geld veruntreut?« Emmerich machte sich auf ein wütendes Dementi gefasst, doch es kam nicht.

»Schon möglich. Richard fand, dass der Reichtum in der Stadt ungerecht verteilt ist. Eine Handvoll Leute besitzt fast alles, während der Rest hungert und friert. Er hat deshalb hie und da ein bisschen was abgezweigt und umverteilt.«

»Wissen Sie, von wem er genommen hat?«

»Keine Ahnung. Von devisenstarken Ausländern, denke ich. Von Kriegsgewinnlern und dem ehemaligen Adel. Sein Herz hat für die Armen geschlagen, nicht für die Monarchie.«

»Guter Mann.« Emmerich war mit einem Mal noch erpichter darauf, den Mörder zu finden.

»Mehr weiß ich nicht. War's das?«

Da Emmerich keine weiteren Fragen einfielen, ließ er Helene Dobrensky zurück in die Rote Bretze gehen.

»Finden Sie den Kerl!«, sagte sie, bevor sie die Tür hinter sich ins Schloss fallen ließ. »Und dann lassen Sie mich fünf Minuten allein mit ihm.«

»Eine sehr streitbare Familie«, stellte Emmerich fest und zündete sich eine Zigarette an.

Winter hielt seine Taschenuhr neben die Flamme des Streichholzes.

»Acht vorbei«, konstatierte Emmerich, ohne das Zifferblatt auch nur eines Blickes zu würdigen. »Riechst du's nicht?«

Winter schnüffelte. »Stimmt, Karbidbeleuchtung.« Er rümpfte die Nase. »An den Gestank werde ich mich wohl nie gewöhnen.«

»Wir werden uns noch an vieles gewöhnen mü…«

Der Rest des Satzes wurde von lauten Schreien übertönt.

17

»Hilfe!«, gellte eine Stimme durch die Gasse. »Hilfe!«

Emmerich und Winter stolperten durch die Dunkelheit in Richtung der Schreie und fanden sich auf einer schmalen Straße wieder, auf der ihnen eine völlig aufgelöste Frau entgegengerannt kam. Sie war mit einer einfachen Haushaltsschürze bekleidet und trug Filzpantoffeln an den Füßen.

»Polizei.« Emmerich stellte sich ihr in den Weg. »Was ist passiert?«

Die Frau blieb stehen und schnappte nach Luft. »Es ist so … Es ist …«, setzte sie an, doch um weiterzusprechen, fehlte ihr der Atem.

»Immer mit der Ruhe. Sie sind in Sicherheit«, versuchte Emmerich, sie zu beruhigen.

Sie fasste sich an die Seite und zeigte in die Richtung, aus der sie gekommen war. »Frau Abele«, keuchte sie. »Meine Dienstherrin …«

»Was ist mit ihr?« Emmerich berührte ihre Wange. Sie war eiskalt. Schock. Eindeutig.

»Sie ist tot«, stieß sie hervor und wischte sich über die Augen. »Ich glaub … sie ist ermordet worden.«

Emmerich wandte sich an die Schaulustigen, die sich rund um sie versammelt hatten und mit offenen Mündern gafften. »Hier gibt es nichts zu sehen. Schleicht's euch! Hopp, hopp.« Er klatschte in die Hände, als wollte er eine

Horde räudiger Hunde verscheuchen. »Wie heißen Sie, und wo ist Ihre Dienstherrin jetzt?«, wandte er seine Aufmerksamkeit wieder der Frau zu.

»Else«, schluchzte sie. »Ich bin Else Ziskal, und Frau Abele ist in ihrer Stube.«

»Und die Stube ist wo?«

Anstatt eine Adresse zu nennen, fasste sie Emmerich an der Hand und marschierte los. »Ich hab meine Schwester besucht«, japste sie. »Als ich wieder nach Hause gekommen bin, ist mir erst gar nichts Ungewöhnliches aufgefallen, doch dann habe ich die Musik gehört. Sie hat immer wieder dasselbe gespielt, noch einmal und noch einmal, weil offenbar die Nadel vom Grammofon hängen geblieben ist.« Sie drückte seine Finger so fest, dass er sich zusammenreißen musste, um nicht aufzuschreien. »Und dann bin ich nach oben gegangen …«

»War sonst noch jemand im Haus?«

Wortlos schüttelte sie den Kopf und blieb vor einem Fuhrmannshaus stehen. »*Ruhe sanfte* …«, flüsterte sie und starrte auf ein hell erleuchtetes Fenster im ersten Stock.

Emmerich folgte ihrem Blick und rieb seine schmerzende Hand. »Wohnt sonst noch jemand hier?«

»Nur wir beide.« Schluchzend setzte sie sich auf den Bordstein.

»Kümmern Sie sich um sie«, trug Emmerich einer jungen Frau auf, die aus dem Nachbarhaus getreten war, dann nickte er Winter zu und zog seine Waffe.

Dieser tat es ihm gleich, und gemeinsam betraten sie das Haus, dessen Eingangstür weit offen stand.

»*Ruhe sanfte … Ruhe sanfte … Ruhe sanfte* …«, hörten sie das Grammofon.

Emmerich stellte sich mit dem Rücken an die Wand und sondierte die Lage. Niemand war zu sehen, und mit Ausnahme der immer wiederkehrenden Melodie, die von oben zu ihnen drang, war auch kein Geräusch zu vernehmen. Mit den Pistolen im Anschlag klärten sie die Zimmer im Erdgeschoss und stiegen anschließend über eine knarrende Treppe nach oben.

Frau Ziskal hatte wie der Typ Frau gewirkt, den so schnell nichts aus der Ruhe brachte. Eine robuste Haushälterin, die sich auch vor dem Töten von Ratten oder dem Schlachten eines Hasen nicht scheute. Was hatte diese Frau so sehr erschüttert?

Emmerich hatte zeit seines Lebens schon viele Leichen gesehen. Im Waisenhaus, im Krieg und im Zuge seiner Tätigkeit als Polizeiagent. Er hatte sich ein dickes Fell wachsen lassen, und doch gab es immer wieder Fälle, die ihn besonders erschütterten. Kinder und Frauen gehörten dazu.

»*Ruhe sanfte … Ruhe sanfte … Ruhe sanfte …*«

»Bach«, flüsterte Winter.

»Ist das der Name des Täters? Alles andere interessiert mich nämlich im Moment nicht.«

Sie durchquerten einen schmalen Flur, an dessen Wänden ein Spiegel, Familienwappen und gerahmte Fotografien hingen. Ernste Gesichter vor herrschaftlichen Landsitzen, hochdekorierte Offiziere, Jagdgesellschaften und juwelenbehangene Frauen mit aufwändigen Frisuren.

»Scheint aus einer adligen Familie zu stammen«, konstatierte Winter.

»Allerdings verarmt«, schloss Emmerich aus der Einrichtung des Hauses.

Die Teppiche auf dem wurmstichigen Holzboden waren fadenscheinig, die Tapeten vergilbt, und die Möbel sahen so schäbig aus, dass sie genauso gut im Männerlogierhaus hätten stehen können.

»Vielleicht ist sie … war sie … einfach nur geizig. Viele alte Leute sind so. Horten Reichtümer für schlechte Zeiten, ohne zu begreifen, dass sie mittendrin leben.«

Sie erreichten die letzte Tür. Die Stube.

»Ruhe sanfte … Ruhe sanfte … Ruhe sanfte …«

Auf den ersten Blick schien, abgesehen von der lästigen Musik, alles in Ordnung zu sein. Sie standen in einem einfachen Wohnzimmer mit einer niedrigen Decke und einem Schiffsplankenboden. Alles war bescheiden, aber gemütlich, eingerichtet.

»Siehst du was?« Emmerich ließ seinen Blick über eine gepolsterte Sitzbank, eine verschrammte Kommode und eine große Standuhr wandern.

»Da. Schauen Sie.« Wortlos deutete Winter auf einen massiven Ohrensessel, der mit der Rückenlehne zu ihnen stand.

Jetzt sah Emmerich es auch – ein schmaler, faltiger Arm hing über die Seitenlehne.

Er umrundete das breite Möbelstück und seufzte. Vor ihm saß eine alte Dame, deren trübe Augen voller Schmerz ins Nichts starrten. Ihr Gesicht war blau angelaufen, ihr Mund blutbesudelt, die Zunge quoll grotesk angeschwollen zwischen ihren Lippen hervor, und ihre Hände waren zu Klauen geformt.

»Ruhe sanfte … Ruhe sanfte … Ruhe sanfte …«

»Mach endlich die verdammte Musik aus!«

Während Winter sich an dem Grammofon zu schaffen

machte, untersuchte Emmerich die Leiche. »Sie wurde erwürgt«, sagte er und betastete ihren Hals. »Der Kehlkopf scheint gequetscht zu sein, und sie hat Stauungsblutungen in den Augen. Außerdem hat sie sich heftig gewehrt. Ein Fingernagel ist abgebrochen.«

Nachdem Winter endlich für Ruhe gesorgt hatte, ging er zur Tür, wobei er es tunlichst vermied, die Tote anzusehen. »Ich gehe wieder nach unten und lasse nach der Spurensicherung und dem Gerichtsmediziner rufen.«

»Ist gut.«

Emmerich wollte ihm gerade folgen, als ihm ein Glitzern im Mund der Toten auffiel. Vorsichtig beugte er sich nach vorn und starrte auf die schlaffen Lippen, die gelblichen Zähne, von denen einer angeknackst war, und den hässlichen Belag auf ihrer angeschwollenen Zunge.

Gewaltsamer Tod und Schönheit waren zwei Dinge, die sich gegenseitig rigoros ausschlossen. Ekel machte sich in seiner Brust breit. Sollte doch der Gerichtsmediziner sich darum kümmern. Wahrscheinlich war es sowieso nichts Wichtiges, und auch wenn … Was ging es ihn an? Dies war nicht sein Fall. Er hatte ganz andere Dinge zu tun. Dringlichere Dinge. Außerdem wollte er keinen Ärger bekommen. Es war das Vernünftigste, die Leiche Leiche sein zu lassen und zu verschwinden.

Wie von einer höheren Macht gesteuert, wanderte sein Zeigefinger zu ihrem Mund.

Lass es, sagte eine Stimme in seinem Kopf, doch seine Neugier war stärker als die Vernunft. Vorsichtig schob er ihre Lippe nach unten und schielte dorthin, wo er das Glitzern zu sehen geglaubt hatte. Tatsächlich steckte zwischen den Backenzähnen der Frau und der Innenseite ihrer

Wange ein glänzendes Stück Metall. Er fischte es heraus und wischte mit dem Saum seines Capes über den Gegenstand, bei dem es sich um einen Manschettenknopf handelte. Das Teil war aus Silber gefertigt und mit einer Art Silhouette verziert.

Emmerich ging zum Fensterbrett, drehte die Gaslampe, die dort stand, auf und hielt das Fundstück ins Licht. Ein Engel war darauf abgebildet … nein dafür fehlten die Flügel … dann musste es eine Frau sein … eine Frau in einem wallenden Kleid … Was für eine sonderbare Verzierung …

Er prägte sich das Symbol ein und wollte das Beweisstück gerade wieder zurück in den Mund der Alten stecken, als er schwere Schritte von der Treppe her hörte.

»Emmerich!«

Der Angesprochene zuckte zusammen. Brühl. Ausgerechnet er musste an diesem Abend Bereitschaftsdienst haben.

Eilig ließ er den Manschettenknopf in seine Hosentasche gleiten. »Sie waren aber schnell.«

»Die Nachbarn haben uns alarmiert. Die Haushälterin hat offenbar Zeter und Mordio geschrien.« Er stellte sich neben Emmerich und betrachtete die Leiche.

»Winter und ich, wir waren rein zufällig …«

»In der Roten Bretze. Ich weiß. Ich habe Inspektor Winter unten angetroffen.« Er musterte Emmerichs Gesicht. »Offenbar haben Sie nicht nur geraucht und gesoffen, Sie haben sich auch noch geprügelt. Gonska wird keine Freude haben, wenn er davon erfährt. Dass Sie heute fast den ganzen Tag unentschuldigt abwesend waren, wird ihm auch nicht gefallen.« Die Vorfreude darauf, Emmerichs Verfehlungen zu melden, stand ihm im Gesicht geschrieben.

»Die Frau wurde erwürgt«, erklärte Emmerich, ohne auf den Tadel einzugehen. »Das Opfer hat petechiale Einblutungen, einen gequetschten Kehlkopf und typische …«

Brühl warf einen pikierten Blick in Emmerichs Richtung. »Das ist nicht Ihr Fall«, sagte er. »Gehen Sie zurück in die Bretze, und lassen Sie uns unsere Arbeit machen. Haben Sie etwas angefasst?«

»Ich? Natürlich nicht.« Emmerich betastete den Manschettenknopf in seiner Hosentasche. »Ich kenne doch die Vorschriften«, sagte er und ging nach draußen. »Frohes Schaffen.«

Else Ziskal, die an der Hausmauer lehnte, schüttelte Emmerichs Hand. »Danke, dass Sie vorhin so freundlich waren.«

Emmerich nickte und betrachtete sie genauer. »Sagen Sie, kennen wir uns? Sie kommen mir so bekannt vor.«

»Nicht dass ich wüsste.« Sie zog ein Taschentuch aus ihrer Schürze und schnäuzte sich lautstark. »Ich hatte bis heute nie was mit der Polizei zu tun.«

»Dann muss ich Sie wohl verwechseln. Es war ein langer Tag.« Er rieb seine Augen. »Aber jetzt mal ganz was anderes … Ist Ihnen schon einmal ein Symbol untergekommen, das eine Frau in einem wallenden Gewand zeigt?«

»Sie stellen aber komische Fragen. Wie kommen Sie denn auf so was?« Sie wischte sich ein paar Tränen aus dem Gesicht.

Noch bevor Emmerich weiterfragen konnte, kam Brühl aus dem Haus. »Sie sind ja immer noch hier«, schimpfte er.

»Wir wollten Frau Ziskal nicht allein lassen. Sie hat heute Schlimmes mitgemacht.«

Brühl schnaubte. »Danke für Ihre Unterstützung«, sagte

er mit Blick auf die Haushälterin. »Wir haben alles im Griff.«

Emmerich und Winter stellten sicher, dass sich die Nachbarin wieder um Frau Ziskal kümmerte, und verließen den Tatort.

Der Wind hatte aufgefrischt, und dichte Wolken wälzten sich an der schmalen Mondsichel vorbei.

»Was sollte das mit diesem Symbol? Der Frau in dem wallenden Gewand?«, fragte Winter, als sie um die nächste Ecke gebogen waren.

Emmerich schaute sich um und präsentierte ihm den Manschettenknopf. »So was schon mal gesehen?«

Winter nahm das Schmuckstück und betrachtete es. »Wo haben Sie den her?«

»Er hat in Frau Abeles Mund gesteckt. Wahrscheinlich hat sie ihn dem Mörder aus dem Hemdsärmel gebissen. Ganz schön wehrhaft, die alte Dame.«

»Das Ding war in ihrem Mund?« Winter drückte seinem Vorgesetzten den Manschettenknopf wieder in die Hand und wischte sich mit angeekeltem Gesicht die Finger an der Hose ab. »Warum, um Gottes willen, haben Sie in ihren Mund geschaut?«, flüsterte er. »Und wieso haben Sie den Knopf eingesteckt?«

»Es hat sich so ergeben.«

»Es hat sich so ergeben? Wenn Brühl das herausfindet, sind wir geliefert. Endgültig. Dann kann nicht mal Gonska uns mehr retten.«

»Dann müssen wir dafür sorgen, dass er es nicht herausfindet.«

»Aber das ist ein wichtiges Beweisstück. Das dürfen Sie nicht einfach unterschlagen.«

»Ich werde schon einen Weg finden …«

Winter zog seinen Mantel fester zu. »Unser Leben wäre um einiges leichter, wenn Sie sich zumindest manchmal an die Vorschriften halten würden.«

»Vorschriften lösen keine Fälle.«

»Ich wollt's nur mal gesagt haben.« Winter fröstelte. »Sie sollten sich endlich ausruhen. Sie sehen immer noch ziemlich ramponiert aus.«

»Na dann, gute Nacht«, sagte Emmerich und humpelte in Richtung Straßenbahnhaltestelle. »*Ruhe sanfte, sanfte ruh …*«

»Warten S' auf die Elektrische?«, fragte ein vorbeigehender Mann mit einer ausgeprägten Knollennase.

Emmerich, der schon seit einer Viertelstunde auf der Wartebank saß und ganz erbärmlich fror, nickte.

»Do können S' lang warten. Die kimmt heit nimmer.«

»Und warum? Es ist doch noch nicht halb zehn, oder? Noch sollte sie fahren.«

Der Passant zuckte mit den Schultern. »Na jo«, sagte er. »Es is' wia's is'.« Mit diesen Worten fasste er sich an den Hut und ging weiter.

Seit dem Krieg fuhren die Straßenbahnen unregelmäßig, manchmal fielen sie sogar komplett aus. Meistens lag dies an der Stromversorgung, hie und da an kaputten Wagen oder Selbstmördern, die sich auf die Schienen warfen. Was auch immer an diesem Abend schuld daran war … Dank Zuzanas Diebeskünsten hatte Emmerich kein Geld für eine Mietdroschke und musste wohl oder übel zu Fuß gehen.

Als er an der Breitenfelder Kirche vorbeikam, fing er an,

den Spaziergang zu genießen. Bahrfeldts Spritze hielt ihn noch immer schmerzfrei, und Wien hatte auch schöne Seiten. Die Josefstadt zum Beispiel. In diesem Grätzl lebten Fleischhauer, Schneider, Drucker, niedere Beamte … Ein buntes Durcheinander aus verschiedenen Berufen, Nationalitäten und Religionen. Friedlich war es hier, in der Luft hing ein Hauch von Aufbruchsstimmung.

Emmerich atmete ein, fühlte beinahe so etwas wie Zuversicht, doch dann fiel ihm der Manschettenknopf in seiner Hosentasche wieder ein. Das filigrane Ding, das nicht mehr als ein paar Gramm wiegen konnte, kam ihm plötzlich zentnerschwer vor.

Winter hatte natürlich recht gehabt. Es handelte sich um ein wichtiges Beweisstück, und er musste einen Weg finden, es in die Ermittlungen einfließen zu lassen. Aber wie sollte er das anstellen?

Da das Gehen seinen Geist anzuregen schien, lief er ziel- und planlos durch die Gassen und fand sich irgendwann vor dem alten Mietshaus wieder, in dem er bis vor Kurzem mit seiner neuen kleinen Familie gelebt hatte.

Xavers Familie, korrigierte er.

Das Unterbewusstsein war ein Hund, und die Müdigkeit sein Handlanger.

Für einen Moment starrte er auf die schlichte graue Fassade und die Fenster im zweiten Stock, hinter denen sie noch immer wohnten: Luise, Emil, Ida, Paul – und Xaver. Alles sah so aus wie früher, und doch war alles ganz anders. Vorsichtig drückte er gegen die Haustür, das Schloss gab anstandslos nach.

Ein Lächeln schlich sich auf Emmerichs Lippen, als er sah, dass der Schnapper verkeilt worden war. Einige halsstarrige Bewohner wehrten sich wohl gegen das Sperrsechserl, jenes Entgelt, das man dem Hausbesorger dafür bezahlen musste, dass er einem die Eingangstür zwischen zehn Uhr abends und sechs Uhr morgens öffnete. Mieter in Wien hatten kein Recht auf einen Haustürschlüssel, und in der Monarchie hatte der Leitsatz gegolten, dass nur ein Lump bis spätnachts ausblieb, weshalb er für seinen Beitrag zum Sittenverfall bezahlen sollte. Im wahrsten Sinne des Wortes. Es wurde Zeit, dass die Sozialdemokraten diese Regelung endlich zu Fall brachten.

Er trat in den Eingangsbereich und atmete den vertrauten Geruch seines ehemaligen Heims ein. Jedes Gebäude, ganz gleich ob Stadtpalais oder Elendsbaracke, hatte seine eigenen, unverwechselbaren Ausdünstungen. Ein charakteristisches Konglomerat aus den Baumaterialien, den Gepflogenheiten der Bewohner und der umliegenden Infrastruktur.

Dieses Haus roch nach gekochtem Grünkohl, modrigem Holz und nassem Hund – er liebte es.

Ein Geräusch aus dem Keller schreckte ihn auf. Was wollte er eigentlich hier? Sollte er nach oben gehen und anklopfen? Was konnte er Luise sagen, das sie nicht sowieso schon wusste? Und was, wenn Xaver da war? War er bereit für eine Konfrontation?

Am besten, er verschwand. Ins Männerheim. Auf die schäbige Pritsche in der einsamen Kabine.

Gerade als er gehen wollte, hörte er es erneut – das Geräusch aus dem Keller. Ein Scheppern, dieses Mal wurde es von einem leisen Schluchzen begleitet.

Luise?

Emmerich eilte nach unten in die Waschküche – und tatsächlich, dort stand sie, mit dem Rücken zu ihm, über einen hölzernen Trog gebeugt, in der einen Hand eine Bürste, in der anderen ein nasses Hemd. Ihre Arme hingen schlaff nach unten, die Finger waren rot vom Schrubben, und ihr Oberkörper bebte.

Als hätte sie seinen Blick in ihrem Nacken gespürt, drehte sie sich um, und als sie ihn sah, fing sie hemmungslos zu weinen an. »August«, presste sie hervor, während ihr Tränen über die Wangen rannen und auf ihr abgetragenes Kleid tropften.

Emmerich nahm sie in den Arm, presste ihren dürren Körper an den seinen und vergrub seine Nase in ihrem Haar. »Mein Gott, Luise … Was ist nur geschehen?«

»Dasselbe könnte ich dich fragen.« Sie tastete vorsichtig über seine aufgeplatzte Lippe und sein angeschwollenes Auge. »Du und Xaver … Ihr habt doch wohl nicht …?«

»Nein, das war Pessolt der Knochenbrecher … Eine lange Geschichte, die erzähle ich dir ein andermal. Zuerst will ich wissen, was hier los ist.« Er strich ihr ein paar feuchte Strähnen aus der Stirn und betrachtete ihr Gesicht. Ihre Wangen waren eingefallen, ein grün-blauer Fleck auf ihrem Kinn ließ Böses erahnen.

»Es ist alles meine Schuld«, flüsterte sie und starrte auf den Boden. »Ich hätte es wissen müssen, gleich als er damals zur Tür hereinkam.«

»Was hättest du wissen müssen?«

»Dass er nicht mehr derselbe ist … Xaver. Der Krieg und die Gefangenschaft haben ihn verändert. Er ist kalt geworden und hart, manchmal sogar grausam.« Sie schluchzte. »Ich hätte niemals bei ihm bleiben dürfen. Allein schon wegen der Kinder.«

Emmerich strich über das Hämatom. »Schlägt er die Kleinen auch?«

»Sie vermissen dich«, wich Luise aus. »Ich vermisse dich.«

Er küsste sie. Sie schmeckte nach Schweiß und Tränen, nach Hoffnung und Glück, und obwohl seine aufgeplatzte Lippe schmerzte, wünschte er, der Kuss würde ewig dauern.

Es war Luise, die sich zuerst aus der Umarmung löste. Nervös schaute sie auf und starrte hoch zu den schmalen, vergitterten Fenstern. »Du musst gehen.«

»Nicht ohne dich und die Kinder.« Er nahm ihr die Bürste und das Hemd aus den Händen und legte beides beiseite. »Hol sie, und pack ein paar Sachen. Ich lasse mir morgen einen Vorschuss auf mein nächstes Gehalt auszahlen, dann gehen wir für ein paar Tage in ein Hotel, und danach …« Er überlegte. »Danach schauen wir weiter.«

»Ach, August.« Sie lächelte traurig. »Das wäre so wunderbar.«

»Dann komm. Worauf wartest du?« Er nahm ihre Hand in die seine, doch sie entzog sie ihm.

»Es geht nicht.«

Emmerich wurde klar, welches Bild er abgab. Verlottert und ramponiert. »Vertrau mir. Ich kann für euch sorgen. Das kriege ich hin, irgendwie. Du musst mich nur lassen.« Noch einmal griff er nach Luises Händen. »Wir könnten uns um eine dieser Gemeindewohnungen bewerben, die die Sozialdemokraten bauen lassen. Die sollen günstig und familienfreundlich sein. Es gibt Strom, und jede Wohnung hat fließendes Wasser. Stell dir das nur …«

»Du verstehst nicht«, unterbrach sie ihn. »Xaver würde

uns niemals gehen lassen. Schon gar nicht zu dir. Eher bringt er uns um. Das meine ich ernst.«

»Ich kann euch beschützen. Immerhin bin ich bei der Kriminalpolizei.«

»Das würde ihn nicht abschrecken. Alles, was jemals gut an ihm war, ist im Krieg geblieben. Ich weiß nicht, was sie in Russland mit ihm angestellt haben, aber glaub mir: Xaver ist zu allem fähig.« Sie schaute in den Flur. »Geh jetzt. Er darf dich nicht sehen.«

»Ich kann euch doch nicht mit diesem Wahnsinnigen allein lassen.« Emmerich überlegte. »Ich werde euch verstecken. Im Haus von Winters Großmutter oder irgendwo auf dem Land.«

Luise schüttelte den Kopf und griff nach den Waschwerkzeugen. »Er würde uns finden. Ganz gleich, wo wir sind. So weit können wir gar nicht fliehen.«

Emmerich fasste sie an den Oberarmen und sah ihr in die Augen. »Wie sollte er das denn anstellen?«

»Er hat Freunde«, flüsterte sie. »Mit denen ist nicht zu spaßen. Bitte geh, und komm nicht wieder.«

»Nein!« Er riss sie an sich. »Gib mir ein paar Tage, um ein paar Sachen zu regeln, danach komme ich wieder. Haltet euch bereit.« Er konnte sehen, wie sehr sie mit sich rang. Angst gegen Hoffnung. Sorge gegen Sehnsucht.

»In Ordnung«, sagte sie schließlich. »Wann immer er außer Haus ist, stelle ich eine Kerze ins Fenster.«

Emmerich küsste sie. »Halt durch. Es wird nicht lange dauern.«

Sie nickte und lächelte nicht mehr ganz so traurig.

»Ich komme. Bald. Vertrau mir.« Mit diesen Worten verließ er die Waschküche.

Aufgeregt und aufgelöst zugleich trat er auf die Straße und zündete sich eine Zigarette an. Seine Gedanken waren so sehr darauf ausgerichtet, einen Plan zu formieren, dass ihm die dunkle Silhouette, die sich hinter einen Koloniakübel duckte, beinahe nicht aufgefallen wäre.

»He, Sie!«, rief er, als ihm der Schatten schließlich doch ins Auge stach.

Ohne ein Wort huschte die Gestalt in eine Nebengasse und verschwand.

Emmerich hätte schwören können, dass sie einen braunen Anzug getragen hatte.

Als Emmerich gegen Mitternacht im Logierhaus ankam, herrschte trotz der eigentlich vorgeschriebenen Nachtruhe helle Aufruhr. Männer rannten hektisch hin und her, redeten wild durcheinander und ignorierten das Rauchverbot.

Er durchquerte die Menge. »Was ist los?«, fragte er, als er Theo erspähte.

»Es ist so arg«, lamentierte der. »Der Ludwig … Wir waren im Lesezimmer, und da hat er auf einmal Schmerzen 'kriegt und ist z'amm'brochen.«

»Und jetzt? Wo ist er? Was ist mit ihm?«

»Er liegt im Marodenzimmer und ist immer noch ohne Bewusstsein. Wo bleibt denn die verdammte Rettung?«

»Weißt eh, wie's is' … Wenn die Meldemannstraße hörn, ham's keine Hast«, sagte der blasse Kerl mit den trüben Augen.

Er sollte recht behalten. Erst nach einer geschlagenen halben Stunde kam der Krankenwagen angerumpelt.

»Ist das euer Ernst?«, schimpfte Emmerich, als er sah,

dass sie kein Automobil, sondern einen alten Kutschwagen geschickt hatten. »Was Besseres gab's nicht?«

»Aus dem Weg.« Zwei stramme Sanitäter stießen ihn mit ihrer Trage zur Seite und spazierten ohne große Eile in das Gebäude. Kurz darauf kamen sie zurück, schoben den ohnmächtigen Ludwig in ihren schwarzen Räderkasten und setzten sich auf den Kutschbock.

»Wo bringt ihr ihn hin?«, rief Emmerich.

»Ins Allgemeine.«

Ohne eine weitere Silbe zu verlieren, ließ der Fahrer die Zügel knallen, und sie ratterten davon.

18

»Aufwachen, Tachinierer«, brüllte einer der Wärter in die Zelle. »Ausse mit dir!«

Peppi öffnete die Augen. Er hatte nicht geschlafen, allenfalls ein bisschen gedöst. Zu lästig waren die Flöhe gewesen, zu angriffslustig die Wanzen. Außerdem war sein Geist von einer undefinierbaren Anspannung erfasst worden. Minute um Minute hatte er einfach nur dagelegen und seinem eigenen Atem zugehört. Die Uhr tickte für ihn. Laut und nicht zu überhören drehten die Zeiger ihre Runden. Was, wenn Emmerich nicht schnell genug war? Wenn die anderen Häftlinge ihn vorher erwischten? Im Zustand akuter Hoffnungslosigkeit zu sterben war eine Sache – wenige Tage oder gar Stunden vor der Rettung ins Jenseits befördert zu werden eine andere. Er hatte jene Männer, die am letzten Kriegstag gefallen waren, stets mehr bedauert als jene, die es bereits zu Beginn erwischt hatte.

Mit einem lauten Ratsch wurde der schwere Riegel, der die eiserne Tür verschlossen hielt, aufgeschoben, und ein grobschlächtiger Kerl in einer schlecht sitzenden Uniform trat in die Zelle. »Auf! Auf! Auf!«, rief er und klopfte ungeduldig mit seinem Schlagstock gegen die Wand, sodass der schmutzig weiße Verputz auf den Boden rieselte. »Tua weiter, verdammt.«

»Was ist denn los?« Peppi quälte sich hoch, was angesichts der fehlenden Armprothese und der Tatsache, dass seine gesunde Hand noch immer an sein Bein gekettet war, kein einfaches Unterfangen darstellte. »Es ist mitten in der Nacht. Was soll …?« Ein Gedanke kam ihm, eine leise Erwartung, die sein Herz zum Tanzen brachte. »Hat Herr Emmerich etwa …«

»Hofgang!«, erstickte der Wärter Peppis Hoffnung im Keim und zeigte nach draußen. »Ausse jetzt.«

»Aber ich …«

»Gusch endlich. Zwing mi ned, den zum Einsatz zu bringen.« Der Wachbeamte fuchtelte mit dem Schlagstock herum.

»Schon gut.« Peppi stand auf und rückte umständlich mithilfe seiner Schulter die Gesichtsprothese zurecht. Als er den Schutz seiner Zelle verließ und auf den Flur trat, überkam ihn eine diffuse Panik, die mit jedem Schritt, den der Wärter ihn durch die langen Gänge scheuchte, stärker wurde. »Die anderen Gefangenen …«

»Hoid endlich de Papp'n!«, brüllte der Wärter so laut, dass seine Worte von den Wänden widerhallten. Dann riss er eine grün gestrichene Tür auf und schob Peppi unsanft hindurch. »Eine Stunde«, konstatierte er und verschwand.

Peppi sah sich hektisch um und atmete erleichtert auf, als er sicher war, allein zu sein. Er befand sich im Innenhof des Gefängnistraktes. Grimmige graue Mauern, die von vergitterten Fenstern durchbrochen wurden, ragten rund um ihn herum in die Höhe. Es war unheimlich ruhig, und so blieb er einen Augenblick mit klopfendem Herzen stehen, bevor er ein paar zögerliche Schritte tat.

Kühle, frische Luft strömte in seine Lunge, und er richtete den Blick nach oben in den Himmel. Obwohl dieser trüb und wolkenverhangen war, hatte Peppi das Gefühl, selten so etwas Schönes gesehen zu haben. Den Geschmack der Freiheit lernte man erst zu schätzen, wenn man in Ketten lag. Sobald er dieser Hölle entkommen war, würde er nie wieder jammern, nie wieder über sein Schicksal klagen, nie wieder wegen Lappalien verzagen. Er würde Adelheid einen Antrag machen, fleißig arbeiten und für sie beide ein bescheidenes, aber glückliches Leben aufbauen.

Langsam ging er im Kreis. Die Bewegung tat ihm gut, mit jedem Schritt wuchs seine Zuversicht.

»He, Krüppl!«

Peppi fuhr herum. Der Schreck hatte ihm die Kehle zugeschnürt, und so rang er nach Atem und Worten. »Wie … Wie … Wie seid ihr?«, stammelte er und starrte auf die beiden Männer, die wie aus dem Nichts im Gefängnishof aufgetaucht waren.

Einer von ihnen, ein hagerer Kerl, an dessen Hals dicke Sehnen zum Vorschein traten, präsentierte ihm eine Art Messer, das aus einem Stück Holz und einer Rasierklinge gefertigt war.

Der andere funkelte ihn aus grünen Augen zornig an. »Wir haben Mittel und Wege«, zischte er.

Peppi wich stolpernd ein paar Meter zurück. »Was wollt ihr?«

»Was wir wollen? Deinen Kopf. Du hast den Fürst ermordet. Du hast kein Recht mehr zu leben.«

Peppi wollte seinen Arm abwehrend vor sich halten, doch seine Fessel ließ dies nicht zu. »Ich bin unschuldig«, beteuerte er. »Ich war an dem Abend bei ihm, ja, aber ich hab ihm kein Haar gekrümmt. Ich hätt' ihm nie was angetan. Ohne ihn …«

»Ohne ihn wären meine Kinder letztes Jahr verhungert oder erfroren«, sagte der Mann mit der Waffe. Es lag so viel Hass in seiner Stimme, dass Peppi fröstelte.

»Genau wie die meinen.« Der grünäugige Kerl machte einen Schritt nach vorn und packte Peppi an der Gurgel. »Das wirst du büßen.«

Er wollte sich wehren, wollte die Hand ergreifen, die sich wie ein Schraubstock um seinen Hals gelegt hatte und immer fester zudrückte, doch er konnte es nicht. »B… bitte«, röchelte er.

»Das hättest du dir vorher überlegen sollen.«

Peppi riss die Augen auf. Was sollte er nur tun? Er durfte, konnte, wollte nicht sterben. Nicht hier, nicht jetzt, nicht auf diese Art und Weise. Nicht kurz bevor …

Der Grünäugige streckte seine freie Hand aus, und der Hagere setzte dazu an, ihm das Messer zu reichen.

Voller Verzweiflung drehte Peppi mit einer schnellen Bewegung seinen Kopf nach links, sodass seine Gesichtsprothese zu Boden geschleudert wurde. Dann wandte er sich wieder nach vorn und zog eine Grimasse.

Tatsächlich verfehlte der Anblick seiner zerschossenen Visage nicht die gewünschte Wirkung. Der Hagere schreckte zurück, der Grünäugige ließ für einen kurzen Moment die Arme sinken.

Peppi nutzte die Chance. Er sprang um den Mann herum, riss sein Bein und seinen Arm hoch und legte die Kette um dessen Hals. »Ich bin kein Mörder«, sagte er. »Zwing mich nicht dazu, einer zu werden.«

In diesem Augenblick wurde die Tür zum Hof aufgerissen, und der Wärter kam mit erhobenem Schlagstock auf sie zugeeilt. »Auseinander!«, brüllte er. »Sofort loslassen.«

Peppi tat wie ihm geheißen. »Die wollten mich umbringen. Die haben ein Messer«, rief er, doch der Wärter schüttelte nur den Kopf. »Hier drin gibt's so was nicht«, brummte er, packte Peppis Arm und schubste ihn unsanft in den Gefängnistrakt.

»Doch«, beteuerte er. »Es war ein selbst gefertigtes. Sie hätten mich beinahe aufgeschlitzt.« Er drehte sich um, wollte dem Aufseher die Waffe zeigen, doch von den beiden anderen Häftlingen war nichts mehr zu sehen. Sie waren so plötzlich wieder verschwunden, wie sie aufgetaucht waren. »Hören Sie«, flehte er. »Ich hab mit dem Mord an Herrn Fürst nichts zu tun. Das müssen Sie mir glauben. Sie dürfen mich denen nicht so einfach ausliefern. Sie müssen mich schützen.«

Ohne ein weiteres Wort zu verlieren, führte der Wärter ihn durch die langen Flure und bugsierte ihn in seine Zelle.

Peppi ließ sich auf den schmutzigen Strohsack fallen und schluckte schwer. Das war knapp gewesen. Nächstes Mal würden die Kerle besser vorbereitet sein.

Er starrte durch das kleine Fenster und versuchte, ein Stück Himmel auszumachen. »Bitte, Herr Emmerich«, flehte er. »Beeilen Sie sich!«

Mittwoch,
24. März 1920

19

Die Sorge um Luise und Peppi hatte Emmerich die halbe Nacht wachgehalten. Dazu kam die Sache mit dem Manschettenknopf. Ein kaltblütiger Mörder lief frei herum, und er hatte den Schlüssel zu dessen Ergreifung. Keine Frage: Das Teil musste zurück an seinen Fundort. Sprich, in Frau Abeles Mund.

Bei Anbruch der Morgendämmerung trieb ihn seine innere Unruhe aus dem Bett. Er schluckte zwei Togal und schlich sich aus dem Haus. Da immer noch keine Straßenbahn zu fahren schien, marschierte er im Licht der aufgehenden Sonne in Richtung Gerichtsmedizin, wo er den Leichnam der alten Frau vermutete.

Die Luft war eisig, bei jedem Windstoß zog Emmerich die Schultern noch höher. »Scheißwetter«, murrte er, während er in die Wexstraße einbog und an den schäbigen Mietskasernen und Luxusbauten dort vorbeiging. Wien hatte sich völlig plan- und ziellos entwickelt, und so war in manchen Gegenden ein wirres Durcheinander von Lebenswelten entstanden. Villen und Palais thronten direkt neben den Quartieren der Armen. Millionäre und einfache Arbeiter lebten Tür an Tür.

Trotz der Tabletten begann sein Bein wieder zu schmerzen, und so humpelte er mit verkniffener Miene in die Spitalgasse.

Hoffentlich sind die Totenärzte noch nicht munter, dann kann ich unbehelligt tun, was zu tun ist, dachte er. Nur eine Minute allein mit der alten Frau, mehr brauchte er nicht.

Die Eingangstür des repräsentativen Dreiflügelbaus, hinter dem sich der wuchtige Narrenturm erhob, war unverschlossen. Der Tod hatte keine geregelten Öffnungszeiten. Gestorben wurde immer – und gemordet auch.

Noch bevor die Hilfskraft, die im Foyer saß, etwas sagen konnte, hielt Emmerich dem jungen Mann seine Marke vors Gesicht. »Ich muss etwas überprüfen.« Durch einen scharfen Blick gab er zu verstehen, dass er keine Fragen duldete, und ging, ohne ein weiteres Wort zu verlieren, ins Innere des Gebäudes.

Das Institut beherbergte einen Sektionsraum, Laboratorien, eine Beisetzungskammer, Arbeitszimmer und zu guter Letzt einen Raum, der zur Verwahrung gerichtlich zu untersuchender Leichen diente. Diesen steuerte er an, denn dort sollte Frau Abele sein – vorausgesetzt sie war noch nicht obduziert worden. Irgendwelche übereifrigen Streber gab es immer, weswegen er die Finger kreuzte und auf die Trägheit der österreichischen Bürokratie vertraute.

Emmerich zog sein Cape fester zu, während er über die viereckigen Steinplatten humpelte, mit denen der Boden belegt war. Vorsichtig und leise, so als könnte er sonst jemanden aufwecken, öffnete er die Tür am Ende des Flurs und betrat die dahinterliegende Kammer. Darin befanden sich drei Bahren. Drei mit weißen Laken zugedeckte Körper. Drei Todesfälle, bei denen Fremdverschulden nicht ausgeschlossen werden konnte.

Er hob das erste Tuch an und starrte in das bläuliche

Gesicht eines alten Mannes. Verhärmt sah er aus und griesgrämig. Nicht jedem stand der Tod gut, nicht jedem zauberte er einen friedlichen Ausdruck ins Antlitz. Emmerich betrachtete den starren Körper, an dem sich keinerlei Zeichen von Gewalteinwirkung erkennen ließen. Woran er wohl gestorben war?

»Kann ich Ihnen helfen?«

Er fuhr herum. »Himmel Herrgott«, herrschte er den jungen Mann, wahrscheinlich ein Medizinstudent, aus dem Foyer an. »Müssen Sie sich so anschleichen?«

»Ich dachte, Sie benötigen vielleicht Hilfe.«

»Danke. Ich finde mich zurecht.«

»Sind Sie wegen Herrn Färber gekommen?« Er machte keine Anstalten zu verschwinden. Im Gegenteil – er stellte sich neben den Toten und nestelte an dem Zettel herum, der an dessen Zeh hing.

»Ich suche Frau Abele.«

»Die ist hier.« Der junge Mann hob das Tuch, das über die mittlere Bahre gebreitet war.

Emmerichs Blick wanderte sofort zu ihrem Brustkorb. Er war unversehrt – die Obduktion hatte Gott sei Dank noch nicht stattgefunden.

»Was wollen Sie denn überprüfen?«

Emmerich holte tief Luft. Er war müde, er stand unter Druck, und er hatte keine Lust auf lästige Diskussionen. »Ich soll sicherstellen, dass der Papierkram richtig ausgefüllt wurde. Es gab da unlängst ein paar Probleme.« Während er das letzte Wort aussprach, langsam und spitz, sah er den jungen Mann unmissverständlich an. »Könnte Ärger geben.«

»Die Papiere liegen vorne. Kommen Sie …«

»Holen Sie sie einfach her.« Emmerich war kurz davor, laut zu werden. Er brauchte nur einen Augenblick allein mit der Toten. Verflixt noch mal, war denn das zu viel verlangt? »Worauf warten Sie?«, schimpfte er. »Holen Sie das Zeug, dann kann ich es abgleichen und wieder verschwinden.«

Die unterschwellige Aggression in seinem Tonfall schreckte den jungen Mann sichtlich auf. Ohne ein weiteres Wort verschwand er.

Endlich.

Schnell kramte Emmerich den Manschettenknopf hervor und wischte mit dem Leichentuch darüber. Dann schob er seine Finger zwischen Abeles kalte Lippen und versuchte, sie auseinanderzudrücken. »Verdammt«, entfuhr es ihm, als ihr Mund sich auch mit großer Kraftanstrengung nicht öffnen ließ. Die Totenstarre hatte eingesetzt. Daran hatte er nicht gedacht. Jetzt nur keine Panik aufkommen lassen.

»Kann ich Ihnen helfen?«

Emmerich fuhr herum, fasste sich ans Herz und starrte in das Gesicht von Aberlin Wiesegger, einem jungen Assistenten der Gerichtsmedizin. Sie hatten schon einmal miteinander zu tun gehabt, und wenn Emmerich damals eines gelernt hatte, dann, dass Wiesegger zwar ein Grünschnabel, aber keinesfalls naiv war. Niemand, dem man schnell etwas vormachen konnte. »Sich anzuschleichen ist wohl gerade in Mode«, blaffte er ihn an.

»Tut mir leid. Normalerweise sind unsere Besucher nicht so schreckhaft.« Wiesegger trat neben Emmerich. »Was machen Sie so früh in der Gerichtsme… Was ist denn mit Ihrem Gesicht passiert?« Er kniff die Augen zusammen und musterte die Spuren, die der Kampf hinterlassen hatte. »Sie sehen ganz schön lädiert aus.«

»Berufsrisiko«, sagte Emmerich geistesabwesend. Die Gedanken in seinem Kopf fuhren Karussell. Unverrichteter Dinge wieder gehen? Unverantwortlich. Den Fauxpas beichten? Beruflicher Selbstmord. Was sollte er nur tun?

»Und wie geht es Ihrem Bein?«

Höfliches Geplänkel. Gleich würde Wiesegger zum Kern der Sache kommen. Ihm blieb nicht viel Zeit. »Meinem Bein …« Er suchte nach einer Antwort, die den angehenden Gerichtsmediziner hinhielt, ihn im besten Fall für ein paar Minuten nach draußen führte. »Meinem Bein …« Ihm wollte einfach nichts einfallen. »Meinem Bein …«, begann er erneut und hatte endlich eine Idee. »Nicht so gut. Es hat gestern ganz schön was abbekommen. Außerdem schreitet die Arthrofibrose voran.«

»Hier sind die Einlieferungspapiere.« Der junge Mann aus dem Foyer war in der Tür erschienen.

Drei Lebende. Drei Tote. Gleichstand. Kam sicher nicht oft vor.

»Wozu brauchen Sie denn die?«, fragte Wiesegger.

Emmerich streckte die Hand nach den Dokumenten aus, machte einen Schritt, tat als würde er stolpern und ließ sich mit einem Schmerzensschrei gegen die Bahre fallen. Das metallene Gestell wankte, die Leiche rutschte an den Rand, und es war nur Wieseggers beherztem Eingreifen geschuldet, dass sie nicht auf den Boden fiel. »Tut mir leid.« Emmerich fasste an sein Knie. »Es wird immer schlimmer.«

Wiesegger setzte eine betroffene Miene auf und rückte die Leiche zurecht, während der junge Mann an Emmerichs Seite eilte und versuchte, ihn zu stützen. »Kriegsverletzung?«, fragte er.

»Granatsplitter. Italienfront«, spielte Emmerich die

Veteranenkarte aus. »In der Schlacht von Vittorio Veneto hat …« Er hielt inne, schob die helfende Hand fort und bückte sich. »Gehört der einem von Ihnen?« Er präsentierte den Manschettenknopf.

»Mir nicht.« Der Student nahm Emmerich das Fundstück aus der Hand, betrachtete es und reichte es an Wiesegger weiter.

»Mir gehört er auch nicht. Ich bin kein Mitglied.«

»Kein Mitglied wovon?«

»Der MV-Vereinigung.«

»MV?«

»Misericordiae Vultus. Sehen Sie diese Frauenfigur? Das ist ihr Emblem.«

»Miseri… Was?« Emmerich runzelte die Stirn.

Wiesegger drehte den Manschettenknopf hin und her. »Misericordiae Vultus. Das heißt übersetzt so viel wie Antlitz der Barmherzigkeit. Politiker, reiche Geschäftsleute, Wohltäter … Menschen mit Geld und Einfluss haben sich zusammengeschlossen und sich gemeinsam einer guten Sache verschrieben.«

»Die da wäre?«

»Sie versuchen, den Zustand unserer jungen Nation zu verbessern. Die Bevölkerung ist angeschlagen. Der Hunger, die Krankheiten, dazu die vielen Gefallenen und Invaliden – für nichts und wieder nichts. Es gibt außerdem zu wenige Wohnungen und zu wenig Arbeit. Das schlägt auf die Moral.«

»Sollte, Gott bewahre, in nächster Zeit erneut Krieg ausbrechen, so stünde es schlecht um uns«, ergänzte der junge Mann. »Wenn die Russen kommen, haben wir keine Chance.«

Wiesegger zog eine Augenbraue hoch. »Auch nicht, wenn die Itaker oder die Franzmänner einmarschieren.«

Emmerich schnaubte. »So wie Österreich derzeit beieinander ist, könnten wir nicht einmal den Schweizern viel entgegensetzen. Und was genau will diese Miserodingsda dagegen tun?«

»Mi-se-ri-cor-di-ae Vul-tus.« Wiesegger überlegte. »Eigentlich machen sie dasselbe wie die meisten Wohlfahrtsinstitutionen. Sie organisieren Essensausgaben, sammeln Kleiderspenden und setzen sich für die Errichtung von leistbarem Wohnraum ein, damit Familien nicht mehr zusammengepfercht in rattenverseuchten Löchern hausen müssen.«

Emmerich versuchte, all die edlen Ansinnen mit dem Bild der toten Frau Abele zu verbinden.

»Des Weiteren sollen Invalide wieder arbeitsfähig gemacht und Seuchenherde vernichtet werden. Sie wollen ein besseres Fürsorgesystem für Kinder sowie Ernährungs- und Hygieneberatungen für Mütter.«

»Ein guter Verein«, konstatierte Emmerich. In dessen Reihen sich ein Mörder befindet, fügte er im Geiste hinzu.

»Auf jeden Fall.« Wiesegger betrachtete den Manschettenknopf. »Das erklärt aber nicht, wie das gute Stück hier hereingekommen ist.«

»Vielleicht gehört er Professor Hirschkron«, spekulierte der junge Mann.

»Nicht dass ich wüsste. Außerdem war die Putzkolonne gestern Abend hier, und seither hat keiner außer uns den Raum betreten.«

»Könnte es sein, dass der Manschettenknopf aus der Leiche gefallen ist, als ich an die Bahre gestoßen bin?«, fragte Emmerich scheinheilig. »Aus ihrem Haar zum Beispiel? Die Frau hat sich im Todeskampf stark gewehrt. Vielleicht ist er darin hängen geblieben.«

»Gut möglich.« Wiesegger nickte. »Sogar sehr wahrscheinlich.« Er wandte sich an den jungen Mann. »Steck das Ding in eine Tüte und schick es sofort per Boten zu Inspektor Brühl in die Abteilung ›Leib und Leben‹.« Er reichte Emmerich den Papierkram.

»Was soll ich damit?«

»Sie wollten doch die Richtigkeit überprüfen.«

»Ach ja.« Er fasste sich an den Kopf. »Ich hatte noch kein Koffein heute Morgen. Da bin ich immer nur halb anwesend. Sie haben nicht zufällig eine Tasse Kaffee für mich?«

»Bring dem Herrn Inspektor einen Kaffee«, rief Wiesegger dem jungen Mann hinterher. »Einen extrastarken.«

Emmerich tat so, als würde er den Papierkram studieren, und ließ seine Gedanken schweifen. Warum tötete jemand, der einer solch illustren Gesellschaft angehörte, die sich dem Wohl des Volkes verschrieben hatte, eine unscheinbare alte Frau? Was konnte sie getan haben, das solch eine Tat rechtfertigte? Wahrscheinlich steckten persönliche Gründe dahinter. Vielleicht etwas Familiäres oder ein Streit unter Nachbarn.

Was schert dich das überhaupt?, schalt er sich dann selbst. Abele, die Miseriwasauchimmer und der Manschettenknopf waren nicht seine Baustelle, es war die von Brühl. Er hatte alles getan, was er konnte, um die Ermittlungen nicht zu behindern. Jetzt war es Zeit für seinen eigenen Fall.

»Bitte schön.« Der Assistent hielt ihm eine dampfende Tasse entgegen. »Alles in Ordnung?«

»Geht so.« Dankbar nahm Emmerich einen Schluck. Tiefschwarz, stark und bitter. Genau das, was er gebraucht hatte. »Ach so … mit denen.« Erst jetzt begriff er, dass der Mann nicht ihn, sondern die Unterlagen gemeint hatte. »Einwandfrei. Ich hatte aber auch nichts anderes erwartet. Weiter so.« Er klopfte ihm auf die Schulter und wandte sich an Wiesegger. »Entschuldigen Sie bitte noch einmal wegen vorhin.« Er zeigte auf den Leichnam.

»War ja keine Absicht.«

Emmerich trank den Kaffee aus, verabschiedete sich und humpelte demonstrativ nach draußen.

Wer hätte gedacht, dass das elende Bein ihm noch mal zugutekommen würde.

20

Auf dem Weg in die Roßauer Lände sah Emmerich gedankenverloren in den Himmel. Eigentlich sollten die Schwalben langsam ihre Winterquartiere in Afrika und Indien verlassen und wieder nach Wien zurückkehren, doch von ihnen fehlte jegliche Spur. *Wenn eine Schwalbe auch noch keinen Sommer macht, Futter braucht sie doch und Erde zum Nestbau. Und beides ist in Wien sehr rar*, hatte die *Illustrierte Kronenzeitung* geschrieben. Blieb zu hoffen, dass sich trotzdem bald ein paar der Vögel in der Stadt einfanden. Immerhin galten sie als Glücksboten.

»Und Glück können wir dringend brauchen«, murmelte Emmerich, als er an der Lebensmittelausgabe des Amerikanischen Hilfswerks vorbeikam. Männer, Frauen und Kinder mit verbissenen, gehetzten Mienen standen davor und warteten, dass endlich die Türen geöffnet wurden.

Als dies schließlich geschah, verwandelte sich die Meute in einen Schwarm wilder Heuschrecken. Den Blick stets auf das Umfeld gerichtet, voller Angst, übergangen zu werden und mit ansehen zu müssen, wie ein anderer – direkt neben ihnen – mit einem Almosen bedacht wurde, während sie weiterhin darben mussten.

Emmerich dachte an den Manschettenknopf und diese MV-Vereinigung. Gut, dass endlich jemand etwas für die Armen tat. Schlecht, dass einer davon ein Mörder war.

Seine Überlegungen wurden durch den Anblick eines Schattens gestört, der hinter einem Baum verschwand. Wurde er tatsächlich verfolgt, oder brachte seine Müdigkeit den Floh, den dieses Rotzgör ihm ins Ohr gesetzt hatte, zum Tanzen?

Er würde es herausfinden.

Schnell fuhr er herum, ging ein paar Schritte, huschte um die nächste Ecke und versteckte sich in einem Hauseingang. Er atmete flach und wartete. Nichts geschah.

Er hat dich heimlich verfolgt und ausspioniert. Und du hast es nicht gemerkt, rief er sich Zuzanas Worte ins Gedächtnis und trat zurück auf die Straße. Der Kerl war nirgendwo zu sehen, und alles, was blieb, war ein ungutes Gefühl in seinem Bauch.

Im Büro saß Winter bereits am Schreibtisch und tippte.

»Wo sind denn alle?«, fragte Emmerich. Der erste Stock war wie ausgestorben.

»Papousek ist krankgemeldet, Fräulein Grete kocht Kaffee, und der Rest der Abteilung ist im Rapportsaal. Es gab offenbar einen Durchbruch im Fall Abele. Anscheinend ist ein wichtiges Beweisstück aufgetaucht. Kam vorhin per Boten aus der Gerichtsmedizin.« Er sah Emmerich erwartungsvoll an.

»So ein Glück aber auch.« Emmerich zündete sich eine Zigarette an und deutete nach draußen. »Wollen wir?«

»Wohin?«

Er schaute seinen Assistenten verständnislos an. »Zu Herrn Völzer. Schon vergessen? Laut Helene Dobrensky hatte er es auf Fürst abgesehen. Wir sollten ihm ein paar Fragen über das Geld stellen, das der Tote veruntreut hat.«

Winter zeigte auf die Akten, die sich neben ihm türmten. »Ich muss das noch fertig machen. Weil Papousek nicht da ist, hat Brühl mir dessen Arbeit zusätzlich aufgebrummt, beziehungsweise uns.«

Emmerich zog an der Kette, die vor Winters Weste baumelte, und präsentierte ihm seine Taschenuhr. »Tick, tack«, sagte er und schob das gute Stück zurück in die kleine Brusttasche. »Wir haben nicht mehr lange, um Peppis Unschuld zu beweisen.«

»Brühl reißt uns den Kopf ab, wenn wir schon wieder abhauen.«

»Stell dir einfach sein Gesicht vor, wenn er erfährt, dass er den Falschen weggesperrt hat, und dass wir es waren, die den Richtigen gefasst haben. Komm! Gehen wir, bevor die Bagage zurückkommt.«

Winter ließ seinen Blick zwischen den Akten und Emmerich hin und her wandern. »Na gut«, sagte er schließlich. »Wissen Sie, wo wir Völzer finden?«

»Ich schätze mal im Rathaus, aber lass uns auf Nummer sicher gehen.« Er warf sich noch eine Togal ein, ging zu Fräulein Gretes Platz und tätigte einen Anruf.

»Er ist noch daheim«, sagte er, nachdem er das Gespräch beendet hatte. »Der werte Herr schläft wohl gern aus.« Mit einem verächtlichen Pfff auf den Lippen, verließ Emmerich das Büro.

»Das kann ja heiter werden.« Winter setzte sich seine Mütze auf und folgte ihm rasch.

»Nicht schlecht.« Emmerich ließ seine Finger über die Kühlerhaube des schwarz glänzenden Wagens gleiten, der vor Völzers Anwesen geparkt war. Schnell und schnittig sah er aus, ein unbezahlbarer Traum auf vier Rädern. »So einen würde ich auch gerne einmal fahren.«

»Wer würde das nicht?« Winter warf einen Blick in den Innenraum, wo dunkles Leder, Chrom und poliertes Holz eine Aura von Eleganz und Elitismus verströmten.

»He!« Ein Diener in Livree hatte die Haustür aufgerissen und starrte die Polizisten mit finsterer Miene an. »Finger weg von dem Automobil, Gesindel.«

»Selber Gesindel«, murmelte Emmerich und präsentierte seine Dienstmarke. »Kriminalpolizei. Wir müssen mit Herrn Völzer sprechen.«

Der Mann streckte das Kreuz durch und zog eine Augenbraue hoch. »Wen darf ich dem Herrn Hofrat melden? Und welchen Anlass hat Ihre Visite?«

»Bitte seien Sie so gut und kündigen Sie die Inspektoren Emmerich und Winter an«, demonstrierte Winter seine gute Kinderstube.

Der Diener nickte. »Folgen Sie mir.« Er führte sie in eine große Eingangshalle und deutete mit dem Finger auf einen undefinierbaren Punkt auf dem Boden. »Warten Sie hier.« Anschließend eilte er über eine große, geschwungene Treppe nach oben.

Die meisten herrschaftlichen Residenzen waren, was die Anordnung ihrer Räumlichkeiten anbelangte, gleich aufgebaut. Unten, wo es kalt und feucht war, nah am Lärm und Gestank der Straße, lebte und arbeitete die Dienerschaft. Die oberen Geschosse, allen voran der einfach zu erreichende erste Stock – die sogenannte Beletage – waren für die vornehmen Leute reserviert.

»Wo bleibt er denn nur?« Emmerich sah auf die Dielenuhr, die neben der Eingangstür stand. Ihr silbernes Pendel schwang geräuschvoll hin und her. Sichtlich ungeduldig ging er zu der Treppe, die der Diener kurz zuvor hochgelaufen war.

»Sind Sie sicher, dass das eine gute Idee ist?«, flüsterte Winter, der ihm nachgeeilt war. »Ungefragt in einem fremden Zuhause herumzulaufen ist ziemlich unhöflich.«

»Ich habe gerade keine Muße für Etikette.« Emmerich erklomm die Stufen, horchte in das Haus hinein und versuchte zu ergründen, wo sich der Hofrat befand.

Das Öffnen einer Tür beantwortete seine Frage.

»Ich hatte doch gesagt, Sie sollen warten«, zischte der Diener, nachdem er auf den Flur getreten war.

»Und ich habe gesagt, dass wir von der Kriminalpolizei sind. Männer wie wir haben es immer eilig. Das Verbrechen schläft nie.«

Der Livrierte rümpfte die Nase und wandte sich in den Raum, aus dem er gerade getreten war. »Die Herren Inspektoren«, kündigte er an.

Emmerich schob ihn sachte zur Seite. »Grüß Gott, Herr Völzer. Wir haben ein paar Fragen.«

Das große, sonnendurchflutete Zimmer, in dem sie sich befanden, diente offenbar nur einem einzigen Zweck – zu speisen. Außer einem massiven Esstisch, mehreren Stühlen und einer Anrichte befanden sich keine weiteren Möbel darin.

Emmerich entschied, dass er keine Zeit hatte, sich über diese Verschwendung von Wohnraum zu ärgern, und wandte seine Aufmerksamkeit Völzer zu. Er war ein korpulenter Mann mit Halbglatze und buschigem Schnauzbart, der nur mit einem seidenen Morgenmantel bekleidet am Tisch saß. Vor sich hatte er ein opulentes Frühstück stehen, dessen Duft Emmerich sofort in die Nase stieg: frisches Brot, gebratener Speck, Butter, Marmelade und Honig.

Er überlegte, wann er das letzte Mal ein solch luxuriöses Mahl genossen hatte. Die Antwort lautete: noch nie.

Völzer sah von seiner *Reichspost* auf und nahm einen Schluck Kaffee. »Kann das nicht warten? Ich bin noch nicht einmal angezogen.«

»Bitte entschuldigen Sie die Störung«, bat Winter. »Wir würden Sie nicht belästigen, wenn es nicht unbedingt nötig wäre.«

»Von mir aus.« Völzer legte die Zeitung beiseite und bedeutete ihnen, sich zu setzen. »Wenn es drängt, stehe ich Ihnen natürlich gern zur Verfügung. Auch in diesem Aufzug.« Er räusperte sich und klopfte ein paar Brösel von seiner Brust.

»Kann ich noch etwas für Sie tun?«, fragte der Diener.

»Ich bin fertig. Sie können gerne abräumen. Und bringen Sie den Herren doch einen Kaffee.«

»Ganz wie Sie wünschen.«

Sehnsüchtig starrte Emmerich auf die kaum angerührten Köstlichkeiten, die der Mann, ohne mit der Wimper zu zucken, auf einen Servierwagen stellte und davonkarrte. »Es geht um Stadtrat Fürst«, kam er zur Sache.

»Ich dachte, der Fall wäre abgeschlossen.« Völzer tupfte sich den Mund mit einer Serviette ab und sah sein Gegenüber das erste Mal richtig an.

»Josef Navratil war es nicht.«

»Interessant. Und was kann ich für Sie tun?«

Emmerich lehnte sich zurück und schlug die Beine übereinander. »Uns ist zu Ohren gekommen, Herr Fürst habe sich Geld beschafft, nicht ganz legal. Er wollte damit offenbar ein Heim für Behinderte bauen.«

Damit hatte er sich endgültig Völzers Aufmerksamkeit gesichert. »Geld beschafft? Nicht ganz legal? Was für ein Euphemismus. Gestohlen hat er es.«

»Von wem?«

»Von wem?«, wiederholte Völzer, als wäre die Frage völlig hirnrissig. »Na, von uns allen. Von Ihnen, von mir und vom Rest der Steuerzahler. Der gerissene Hund hat verschiedene städtische Rücklagen angezapft. Hier ein paar Kronen, dort ein paar Kronen. Geringe Beträge, die auf den ersten Blick nicht weiter auffallen, aber in Summe einen ganz schönen Batzen ergeben.«

Der Diener war so lautlos zurückgekommen, dass Emmerich zusammenschreckte, als plötzlich eine Hand über seine Schulter reichte und eine randvolle Porzellantasse samt Unterteller vor ihm auf den Tisch stellte.

»Danke, sehr freundlich.« Er nippte an dem heißen, starken Gebräu. »Gab es jemanden, der durch Fürsts Aktion stark geschädigt wurde?«

Völzer zuckte mit den Schultern. »Das nicht, aber seine Tat war, auch wenn er edelmütige Absichten hatte, falsch«, fügte er hinzu.

»Das Heim wird nicht gebaut werden«, stellte Emmerich klar.

»Nein. Das Geld wird wieder zurückgegeben. Recht muss Recht bleiben.« Völzer legte seine offene Hand an die Brust. »Auch wenn es mir für die armen Menschen leidtut.«

Mit einem Mal verspürte Emmerich ein dunkles Schaudern. Misstrauen und Widerwille krochen sein Rückgrat entlang. Er hielt kurz inne, da er sich diese Anwandlung selbst nicht erklären konnte. Völzer hatte doch gar nichts Schlimmes gesagt oder getan. Bisher hatte er sich anständig und freundlich benommen. »Diese Einrichtung hätte sicher vielen das Leben erleichtert, wenn nicht gar gerettet«, sagte er so ruhig er konnte.

»Ich weiß, aber der Zweck heiligt nicht die Mittel. Wir werden sehen, was sich für diese Menschen machen lässt. Ich bin ein großer Philanthrop.«

Er nickte ernst, und Emmerich begriff plötzlich, woher die unvermittelte Aversion stammte. Hofrat Völzer erinnerte ihn an Schwester Erzsebet, jene Nonne, die ihm und den anderen Kindern im Waisenhaus das Leben besonders schwer gemacht hatte. Schon geringste Sünden wie das Flüstern während des Gottesdienstes oder das Verwenden von harmlosen Schimpfwörtern, hatte sie rigoros bestraft. Essensentzug, Hiebe mit dem Rohrstock oder das tagelange Einsperren in ein feuchtes, fensterloses Kellerloch waren die harmlosesten ihrer Züchtigungsmaßnahmen gewesen.

»Zurück zu den unterschlagenen Geldern«, versuchte Winter auf den Punkt zu kommen. »Ist es möglich, dass Herr Fürst deswegen ermordet wurde?«

Völzer runzelte die Stirn. »Das würde mich sehr wundern. Nicht viele wussten von der Sache. Ich habe auf absolute Diskretion bestanden. Wir können uns keinen Skandal leisten, außerdem wollte ich Fürst schützen.« Er fasste sich erneut an die Brust.

Emmerich riss die Augen auf. Diese Geste … seine offene Hand ans Herz zu legen, so als würde man einen Eid schwören. Genau das hatte Schwester Erzsebet auch immer getan, wenn sie gelogen hatte. Und das hatte sie oft. »Zwischen Ihnen und Herrn Fürst gab es keine Feindseligkeiten?«, fragte er. Seine Worte klangen hart und zynisch.

Völzer verengte die Augen und legte den Kopf schief. »Sie glauben doch nicht etwa, dass …« Er pausierte kurz und holte tief Luft. »Nein, es gab keine Feindseligkeiten. Im Gegenteil. Ich habe ihn und seine Arbeit sehr geschätzt.«

»Wie sieht es mit einem Alibi für die Mordnacht aus? Haben Sie eines?«

Völzer schnaubte und lief rot an. »Ja, das habe ich. Ich war im Theater, und zwar nicht allein. Meine Begleitung und alle anderen Anwesenden werden das gern bestätigen.«

Als Emmerich nur böse dreinstarrte, jedoch nichts mehr sagte, stand Winter auf und machte eine leichte Verbeugung. »Vielen Dank für Ihre Zeit und Mühe.«

»Gehaben Sie sich wohl, meine Herren.« Völzer griff nach seiner *Reichspost* und hielt sie sich demonstrativ vors Gesicht.

»Was war denn bloß los mit Ihnen?«, zischte Winter als sie die Tür hinter sich geschlossen hatten. »Warum der unfreundliche Tonfall? Er hat doch gar nichts getan.«

»Er hat gelogen.«

»Ah … Und das wissen Sie warum?«

»Weil er sich mit der Hand … Ach, vergiss es.«

Winter starrte Emmerich durchdringend an. »Gehen wir zurück ins Büro. Vielleicht haben wir Glück, und niemand hat unsere Abwesenheit bemerkt.«

Emmerich seufzte und sah sich um. »Was sollen wir denn im Büro tun? Transkribieren und archivieren, während ein Unschuldiger im Gefängnis verrottet?« Sein Blick fiel auf eine Tür am Ende des Flurs, die einen Spaltbreit offen stand. Durch den schmalen Schlitz war ein massiver Schreibtisch zu erkennen. Er steuerte darauf zu.

»Was bleibt uns denn anderes übrig?« Winter eilte ihm hinterher. »Sie gehen falsch.«

»Nein, tue ich nicht. Irgendwas ist faul hier. Ich kann es nicht klar benennen, es ist nur so ein Gefühl. Du weißt schon … mein Bauch.«

»Und was sagt Ihr Verstand?«

»Auf den sollte man nicht immer hören.«

Winter seufzte. »Schöne Grüße an den Bauch. Wir können hier nicht einfach herumschnüffeln. Außerdem hat er ein Alibi. Schon vergessen?«

»Wir haben keine andere Wahl. Denk an den armen Peppi. Denk an Brühls Schikanen.« Vorsichtig drückte Emmerich die Tür auf. »Es dauert nicht lang. Ich will nur schnell einen Blick in Völzers Finanzpapiere werfen. Vielleicht hat Fürst sich ja auch an seinem Geld bedient oder am Geld seiner Freunde.«

Aus dem Speisezimmer ertönte das helle Läuten der Handglocke. »Herr Johann!«, rief Völzer. Gleich darauf waren die Schritte des Dieners zu hören.

Emmerich zog seinen Assistenten in den Raum und schloss die Tür hinter ihnen. Sie fanden sich in einem lichtdurchfluteten Erkerzimmer mit Blick auf die Rotenturmstraße wieder. Auf dem dunkelbraunen Fischgrätparkett lag ein dicker Teppich, an den Wänden waren Bücherregale angebracht, und in der Mitte des Raumes stand ein alter, hölzerner Globus, der Emmerich bis zur Brust reichte.

»Beeilen Sie sich«, drängte Winter, als sein Vorgesetzter seinen Finger über Afrika gleiten ließ.

»Schon gut.« Emmerich wandte seine Aufmerksamkeit dem Schreibtisch zu, der vor dem Erker stand, und betrachtete die Vorderseite des Möbelstücks. Zu beiden Seiten gab es je sechs Schubladen mit vergoldeten Knäufen. Auf gut Glück zog er die oberste links auf und holte die darin befindlichen Unterlagen heraus. Es handelte sich um Haushaltsabrechnungen – jeder Heller, der von den Dienstboten ausgegeben worden war, war genauestens aufgelistet.

»Schneller. Sie müssen nicht das Kleingedruckte lesen.«

Emmerich nahm sich die nächste Schublade vor, die Arbeitsverträge enthielt. »Der Kerl ist ein Geizkragen«, murmelte er.

»Schritte!« Winter, der an der Tür stehen geblieben war, sah sich um. »Herrjemine.«

Emmerich schob die Lade wieder zu. »Bist du sicher, dass da jemand ist?« Er horchte in die Stille, konnte aber nichts hören.

»Ich denke schon.« Winter schob seinen Vorgesetzten hinter einen der beiden langen dunkelbraunen Vorhänge, die den Erker flankierten, und schlüpfte hinter den anderen. »Unehrenhaft entlassen«, flüsterte er. »Bin ich froh, dass meine arme Mutter das nicht mehr erleben muss.«

Nachdem auch eine Minute später nichts geschehen war, streckte Emmerich seinen Kopf hinter dem Vorhang hervor. »Das war dann wohl falscher Alarm.« Er wandte sich wieder dem Schreibtisch zu und öffnete die nächste Schublade.

Winter, dem der Schreck noch immer im Gesicht geschrieben stand, hastete zu ihm. »Manchmal glaube ich, Sie lieben den Ärger so sehr, dass Sie ohne ihn nicht leben können«, klagte er. »Lassen Sie uns endlich von hier verschwinden.«

Emmerich gab keine Antwort. Mit fragender Miene griff er nach einem Gegenstand.

»Wir müssen. Wirklich. Jetzt.« Winter zeigte sich von einer Seite, die Emmerich ihm gar nicht zugetraut hätte. Statt wie sonst nur zu flehen, packte er ihn mit Kraft am Oberarm und zog ihn fort. »Völzer war fast durch mit seiner Zeitung. Mich würde es nicht wundern, wenn er sich gleich seinen Geschäften widmet.«

»Warte! Ich muss …« Emmerich zeigte auf den Schreibtisch, doch Winters Geduldsfaden schien endgültig gerissen zu sein.

Er schob die offene Schublade zu und bugsierte seinen Vorgesetzten energisch zur Tür. »Sie werden mir noch danken. Ich rette Sie gerade vor sich selbst.« Er zerrte Emmerich hinaus und die Treppe hinunter. Atemlos riss er die Tür auf und bugsierte ihn so unsanft auf die Straße, dass er stolperte und beinahe gefallen wäre. Erst als sie einige Meter gegangen waren und sich im Getümmel der vorbeiflanierenden Passanten verloren hatten, stieß er hörbar die Luft aus und lockerte seine Krawatte. »Ich hoffe, Sie hatten genug Adrenalin für heute. Mein Bedarf ist jedenfalls gedeckt.«

Emmerich schenkte dem Gezeter keine Beachtung. Wortlos hielt er seinem Assistenten seine geschlossene Faust unter die Nase und öffnete sie Finger für Finger, bis am Ende ein glänzender, runder Gegenstand auf seiner Hand zum Vorschein kam.

»Aber …« Winter rieb sich die Augen. »Aber den haben Sie doch zurückgegeben.« Er legte die Stirn in Falten und betrachtete den Manschettenknopf, den Emmerich ihm entgegenstreckte. Er war silbern und mit der Silhouette einer Frau verziert.

»Der lag in Völzers Schreibtischschublade und zwar einsam und allein. Keine Spur von seinem Gegenstück.«

Winter kratzte sich am Kopf. Er war anscheinend so verwirrt, dass er in einen Haufen Pferdeäpfel trat. So vornehm er konnte, schüttelte er den Dreck von seinen Schuhen. »Aber Völzer … und Frau Abele …«

»Fürst nicht zu vergessen.«

»Sie glauben, die beiden Morde …«

»Was, wenn es einen Zusammenhang gibt? Zwei angesehene Bürger werden innerhalb weniger Tage ermordet. Völzer hat eine Verbindung zu beiden. Er war es, der Fürsts Unterschlagungen entdeckt hat, und er ist im Besitz eines Manschettenknopfes, dessen Gegenstück im Mund von Frau Abele gefunden wurde.«

»Da ist was dran.« Winter atmete tief ein und wieder aus. »Das wird Ihnen jetzt nicht gefallen, aber Sie müssen es Brühl sagen.« Er schaute seinen Vorgesetzten nicht an, sondern richtete seine Krawatte.

»Was soll ich ihm sagen? Dass ich unbefugt einen Manschettenknopf aus dem Mund einer toten Frau gefischt habe? Und dass wir das Gegenstück in Völzers Arbeitszimmer gefunden haben, als wir dort eingebrochen sind?« Emmerich schüttelte den Kopf. »Außerdem könnte Brühl mit diesem Manschettenknopf sowieso nichts anfangen.« Er steckte das Teil wieder in seine Hosentasche. »Er wurde nicht offiziell sichergestellt und kann somit nicht als Beweisstück gewertet werden. Wir müssen uns selbst um die Sache kümmern.«

Winter wurde blass um die Nase. »Und wie?«

»Als Erstes muss dieser Gegenstand zurück in die Schublade. Danach brauchen wir einen triftigen Grund für eine Hausdurchsuchung, bei der wir das Beweisstück dann finden werden.«

»Und wie wollen Sie es zurückbringen? Etwa noch einmal einbrechen?«

»Einbrechen würde ich es nicht nennen«, sagte Emmerich. »Wir wollen ja nichts stehlen, ganz im Gegenteil.«

Winter schnaufte.

»Hast du etwa einen besseren Plan?«

»Nein, aber ...«

»Eben«, unterbrach Emmerich. »Außerdem ... Wer hat mich denn Hals über Kopf aus Völzers Arbeitszimmer geschleift, sodass ich den Knopf nicht mehr zurücklegen konnte?«

»Diskutieren wir das später. Erzählen Sie mir lieber, wie Sie eine polizeiliche Aushebung erreichen wollen. Allein Ihr Bauchgefühl wird dem Richter keinen Durchsuchungsbefehl entlocken.«

»Stimmt. Wir müssen Beweise finden und ausreichend Verdachtsmomente schaffen. Ich denke, wir sollten damit beginnen, uns Johanna Abele genauer anzuschauen. Welche Verbindung hatte sie zu Völzer? Welche zu Fürst?«

Winter seufzte. »Brühl wird ausrasten, wenn er merkt, dass wir in seinem Fall herumschnüffeln.«

»Brühl wird nichts merken. Noch besser – er wird uns zuarbeiten.« Winter sah ihn fragend an, doch Emmerich ignorierte seinen Assistenten. »Gehen wir tippen.«

21

Seit der Fluch aufgehoben war, fühlte Rita Haidrich sich so leicht und unbeschwert wie schon lange nicht mehr. Endlich konnte sie die Dreharbeiten und den Presserummel so richtig genießen.

Dieser verdrossene Herr Emmerich mit seiner Kriegsverletzung hatte wirklich ganze Arbeit geleistet – wenn sie ehrlich war, hätte sie ihm das gar nicht zugetraut.

Was für ein herrlicher Tag! Frisch geschminkt und in voller Kostümierung bestaunte sie das Wunder, das Oswald und Jeschek über Nacht vollbracht hatten. Am Rande von Sievering, auf einem brachliegenden Weinberg, war ein großer orientalischer Palast entstanden. Zwei Sphinxen bewachten das Eingangstor, und rundherum wuchsen Palmen zwischen schillernden, mosaikverzierten Springbrunnen.

Noch viel beeindruckender als die Kulisse war jedoch die Anzahl der Menschen, die sich hier tummelten. Es mussten Hunderte sein. Wie Ameisen liefen sie durch die Szenerie und rundherum, den Hügel hinauf und wieder herunter. Tischler, Schlosser, Dekorateure, Bühnenarbeiter, Kameramänner und viele, viele Komparsen. Wohin man auch sah, erblickte man fantastische Kostüme, Flitterschmuck, bunte Standarten und wehende Fahnen. Je länger Rita Haidrich das Aufgebot beobachtete, desto mehr unglaubliche Details entdeckte sie – Pferde, Kutschen, Orangenbäume, ja, sogar ein Kamel stand gelangweilt wiederkauend inmitten des Trubels. Oder war es ein Dromedar?

Kein Wunder, dass Oswald ständig jammerte, er sei pleite. Dieses Aufgebot musste ein Vermögen gekostet haben.

»Frau Haidrich, warten Sie.« Mitzi, ihre Garderobiere, kam angelaufen und zupfte an ihrem Peplos. »Wissen Sie schon, welches Kleid Sie morgen Abend tragen werden?«

Haidrich seufzte. »Herrje, der Ball. Erinnere mich nicht daran. Ich muss noch so viel machen. Die Rede aufsetzen, die Dekoration absegnen und natürlich eine Robe auswählen. Wegen des Dramas der letzten Tage bin ich noch zu gar nichts gekommen.« Sie kramte einen Handspiegel aus einem kleinen Stoffbeutel und kontrollierte den Sitz ihrer Frisur. »Am liebsten würde ich das ganze Tamtam ja absagen, aber ...«

»Herr Jeschek! Wo sind die Bärte?«, übertönte Oswalds Stimme die Geräuschkulisse. Er stand geschniegelt und gestriegelt auf einem Podest und schrie durch ein trichterförmiges Sprachrohr aus Blech. »Ich brauche die Bärte! Jetzt sofort! Auf der Stelle! Wo ist denn der Jeschek, der elende Faulenzer? Wofür bezahl ich den Trottel denn bloß?«

»Der arme Herr Jeschek«, sagte Mitzi. »Arbeitet eh schon wie ein Viech. Wie soll denn ein Mann allein die ganze Komparserie ausstatten?«

In derselben Sekunde kam der untersetzte Böhme angelaufen. »Ja, ja, ja«, rief er. »Wos ist denn jetzt scho wieder?«

»Wo sind die Bärte für die persischen Truppen?«, brüllte Oswald durch sein Rohr, obwohl Jeschek direkt vor ihm stand.

Dieser streckte die Arme abwehrend von sich. »Hab ich doch gesagt, ist kein Geld mehr da fir dreihundert Bärte«, zischte er. »Kein' Heller hab ich mehr iber.«

Oswald lief rot an und holte Luft.

»Nicht aufregen!«, rief Jeschek schnell. »Wozu gibt es Arbeitslose? Hab ich die Perser-Statisten rausg'haut und stattdessen holen lassen dreihundert Juden aus der Leopoldstadt. Vorzigliche Bärte. Ein bisschen Schminke, und die schaun persischer aus, als urspringliche Perser es je kennten.«

»Und die machen es für dieselbe Gage?«

»Hab ich handeln missen, aber sind wir uns geworden einig.«

Oswald schien sich damit zufriedenzugeben. »Mein letztes Geld steckt in dieser Szene. Sie muss perfekt werden. Schau zu, dass alle Helme mit Wangenklappen tragen, ich will keine Schläfenlöckchen sehen. Ver-stan-den?« Er stemmte die Hände in die Hüften, nickte zufrieden und überblickte die Menge wie ein Dirigent sein Orchester.

»Ich glaube, ich werde morgen das smaragdgrüne Samtkleid anziehen. Das passt zum Motto«, konstatierte Rita Haidrich.

»Eine gute Wahl«, bestätigte Mitzi. »Sie werden fabelhaft aussehen an Ihrem großen Abend.«

»An meinem großen Abend …«, wiederholte die Schauspielerin, und ein seliges Lächeln flog über ihr Gesicht.

22

»Wo waren Sie denn bloß? Sie hätten schon vor zwei Stunden Ihren Dienst antreten sollen.« Fräulein Gretes Miene schwankte zwischen Ärger und Besorgnis, als Emmerich und Winter das Büro betraten. Sie stand auf und kam näher. »Brühl ist außer sich vor Zorn«, flüsterte sie und zeigte auf den Schreibtisch der beiden, auf dem sich Aktenberge türmten. »Die Ermittlungen im Fall Abele sind in vollem Gang, und wenn Sie …«

»Schon gut.« Emmerich warf sein Cape auf den nächstbesten Stuhl, setzte sich an den Schreibtisch und zündete sich eine Zigarette an. War es möglich, dass es erst seine zweite war an diesem Morgen? Kurz war er irritiert, dann musterte er die Telefonistin. Irgendetwas an ihr war anders als sonst.

»Hübsch sehen Sie aus heute.« Offenbar war auch Winter die Veränderung aufgefallen.

Anstatt eines Kostüms oder Mantelkleids aus grauem oder braunem Wollstoff trug Fräulein Grete einen engen karierten Rock, dessen breiter Gürtel ihre schmale Taille betonte. Dazu eine Bluse aus dunklem Taft mit einem Schalkragen und Manschetten. Am auffallendsten war aber ihre Frisur. An die Stelle des hoch toupierten Dutts waren gleichmäßig ondulierte Wellen getreten, die ihrer Gesichtsform schmeichelten.

Die junge Telefonistin errötete und strich sich eine Haarsträhne aus dem Gesicht. »Danke«, sagte sie.

»Wie die Haidrich«, bemerkte Emmerich trocken und zeigte auf die Zettelwirtschaft. »Wir kümmern uns darum.«

Fräulein Grete fehlten ob des Vergleichs und der unerwarteten Fügsamkeit offenbar die Worte. Mit gerunzelter Stirn und einem leicht verwirrten Blick wandte sie sich wieder ihrer Arbeit zu.

»Soll mal einer die Weiber verstehen.« Emmerich begann, sämtliche Unterlagen zu sichten und zu sortieren. Brühls Truppe hatte die Nacht durchgearbeitet und Unmengen an Papierkram generiert. Neben Else Ziskal hatten sie sämtliche Nachbarn des Opfers befragt und detaillierte Aussagen aufgenommen. Sie hatten den Tatort fotografiert, das gesamte Haus auf Spuren untersucht und die Angehörigen informiert. »Effizient ist er, das muss man dem schmierigen Wichtigtuer lassen.«

»Nicht so laut«, zischte Winter und schaute zur Tür. »Wir haben schon Ärger genug.«

»War doch ein Kompliment.« Emmerich schnippte die Asche seiner Zigarette auf den Boden und wandte sich den Aufzeichnungen zu. »Die Nachbarn haben nichts gesehen oder gehört«, erklärte er kurze Zeit später. »Bei dir was Brauchbares dabei?«

Winter legte Kohlepapier zwischen zwei leere Blätter und spannte sie in die Schreibmaschine. »Es wurde nichts gestohlen«, erklärte er. »Demnach kein Raubmord.«

Emmerich blies Rauchkringel in die Luft. »Irgendetwas über Völzer oder Fürst?«

»Bis jetzt noch nicht.« Winter tippte einhändig die oberste Seite ab und griff nach der nächsten. »Sie war eine sehr freundliche und gütige Frau«, las er die Aussage eines Lieferjungen vor. »Ein wundervoller Mensch, ein Engel der Armen. Es muss entweder ein Verrückter oder der Teufel höchstpersönlich gewesen sein.«

Emmerich fasste über den Tisch, nahm sich Winters Unterlagen und blätterte sie durch.

»Wann haben Sie das letzte Mal etwas gegessen?«, fragte sein Assistent.

Erst jetzt merkte Emmerich, dass sein Magen knurrte, und zwar laut und vernehmlich. »Keine Ahnung.« Hunger … Ein Gefühl, an das man sich irgendwann so gewöhnte, dass man es manchmal eben einfach ignorierte. Unvermittelt dachte er an Luise und die Kinder. Das Bild, wie sie abgemagert und verwahrlost vor der Suppenküche gewartet hatten, hatte sich in sein Gehirn gebrannt, und er würde es wohl so schnell nicht wieder loswerden. Nicht bevor er sie aus den Klauen Xaver Kochs befreit hatte.

Er wollte sich wieder dem Hier und Jetzt widmen, doch der Gedanke an Luise ließ ihn nicht los. Irgendetwas war da. Etwas Wichtiges, das nichts mit seinem Privatleben zu tun hatte, sondern mit …

Else Ziskal, traf ihn eine spontane Eingebung. Er hatte doch gewusst, dass er sie von irgendwoher kannte. Sie war es gewesen, die das Essen ausgegeben hatte. *Kommen S' morgen noch einmal. Dann gibt's wieder eine Suppe. Vielleicht sogar ein Brot.*

Johanna Abele …, dachte er und schaute zu Fräulein Grete, die fleißig vor sich hin arbeitete. Sie schien sich nicht um ihn und Winter zu scheren, trotzdem senkte er die Stimme, als er sich seinem Assistenten jetzt mitteilte.

»Johanna Abele hat sich um die Armen gekümmert,

hat warme Mahlzeiten gespendet … Ausspeisungen organisiert … Genau wie Fürst hat sie sich für die Ausgestoßenen eingesetzt, die Randgestalten, die Elenden. Das ist es, was die beiden verbindet.«

Winter riss die Augen auf. »Aber wo bleibt dann das Motiv? Warum sollte Völzer ausgerechnet zwei barmherzige Samariter umbringen?«

Emmerich kratzte sich am Kopf und überlegte. »Die Manschettenknöpfe«, sagte er schließlich. »Sie tragen das Emblem einer Wohltätigkeitsvereinigung. Das kann kein Zufall sein.« Ein leises Lächeln erhellte seine trübe Miene. »Diese Frau … das Antlitz der Barmherzigkeit … sie ist das Symbol der Miseridor…, Miserikar…«

»Misericordiae Vultus?« Winter hielt ein Blatt Papier in die Höhe, auf dem der Name und die Adresse der Organisation vermerkt waren.

»Genau die. Wir brauchen eine Liste aller Mitglieder und eine genaue Beschreibung ihrer Tätigkeiten.«

»Brühl hat sicher schon jemanden geschickt.«

»Die Kollegen wissen nichts von Völzer und der Verbindung zu Fürst. Sie werden die falschen Fragen stellen. Wir müssen selbst hin.« Emmerich griff nach seinem Cape und wollte gerade aufstehen, als Brühl den Raum betrat.

»Oh, oh.« Winter zog den Kopf ein.

»Na, sieh mal einer an. Emmerich und Winter. Auch schon da.« Brühl baute sich vor ihnen auf und verschränkte die Arme. »Wo haben Sie gesteckt?«

»Ich musste etwas Privates erledigen. Und Herr Winter hat mir geholfen.«

»Ich glaube eher, Sie waren gestern zu lang in der Roten Bretze und mussten heute Ihren Rausch ausschlafen.«

Emmerich setzte zu einer Entgegnung an, doch Brühl ließ ihn nicht sprechen. »Ihre Impertinenz ist unerträglich. Sobald Oberinspektor Gonska wieder da ist, werde ich ihm von Ihren Verfehlungen berichten. Ich hoffe, er wird dann endlich die nötigen Konsequenzen ziehen.«

»Wir werden sehen. Noch ist nicht aller Tage Abend«, gab Emmerich sich kryptisch.

Brühl verengte die Augen. »Wusste ich doch, dass etwas im Busch ist. Was führen Sie im Schilde, Emmerich?«

»Ich? Nichts.« Er klemmte seine fast ausgeglühte Kippe in den Mundwinkel und spannte demonstrativ ein Blatt Papier in die Schreibmaschine. »Was soll ich groß im Schilde führen? Ich bin nur ein unbedeutender Amtsdiener.«

»Von wegen. Ein elender Querulant, das sind Sie.« Brühl schnaubte und schaute auf seine Uhr. »Bis um fünf ist die Post erledigt, bis dahin hab ich auch alle Zeugenaussagen und sämtliche Expertisen abgetippt auf meinem Schreibtisch. Wenn nur ein einziger Buchstabe fehlt, sind Sie dran.« Er streckte den Rücken durch und verließ den Raum. »Fünf Uhr, Emmerich«, rief er von draußen. »Und keine Minute später.«

»Oaschg'sicht«, murmelte Emmerich und stand auf.

»Vielleicht sollten wir später zu Misericordiae Vultus gehen«, schlug Winter vorsichtig vor. »Nachdem wir hier alles erledigt haben.«

Emmerich warf sein Cape über. »Die Uhr tickt. Uns bleiben gerade mal achtundvierzig Stunden, um das schier Unmögliche zu vollbringen. Und außerdem: Am Abend ist das Vereinsbüro sicher geschlossen, und morgen hat Brühl neue Schikanen parat.« Er trat ans Fenster und schaute hinaus auf das trübe Wasser des Donaukanals. »Am besten ich geh, und du hältst hier die Stellung. Vielleicht schaffst du's ja allein bis um fünf.«

Winter starrte entsetzt auf die Post- und Aktenberge und dann auf seine Armschlinge.

»Bevor wir Pessolt den Knochenbrecher niedergestreckt haben, dachtest du auch, es wäre unmöglich.« Emmerich versuchte, seinem Assistenten ein aufmunterndes Lächeln zu schenken, was ihm nicht wirklich gelingen wollte. »Bis später«, sagte er und verließ das Büro.

Auf der Straße angelangt, eilte er so schnell es ihm möglich war vom Polizeigebäude fort. Im Gehen schluckte er noch eine Togal. Das Zeug wirkte nicht annähernd so gut wie Heroin. Die verdammten Katzelmacher verfluchend, die ihm den Granatsplitter ins Bein gejagt hatten, humpelte er bis zur Währinger Straße und begab sich in das dort herrschende Menschen-, Wagen- und Pferdegewimmel.

»Für die Rückkehr! Eine Spende für die Rückkehr!« Eine junge Frau stellte sich ihm in den Weg. Sie war groß und dürr wie ein Schilfrohr und schaute ihn erwartungsvoll an.

Emmerich versuchte, an ihr vorbeizugehen, doch sie machte sich breit und hielt ihm einen Zettel entgegen.

»Ein paar Heller für die Rückkehr unserer Kriegsgefangenen. Zweihundertvierzigtausend von ihnen schmachten noch in Sibirien, Russland und Turkestan. Helfen Sie uns, sie freizukaufen und für ihren Transport aufzukommen.«

»Ich bin pleite.« Er schob sie zur Seite. »Und außerdem …«, murmelte er, als das Gesicht von Xaver Koch vor seinem inneren Auge auftauchte, »… außerdem ist nicht jede Rückkehr ein Segen.«

Sie starrte ihm erst mit offenem Mund hinterher und bedachte ihn anschließend mit derben Schimpfworten.

»Des einen Freud, des anderen Leid«, sagte er mehr zu sich selbst als zu den Passanten, die ihn mit konsternierten Blicken musterten.

Aus irgendeinem unerfindlichen Grund wollte dieser Satz nicht mehr aus seinen Gedanken weichen, bis er sein Ziel erreicht hatte: das Haus, in dem sich das Büro der MV-Vereinigung befand.

Es handelte sich um einen repräsentativen Herrenhof mit gegliederter Fassade und hohen Bogenfenstern. Würden sie in einem schlichteren Gebäude residieren, hätten sie mehr Geld für wohltätige Zwecke, dachte Emmerich übellaunig und wollte gerade die Straße überqueren, als zwei von Brühls Männern aus dem Eingang traten. Beide waren gut gekleidet. Sie trugen Mäntel aus Winterrockstoff mit Otterkragen und pelzbesetzten Ärmelaufschlägen und stellten geschäftige Mienen zur Schau.

Er verschanzte sich hinter einer nahe stehenden Litfaßsäule und tat so, als würde er die Werbeplakate der diversen Theater studieren, auf denen diese ihre Bühnenstücke anpriesen. *Pygmalion*: Professor Henry Higgins wettet, dass er eine einfache Blumenverkäuferin durch Sprachtraining in die hohe Gesellschaft einführen kann. *Hasard*: Ein junger Mann, der unter seiner Spielsucht leidet, wird durch die aufopfernde Liebe eines braven Mädchens auf den rechten Weg zurückgebracht. *Tannhäuser*: Sängerkrieg auf der Wartburg …

»Alles ein Scheiß.«

Als Brühls Männer endlich um die nächste Straßenecke verschwunden waren, eilte Emmerich in das gegenüberliegende Gebäude.

Die Räumlichkeiten der Misericordiae-Vultus-Vereinigung, die sich im ersten Stock befanden, waren genau so, wie er es erwartet hatte: eindrucksvoll, mit gesetzten Farben und edlen Hölzern ausgestattet. Sie wirkten repräsentativ und vertrauenerweckend, einzig der schlimme Verdacht, dass ein skrupelloser Mörder mit all dem hier etwas zu tun hatte, verlieh ihnen einen Hauch von Dramatik.

Eine attraktive blonde Sekretärin führte Emmerich in das Büro von Hofrat Ulreich, dem Leiter der Gesellschaft. »Er kommt gleich. Ich bringe Ihnen in der Zwischenzeit eine Tasse Tee und ein bisschen Gebäck«, sagte sie, nachdem Emmerichs Magen erneut zu knurren begonnen hatte.

Er nickte dankbar, ließ sich auf einem weichen Ledersessel nieder und schaute sich um, wobei ihm sofort das riesige Gemälde ins Auge stach, das an der Rückwand des Zimmers hing. Es handelte sich um eine Ölmalerei, die das Emblem der Gesellschaft abbildete: die Frau in dem wallenden Gewand, das Antlitz der Barmherzigkeit. Diese Darstellung zeigte sie in voller Pracht.

Sie war so schön, dass Emmerich kaum seinen Blick von ihr abwenden konnte. Ihr ebenmäßiges Gesicht strahlte Ruhe aus und Güte, ihr leuchtend rotes Kleid umspielte in weichen Wellen ihren schlanken Körper, und sie wurde von einer Aura der Erhabenheit umgeben.

»Ist sie nicht einfach wundervoll?« Die Sekretärin war schon zurück und stellte ein silbernes Tablett vor ihn auf einen niederen Tisch.

»Das ist sie.« Emmerich wandte seinen Blick von der roten Frau ab, aß einen mit Marmelade gefüllten Keks und spülte ihn mit einem Schluck Tee hinunter. Dann drehte er sich eine Zigarette, lehnte sich zurück und kämpfte gegen die aufsteigende Müdigkeit. Für einen kurzen Moment schloss er die schweren Lider.

»Was kann ich für Sie tun?«, riss ihn eine tiefe, sonore Stimme aus seinem Sekundenschlaf.

Emmerich schreckte hoch und schaute direkt in das fragende Gesicht eines groß gewachsenen, adretten Mannes. Kein Stäubchen bedeckte dessen maßgeschneiderten Anzug, kein Haar seiner geschniegelten Frisur tanzte aus der Reihe. »Rayonsinspektor August Emmerich. Sie müssen Herr Ulreich sein.« Emmerich wusste, dass von ihm erwartet wurde, aufzustehen und die Hand des Mannes zu schütteln, doch er blieb sitzen. Seine Erschöpfung war größer als das Bedürfnis, Manieren zu demonstrieren. »Ich brauche ein paar Informationen über Johanna Abele.«

Ulreich räusperte sich und runzelte die Stirn. »Informationen? Über Frau Abele? Dazu haben Ihre Kollegen mich doch bereits befragt. Die beiden haben das Gebäude vor fünf Minuten verlassen. Sie müssen sich knapp verpasst haben.«

»Ich verfolge eine andere Spur.« Emmerich deutete auf den Stuhl, der ihm gegenüberstand, ganz so, als wäre er der Gastgeber.

Ulreich schien unsicher, wie er sich verhalten sollte. Er zog seine graue Nadelstreifenweste zurecht und rieb über sein vorspringendes Kinn. Schließlich setzte er sich, schlug die Beine übereinander und verschränkte die Arme vor der Brust. »Ich höre.«

Emmerich zeigte auf die glänzenden Manschettenknöpfe, die die Ärmel von Ulreichs Hemd schmückten. Genau wie jene, die er in Abeles Mund beziehungsweise in Völzers Schublade gefunden hatte, wurden sie vom Emblem der MV-Vereinigung geziert. »Wer außer Ihnen hat noch solche Manschettenknöpfe?«, fragte er.

»Auch diese Frage habe ich bereits Ihren Kollegen beantwortet. Jedes unserer männlichen Mitglieder. Die Frauen erhalten Broschen.«

»Ich brauche eine Liste all dieser Menschen.«

»Ihre Kollegen haben vorhin schon …«

»Wie bereits gesagt: Ich folge einer anderen Spur.« Emmerich schob sich einen weiteren Keks in den Mund und lehnte sich zurück.

Ulreich seufzte. Er sah wohl ein, dass Widerstand zwecklos war und er den ungebetenen Gast durch Kooperation am schnellsten wieder loswurde. »Fräulein Hilde«, rief er. »Ich brauche noch mal eine Aufstellung unserer Mitglieder.«

Emmerich nickte. »Erzählen Sie mir doch bitte mehr über die Miseri… Ihre Gesellschaft«, bat er. »Wie kann man beitreten? Was sind ihre Ziele?«

»Auch das habe ich bereits …«, setzte Ulreich an, hielt inne und holte Luft. »Die Misericordiae Vultus wurde vor vier Jahren von mir und General Častolowitz gegründet.« Er machte eine dramatische Pause und blickte drein, als würde er auf eine bestimmte Reaktion warten. Diese erfolgte jedoch nicht.

Emmerich zündete die Zigarette an und betrachtete ihn mit fragender Miene.

»Ignatius Freiherr von und zu Častolowitz. Der Direktor des Hofwaffenmuseums, der große Held. Er hat in Russland wichtige Schlachten für unsere Nation geschlagen. Sie kennen ihn nicht?«

»Tut mir leid, aber während des Krieges war ich damit

beschäftigt, den Kugeln an der Italienfront auszuweichen.« Emmerich blies Rauchkringel in die Luft.

»Wie auch immer. Es kam der Tag, an dem General Častolowitz und ich die Not, die durch den Krieg ausgelöst worden war, nicht mehr tatenlos mit ansehen wollten. Wir haben diese Gesellschaft gegründet, um etwas dagegen zu unternehmen. Mitglied kann jeder werden, der bereit ist, eine jährliche Summe von zehntausend Kronen zu entrichten.«

Emmerich pfiff durch die Zähne. »Ordentliches Sümmchen. Bieten Sie irgendwelche Gegenleistungen?«

»Abgesehen von dem wunderbaren Gefühl, Gutes zu tun?« Ulreich schüttelte den Kopf. »Nun ja«, fügte er hinzu. »Die Mitgliedschaft ist nicht schlecht für die Reputation.«

»Deshalb auch die Manschettenknöpfe und die Broschen. Was im Krieg die Orden waren, sind jetzt Ihre Preziosen. Anheften, angeben, wichtig fühlen.«

Ulreich rümpfte die Nase und rückte seinen Zwicker zurecht. »Ich muss schon sehr bitten.«

»Und mit dem Geld finanzieren Sie wohltätige Projekte«, beschwichtigte Emmerich.

»So ist es.« Ulreich entspannte sich wieder. »Letztes Jahr haben wir ein Zentrum für Säuglingsfürsorge sowie ein Wohnprojekt für Witwen und Waisen finanziert. Momentan betreuen wir eine Rehabilitationsanstalt für Kriegsversehrte. Ein wundervolles Vorhaben, das sehr vielen Männern neue Perspektiven und neuen Lebensmut gibt.«

Ein kurzes Klopfen ertönte, Fräulein Hilde betrat den Raum und händigte Ulreich die gewünschte Liste aus.

Emmerich nahm sie entgegen. »Ganz schön viele«, sagte er und steckte sich den letzten Keks in den Mund. Einflussreiche Bankiers waren darauf vermerkt, neureiche Kriegsgewinnler, ehemaliger Adel und bekannte Künstler. »Gustav Bahrfeldt«, las er vor, als er über den Namen des Arztes stolperte. Von dieser Rehabilitationsanstalt hatte der Doktor also gesprochen.

»Kennen Sie ihn?«

»Flüchtig.« Emmerich las weiter, und ein leichtes Kribbeln machte sich in seinem Bauch breit, als er Völzer in der Aufstellung entdeckte. »Hatte Johanna Abele jemals etwas mit Ihrer Organisation zu tun?«

»Aber ja. Sie war früher eines unserer Mitglieder. Das habe ich bereits Ihren Ko…«

»Und Stadtrat Fürst?«

Ulreich zeigte sich verwundert. »Diese Frage ist neu.« Er rieb sein Kinn und nickte. »Ja, auch er gehörte einmal zu uns.«

Die Müdigkeit, die Emmerich wie ein diffuser Nebel umfangen hatte, verflüchtigte sich. Endlich hatte er eine Verbindung zwischen den beiden entdeckt. Er setzte sich aufrecht hin und fixierte sein Gegenüber. »Warum sind die beiden nicht mehr dabei?«

Ulreich zuckte mit den Schultern. »Keine Ahnung. Eine gewisse Fluktuation ist ganz normal, die gab es schon immer. Ich glaube, Herrn Fürst ist das Geld ausgegangen, und Frau Abele fand andere Wege, Gutes zu tun.«

»Wann war das?«

Ulreich überlegte. »Frau Abele hat uns kurz vor Kriegsende verlassen, Herr Fürst vor einem halben Jahr. Ich verstehe immer noch nicht, worauf Sie hinaus…«

»Was ist mit Herrn Völzer? Hatte er jemals mit den beiden zu tun? War er über ihren Austritt erzürnt?«

»Völzer? Erzürnt? Warum sollte er?«

»Es gab keinen Streit oder böse Worte?«

»Aber nein. Ich weiß nicht einmal, ob Herr Völzer über ihr Ausscheiden informiert war. Wir behandeln solche Dinge äußerst diskret, und auch wenn es ihm zu Ohren gekommen wäre … Warum hätte er verärgert sein sollen? Dass Herr Fürst kein Geld mehr hatte, kann man ihm nicht zum Vorwurf machen, und Frau Abele hat sich ja weiterhin um die Bedürftigen gekümmert.«

»Das ist in der Tat ein gutes Argument.« Emmerich überlegte. Was hatten Fürst und Abele getan, um den Tod zu verdienen? »Wer ist außer den beiden in den vergangenen Jahren noch ausgetreten?«

»Lassen Sie mich überlegen.« Ulreich nahm den Zwicker ab und massierte seine Nasenwurzel. »Einige unserer Spender sind auf dem Feld der Ehre gefallen oder von der Spanischen Grippe dahingerafft worden«, sinnierte er. »Das Achtzehnerjahr war ein schlimmes. Da ist viel gestorben worden.«

»Ich sag's nur ungern, aber das Sterben hat wieder begonnen. Nicht in diesem Ausmaß, aber doch. Je schneller ich die nötigen Informationen bekomme, desto eher kann ich es wieder abstellen.«

»Konrad Seifert hat sich verspekuliert und musste Konkurs anmelden, dasselbe ist Richard Elsner passiert, und Theodora Zeinrath …« Er runzelte die Stirn. »Keine Ahnung, weshalb sie uns nicht mehr weiter unterstützen wollte. Ich schätze, dass auch sie finanzielle Engpässe zu verzeichnen hatte.«

»Können Sie mir die Adressen der drei geben?«

»Seifert hat sich zu Tode getrunken, Elsner ist in die Vereinigten Staaten ausgewandert, und Frau Zeinrath lebt in der Nähe des Schwarzenbergplatzes. Fräulein Hilde kennt alle Details.«

»Bevor ich gehe … Wo waren Sie gestern Abend so gegen acht?«, fragte Emmerich zur Sicherheit, obwohl er nicht glaubte, dass Ulreich etwas mit den Morden zu tun hatte.

»Ich?« Ulreich zuckte so erschrocken zusammen, dass ihm der Zwicker von der Nase purzelte. »Ich war …« Seine Wangen röteten sich, und seine Stirn begann zu glänzen. »Ich hatte einen Termin.«

»Mit wem?«

»Mit … Fräulein Hilde … Rein beruflich.«

»Aha.« Da er nicht wusste, was er noch hätte fragen können, drückte Emmerich seine Zigarette in einem silbernen Aschenbecher aus und stand auf. Er hinkte ins Vorzimmer, ließ sich von dem hübschen Fräulein Hilde Theodora Zeinraths Adresse geben und verließ das Büro. »Termin nennt man das in diesen Kreisen also«, murmelte er und grinste.

23

Die Elektrische zockelte langsam über die Ringstraße, vorbei an der Universität, dem Rathausplatz und dem Parlament, vor dem eine Kundgebung der Kriegsinvaliden stattfand.

Sie protestierten gegen eine neue Regierungsvorlage, die Menschen mit einer Erwerbsunfähigkeit unter fünfundvierzig Prozent von Sonderzahlungen ausschloss.

HABEN WIR UMSONST GEBLUTET?, stand auf den Schildern, die sie in die Höhe reckten. UNSERE EXISTENZ WURDE ÜBERMÜTIG RUINIERT. BAUT UNS EINE NEUE AUF!

Einem Reflex folgend, fasste Emmerich an sein Knie. Würde er auch bald einer von ihnen sein? Ein arbeitsloser Krüppel, der vor dem Hohen Haus um jeden Heller kämpfen musste? Wenn es nach Brühl ging, schon. Einzig die Lösung des Falls konnte ihn jetzt noch retten.

Er betrachtete die vorbeiziehenden Prachtbauten und grübelte. Am wahrscheinlichsten war, dass Völzer Fürst und Abele getötet hatte, doch was war sein Motiv? Wie hingen die beiden Morde zusammen? Es musste etwas mit der Wohltätigkeitsorganisation zu tun haben. Aber was? Was übersah er nur? Irgendeinen Aspekt hatte er noch nicht in Betracht gezogen. Vielleicht konnte Frau Zeinrath ja Licht in die Sache bringen.

Am Schwarzenbergplatz stieg Emmerich aus. Nieselregen hatte eingesetzt, die winzigen Tröpfchen krochen in seine Kleider, sein Knie machte sich auch wieder bemerkbar. Wann hatte er die letzte Togal genommen?

Er schluckte noch eine Tablette und ging die Prinz-Eugen-Straße hinauf, die an zwei Schlossanlagen – dem Oberen und dem Unteren Belvedere – vorbeiführte. Erzherzog Franz Ferdinand, der Thronfolger, dessen Ermordung in Sarajevo der Auslöser des Krieges gewesen war, hatte früher hier residiert. Nun sollte das Gelände museal genutzt werden.

Beim Gedanken daran schüttelte Emmerich den Kopf. Eine weitere Kunstsammlung war so ziemlich das Letzte, was die Bevölkerung gerade brauchte.

Mit hochgezogenen Schultern ging er weiter, bis er die angegebene Adresse erreichte. Es handelte sich um ein hübsches Haus aus der Gründerzeit, reich verziert mit Stuckatur. Erker und Giebel, wohin man nur schaute.

Als Emmerich die Haustür öffnete, strömte ihm jedoch der modrige Geruch der Armut entgegen – und er verstand. Außen hui, innen pfui. Solche Mogelpackungen waren in Wien keine Seltenheit. Die Trostlosigkeit heruntergekommener Zinshäuser wurde durch eine protzige Fassade kaschiert.

Er betrat einen feuchtkalten Flur, von dessen Wänden der Putz abgebröckelt war. Nackte Ziegel kamen zum Vorschein. An den Türen, die zu beiden Seiten abgingen, waren keine Namen, sondern nur Nummern angebracht, und so klopfte Emmerich an die erstbeste.

Ein magerer Mann öffnete und schaute ihn mit trüben Augen an. »Was?«, fragte er.

»Frau Zeinrath«, antwortete Emmerich genauso knapp.

»Was wollen S' denn von der?«

»Ich hab ein paar Fragen.«

»Endlich.« Der Mann verzog den Mund zu einem Lächeln. »Endlich macht wer was dagegen.«

»Wogegen?«

»Na gegen das.« Er trat auf den Flur und breitete die Arme aus. »Die blöde Kuh lässt alles verkommen. Der gehört doch das Haus. Kassiert fett ab, aber kümmert sich um nichts. Die Fliesen sollten schon lange ausgetauscht werden, die Fenster sind undicht, und von Elektrizität können wir nur träumen. Sind Sie nicht vom Mieterschutz?«

»Nein, ich bin von der Kripo. Sagen Sie mir jetzt bitte, wo ich Frau Zeinrath finde.«

Der kurze Anflug von Euphorie war verebbt und das Lächeln gestorben. »Erster Stock. Erste Tür. Viel Vergnügen.«

Emmerich schaute den Mann fragend an, doch der verschwand, ohne ein weiteres Wort zu sagen. »Komischer Kauz«, murmelte er und stieg die Treppe hoch.

»Frau Zeinrath?« Emmerich klopfte, doch niemand antwortete. »Sind Sie daheim?«, rief er, als er drinnen ein Geräusch zu vernehmen glaubte. Keine Reaktion. Er legte sein Ohr an die Tür, wobei ihm ein widerlicher Geruch, der ihm beinahe den Atem verschlug, in die Nase stieg. »Verdammt«, fluchte er, kniete sich auf den Boden und schnupperte an dem schmalen Spalt über der Schwelle. Irgendetwas da drinnen stank bestialisch, und er befürchtete das Schlimmste.

Der Gedanke, dass Theodora Zeinrath ein weiteres potenzielles Opfer sein könnte, war ihm bisher noch gar nicht gekommen, doch jetzt musste er diese Möglichkeit wohl in Betracht ziehen. »Ist jemand da?«, versuchte er noch einmal sein Glück. Doch wie erwartet, blieb auch jetzt eine Antwort aus.

Emmerich seufzte und begutachtete das einfache Buntbartschloss. Mithilfe eines losen Nagels, den er aus dem hölzernen Rahmen des Flurfensters zog, kostete es ihn nur wenige Augenblicke, es zu öffnen.

Mit vorgehaltener Hand betrat er die Wohnung und fand sich in einem düsteren Vorzimmer wieder. Als er ein Geräusch aus einem der Räume vernahm, zog er seine Waffe. Langsam schlich er zur Tür und wollte sie gerade öffnen, als hinter ihm ein ohrenbetäubender Schrei erklang.

»Hilfe!«, hörte er eine Frauenstimme. »Zu Hilfe!« Emmerich fuhr herum und erblickte eine Frau von vielleicht fünfzig Jahren mit rosigen Wangen und vollen Lippen, deren graues Haar in sanften Wellen auf ihre Schultern floss. Sie riss die Arme in die Höhe und rang nach Atmen. »Bitte tun Sie mir nichts«, flehte sie mit zitternder Stimme. »Nehmen Sie, was Sie wollen, aber lassen Sie mich am Leben.«

»Wer sind Sie, und was wollen Sie hier?«

»Ich? Ich wohne hier.«

Emmerich senkte die Pistole. »Frau Zeinrath?«

Sie nickte.

»August Emmerich. Kriminalpolizei.« Er zeigte ihr seine Marke. »Ich habe ein paar Fragen.«

»Kriminalpolizei?« Theodora Zeinrath fasste sich ans Herz und schnaufte. »Sie sind ja wohl nicht ganz bei Trost«, schimpfte sie, als sie sich wieder halbwegs gefangen hatte.

»Sie hätten mich beinahe zu Tode erschreckt. Sie können doch nicht einfach hier hereinspazieren wie ein verdammter Einbrecher.«

»Ich habe laut gerufen und geklopft. Und ich hatte Grund zur Annahme …« Er hielt inne. Wenn niemand hier drinnen verweste, was stank denn dann nur so? Er atmete langsam ein und wieder aus. Unter der glühenden Sonne Italiens hatte er zwar schon Schlimmeres gerochen, trotzdem rebellierte sein Magen.

»Was haben Sie angenommen?«, fragte Frau Zeinrath.

»Ich hatte etwas gehört.« Dass er in Gedanken schon ihre Leiche vor sich gesehen hatte, sagte er lieber nicht.

»Natürlich haben Sie das.« Sie öffnete die Tür, hinter der Emmerich das Geräusch vernommen hatte, und bückte sich. »Grüß euch, meine Schätzelchen.«

Eine Vielzahl von Katzen kam aus dem Zimmer geschlichen und schmiegte sich um die Beine ihrer Besitzerin. Grau, schwarz, rot getigert, struppig, flauschig, räudig. Manche schnurrten, andere fauchten oder maunzten.

Dachhasen. Emmerich hasste diese Viecher. Er versuchte, so flach wie möglich zu atmen, doch der Geruch setzte sich in seiner Nase fest, kroch von dort in den Rachen hinunter und blieb an seinem Gaumen haften.

Eigentlich lebte Theodora Zeinrath recht angenehm. Die Stube, in die sie ihn führte, war hell und warm. Aus den hohen Fenstern hatte man einen schönen Ausblick auf den gegenüberliegenden Schlossgarten. Das war jedoch nur der erste Eindruck. Schaute man sich genauer um, so bemerkte man, dass sämtliche Möbel zerkratzt waren. Der Teppich war fleckig, und an manchen Stellen hing die Tapete in Fetzen von der Wand.

»Bitte, setzen Sie sich. Kann ich Ihnen etwas anbieten? Tee? Konfekt?«

Emmerich lehnte dankend ab und blieb stehen. »Ich wollte Sie fragen, was Sie mir über den Wohltätigkeitsverein erzählen können, dem Sie früher einmal angehört haben. Miseri… Sie wissen schon.«

Sie nickte. »Unaussprechlich, ich weiß. Ein dummer Name, für eine dumme Organisation. Was wollen Sie darüber wissen?«

»Mich würde interessieren, ob es jemals Streit zwischen Herrn Völzer und Herrn Fürst oder Frau Abele gab.« Eine weiße Katze rieb sich an seinem Hosenbein, sodass lange Haare daran haften blieben. »Pfui«, sagte er und schob sie mit dem Fuß fort.

»Aber ja. Es gab oft Streit. Völzer und Častolowitz haben sich aufgeführt, als besäßen sie uneingeschränkte Autorität. Haben alle Bitten unsererseits ignoriert und gemeint, sie allein könnten darüber bestimmen, wofür das Geld verwendet wird. Jedes Mal aufs Neue haben sie ihren Willen durchgesetzt. Immer ging es nur um die Säuglinge und die Kriegsversehrten. Keiner von denen wollte sich um die Tiere kümmern.«

Emmerich schluckte einen bösen Kommentar hinunter. In Zeiten wie diesen waren Viecher maximal zum Essen gut. »Deswegen sind Sie gegangen«, stellte er fest.

»So ist es. Tiere haben auch Gefühle. Auch sie verspüren Schmerz und Hunger. Auch sie können leiden. Die armen Kreaturen brauchen jemanden, der für sie eintritt. Völzer und Častolowitz hatten dafür kein Verständnis.«

»Frau Abele ist aber nicht deswegen ausgetreten, oder?«

»Nein. Sie hat die Organisation verlassen, weil sie keine

Freude an diesen langfristigen Vorhaben hatte, die oft nur einer kleinen Gruppe von Menschen zugutekamen. Sie wollte schnelle, direkte Hilfe für die Allgemeinheit. Suppenküchen, Wärmestuben, Kleiderausgaben.« Die Augen der tierlieben Frau wurden feucht. »Die arme Johanna.« Sie hob eine schwarze Katze hoch und drückte sie fest an ihren Busen, bis diese sich aus der Umarmung wand, auf den Boden sprang und unter der Chaiselongue verschwand.

»Und Fürst? Was wollte der?«

Theodora Zeinrath wischte eine Träne weg, die ihr die Wange hinunterlief. »Dasselbe wie Johanna und ich. Mehr Mitsprache, mehr Rechte. Die meisten Mitglieder von Misericordiae Vultus zahlen brav ihre Beiträge und kümmern sich weiter um nichts. Sie stellen stolz ihre Manschettenknöpfe und Broschen zur Schau und fühlen sich als Teil einer noblen, barmherzigen Elite. Das reicht ihnen. Johanna Abele, Richard Fürst und ich waren da anders. Wir wollten aktiv mitarbeiten. Das hat Völzer und Častolowitz nicht gepasst. Sie streben nach der alleinigen Macht.«

Emmerich zündete sich eine Zigarette an und hoffte, damit den Katzengeruch zu übertünchen. Er kam der Sache langsam näher. »War Völzer sehr erbost, als Sie ausgetreten sind?«

Sie schüttelte den Kopf. »Er war sogar froh, uns loszuwerden. Er …« Sie hielt inne. »War er …? Hat er …?« Sie schlug die Hand vor den Mund und setzte sich.

»Um das herauszufinden, bin ich gekommen.« So unauffällig wie möglich trat Emmerich die weiße Katze fort, die sich schon wieder an sein Hosenbein schmiegte.

»Aber wieso? Weshalb sollte er das tun?«

»Ich hatte gehofft, dass Sie mir das sagen können.« Emmerich beäugte die Chaiselongue. Sie war voller Haare, aber soweit er das erkennen konnte, fleckenlos. Er setzte sich. »Ich will ehrlich sein. Ich glaube, dass Völzer etwas mit den Morden zu tun hat. Das Problem ist, dass ich es nicht beweisen kann. Helfen Sie mir! Denken Sie nach!«

»Herr im Himmel.« Theodora Zeinraths Körper bebte. »Ich wusste schon immer, dass er ein mieser Kerl ist.«

»So weit bin ich auch schon gekommen. Das reicht nur nicht, um ihn wegzusperren. Ich brauche etwas Konkretes.«

»Da gibt es tatsächlich was.«

Emmerich war so gespannt, dass er sogar die Katze ignorierte, die ihm gerade auf den Schoß gesprungen war.

»Vor ein paar Wochen ist mir Herr Fürst zufällig über den Weg gelaufen, am Kohlmarkt, vorm Demel. Wir haben uns kurz unterhalten, und er meinte, es sei gut, dass wir nicht mehr zur MV gehörten. Mit der Rehabilitationsanstalt, die sie gerade errichtet haben, der für die Kriegsinvaliden, da solle was nicht stimmen.«

»Hat er auch gesagt, was?«

Sie schüttelte den Kopf. »Ich habe nicht nachgefragt. Ehrlich gesagt, war es mir egal. Mein Herz schlägt für die Tiere. Die sind einfach die besseren Menschen.«

Der bessere Braten waren sie auf jeden Fall.

Emmerich schubste das Fellknäul unsanft von seinem Schoß und verabschiedete sich.

Hatte Fürst etwas erfahren, das niemand wissen durfte? Vielleicht hatte er Frau Abele davon erzählt, und sie hatte besser zugehört als Frau Zeinrath.

Er würde es herausfinden.

24

Das Gebäude, in dem die Rehabilitationsanstalt untergebracht war, konnte auf eine bewegte Vergangenheit zurückblicken. Der hochherrschaftliche Bau in der Alservorstadt, dessen zwei Flügel spitz aufeinander zuliefen und sich an der Ecke Spitalgasse und Währinger Straße trafen, diente im Mittelalter als Siechenhaus, später als Lazarett, und schließlich war eine Armenherberge daraus geworden.

Vor Kurzem hatte eine Umsiedlung der Bedürftigen in eine andere Unterkunft am Stadtrand begonnen, und die MV-Vereinigung hatte die frei gewordenen Trakte angemietet.

Emmerich blieb vor dem Eingangstor stehen und blickte nach oben zum Giebel, wo eine sechs Meter hohe Statue thronte, die ihren Mantel schützend über eine notleidende Frau und einen alten Mann breitete. Ihr Kopfschmuck bestand aus Weintrauben und Weinlaub, was Emmerich als äußerst treffend empfand. Armut und Alkohol gehörten zusammen wie zwei alte Latschen.

»Nun denn«, murmelte er, ging hinein und blieb verwundert stehen. Er hatte sich die Anstalt grau und trist vorgestellt. Ein altes Gemäuer voller Gram und Wehklagen, das gebrochene Gestalten beherbergte. Doch weit gefehlt. Alles hier war hell und schön, voller Licht und Wärme. Die Wände waren in einem freundlichen Gelb gestrichen, die

Holzdielen blitzten sauber, es roch nach Seife und Bohnerwachs.

Eine Tür wurde geöffnet, und Lachen drang auf den Flur, gefolgt von zwei Männern, die hier offenbar Patienten waren. Einer trug eine hölzerne Beinprothese, der andere einen metallenen Greifarm. Im Gegensatz zu den Verstümmelten und Amputierten, die die Straßen Wiens bevölkerten, umgab diese beiden keine Aura der Tragik. Im Gegenteil. Sie wirkten heiter und voller Lebensmut.

Als sie Emmerich sahen, wich das Lachen ernsten Mienen.

»Neu hier, Kamerad?«, fragte ihn der Einarmige. »Was fehlt dir denn?«

»Ganz offensichtlich nichts«, stellte der zweite Mann fest, nachdem er den Eindringling genau gemustert hatte.

»Ich hab sogar etwas zu viel.« Emmerich zeigte auf sein Knie. »Einen Granatsplitter.«

Die beiden nickten wissend. »Italien?«

Dieses Mal war es an Emmerich zu nicken.

»Elende Katzelmacher. Mein Arm liegt in den Dolomiten, sein Bein in der Adria.«

»Vittorio Veneto«, gab Emmerich zurück. »So eine hab ich auch dafür bekommen.« Er zeigte auf die silberne Tapferkeitsmedaille, die auf der Brust des Mannes prangte.

»Ich hab sie sogar in Gold«, sagte der andere nicht ohne Stolz. »Aber davon wächst das Zeug nicht nach.« Er fasste Emmerich an der Schulter. »Du hast Glück im Unglück, mein Freund. Wenn sie dich hier aufnehmen, wirst du wieder wie neu. Die vollbringen wahre Wunder.« Zur Untermauerung seiner Worte machte er ein paar Schritte, drehte sich einmal im Kreis und hüpfte.

Emmerich lächelte. Es war schön, zwei Kriegsinvalide so hoffnungsfroh zu erleben. »Und die Kosten?«

»Trägt zu hundert Prozent die Misericordiae Vultus. Inklusive Verpflegung und Krankenzimmer.«

Die beiden erfreuten sich an seinem ungläubigen Gesicht, wünschten ihm alles Gute und gingen ihrer Wege.

Schicken Sie mir Ihre Unterlagen, dann werde ich Sie als Patienten vorschlagen, hallten Bahrfeldts Worte in seinen Ohren, und sie klangen wie Musik. Musik, die sofort von einer Dissonanz gestört wurde. *Mit der Rehabilitationsanstalt, die sie gerade errichtet haben, der für die Kriegsinvaliden, da solle was nicht stimmen.* Natürlich stimmte hier etwas nicht. Diese Einrichtung war zu perfekt, um wahr zu sein.

»Herr Emmerich, was für eine Überraschung.« Bahrfeldt kam mit einem strahlenden Lächeln auf ihn zu und schüttelte seine Hand. »Ich bin gerade mit meiner Visite fertig und wollte eigentlich gehen, aber für Sie nehme ich mir natürlich gerne noch ein bisschen Zeit. Wie gut, dass Sie sich meine Worte zu Herzen genommen haben und schleunigst gekommen sind.«

Emmerich ging nicht weiter auf sein Leiden ein. »Müssen Sie denn gar nicht in Ihrer Praxis sein?«

»Mittwochs und donnerstags bin ich immer hier und kümmere mich um die Versehrten. Ich überlege sogar, einen dritten Tag hinzuzunehmen. Unter uns gesagt … Die Arbeit mit verdienten Soldaten ist mir lieber als das Behandeln von Rheuma und Magenverstimmungen. Wie geht es Ihrem Bein?«

»Es geht so. Die Tabletten helfen mehr schlecht als recht. Sie haben nicht zufällig eine dieser Wunderspritzen hier, die Sie mir verpassen können?«

Bahrfeldt nickte. »Ausnahmsweise.« Er machte eine ausladende Handbewegung. »Folgen Sie mir in den Untersuchungsraum. Auf dem Weg dorthin können Sie sich die Anstalt anschauen.«

Emmerich begleitete ihn durch den Flur.

»Hier sehen Sie eines unserer Krankenzimmer.« Bahrfeldt öffnete eine weiß lackierte Tür und gab den Blick auf einen komfortabel eingerichteten Raum frei.

»Ganz schön luxuriös.«

»Männer wie Sie haben einen hohen Preis für unser Vaterland bezahlt. Ein bisschen Komfort ist das wenigste, das wir ihnen dafür bieten können.« Er öffnete eine weitere Tür. »Unser Turnsaal.«

Etwa ein Dutzend Männer mühte sich darin mit Gewichten, Medizinbällen und anderen Gerätschaften ab. Ihre Gesichter waren gerötet und glänzten vor Schweiß, trotzdem strahlten sie eine Zufriedenheit und Freude aus, wie man sie derzeit nur selten zu Gesicht bekam, schon gar nicht in Institutionen wie dieser.

»Wir verfügen außerdem über eine Prothesenwerkstatt, einen Operationssaal, und im Keller befindet sich eine Badeanstalt.« Bahrfeldt trat ans Fenster und deutete hinaus. »Sehen Sie nur. Die konnten bis vor Kurzem keinen Schritt ohne Krücken machen.« Der Stolz, der in seiner Stimme mitschwang, war nicht zu überhören.

Emmerich schaute nach draußen, wo fünf Männer auf einem Kiesweg auf und ab gingen. Sie waren wacklig auf den Beinen, ihr Gang war holprig und unsicher, doch sie erfreuten sich an jedem Schritt und applaudierten sich gegenseitig.

»Wundervoll, nicht?« Bahrfeldt legte einen Arm um

Emmerichs Schulter. »Was auch immer aus Ihrem Bein wird, ganz gleich, ob wir es retten können oder nicht … Sie werden wieder voll arbeitsfähig und schmerzfrei werden. Darauf gebe ich Ihnen mein Wort.«

Im Untersuchungsraum setzte Emmerich sich auf eine ledergepolsterte Liege. Der Arzt betastete sein Gesicht, das noch immer vom Kampf gegen den Knochenbrecher gezeichnet war, inspizierte das Knie und verabreichte ihm schließlich die Spritze. Wohlige Taubheit durchströmte ihn.

»Wenn wir schnell handeln und bald operieren, können wir die endgültige Versteifung vielleicht noch aufhalten.« Bahrfeldt setzte sich an einen Schreibtisch und zeigte auf den Stuhl gegenüber. »Am besten, Sie füllen gleich den Antragsbogen aus.«

»Ich bin nicht nur wegen meinem Bein hier.« Emmerich nahm das Formular und einen Bleistift entgegen und trug seinen Namen ein. »Ich muss mit Ihnen über Richard Fürst und Johanna Abele reden.« Er überflog die weiteren Angaben, die die Rehabilitationsanstalt von ihm haben wollte und seufzte leise. Seinen Wohnort gab er nur sehr ungern an, und seinen Geburtstag kannte er nicht. Er war im August gefunden worden, daher auch sein Vorname. Wie viele Tage oder Wochen er damals alt gewesen war, konnte niemand genau sagen.

»Fürst und Abele? Was habe ich denn mit den beiden zu tun?«

Emmerich trug seinen Beruf und die Art der Verletzung ein. »Die zwei sind aus der MV-Vereinigung ausgetreten, und soweit ich gehört habe, sind sie nicht im Guten gegangen. Herr Fürst hat außerdem in den Raum gestellt, dass mit dieser Einrichtung etwas nicht stimmt. Jetzt sind er und Johanna Abele tot. Ermordet.«

»Was?« Bahrfeldt schnappte nach Luft. »Das ist eine böse Unterstellung. Was soll denn hier nicht stimmen?«

»Das frage ich Sie.«

Bahrfeldt lehnte sich zurück und schüttelte den Kopf. »Ich habe keine Ahnung, was Herr Fürst mit dieser gemeinen Diffamierung bezwecken wollte. Wir leisten hier wichtige Arbeit, Sie haben es selbst gesehen. Wir heilen, wir retten Existenzen, wir geben unseren Patienten ihr Selbstbewusstsein und ihre Maskulinität zurück. Was soll daran falsch sein?«

»Das stimmt schon.« Emmerich trug unter »Auszeichnungen« *Tapferkeitsmedaille in Silber* ein, unter »weitere Erkrankungen« *keine*. Dann wandte er seine Aufmerksamkeit wieder Bahrfeldt zu. »Worauf könnte Fürst sich bezogen haben?«

Anstelle einer Antwort stand der Arzt auf, fasste in die Taschen eines Tweed-Mantels, der an der Garderobe hing, und zog einen Schlüsselbund daraus hervor. Diesen legte er vor Emmerich auf den Tisch. »Hier. Damit kommen Sie in jedes Zimmer, jede Kammer und alle Schränke. Wir haben nichts zu verbergen. Schauen Sie sich ruhig um. Ich lege Ihnen auch gern die Steuerunterlagen und die Buchhaltung vor.«

Emmerich zögerte. Zwar reizte ihn die Vorstellung, so einfach Zugriff auf Medikamente zu bekommen, doch er hatte keine Zeit für eine polizeiliche Aushebung – vor allem da er nicht einmal wusste, wonach er genau suchte. »Vorerst ist das nicht erforderlich. Falls nötig, komme ich aber gern auf Ihr Angebot zurück.« Er widmete sich wieder dem Fragebogen. »Was können Sie mir über Herrn Völzer erzählen? Wie stand er zu den beiden? Was hielt er von ihrem Austritt?«

»Hofrat Völzer?« Bahrfeldt zog die Augenbrauen zusammen. »Wie kommen Sie denn jetzt auf den? Sie glauben doch nicht …?«, fragte er nach ein paar langen Sekunden.

Emmerich überlegte, wie viel er preisgeben sollte. »Ich darf nicht über laufende Ermittlungen reden.«

»Nun … Herr Völzer … Er kann manchmal unbeherrscht und aufbrausend sein. Wenn man ihn kennt, weiß man aber, dass er eigentlich ein anständiger Kerl ist. Sie wissen schon: Hunde, die bellen … Er würde niemals jemandem ernsthaften Schaden zufügen. Und was den Austritt von Fürst und Abele aus der Misericordiae Vultus betrifft … Der war ihm egal. Ich frage mich wirklich, wie Sie …« Er hielt inne. »Frau Abele wurde wann ermordet?«

»Gestern Abend.«

Bahrfeldt lächelte. »Herr Völzer war gestern den ganzen Abend mit mir unterwegs. Die Stadtverwaltung hat zugestimmt, der Rehabilitationsanstalt auch den zweiten Trakt des Gebäudes zu überlassen. Das haben wir gefeiert.«

Emmerich brauchte einen Moment, um diese Information zu verarbeiten. »Erzählen Sie mir Genaueres.«

»Wir haben uns um sechs Uhr in der Kärntner Bar getroffen und waren dort bis …« Er überlegte. »Auf jeden Fall war es später als acht. Die Karbidbeleuchtung war nämlich schon an, als wir das Lokal verlassen haben.«

»Und Völzer war die ganze Zeit bei Ihnen?«

»Die ganze Zeit.«

Emmerich hatte Schwierigkeiten, sich seine Bestürzung nicht anmerken zu lassen. Das klang nach einem wasserdichten Alibi. War er etwa die ganze Zeit einem Hirngespinst hinterhergelaufen? Er fuhr sich mit den Händen übers Gesicht. Das war es dann wohl gewesen. Er hatte keine weiteren Anhaltspunkte, denen er hätte folgen können. Wenn Gonska zurückkam, würde er vor dem Nichts stehen.

Peppi war verloren, genau wie er und seine Karriere.

»Geht es Ihnen nicht gut?« Bahrfeldt ergriff Emmerichs Handgelenk und fühlte seinen Puls. »Sie sind ganz blass.«

»Schon gut.« Er stand auf. Es war halb vier. Wenn er sich beeilte, konnte er vielleicht zumindest seine Stelle als Tippse retten.

25

Der Regen war stärker geworden, doch Emmerich hatte keine Zeit, sich darum zu scheren. Um fünf mussten die Akten fertig abgetippt und die Post erledigt sein. Die Vorstellung, zurück ins Büro zu gehen und sich dort Brühls Schikanen auszusetzen, widerstrebte ihm zutiefst, doch er hatte keine Wahl. Es ging nicht mehr nur um sein Leben, es ging auch um jenes von Luise, Emil, Ida und dem des kleinen Paul. Wenn er sie von Xaver wegholen wollte, brauchte er ein regelmäßiges Einkommen.

Die Hände tief in den Taschen seines Capes vergraben, eilte er die Währinger Straße stadteinwärts und schenkte weder den Kindern, die laut johlend von einer Pfütze zur nächsten sprangen, noch dem Kesselflicker, der mit einem gesungenen »Häferl, Reindel, Pfannen« seine Dienste anpries, Beachtung.

»Für die Rückkehr! Für die Rückkehr! Eine Spende für die Rückkehr!«

Nicht einmal einen Blick hatte er für die Zettelverteilerin übrig. Wie ein Panzer bahnte er sich an ihr vorbei. Stur und unerbittlich. Peppi würde im Gefängnis verrecken, er für den Rest seines Lebens ein elender Diener Brühls bleiben. Das Leben war ungerecht. Warum sollte es den Kriegsgefangenen besser ergehen?

Er bog in die schmale Berggasse, die früher einmal –

lange vor seiner Zeit – über einen mit Weinreben bepflanzten Hügelrücken geführt hatte. Das Einzige, was von diesem Idyll geblieben war, war das steile Gefälle bis hinunter zur Porzellangasse, das die Kinder aus der Umgebung im Winter zum Schlittenfahren nutzten. Der Rest war zugepflastert und -gebaut. Grau und kalt, so wie seine Laune.

Mit heruntergezogenen Mundwinkeln passierte Emmerich die Ordination von Sigmund Freud, diesem Psychodoktor, über den die halbe Stadt sprach, und ging weiter am Servitenhof vorbei bis zum Polizeigebäude. Dort wich er einem heranbrausenden Arrestantenwagen aus, durchschritt das hohe, schmale Eingangstor und nickte dem diensthabenden Wachbeamten, der in der Empfangshalle saß, zu.

»Was ist mit dem?«, fragte er, als ein elegant gekleideter Herr in Handschellen in das Gebäude geführt wurde.

»Kronenfälscher«, konstatierte der Wachmann. »Der Fetzenschädel hat schmale Streifen aus Zehntausend-Kronen-Scheinen geschnitten und versucht, daraus neue Banknoten zusammenzusetzen.« Er schüttelte den Kopf. »Ein Wahnsinn, worauf die Leut so kommen … Not macht wohl wirklich erfinderisch.«

»Nicht nur Not.« Emmerich schaute dem Verhafteten hinterher. »Vor allem die Gier.« Übellaunig hinkte er nach oben in den ersten Stock.

»Was ist denn hier los?«, rief er, als er die Amtsstube betrat, wo Winter fröhlich scherzend neben Fräulein Grete saß, anstatt sich die Finger wund zu tippen. »Wir haben nur noch eine knappe Stunde. Lass uns zumindest versuchen, die Arbeit fertig zu bekommen.«

Winter folgte Emmerich zu ihrem Schreibtisch. »Alles schon erledigt.«

Jetzt war es an Emmerich, überrumpelt zu sein. »Aber wie ... wie hast du ...?« Er zeigte auf die Armschleife.

Winter deutete auf die Sekretärin, die schüchtern lächelnd zu ihnen herüberblickte. »Sie hat mir geholfen. Mensch, ist die schnell.«

»Möchten Sie vielleicht eine Tasse Kaffee?«, fragte sie mit geröteten Wangen. »Ich habe gerade frischen aufgebrüht.«

»Aufgebrüht? Seit wann wird der Kaffee hier nicht mehr gekocht?«

»Seit ich eine Karlsbader Kanne besorgt habe. Damit geht es schneller und macht weniger Arbeit. Schmecken tut er auch besser.« Sie strich ihren Rock glatt und trippelte auf ihren hochhackigen Schuhen nach draußen auf den Flur.

Emmerich setzte sich und seufzte. »Gebrüht anstatt gekocht. Die Welt steht nicht mehr lang.« Die Erleichterung darüber, an diesem Tag noch nicht gefeuert zu werden, konnte die Enttäuschung über die gescheiterte Ermittlung nicht wettmachen.

»Jetzt erzählen Sie doch mal. Wie war's?«, fragte Winter aufgeregt. »Was haben Sie herausgefunden?« Er setzte sich. »Brühl und seine Leute sind zu dem Schluss gekommen, dass Frau Abeles Neffe Adalbert der Hauptverdächtige ist. Völzer ist bisher noch völlig außen vor.«

Emmerich stützte seine Ellenbogen auf den Tisch und vergrub sein Gesicht in den Händen. »Völzer hat ein Alibi. Ein wasserdichtes.«

»Aber der Manschettenknopf ...«

»Ich kann es mir auch nicht erklären.«

Sie starrten einander schweigend an, während die Standuhr im Nebenzimmer laut vor sich hin tickte. Noch knapp vierzig Stunden.

»Die Morde haben also nichts mit dem Wohltätigkeitsverein zu tun?«, fand Winter als Erster seine Sprache wieder.

Emmerich schüttelte wortlos den Kopf. »So wie es aussieht, haben die beiden Morde überhaupt nichts miteinander zu tun. Ich hab mich da wohl in etwas verrannt.« Er drehte sich zum Fenster und schaute hinaus auf den Donaukanal. Schwere Regentropfen klopften gegen die Scheibe, graue Wolken dämpften das Licht. »Pfeifen wir auf den gebrühten Kaffee. Lass uns was Anständiges trinken gehen. Fräulein Grete kann von mir aus mitkommen. So wie es aussieht, werden wir uns ja aneinander gewöhnen müssen.« Er warf einen Blick auf die Ausgabe der *Neuen Freien Presse,* die jemand achtlos auf Papouseks Schreibtisch hatte liegenlassen. Die Vorarlberger wollten sich von Österreich abspalten und sich der Schweiz anschließen, während die Tiroler mit Bayern liebäugelten. Wer konnte es ihnen verdenken? »Was ist jetzt?«, fragte er.

Winter sagte nichts. Offenbar hatte er Emmerich gar nicht zugehört, denn er hastete zu Gretes Arbeitsplatz und begann, in ihrem Papierkorb herumzuwühlen. »Sind wir halt einer falschen Spur gefolgt und haben Verbindungen gesehen, wo es keine gibt. Na und? So was passiert in Ermittlungen doch dauernd.«

»Was machst du denn da? Hast du gehört, was ich gesagt habe? Lass uns was trinken gehen.«

Anstatt zu antworten, fischte Winter ein zerknülltes Blatt aus dem Mist, strich es glatt und überflog es mit triumphierender Miene. »Wichtig ist, dass wir uns nicht unterkriegen lassen und jeder noch so kleinen Spur nachgehen«, sagte er. »Die scheinbar unbedeutendsten Sachen, die man gerne mal übersieht, können mitunter die wichtigsten sein. Das haben sie uns in der Polizeischule beigebracht. Es ist nicht vorbei, bis es vorbei ist. Dieser Herr Navratil hat noch immer eine Chance.«

»Immerhin eine halbwegs brauchbare Lektion habt ihr gelernt.« Emmerich zeigte auf das Blatt. »Was ist das?«

»Ein Telefonprotokoll. Grete hat mir vorhin erzählt, dass sie letzte Woche einen anonymen Anruf entgegengenommen hat. Am anderen Ende der Leitung war eine Frau, die behauptet hat, ein gewisser Maximilian Liebenthal habe etwas mit dem Mord an Stadtrat Fürst zu tun. Die Personenbeschreibung könnte passen. Und raten Sie mal, für wen er arbeitet.«

»Für das Dienstmann-Institut Stadt-Couriere?« Emmerich zündete sich eine Zigarette an.

»Ganz genau.« Winter nickte.

Emmerich nahm seinem Assistenten die Notiz aus der Hand und studierte sie. »Spieler, Weiberheld, Prasser, notorisch pleite …«

»Was, wenn alles eigentlich ganz einfach ist?«, überlegte Winter laut. »Was, wenn dieser Liebenthal Geld brauchte und darum Stadtrat Fürst ausrauben wollte? Dabei ist etwas schiefgegangen, und in seiner Panik ist er geflohen, ohne etwas mitzunehmen.«

»Aber die Stadt-Couriere hatten doch alle Alibis«, warf Emmerich ein.

»Die haben sie angegeben, doch die wurden nie überprüft, weil Navratil in der Zwischenzeit verhaftet worden ist.«

»Brühl hat also niemanden mehr zu Liebenthal geschickt, um seine Angaben zu verifizieren?«

»Nein. Für Brühl besteht kein Zweifel an Navratils Schuld. Die Anruferin hat er offenbar mit ›spinnerte Alte auf der Suche nach Aufmerksamkeit‹ betitelt.«

Ein Lächeln schlich sich auf Emmerichs Lippen. »Wenn dieser Liebenthal tatsächlich unser Mann ist …«

»… dann kriegt Brühl doppelt Ärger.«

»Haben wir eine Adresse von dem Kerl?«

Winter zeigte auf die Notiz. »Da steht, er sei Stammgast im Salon Flora. Kennen Sie den?«

»Wer kennt den nicht?«

Winter zögerte. »Ich zum Beispiel.«

Emmerich sah ihn ungläubig an. »Na, dann wird es höchste Zeit, dass du ihn kennenlernst.«

»Du bist wahrscheinlich der einzige Kerl in der Stadt, der den Salon Flora nicht kennt«, sagte Emmerich, als sie das Polizeigebäude verließen. Er winkte eine Mietdroschke heran und stieg ein. »Zur Ausstellungsstraße«, wies er den Kutscher an.

Winters Wangen röteten sich. »Es ist aber nicht das …« Er suchte nach dem passenden Wort. »Das Etablissement neben dem Schönen Harri, oder?«

»Nein, Frau Floras Mädchen haben mehr Klasse. Alles Professionelle. Dort brauchst du dich nicht um irgendwelche Krankheiten zu sorgen.«

Der Krieg hatte vielen Familien den Ernährer geraubt, und so mussten Tausende von Frauen aus allen Schichten und Milieus das Geldverdienen übernehmen. Aus Mangel an Alternativen gingen die meisten von ihnen anschaffen, und das stellte die Stadtverwaltung vor ein großes Problem. Kaum eine der Laienprostituierten ließ sich registrieren, weswegen sie auch nicht regelmäßig vom Amtsarzt untersucht wurden. Schätzungen gingen davon aus, dass mehr als ein Viertel mit ansteckenden Geschlechtskrankheiten infiziert war, weshalb diese sich immer mehr ausbreiteten.

»Ich würde sowieso nicht …«, setzte Winter an.

Emmerich klopfte ihm auf die Schulter. »Natürlich … Aber wenn, dann richtig.«

Winter errötete und starrte nach draußen auf die Straße, wo Lastfuhrwerke vorbeirumpelten, Automobile hupten und Passanten versuchten, dem Regen zu trotzen.

Nach ein paar Minuten erreichten sie ein Haus, das auf den ersten Blick nicht wie ein Bordell, sondern wie eine gutbürgerliche Pension aussah. An den Fenstern waren gepunktete Vorhänge angebracht, auf den Simsen standen Blumentöpfe, und über der Tür hing ein Schild, auf dem in geschwungenen Lettern *Salon Flora* geschrieben stand.

Auch im Inneren erinnerte alles an ein Hotel. Linker Hand stand ein Rezeptionstresen aus dunklem Holz, geradeaus führte eine steile Treppe in die obere Etage, und auf der rechten Seite befand sich ein Gastraum, in dem eine gut bestückte Bar und Polstermöbel aus rotem Samt für eine heimelige Atmosphäre sorgten.

Das Eintreffen der beiden Kriminalbeamten wurde durch das Läuten einer Glocke angekündigt, und nur einen Augenblick später kam eine ältere Dame in einem hochgeschlossenen grünen Kleid auf sie zugeschwebt.

»Meine Herren«, flötete sie. Ihr Blick blieb kurz an Emmerichs lädierter Visage hängen und wanderte dann zu Winter weiter, dessen Aufzug mehr Wohlwollen auslöste. »Zum ersten Mal hier?«, fragte sie ihn.

»Äh … ja …«

»Wunderbar.« Sie fasste Winter am Arm und zog ihn in den Gastraum, dessen Boden mit dicken roten Teppichen belegt war, und an dessen Decke ein schwerer Kristallluster hing. »Sie haben sich die perfekte Zeit für eine Premiere ausgesucht. Am Nachmittag ist noch nicht ganz so viel los, und die meisten meiner Mädchen sind verfügbar.«

Sie klatschte in die Hände, und ein gutes Dutzend Frauen in allen Alters- und Gewichtsklassen sprang auf und warf sich auf einer niedrigen Bühne, die von Brokatvorhängen umrahmt wurde, in Pose.

»Na, was sagen Sie? Sind sie nicht einfach fabelhaft?«, lenkte die Hausmutter Winters Aufmerksamkeit auf ihre Amüsiermädchen. Manche von ihnen hatten elegante Abendkleider an, andere durchsichtige Nachthemden, eine war mit der Uniform eines Dienstmädchens bekleidet, und eine sommersprossige Blondine trug nicht mehr als eine Perlenkette am Leib.

Emmerich betrachtete die Gesichter der Frauen. Da die Nonnen im Waisenhaus stets behauptet hatten, seine Mutter sei eine Hure gewesen, war es ihm zur Gewohnheit geworden, in den Antlitzen von Prostituierten nach Ähnlichkeiten mit dem seinen zu suchen – eine Marotte, die er bis zu diesem Tag nicht abgelegt hatte.

Zu jung, zu jung, zu jung, zu große Nase, zu dunkle Hautfarbe. Nachdem das erledigt war, konnte er sich wieder auf das Wesentliche konzentrieren. »Wir suchen nach Maximilian Liebenthal«, sagte er.

Die Bordellwirtin stemmte die Hände in die Hüften und rümpfte die Nase. »So viele fesche Weiber, und er sucht einen Kerl«, schimpfte sie. »Aber wenn Knaben Ihr Ding sind, nehmen Sie doch unsere Rosalie.« Sie ging zu einer dürren Rothaarigen und entblößte deren Oberkörper. »Kaum was dran. Wenn wir ihre Haare unter einer Schiebermütze verstecken, merken Sie keinen Unterschied.« Sie ging einmal um Winter herum und umfasste dann mit ihren Händen sein Gesicht. »Und diese Jungfrau hier braucht ein erfahrenes Weibsbild, das ihn in die Geheimnisse der Liebe einweiht. Traude!«

Eine kräftige Frau in einem matronenhaften Ballkleid trat vor.

»Keine Sorge, mein Süßer«, sagte die Bordellwirtin, bei der es sich wohl um Frau Flora höchstpersönlich handelte. Sie formte ihre Lippen zu einem Schmollmund. »Das kriegen wir schon hin.«

Winter lief so rot an, dass Emmerich glatt befürchtete, sein Kopf könnte explodieren. »Ich bin keine …«

»Ich kenne mich aus«, flüsterte Frau Flora ihm zu. »Und so viel Unschuld habe ich schon lange nicht mehr gesehen.«

»Maximilian Liebenthal«, versuchte Emmerich, Winter zu retten.

»Nie gehört.«

»Soll hier aber Stammgast sein.«

»Jeder, der einmal hier war, wird zum Stammgast.« Frau Flora reckte ihr Kinn vor. »Kein Mann, der einmal vom süßen Nektar meiner Mädchen gekostet hat, kann lange fortbleiben.« Sie wandte sich an die Frauen. »Rosalie. Traude. An die Arbeit.«

Die kräftige Matrone ließ sich nicht lange bitten. Sie packte Winter an seinem gesunden Arm, zog ihn in den Vorraum und von dort in Richtung Treppe.

Winter, der in eine Schockstarre zu verfallen schien, warf seinem Vorgesetzten einen flehentlichen Blick zu.

»Schluss jetzt mit dem Theater!« Emmerich war so laut geworden, dass alle ganz erschrocken dreinschauten. Traude ließ ihre Beute los, und Winter hastete zurück in den Gastraum. »Ich hab die Faxen dicke. Raus mit der Sprache. Wo ist Liebenthal?«

Frau Flora schnaubte. »Keine Ahnung, jedenfalls nicht hier.«

Emmerich baute sich vor ihr auf und zückte seine Marke. »Ich will jetzt wissen, wo er ist. Wenn ich nicht in fünf Sekunden eine Antwort habe, lasse ich die Jungs von der Sitte und die vom Hygieneamt kommen. Die sollen hier mal ein bisschen Präsenz zeigen. Bin gespannt, wer nachher noch vom süßen Nektar kosten will.«

Frau Flora seufzte und nuschelte etwas.

»Laut und deutlich, bitte.«

»Im Römerbad.«

Emmerich starrte sie an. »Im Römerbad?«, wiederholte er. »Sicher?«

Die Bordellwirtin verdrehte die Augen und sah die Frauen an. »Was ist los mit euch? Hört auf zu gaffen und macht euch an die Arbeit. Wer keinen Kunden hat, geht raus und beschafft sich einen.« Als alle verschwunden waren, wandte sie sich wieder an die Kriminalbeamten. »Liebenthal kommt hie und da vorbei und gibt mir ein paar Kronen, damit ich herumerzähle, er sei ein wilder Hund. Dann verschwindet er wieder durch die Hintertür.« Sie zog eine Augenbraue hoch und grinste anzüglich. »Sie verstehen schon … Hintertür …«

»Wer hätte das gedacht.«

»Wovon redet sie?«, zischte Winter.

»Hach. So jung und so unschuldig.« Frau Flora kniff ihm in die Wange und verstrubbelte sein Haar. »Wo haben Sie denn den bloß her?«, fragte sie Emmerich. »So was Herziges gibt's in Zeiten wie diesen kaum noch.«

Emmerich musste lachen, und sie verabschiedeten sich.

Zurück auf der Straße, strich Winter sein Haar glatt. »Ich verstehe immer noch nicht.«

»Max Liebenthal geht in den Salon Flora, weil er mit den Damen gesehen werden will«, erklärte Emmerich, »aber sie interessieren ihn nicht. Er geht von dort heimlich ins Römerbad, um sich mit Mannsbildern zu verlustieren.«

»Ahhh.« Endlich hatte auch Winter verstanden. Seine Wangen nahmen schon wieder einen satten Rotton an.

Emmerich betrachtete seinen Assistenten. Frau Flora hatte recht gehabt. So viel Unschuld fand sich heutzutage nur noch sehr selten. Er war gespannt, wie lange Winter sie sich noch bewahren konnte.

Das römische Bad befand sich in der Nähe des Nordbahnhofs im Häuserblock hinter dem berühmt-berüchtigten Hotel Donau, dem Epizentrum der letzten großen Choleraepidemie. Im Bad selbst waren bisher keine Seuchenherde aufgetreten, dafür verorteten die Sittenwächter dort seit einiger Zeit einen »Hort für widernatürliche Handlungen«.

Die private Anstalt, im Weltausstellungsjahr 1873 eröffnet, war nach altrömischem Vorbild erbaut worden und versuchte, durch eine strenge Preis- und Einlasspolitik die gehobenen Schichten anzusprechen.

Im Vestibül konnten die beiden Kriminalbeamten sogleich einen ersten Eindruck vom Pomp der Anlage erhaschen. Der Boden bestand aus glänzendem Carrara-

Marmor, sattgrüne Palmen wuchsen aus steinernen Gefäßen, und an der Decke leuchtete ein prunkvolles Gemälde in den schillerndsten Farben.

»Wenn du mich fragst, ist das ziemlich viel Gschistigschasti, nur um sich zu waschen«, spottete Emmerich. Er dachte an den Hygienebereich im Männerlogierhaus, die tristen grauen Fliesen, die fleckigen Sanitäranlagen und den penetranten Geruch nach Abflussrohren, Fußschweiß und Schimmel.

»Halt!«, schallte eine Stimme durch das Atrium.

Erst jetzt bemerkte Emmerich den Kassier, der hinter einem Empfangstresen saß.

»Die Badeanstalt ist nur für Mitglieder zugänglich, und ich denke nicht, dass Sie das sind.« Er zeigte nach draußen, und zwirbelte dann die Enden seines Schnauzbarts.

»Da irren Sie sich.« Emmerich präsentierte ihm seine Marke. »Hier, meine Klubkarte.« Er ließ den Concierge mit offenem Mund stehen und durchschritt mit Winter die Tür, die in den Bereich für die Herren führte.

Dahinter befand sich eine Art Salon. Gepolsterte Ledercouchen luden zum Verweilen ein, auf Beistelltischchen waren Zeitungen ausgelegt, und in der Luft hing der würzige Geruch teurer Zigarren. Emmerich sehnte sich nach einer Dosis Nikotin und tastete gerade nach seinem Tabaksbeutel, als der Concierge hereingestürmt kam.

»Halt! Um Gottes willen«, rief er so aufgebracht, als hätten Emmerich und Winter etwas wirklich Schlimmes verbrochen. »Ohne Badebekleidung dürfen Sie die Anlage auf keinen Fall betreten.«

»Badehosen gehören nicht zu unserer Dienstausrüstung.«

»An gewisse Regeln müssen aber selbst Sie sich halten.«

»Das stimmt, allerdings nicht an diese.«

Emmerich und Winter ließen den Mann einfach stehen, durchschritten die Umkleidekabinen und betraten schließlich den eigentlichen Baderaum. Dieser war riesengroß und opulent ausgestattet. Vierundzwanzig Marmorsäulen trugen eine gläserne Kuppel, unter der sich ein rundes Bassin mit einem bunten Mosaikboden befand. Darin entspannten mehrere Männer, die auf den ersten Blick ganz unterschiedlich wirkten. Da gab es behaarte und kahle, große und kleine, blasse und von der Sonne geküsste. Einer hatte einen Buckel, ein anderer war über und über mit Muttermalen gesprenkelt. Eines jedoch war ihnen allen gemein – an ihren Leibern waren keine Zeichen von Mangelernährung oder Entbehrungen anderer Art zu erkennen. Im Gegenteil. Diese Körper erzählten von fürstlichen Mahlzeiten, sportlicher Betätigung und guter Pflege. Emmerich war froh, dass er und Winter sich nicht ausgezogen hatten.

»Was soll das?«, fragte der mit den Muttermalen und zeigte auf Emmerich und seinen Assistenten.

»Polizei.« Emmerich schob sein Cape so weit nach hinten, dass seine Dienstwaffe sichtbar wurde. »Wer von Ihnen ist Maximilian Liebenthal?«

»Von uns isses keiner«, brummte der Bucklige. »Wahrscheinlich hockt er in einer der Schwitzstuben.« Er zeigte auf einen schmalen Durchgang, der weiter ins Innere der Anlage führte.

»Geh bitte, wie viele Räume braucht man, um sauber zu werden?«, murmelte Emmerich und durchschritt die besagte Tür.

Jäh wich er zurück. Mindestens achtzig Grad heiße Luft schlug ihm entgegen, und er hatte das Gefühl, als hätte diese eine unangenehme Konsistenz. Dicht, fest und schwer zu atmen war sie. Dicke, mentholgeschwängerte Nebelschwaden umfingen ihn, es war kaum möglich, die eigene Hand vor Augen zu sehen. »Herr Liebenthal«, rief er. »Sind Sie hier?«

»Ja …«, ertönte es zögerlich aus dem Dunst.

Emmerich machte einen Schritt in die Richtung aus der die Stimme gekommen war. »Kriminalpolizei. Wir haben ein paar Fragen. Wenn Sie bitte mitkommen würden.«

»Wir haben nichts getan. Ganz egal, was Sie gehört haben, es ist eine böse Unterstellung.« Die Panik, die in der Stimme mitschwang, war nicht zu überhören. Kein Wunder – auf Unzucht wider die Natur stand schwere Kerkerhaft bis zu fünf Jahren.

»Wir sind nicht wegen …« Emmerichs Einwand erfolgte zu spät. Noch bevor er seinen Satz beenden konnte, war das eilige Tapsen von nackten Füßen auf Fliesen zu hören. »Scheiße«, fluchte er und eilte Liebenthal, so schnell es ihm auf dem rutschigen Boden möglich war, hinterher.

»So warten Sie doch!«, rief Winter und folgte ihm.

Im nächsten Augenblick fanden sie sich in einem riesigen Saal mit einer gläsernen Decke wieder. Die Wände waren über und über mit Ornamenten und Stuckaturen geschmückt, den Boden zierten Mosaike.

Emmerich hatte keinen Blick für all die Pracht. Das Einzige, das ihn interessierte, war der nackte Max Liebenthal, der durch eine schmale Tür verschwand, hinter der sich die Abtrocknungsstube befand. »Halt, sonst muss ich von meiner Pistole Gebrauch machen.«

Tatsächlich blieb Liebenthal stehen. »Wir haben nichts getan«, wiederholte er in weinerlichem Tonfall.

»Hier.« Emmerich warf ihm ein Handtuch zu. »Bedecken Sie sich, bevor ich blind werde.«

Liebenthal schlang sich das Handtuch um die Hüften. »Sie haben keine Beweise und keine Zeugen. Herr Bruno und ich sind nur gute Bekannte.«

»Wenn Sie einmal kurz aufhören würden zu jammern und mir zuhören ... Wir sind wegen des Mordes an Stadtrat Fürst hier, nicht wegen Ihrer ... Ihrer Sexeskapaden.«

»Wegen Fürst? Das verstehe ich nicht.« Liebenthal setzte sich auf eine Pritsche. »Der Fall ist doch gelöst.«

»Eine anonyme Anruferin hat sich bei der Kriminalpolizei gemeldet und in dem Zusammenhang Ihren Namen genannt.«

Liebenthal riss die Augen auf, starrte einen Moment mit offenem Mund vor sich hin und fing schließlich laut an zu lachen. »Von wegen anonyme Anruferin. Ich kann Ihnen ganz genau sagen, wer das war. Das war unsere Chefin vom Dienstmann-Institut, die will mich loswerden. Die wollt was von mir, aber ich hab's nicht so mit alten Weibern.«

»Wohl eher überhaupt nicht mit Weibern, stimmt's?«

Er schnaubte. »Wie auch immer ... Die Alte sucht jedenfalls seit Wochen nach Gründen, mich loszuwerden. Fragen Sie die anderen. Die alte Hexe hat mehrfach probiert, mich zu feuern, es aber nie geschafft. Dank der Sozialdemokraten haben wir Arbeiter jetzt nämlich Rechte. Getobt hat sie und gekeift, hat mir angedroht, dass sie schon einen Weg finden wird, sich meiner zu entledigen. Tja ... und dann werde ich in einem anonymen Anruf des Mordes beschuldigt. Was für ein Zufall ...«

Emmerich presste die Lippen zusammen – nicht weil er

an Liebenthals Aussage zweifelte, sondern weil er schon wieder seine Felle davonschwimmen sah.

»Ich hab ein Alibi für die Mordnacht«, bekräftigte Liebenthal seine Behauptung. »Ich war im Atelier-Kino. Hab mir dort einen Film angeschaut. Ein … Bekannter kann das bestätigen. Danach waren wir in der Chatham Bar.«

»In der Chatham Bar …« Emmerich nickte wissend. Das anrüchige Etablissement wurde wegen seiner Separees von den Wienern auch *Je-t'aime*-Bar genannt. »Verstehe …« Er versuchte, sich seine Enttäuschung nicht anmerken zu lassen, strich sein feuchtes Cape glatt, nickte Winter zu und schickte sich an zu gehen. Doch Liebenthal hielt ihn zurück.

»Letzte Woche, als Ihre Kollegen zu uns ins Dienstmann-Institut gekommen sind und alle befragt haben, da hat die Chefin gelogen.«

Emmerich hielt inne. »Ich bin ganz Ohr.«

»Das Miststück hat behauptet, es würden keine Uniformen fehlen, aber das stimmt nicht. Isidor Kofler hat seine nie zurückgegeben.« Er grinste gehässig. »Pikantes Detail am Rande: Der Kofler war einer von denen, die oft für den Fürst gearbeitet haben.«

Emmerich gab ihm durch ein Nicken zu verstehen, dass er weiterreden sollte.

»Die Chefin und der Kofler, die hatten was miteinander, bis er nicht mehr wollte. Hat wohl irgendwann seine Würde wiederentdeckt. Also hat sie ihn rausgeekelt. Das war vor ungefähr vier Monaten.«

»Und warum sollte sie ihn dann decken?«

»Ich glaub, ihr tut die ganze Sache leid, und sie wollte dem armen Schwein das Leben nicht noch schwerer machen. Nach seinem Abgang ist es nämlich ziemlich bergab mit ihm gegangen. Im Endeffekt ist es ja auch egal, weshalb sie gelogen hat.«

Emmerich nickte. Die Spur gefiel ihm. »Wissen Sie, wo wir diesen Kofler finden können?«

»Vergessen Sie den Kofler. Sperren Sie lieber die Chefin weg, die verlogene Sau. Falschaussage und Verleumdung sind keine Kavaliersdelikte.«

»Wo finden wir diesen Kofler?«, wiederholte Emmerich.

Liebenthal zog ein Schnoferl, er war sichtlich beleidigt. »Er arbeitet jetzt in den Ziegelwerken am Wienerberg. Offenbar wohnt er auch dort. Zumindest hab ich das gehört.«

Die Ziegelwerke am Wienerberg. Die Hölle auf Erden. Zwar hatte die neue Regierung dafür gesorgt, dass die Fünfzehn-Stunden-Schichten abgeschafft worden waren und die Arbeiter nicht mehr in Blechmarken entlohnt wurden, die sie nur in den überteuerten, betriebseigenen Kantinen einlösen konnten, trotzdem galt die Tätigkeit immer noch als die rauste und schlechtbezahlteste im ganzen Land. Hier schufteten nur Menschen, die keine andere Wahl hatten. Menschen wie Isidor Kofler.

Emmerich gab Winter ein Zeichen. »Gehen wir«, sagte er und wandte sich noch einmal an Liebenthal. »Treiben Sie's nicht zu wild. Nicht alle Kriminalbeamten sind so tolerant wie wir.«

Er trat nach draußen und war froh, diesen Albtraum aus Schweiß, Dampf und Homoerotik endlich verlassen zu können.

26

Im Jahr 1857 hatte Kaiser Franz Joseph I. die Errichtung der sogenannten Ringstraße in Auftrag gegeben, eines repräsentativen Prachtboulevards, der insgesamt achthundertfünfzig monumentale Gebäude umfassen sollte. Für dieses gigantische Vorhaben wurden Abermillionen von Bausteinen benötigt, und damit auch Tausende von Arbeitern, die diese herstellten.

Um in den Ziegelfabriken am lehmreichen Südrand der Stadt zu schuften, wurden so viele Männer, Frauen und Kinder aus Böhmen und Mähren hergeholt, dass Wien bald zur zweitgrößten tschechischen Stadt der Welt wurde – und zu einem Moloch, in dem Ausbeutung und Lohnsklaverei auf der Tagesordnung standen.

Die Umstände jener Zeit wirkten bis heute nach, denn die von Liebenthal zitierten Rechte der Arbeiter hatten sich noch nicht überall durchgesetzt.

Als sie am Wienerberg aus der Elektrischen stiegen, stellte Winter seinen Mantelkragen hoch und zog sich seine Lammfellmütze über die Ohren. »Ich hoffe, diese Spur bringt uns weiter«, sagte er.

»Ich auch. Es geht immerhin um alles. Für uns und für Navratil.«

Schweigend beschritten sie einen schmalen, morastigen Weg, der zu beiden Seiten von windschiefen Holzbuden gesäumt wurde. In vielen dieser Baracken brannte Licht, Rauch drang aus den Schornsteinen. Die Sozialdemokraten hatten für Acht-Stunden-Schichten gesorgt, doch den Menschen fehlte das Geld für Freizeitaktivitäten.

Emmerich klopfte auf gut Glück an die erstbeste Tür. Ein breitschultriger Mann mit finsterer Miene öffnete. Sein rabenschwarzes Haar wuchs ihm bis zu den struppigen Augenbrauen, sodass auf den ersten Blick nicht zu erkennen war, wo das eine begann und wo das andere endete.

»Was?«, fragte er in ruppigem Tonfall.

Emmerich kam nicht umhin, einen Blick an ihm vorbei ins Innere der Unterkunft zu werfen. Elend sah es aus, heruntergekommen und ungemütlich. Die Hütte bestand aus einem einzigen Raum, in dem Strohsäcke als Schlafstätten dienten. Neben dem obligatorischen Kruzifix hing ein Bild von Karl Marx an der Wand, ein Kanonenofen verbreitete spärliche Wärme. Um ihre Notdurft zu verrichten, mussten die Bewohner wohl die Löcher benutzen, die in einiger Entfernung ausgehoben worden waren. Dagegen ist das Männerlogierhaus tatsächlich eine himmlische Unterkunft auf Erden, dachte er. »Kennen Sie einen gewissen Isidor Kofler?«

»Was geht Sie das an?« Im Hintergrund war Husten und leises Wimmern zu hören, und Winter machte einen Schritt von der Tür weg.

»Ich bin ein Freund.« Emmerich fürchtete, hier mit seiner Marke nicht weit zu kommen. »Wir haben früher zusammen gearbeitet. Als Dienstmänner. Wissen Sie, in welcher Hütte er wohnt?«

»In keiner.«

»Sondern?«

»Oben.«

Emmerich schaute den Hügel hinauf, wo sich die Schornsteine der Ziegelfabrik abzeichneten. »Dort?«

»Im Ofen.« Der Mann hatte offenbar nicht mehr zu sagen, denn ohne ein weiteres Wort zu verlieren, schloss er die Tür.

»Im Ofen?« Emmerich fragte sich, ob der Kerl ganz bei Sinnen war. Inzucht, Alkoholismus und Perspektivlosigkeit konnten am Verstand nagen.

Sie gingen trotzdem weiter hinauf über den schlammigen Pfad, der gegen Ende so uneben und rutschig wurde, dass Emmerich fürchtete, zu stürzen und sein Bein endgültig zu ruinieren.

Unbeschadet am höchsten Punkt angelangt, atmete er erleichtert auf und schaute sich um. Trist war es hier, öde und karg. So weit man auch blickte, gab es kein bisschen Grün zu sehen, nur festgestampfte graubraune Lehmerde, die alles Leben unter sich erstickte – genauso wie es die harte, monotone Arbeit mit den Träumen der Menschen tat.

»Da drin muss der Ofen sein.« Emmerich deutete auf ein Gebäude, aus dem ein riesiger Schornstein ragte.

»Hoffentlich ist es dort halbwegs warm«, sagte Winter, und gemeinsam marschierten sie über einen Holzsteg auf eine schmale Tür zu.

»Warm genug?«, fragte Emmerich, als ihnen höllisch heiße Luft entgegenschlug, die ihre Gesichter zum Glühen brachte.

»Was ist nur aus der goldenen Mitte geworden?«

»Die gab's noch nie. Wir waren schon immer eine Nation der Extreme.«

Sie betraten einen finsteren Durchgang. Schritt für Schritt

tasteten sie sich voran, bis komplett aus dem Nichts ein orangerotes Licht erschien, vor dem sich die Silhouette eines Mannes abzeichnete.

»He, Sie!«, rief Emmerich, woraufhin das Licht verschwand und der Umriss von Dunkelheit verschluckt wurde.

»Um Gottes willen. Was war das?«, flüsterte Winter.

»Du hast es auch gesehen?«

Schlagartig tauchte das Leuchten wieder auf, und Emmerich erkannte, dass es sich bei der Erscheinung um einen Mann handelte, der vor einer Ofenröhre stand und Kohlen nachlegte.

»He, Sie!«, rief er noch einmal und tippte dem Arbeiter von hinten auf die Schulter.

Dieser fuhr herum und starrte ihn mit fiebrig glänzenden Augen wortlos an. Sein wettergegerbtes Gesicht war rot verbrannt und wurde von einem glänzenden Schweißfilm bedeckt.

»Wo finden wir Isidor Kofler?«

Der Heizer zeigte auf eine gemauerte Treppe und schippte eine weitere Schaufel Kohlen in den feurigen Schlund. Dann schloss er die Ofentür, und die Umgebung wurde erneut von dichter Schwärze verschlungen.

Emmerich riss ein Zündholz an. Im Schein der spärlichen Flamme stiegen sie die besagte Treppe hoch und gelangten auf eine Art Speicher. Aus dessen Boden ragten dicke Metallröhren, die offenbar direkt in den darunterliegenden Ofen führten. Von ihnen ging eine unerträgliche Hitze aus, die im Gegensatz zu jener im Römerbad nicht nach Menthol duftete, sondern beißend nach Rauch stank.

»Verdammt«, fluchte Emmerich.

Das Streichholz war abgebrannt und hatte ihm die Fingerkuppen versengt. Er schmiss es auf den Boden, zündete ein neues an und sah sich um. Die Atmosphäre vibrierte. Überall grummelte und knarrte es, zischende Laute schossen alle paar Sekunden durch den Äther, und die Luft tat in den Augen weh. So fühlte er sich also an, der heiße Atem des Teufels.

Sie gelangten in eine lange, gewölbte Kammer, von deren Wänden Staub und Ruß herabrieselte, und endlich hatten sie gefunden, wonach sie suchten – die Bewohner des Ofens.

Am hinteren Ende des Raumes saßen etliche Männer auf alten Matten. Sie waren in Lumpen gehüllt, um sich vor den heißen Steinen zu schützen, und spielten im Licht zweier Petroleumlampen ein Kartenspiel.

Emmerich räusperte sich.

Sofort drehten sich rußgeschwärzte Gesichter, aus denen das Weiß der Augen hervorstach, zu ihm und Winter um. Die Männer sahen nicht mehr menschlich aus, eher wie wilde Kreaturen aus der Schattenwelt. Sogar Emmerich wurde es bei ihrem Anblick ganz mulmig, und er fasste an seine Dienstwaffe.

Durch ein Nicken gab er Winter zu verstehen, sich zur Flucht bereitzuhalten. »Wer von euch ist Isidor Kofler?«

Keiner der Männer gab eine Antwort, aus ihren ausdruckslosen Gesichtern sprach keinerlei Emotion.

»Wir suchen nach einem Mann dieses Namens«, versuchte er es erneut.

»Wer hier oben wohnt, hat keinen Namen mehr«, sagte einer und widmete sich wieder seinen Karten. Die anderen taten es ihm gleich.

»Von mir aus, dann suche ich halt nach dem Mann, der früher einmal Isidor Kofler geheißen hat.«

Sie ignorierten ihn weiter und spielten ihr Spiel.

Emmerich war klar, dass auch Drohungen oder Bitten nichts bringen würden. »Na gut«, sagte er. »Dann zocken wir. Wenn ich gewinne, sagt ihr mir, wer von euch Kofler ist.«

»Und wenn du verlierst?«

»Sucht euch was aus.«

»Die Schuhe«, sagte einer.

»Das Cape«, ein anderer.

»Und die Mütze von deinem feinen Kollegen.«

»Ist gut.« Emmerich ignorierte Winters konsternierten Blick und setzte sich in die Runde.

Der Boden war so heiß, dass er sich ernsthafte Sorgen um seine Männlichkeit machte. Wie konnte man nur so leben? Er war stets der Überzeugung gewesen, dass die Obdachlosen, die im kalten, feuchten Wienkanal vor sich hin vegetierten, das elendeste Dasein in dieser Stadt fristeten, doch diese Männer belehrten ihn eines Besseren.

»Wir spielen *Bettler*«, erklärte einer von ihnen, ohne sich über die Ironie seiner Worte bewusst zu sein. »Der Erste legt eine Karte seiner Wahl, die anderen müssen reihum mit jeweils einem höheren Wert folgen. Drei auf zwei, dann vier, fünf, sechs und so weiter.«

»Und wenn ich keine passende Karte habe?«

»Dann musst du aussetzen. Wer den höchsten Wert spielt, darf als Nächster ansagen. Wer zuerst alle Karten loswird, ist der König. Der Zweite wird Vizekönig, der Dritte Kaufmann. Dann kommen Bürger, Bauer und Bettler.«

»Wenn ich nicht Bettler werde, sagt ihr mir, wer Kofler ist.«

Die Männer lachten hämisch.

»Das würde dir so passen!«, rief einer. »Du erfährst, wer und wo Kofler ist, wenn du König wirst. Bei allem darunter gehören deine Sachen uns.«

Winter nahm die Mütze ab und drückte sie gegen seine Brust.

Emmerich gab sich zerknautscht. »Wie soll ich denn ohne Schuhe wieder nach Hause kommen?«

»Das ist dein Problem. Rückzieher kannst du jetzt keinen mehr machen.« Einer der Männer übergab ihm die schmutzigen Karten. »Einmal schön mischen und dann austeilen.«

Emmerich tat wie ihm geheißen und stellte sich denkbar ungeschickt an. Die Karten fielen ihm mehrfach aus der Hand. Als er sein Blatt aufnahm und betrachtete, seufzte er. »Los geht's.« Er warf die Herz-Sechs in die Mitte.

Der Spieler rechts von ihm legte die Pik-Sieben darauf, der nächste die Karo-Acht.

»Passe«, sagte der daneben.

»Passe.«

Es folgten die Herz-Neun, die Karo-Zehn, der Herz-Bube und die Kreuz-Dame. Emmerich beendete die Runde mit einem Ass und startete die nächste mit der Kreuz-Drei. So ging es weiter, und alle staunten nicht schlecht, als er am Schluss als König dastand.

»Das nenn ich dann wohl Anfängerglück.«

»Von wegen.« Der Mann neben ihm packte Emmerichs Handgelenk, verdrehte es unsanft und holte mehrere Karten aus seinem Hemdsärmel.

Niemand sagte ein Wort. Es war so still in dem Raum, als hätte sogar der Teufel den Atem angehalten.

»Leck mi am Oasch!«, durchbrach endlich einer die Stille und lachte laut los. »Wo hast du denn g'lernt, so zu bescheißen? Im Leben hätt' ich nix g'merkt, und dabei hab ich extra auf'passt.«

Emmerich atmete auf. »Im Waisenhaus. Wer nicht stark war, musste schlau sein oder zumindest dreist.«

Die Männer nickten und brummten etwas, das wohl Zustimmung ausdrücken sollte.

»In welchem warst?«, fragte einer.

»Findelhaus im Mölkergarten.«

»Keplergasse.«

»Ha«, blaffte ein anderer. »Ich war im Norbertinum in Tullnerbach, diesem Drecksloch. Von hundert Kindern ham's grad mal fünfzig g'schafft, dort wieder ausse zu kommen.«

»Den anderen ist einiges erspart geblieben.« Jemand packte eine Flasche aus und ließ sie durch die Runde wandern. »Auf die Toten.«

Als Emmerich an der Reihe war, trank er einen Schluck von dem streng riechenden Gebräu und unterdrückte ein Würgen. Der Fusel schmeckte nach alten Socken und war so scharf, dass man froh sein musste, nicht sofort zu erblinden. »Hier.« Er reichte die Buddel an Winter und signalisierte, dass er es ihm gleichtun solle.

Winter zog sich den Ärmel seines Hemdes über die Hand und wischte damit den Flaschenhals ab, woraufhin Emmerich ihm mit dem Ellenbogen in die Rippen stieß.

»Mach schon«, zischte er.

Mit gerümpfter Nase führte Winter die Flasche an seine

Lippen und nippte. »Pfui«, stieß er hervor, verzog das Gesicht und spuckte das Gesöff auf den Boden.

Die Männer gaben sich gekränkt, der kurze Anflug von Leichtigkeit zerplatzte in der Luft wie eine Seifenblase.

»Sie müssen es ihm nachsehen«, versuchte Emmerich, die Situation zu retten. »Der Kleine hat blaues Blut. Die echte Welt ist ihm fremd.«

Die Ofenbewohner schauten sich gegenseitig an. »Die Mütze.«

»Gib sie ihnen.«

Als Winter zögerte, nahm Emmerich sie ihm aus den Händen und reichte sie an den Mann weiter, der die Forderung gestellt hatte.

»Bring die beiden zu Kofler«, wies dieser einen anderen an und befühlte das weiche Lammfell.

Ein krummer Kerl rappelte sich auf und bedeutete ihnen, mit ihm zu kommen.

Emmerich und Winter folgten ihm durch eine Vielzahl niedriger Gänge, in denen wieder das Vibrieren, Ächzen und Knarren zu vernehmen war. Es schien, als kämpften sie sich durch den Bauch eines fiebrigen Raubtiers.

»Hier«, sagte der Krumme, als sie eine schmale Kammer erreichten, in der hohe Stapel unfertiger Ziegel darauf warteten, gebrannt zu werden. Er deutete auf zwei Männer, die zwischen den Rohlingen auf dem Boden lagen und ein Bild des Elends boten. Sie waren auf Lumpen gebettet und husteten erbärmlich.

Winter wich zurück. »Was haben sie?«

»Keine Ahnung. Wahrscheinlich Staublunge. Zur Sicherheit haben wir sie hier einquartiert. Bis es vorüber ist. Auf die eine oder andere Weise.«

Der Mann verschwand, und Emmerich setzte an, in die Kammer zu gehen.

Winter hielt ihn zurück. »Was, wenn es ansteckend ist?«

»Du hast gehört, was er gesagt hat. Wahrscheinlich Staublunge. Das würde mich bei den Verhältnissen hier drinnen nicht wundern.«

»Es könnte aber auch etwas anderes sein, etwas Todbringendes.« Winter zog sich den Hemdkragen über die Nase.

»Staublunge bringt einen auch um.«

»Wollen Sie das Risiko wirklich eingehen? Als die Spanische Grippe Wien überrollt hat, habe ich meiner Familie beim Sterben zugesehen. Sie können sich nicht vorstellen, wie schrecklich das war.«

»Wenn es hochansteckend wäre, hätten die Männer oben auch Symptome gezeigt«, sagte Emmerich mehr zu sich selbst als zu Winter. »Wir dürfen jetzt nicht den Schwanz einziehen, sonst bleiben wir für immer die unrühmliche Krüppelbrigade.«

»Immer noch besser, als so zu enden.« Winter deutete auf die beiden lebenden Leichen.

»Das sehe ich anders.« Emmerich betrat die Kammer, während sein Assistent hinter der nächsten Ecke verschwand. »Isidor Kofler?«

Einer der Männer öffnete die Augen und hob den Kopf. Er versuchte, sich aufzusetzen, war aber zu schwach dafür und sackte wieder zusammen.

Emmerich zog sein Cape aus, faltete es und schob es ihm unter den Nacken.

»Was … wollen Sie?« Die Stimme des Mannes war kaum hörbar, seine Wangen eingefallen.

Emmerich legte ihm die Hand auf die Stirn. Er glühte.

»Herr Kofler, ich heiße August Emmerich.« Auf einmal war es ihm sehr wichtig, einen Namen zu besitzen. »Es geht um Richard Fürst.«

Kofler hustete und spuckte auf den Boden. »Was …«, er hustete erneut, »was ist … mit ihm?« Das Sprechen fiel ihm hörbar schwer.

Emmerich starrte auf den blutigen Auswurf genau vor seinen Schuhen. »Sie wissen nichts davon?«

»Von … was?«

»Er wurde ermordet. Der Mann, der es getan hat, trug wahrscheinlich eine Dienstmann-Uniform. Mir wurde erzählt, dass Sie noch so eine besitzen.«

»Die hab ich … versetzt … im Leihhaus.« Koflers Lunge gab ein pfeifendes Geräusch von sich. »Die hätt' … die hätt' jeder kaufen können.«

»Welcher Pfandleiher war es?«

»Poljakowich.«

»Scheiße!« Emmerich presste die Lippen aufeinander. Er kannte Poljakowich. Der hatte sich vor ein paar Wochen mit den Falschen angelegt und war mit durchschnittener Kehle aus der Donau gefischt worden. Den konnte er nicht mehr über den Wahrheitsgehalt von Koflers Aussage befragen. »Können Sie mir sagen, was Sie am vergangenen Donnerstagabend gemacht haben?«

»Hier … ich war hier … lieg' seit zehn Tagen … bin zu … zu schwach zum Aufstehen.«

»Kann das jemand bezeugen?«

»Ich«, keuchte der Mann neben ihm.

Eine Mischung aus Enttäuschung und Erleichterung überkam Emmerich. Enttäuschung darüber, dem Täter nicht nähergekommen zu sein, Erleichterung, Kofler nicht verhaften zu müssen. Der arme Teufel war vom Leben schon gestraft genug.

»Sehen Sie … sehen Sie sich diesen Častolowitz … mal genauer an«, presste Kofler hervor.

»Ignatius Častolowitz? Den Direktor des Hofwaffenmuseums? Den zweiten Vorsitzenden der Miserodingsda?«

»Ich hab … hab oft … für Fürst gearbeitet … Botengänge erledigt … und … im Haushalt ausgeholfen … Častolowitz war viel auf Besuch … Hab einmal gehört, wie sie gestritten haben … Dachten, keiner … keiner hört sie …« Kofler holte tief Luft und hustete dann so heftig, dass Emmerich fürchtete, er würde gleich seine Lunge ausspucken. »Sie haben sich gegenseitig gedroht … Es ging … um eine Reha … Rehabilitationsanstalt.«

Emmerich brauchte einen Augenblick, um diese Information zu verarbeiten. »Also doch …«, murmelte er. Die Spur führte wieder zurück zur MV-Vereinigung. »Haben Sie noch mehr gehört? Was genau stimmt mit der Anstalt nicht? Was hatte Fürst daran auszusetzen? Auf den ersten Blick scheint dort nämlich alles mit rechten Dingen zuzugehen.«

»Ich … ich weiß nicht … Es ging um … um Helden …« Kofler schloss die Augen. Er atmete schwer, seine Lunge rasselte.

Emmerich dachte an die beiden Kriegsversehrten. *Mein Arm liegt in den Dolomiten, sein Bein in der Adria …* Für ihre Verdienste hatten sie die Tapferkeitsmedaille verliehen bekommen. Wurden Helden etwa bevorzugt? Und falls ja, war das so schlimm? »Vielen Dank«, sagte er. »Ich werde Častolowitz genauer unter die Lupe nehmen.«

»Seien Sie … vorsichtig …«

»Wieso? Častolowitz soll ein verdienter Kriegsheld und großer Wohltäter sein.«

»Ich war … Russlandfront … Da waren … solche Männer … Haben keine Angst vor … der Schlacht … Haben Lust am … am Töten.«

Emmerich verstand. Vorsichtig zog er sein Cape unter Koflers Kopf hervor und verabschiedete sich. »Gute Besserung«, sagte er, obwohl er sicher war, dass der arme Mann das Licht der Sonne nie wiedersehen würde.

Als er nach draußen trat, atmete er tief ein und genoss für ein paar Momente die sauerstoffhaltige Luft. Es hatte aufgehört zu regnen, und der Himmel war so klar, dass Venus und Jupiter bereits gut am Firmament zu sehen waren.

»Sie hätten denen nicht einfach meine Mütze geben sollen.« Winter stellte den Kragen seines Mantels hoch und zog den Kopf ein. »Ich bin durchgeschwitzt«, klagte er, »und hier draußen ist es verdammt kalt. Ich werde mir noch den Tod holen.«

Emmerich rollte mit den Augen, unterdrückte ein »Scheiß dich nicht an« und rief sich das tragische Schicksal von Winters Familie ins Gedächtnis. »Tut mir leid.«

Er stapfte los über den matschigen Pfad, fort von dem Ziegelofen und dem Schürraum, weg von den namenlosen Männern und ihrem unsagbaren Elend.

Winter folgte ihm. »Bitte sagen Sie, dass es sich wenigstens rentiert hat.«

»Kofler ist nicht unser Mann. Er liegt seit zehn Tagen in dem Loch und krepiert vor sich hin. Aber er hat einen Namen genannt: Ignatius Častolowitz.«

Winter pfiff durch die Zähne. »Ausgerechnet der. Der ist

ein ganz schönes Kaliber. Hat Kofler seinen Verdacht wenigstens begründen können?«

»Kofler hat ein paarmal für Richard Fürst gearbeitet. Dabei hat er zufällig mitbekommen, dass er und Častolowitz gestritten haben. Der gute Herr Direktor ist wohl ziemlich laut geworden und hat Drohungen gegen Fürst ausgesprochen.«

»Und worum ging es?«

»Um die Rehabilitationsanstalt.« Emmerich betrachtete die Stadt, die sich vor ihnen ausbreitete. Ein düsterer Moloch, in dem jüngst entfesselte Kräfte miteinander um die Vorherrschaft rangen. »Das kann kein Zufall sein. Wir haben zwei verschiedene Spuren verfolgt, und beide haben uns an denselben Punkt geführt. Es muss was dran sein. Wenn ich nur wüsste, was.«

Winter konsultierte seine Taschenuhr. »Es ist zu spät, um heute noch etwas zu unternehmen. Außerdem können wir uns in diesem Aufzug nirgendwo sehen lassen. Schon gar nicht bei einem wie Častolowitz. Schauen Sie uns doch nur einmal an.«

Tatsächlich war ihre Kleidung zerknittert und voller Ruß, der an dem feuchten Stoff haftete und sich nicht abklopfen ließ.

»Uns rennt die Zeit davon«, sagte Emmerich. »Wir haben nicht mal mehr eineinhalb Tage bis zu Gonskas Rückkehr.«

»Das stimmt wohl, aber Častolowitz ist ein mächtiger Mann. Wenn er wirklich etwas mit dem Mord zu tun hat, sollten wir ausgeruht und mit klarem Kopf an die Sache rangehen.«

Emmerich dachte an das, was Kofler zu ihm gesagt

hatte, und sah ein, dass sein Assistent recht hatte. »Wir treffen uns morgen früh um acht vor dem Hofwaffenmuseum.«

»Ist das nicht seit 1914 geschlossen?«

»Schon, aber es wird bald wieder eröffnet, weshalb dort Tag und Nacht mit vollem Einsatz gearbeitet wird – und zwar sicher unter den wachsamen Augen des Herrn Direktors.«

Die Wiener Straßenbahnen fuhren heuer zu den unmöglichsten Betriebszeiten. Kein Mensch kannte sich mehr mit den Fahrplänen aus. So war Emmerich nicht verwundert und schon gar nicht unerfreut, als er eine Garnitur der Linie 67 an der Haltestelle Lehmgasse stehen sah.

»Letztes Mal für heut«, brummte der Schaffner, als Emmerich einstieg und es sich auf einem der kalten Sitze so gemütlich wie möglich machte. »Zeit wird's. Endlich Feierabend.«

Emmerich nickte und starrte hinaus in die Nacht. Augenblicklich begannen seine Gedanken, sich um Luise zu drehen. Was hätte er nur dafür gegeben, jetzt zu ihr und den Kindern fahren zu dürfen. Mit ihnen abendzuessen, die Kleinen ins Bett zu bringen und anschließend mit einem Glas einfachen Weins am Küchentisch zu sitzen und mit Luise über Gott und die Welt zu reden. Über alltägliche Dinge. Kleinigkeiten. Wie zum Beispiel den frechen Dieb, der aus dem Landesgericht für Strafsachen die Winterröcke der Anwälte und Richter gestohlen hatte …

Je weiter die Elektrische in die Stadt eindrang, desto unbändiger wurden seine Sehnsucht und das Bedürfnis, nach dem Rechten zu sehen. Nur einen flüchtigen Blick wollte er auf sie werfen, nur eine kurze Bestätigung bekommen, dass es ihnen halbwegs gut ging.

Er wusste, dass dies unvernünftig war. Besser wäre es, sich jetzt schlafen zu legen und Kraft zu tanken, doch er konnte sich gegen das Verlangen nicht wehren, gab ihm schließlich nach und stieg ganz in der Nähe seiner ehemaligen Wohnung aus.

Nach einem kurzen Fußmarsch wartete er schweigend, im Dunkel der gegenüberliegenden Toreinfahrt verborgen, und starrte auf die Fenster, hinter denen keine Kerze stand und auch sonst keine Regung auszumachen war. Die Vorhänge waren zugezogen, und soweit er es erkennen konnte, brannte dahinter kein Licht.

Ob sie wohl alle schon schliefen? Oder etwa nicht? Eine Vielzahl von Bildern flutete sein Gemüt: Luise, die weinend und mit gesenktem Haupt in der Waschküche stand. Xaver, der drohend seine Hand erhob. Die Kinder, die sich zitternd vor Angst in ihren Betten zusammenkauerten.

Emmerich presste die Zähne zusammen und wandte seinen Blick ab. Er musste gehen. Fort von all den schlimmen Gedanken und schrecklichen Möglichkeiten. Wenn er noch länger blieb, würde er vielleicht etwas Unbedachtes tun, etwas Überstürztes, das niemandem etwas nutzte. Ihm nicht und schon gar nicht seiner Familie.

Er würde den Fall Fürst aufklären und für Gerechtigkeit sorgen. Sobald das erledigt war und er seine Stellung bei »Leib und Leben« gefestigt hatte, würde er Luise und die Kinder holen.

»Haltet durch. Es dauert nicht mehr lange«, murmelte er, stellte seinen Kragen hoch und lief in die Nacht hinein.

Donnerstag, 25. März 1920

27

Das Hofwaffenmuseum befand sich im sogenannten Arsenal, einer Festungsanlage, die in der Mitte des vergangenen Jahrhunderts errichtet worden war. Rund zweihundert Millionen Ziegel waren in dem zweiundsiebzig Gebäude umfassenden Komplex verbaut worden. Ziegel, die auf dem Wienerberg gebrannt worden waren, von Männern wie Isidor Kofler, die dafür ihre Würde und ihre Gesundheit hatten lassen müssen.

Für Gott, Kaiser und Vaterland.

Für die Katz.

Das Hofwaffenmuseum war im maurisch-byzantinischen Stil erbaut und wurde von einer prunkvollen Kuppel gekrönt.

»Da sieht man mal wieder, wo die Prioritäten liegen«, murrte Emmerich. Er hatte schlecht geschlafen, und seine Laune war dementsprechend mies. »Der Krieg ist endlich vorbei, verloren wohlgemerkt, und trotzdem werden Hunderttausende von Kronen in dessen Verherrlichung gesteckt.«

»Erinnerungskultur ist nicht per se etwas Schlechtes«, konterte Winter, als sie das Gebäude betraten.

»Auf diese Weise schon.« Emmerich breitete seine Arme aus. »Sieh nur, all die Pracht. Die tun hier so, als wäre Krieg etwas Ruhmreiches und Edles. Fall ja nicht darauf rein!

In Wirklichkeit ist er einfach nur brutal und schmutzig, und zwar auf allen Ebenen.«

Tatsächlich war auch die Eingangshalle äußerst prunkvoll ausgestattet. Der Boden war mit Marmorplatten ausgelegt, die Säulen, die die gewölbte Decke trugen, waren mit Goldornamenten verziert, und auf unzähligen Sockeln thronten die lebensgroßen Statuen bedeutender Feldherren.

»Das Museum hat geschlossen.« Ein großer, breitschultriger Kerl mit kahl geschorenem Schädel und Vollbart stellte sich ihnen in den Weg.

»Die Tür war aber offen.«

»Die Handwerker sollten jeden Moment eintreffen, wir renovieren und aktualisieren die Sammlungen. Sobald es einen Termin für die Wiedereröffnung gibt, werden wir ihn bekannt geben.« Er deutete nach draußen.

»Wir sind keine Besucher, wir sind von der Kriminalpolizei.« Emmerich präsentierte seine Marke. »Wir müssen mit Herrn Častolowitz reden. Er ist doch hier?«

»In welcher Angelegenheit wollen Sie ihn sprechen?«

»Das sage ich ihm selbst.«

Der Kerl schien mit der Antwort nicht zufrieden zu sein. Feindselig starrte er Emmerich an. »Warten Sie hier«, sagte er schließlich in einem Tonfall, der keine Widerrede zuließ. Er drehte sich um und verschwand durch eine breite, weiß getünchte Tür. Kaum dass er außer Sichtweite war, folgte Emmerich ihm.

»Sollten wir nicht lieber tun, was er gesagt hat?«

Emmerich zeigte auf die Statue eines Mannes, der einen Schlapphut und hohe Stiefel trug. »Andreas Hofer. Der hat auch nicht getan, was andere wollten.«

»Sie wissen aber schon, dass er am Ende vor einem

Erschießungskommando stand.« Mit einem leisen Seufzer auf den Lippen ging Winter seinem Vorgesetzten hinterher.

»Na bumm«, entfuhr es diesem, als sie einen Raum betraten, in dem zwei große Haubitzen standen, deren Rohre direkt auf sie gerichtet waren. Emmerich unterdrückte den spontanen Impuls, sich zu ducken, und ging schnell weiter in den angrenzenden Saal. Dieser war größer als der vorherige und stellte Uniformen, Maschinengewehre und eine mobile Feldküche zur Schau. »Ich hatte gehofft, dieses Zeug nie wiedersehen zu müssen«, murmelte er und ging schnell durch die nächste Tür.

Sie fanden sich in einer Halle mit einem hohen Plafond und einem einfachen grauen Steinboden wieder. Überall standen leere Glasvitrinen und Holzkisten in allen nur erdenklichen Größen und Formen. Von dem bärtigen Glatzkopf fehlte jede Spur.

»Wo ist er hin?«, fragte Winter.

Emmerich sah sich um, suchte nach einer weiteren Tür. »Endstation«, sagte er, als er keine ausmachen konnte. »Eigenartig. Die Ausstellungssäle sind hintereinander angeordnet wie ein langer Schlauch. Er hätte an uns vorbeigehen müssen.«

Plötzlich tat sich in der Wand ein schmaler Durchgang auf, und der Mann mit der Glatze trat in den Raum.

»Ach so, eine Tapetentür«, stellte Emmerich fest. »Kein Prachtbau in Wien kommt wohl ohne so etwas aus.«

»Ich hatte doch gesagt, Sie sollen vorne warten.« Der Glatzkopf stemmte die Hände in die Hüften, in seinem Gesicht zog ein Sturm auf. »Sie können hier nicht einfach zwischen den Exponaten herumspazieren. Da sind …«

»Schon gut.« Hinter ihm erschien ein Mann in einem

dunkelblauen Dreiteiler und einem Hemd mit Vatermörderkragen. Sein grau meliertes Haar war akkurat nach hinten gekämmt, er trug einen gut getrimmten Kinn- und einen gezwirbelten Schnurrbart. Das musste Častolowitz sein. Mit eisiger Miene reichte er dem Glatzkopf ein in schwarzes Leder gebundenes Heft und nickte ihm zu. »Bitte entschuldigen Sie«, wandte er sich an Emmerich und Winter. »Herrn Seebold, meinem Sekretär, ist die Sammlung sehr wichtig.«

Seebold bedachte die beiden Polizeibeamten mit einem grimmigen Blick und verschwand wieder in der Dunkelheit, aus der er vor wenigen Augenblicken getreten war. Die Tür schloss sich wie durch Zauberhand und fügte sich wandbündig in das umliegende Mauerwerk ein.

»Was kann ich für Sie tun?«, wollte Častolowitz wissen.

»Wir haben ein paar Fragen. Es geht in erster Linie um Herrn Fürst.«

»Ich hoffe, es stört Sie nicht, wenn ich nebenher ein bisschen arbeite.« Častolowitz schenkte seine Aufmerksamkeit dem Inhalt einer großen Holzkiste, den er mit geradezu inbrünstiger Andacht betrachtete.

»Alpini-Hut«, sagte Emmerich, der neugierig geschaut hatte, was den Direktor so sehr faszinierte. »Sechstes Regiment, drittes Bataillon.«

Častolowitz sah auf und kniff die Augen zusammen. Er schien von Emmerichs Fachwissen beeindruckt zu sein. »Sie kennen sich mit italienischen Uniformen aus. Haben Sie dort unten gedient?«

»Elfte Armee, sechsundzwanzigstes Korps, zweiunddreißigste Infanteriedivision.«

»Unter Horsetzky …« Častolowitz nickte wissend und

ließ seinen Blick über Emmerich wandern. »Heil rausgekommen?«

»Nicht ganz.« Er deutete auf sein Bein. »In Vittorio Veneto hat's mich erwischt.«

»Verstehe.« Die Tatsache, dass Emmerich Teil der streitbaren Truppen unter General Horsetzky von Hornthal gewesen war, schien ihn wohlwollend zu stimmen. »Mich hat es bei der Schlacht an der Aa erwischt.« Er hielt seine linke Hand in die Höhe, an der Mittel- und Ringfinger fehlten. »Abgefroren, aber das hat mich nicht davon abgehalten, noch am selben Tag fünf berittene russische Soldaten mit einem Bajonett abzustechen.« Častolowitz lächelte und klopfte Emmerich auf die Schulter. »Normalerweise bin ich aber eher den Schusswaffen zugeneigt. Was wird heutzutage eigentlich bei der Polizei verwendet?«

»Die gute alte Steyr M1912.«

»Solide«, nickte Častolowitz. »Ich persönlich schwöre auf die Luger 08. Die lässt sich schneller laden und hat einen günstigeren Griffwinkel. Sollten Sie mal probieren. Alle meine Bekannten pflichten mir bei.«

»Der Lademechanismus der Steyr ist dafür resistenter gegen Schmutz.« Emmerich musterte den Direktor genauer. Abgesehen von seiner militärischen Vergangenheit und seinem Faible für Waffen wirkte er nicht besonders furchterregend. Er war einfach nur ein etwas steifer Herr im besten Alter.

»Bitte rufen Sie die Baufirma an«, sagte Častolowitz zu seinem Sekretär, als dieser plötzlich wieder im Raum stand. »Die Handwerker sollten schon längst hier sein.«

»Wie Sie wünschen.« Seebold nickte und eilte davon.

»Um zurück zu Herrn Fürst zu kommen …«, versuchte

Emmerich es erneut, »… wir haben gehört, dass Sie beide ein paar Wochen vor seinem Tod einen heftigen Streit hatten. Es soll um die Rehabilitationsanstalt gegangen sein, die Ihre Wohltätigkeitsorganisation betreibt.«

Častolowitz entnahm der Kiste einen weit ausladenden Hut mit schwarz-grünen Hahnenfedern – die traditionelle Kopfbedeckung der Bersaglieri, der leichten Infanterie der italienischen Armee. »Ach das.« Er klopfte seelenruhig ein paar Staubkörner von dem Hut, betrachtete ihn von allen Seiten und legte ihn anschließend in eine der offenen Vitrinen. »Fürst fand die Ausgaben pro Patient zu hoch. Er wollte, dass wir mehr Männer behandeln. Was nur auf Kosten der Therapiequalität möglich gewesen wäre. Das wollte ich nicht.«

Emmerich schwieg. Das war's? Eine simple Meinungsverschiedenheit über die Verteilung von Geldern?

»Fürst konnte aufbrausend sein, und ich bin es leider auch«, erklärte Častolowitz. »Gut möglich, dass wir lauter geworden sind, als es der Sache zuträglich war.« Er widmete sich wieder der Kiste, versenkte seine Hände tief in den Holzspänen darin, beförderte einen graugrünen Stahlhelm ans Licht und musterte ihn. Offenbar missfiel ihm etwas daran, denn er legte ihn nicht in die Vitrine, sondern stellte ihn neben sich auf den Boden. »Wir haben von den Kriegsschauplätzen so viel Material bekommen, dass es nicht möglich ist, allen Stücken gerecht zu werden. Nur die schönsten Exponate werden ausgestellt.« Er fuhr sich über den Kinnbart. »Aus Vittorio Veneto haben wir auch ein paar Relikte angefordert. Wollen Sie sie sehen? Die müssten im Südwesttrakt sein.« Ohne eine Antwort abzuwarten, marschierte er los.

»Können Sie mir sagen, was Sie am Abend des 18. März gemacht haben?« Emmerich winkte Winter zu, und sie gingen ihm nach.

»Am letzten Donnerstag? Da war ich mit Bekannten im Bürgertheater. Ich kann Ihnen gern ihre Namen aufschreiben. Wir haben uns *Hasard* angesehen. Später haben wir noch zusammengesessen, um über die Geschehnisse in Berlin zu sprechen. Die gescheiterte Revolution durch Lüttwitz und Kapp. Ich sage Ihnen, so etwas könnte uns auch noch bevorstehen. Vielleicht wäre es gar nicht mal das Schlechteste …«

Sie gingen zurück in die Eingangshalle und betraten die Räumlichkeiten auf der gegenüberliegenden Seite.

»Können Sie sich vorstellen, dass die Regierung alles hier verkaufen wollte, um die wirtschaftliche Lage des Landes zu verbessern?« Častolowitz war vor einem Gemälde stehen geblieben, das eine Szene nach der Schlacht bei Königgrätz abbildete. Die Leiber von etlichen Soldaten und ihren Streitrössern lagen in einem blutigen Durcheinander auf schlammigem Boden, während im Hintergrund schwarze Rauchsäulen in den Himmel emporstiegen.

»Und wieso hat sie es nicht gemacht?« Emmerichs Frage war durchaus ernst gemeint.

Častolowitz runzelte die Stirn. »Na weil ich mich vehement dagegen gewehrt habe. Von dieser Regierung lasse ich mir nichts befehlen. Es ist schon Skandal genug, dass sie den verdammten Staatsvertrag unterschrieben haben. Die nationale Identität unseres Volkes steht auf dem Spiel.«

»Identitätsgefühl kann man nun mal nicht essen.«

Častolowitz sah ihn an, als hätte er den Verstand verloren. »Der Mensch lebt nicht vom Brot allein. Wir brauchen Erinnerungsstätten und Bewusstseinsschmieden. Wir brauchen Orte wie diesen hier, an dem die wahren Werte vermittelt werden, die unser Land so bitter nötig hat, um wieder aufzublühen und zu dem zu werden, was es bis vor Kurzem noch war: ein Weltreich voller Wohlstand, Ruhm und Glorie.«

»Das hab ich ein bisschen anders im Gedächtnis«, murmelte Emmerich, sodass nur Winter es hören konnte.

Wohlstand, Ruhm und Glorie – all diese Dinge hatte er zeit seines Lebens nie erfahren, dafür aber Hunger, Kälte und soziale Missstände. Wenn es nach ihm ginge, konnte die Regierung jedes einzelne dieser Ausstellungsstücke verscherbeln, um damit Nahrungsmittel, Brennmaterial und Medikamente für die Bedürftigen zu kaufen.

»Soll ich Ihnen die Namen meiner Bekannten notieren, mit denen ich im Theater war?« Častolowitz sah sich offenbar nach etwas zum Schreiben um, fand aber nichts. »Irgendwo hab ich sicher auch noch die Eintrittskarten herumliegen … mein Büro ist leider Teil der Baustelle … das elende Chaos …«, murmelte er. »Wissen Sie was, mein Sekretär kann Ihnen später alles ins Kommissariat bringen.«

»Ja, das wäre gut. Vielen Dank. Bitte entschuldigen Sie die Störung.« Emmerich nickte Winter zu, drehte sich um und eilte in Richtung Tür.

»Aber was ist denn jetzt mit dem Material aus Vittorio Veneto?«, rief Častolowitz ihm hinterher. »Wollen Sie das gar nicht mehr sehen?«

»Nicht nötig«, gab Emmerich zur Antwort. »Ich war selber dort.«

Mit schnellem Schritt ging er an dem Gemälde der

Schlacht von Königgrätz vorbei und verließ den Südwesttrakt in Richtung Ausgang.

Winter hastete ihm nach, sichtlich irritiert über den kampflosen Abgang seines Vorgesetzten. »Wollten Sie denn gar nicht tiefer bohren?«, fragte er.

»Wozu? Der Kerl ist aalglatt. Ist dir aufgefallen, wie ruhig er die ganze Zeit war? Alle Antworten kamen wie aus der Pistole geschossen. Er hat keinen Augenblick darüber nachdenken müssen, wo er den besagten Abend verbracht hat, war kein bisschen nervös. Der hat für alle Eventualitäten vorgesorgt.«

»Vielleicht hat er tatsächlich ein reines Gewissen?«

Emmerich rollte die Augen. »Gerade die Unschuldigen werden emotional, wenn man sie nach ihrem Alibi fragt. Erinnere dich an die zornige Reaktion von Karl Dobrensky oder die Trauer seiner Schwester. Und außerdem: Glaubst du wirklich, dass ein Kerl wie Častolowitz freiwillig ins Bürgertheater geht? Noch dazu, um sich eine Operette anzusehen? *Hasard* … Das ist ein kitschiger Scheiß. Richtiger Weiberkram. So was schaut sich vielleicht unser Fräulein Grete an, aber sicher keiner wie er. Warum hat er sich nicht den *Tannhäuser* in der Volksoper angesehen? Das würde doch viel besser zu ihm passen.«

»*Hasard* … *Tannhäuser* … Seit wann kennen Sie sich so gut mit der Wiener Theater- und Opernszene aus?«

»Wenn man sich lange genug hinter einer Litfaßsäule verstecken muss, kriegt man mehr über den Mist mit, als einem lieb ist.«

Winter kratzte sich am Kopf. »Wir können ihm keinen Strick aus der Tatsache drehen, dass er ein Faible für romantische Operetten hat.«

»Hat er nicht. Glaub mir«, beteuerte Emmerich. »Ich wette, dass er im Bürgertheater war, weil es nur ein paar Hundert Meter von Fürsts Haus entfernt liegt. Außerdem ist es drinnen schön laut und dunkel, da fällt es nicht auf, wenn man mal kurz verschwindet.«

»Ergibt Sinn, hilft uns aber nicht weiter.«

In der Feldherrenhalle angekommen, lief Emmerich nicht zur Ausgangstür, sondern ging an den Haubitzen, Uniformen und Maschinengewehren vorbei in den Saal mit den Kisten.

»Wo wollen Sie denn hin?«

Emmerich blieb vor der Tapetentür stehen. »Es gab genau einen einzigen Moment, in dem Častolowitz verunsichert war, und zwar als er hier hereingekommen ist. Er hat nicht damit gerechnet, uns zu sehen. Hast du mitgekriegt, wie eisig sein Blick war, bevor er die Maske des freundlichen Direktors aufgesetzt hat? Und fandst du nicht auch äußerst eigenartig, was er danach getan hat?«

Winter legte den Kopf schief und überlegte. »Er hat seinem Sekretär etwas in die Hand gedrückt.«

»Ganz genau. Er hat ihm ein Heft zugesteckt und ihn damit nach unten geschickt. Als Seebold wieder zurückkam, hatte er es nicht mehr dabei.«

»Und Sie wollen jetzt …«

Emmerich öffnete die Tür. Dahinter befand sich eine schmale, steinerne Treppe. »Ganz genau. Ich will wissen, was darin steht.«

»Sind Sie sicher, dass das so eine gute Idee ist?« Winter starrte auf die Stufen, die hinunter in die Finsternis führten.

»Fällt dir was Besseres ein?«

»Nicht wirklich, trotzdem halte ich es für keinen so guten Einfall. Was, wenn irgendwer dort unten ist?«

Emmerich riss ein Streichholz an. »Man merkt wirklich, dass du nicht im Krieg warst. Gegen die Schützengräben und feindlichen Tunnelanlagen ist das hier ein Sonntagsspaziergang.«

»Bei unserem letzten Ausflug in die Unterwelt haben wir ganz schön was einstecken müssen«, flüsterte Winter, während er vorsichtig die ausgetretenen Stufen hinunterstieg.

»Wir?« Am Fußende der Treppe erlosch die Flamme. Emmerich zündete ein neues Streichholz an und leuchtete, so gut es möglich war, die Umgebung aus.

Sie befanden sich in einem lang gestreckten Gewölbe mit Wänden aus roten Backsteinen. Der Boden war mit Steinplatten ausgelegt.

»Da ist ein Schalter. Sollen wir …?«

Anstatt zu antworten, betätigte Emmerich den Knopf, und sofort wurde die Kelleranlage in schwaches gelbliches Licht getaucht. »Heilige Scheiße«, entfuhr es ihm.

Vor ihnen lag ein breiter Tunnel, dessen Ende sich nicht einmal erahnen ließ. Sowohl links als auch rechts waren Nischen eingelassen, in denen Ritterrüstungen, Hellebarden, Armbrüste und andere Kriegsgeräte aus vergangenen Jahrhunderten gestapelt waren. Sie alle waren erschaffen worden, um zu töten. Die Menschheit wurde wohl nie klüger.

»Hoffentlich kommt es hier unten zu keiner Auseinandersetzung«, sagte Winter.

»Das ist gerade unser kleinstes Problem.« Emmerich begutachtete kurz ein Schwert, das an der Mauer lehnte, und ging los. »Wie wir hier das Heft finden sollen, ist das größere.«

Sie ließen den Blick über Kanonenkugeln, Säbel und die Einzelteile eines Katapultes wandern, konnten aber nirgendwo ein Heft entdecken.

»Glauben Sie, der Tunnel führt irgendwohin?«, fragte Winter.

»Gut möglich. Das Arsenal ist immerhin eine Festungsanlage. Es wurde errichtet, um dem Kaiser und seinem Hofstaat im Fall einer Revolution als Rückzugsort zu dienen. Ich bin ziemlich sicher, dass es mehrere Fluchtwege ...« Er hielt inne, als das Ende des Stollens sichtbar wurde. Es schien, als wäre er zugemauert worden.

»Hier«, rief Winter. »Schauen Sie.« Er zeigte auf eine schmale Holztür, die in die Wand eingelassen war, und rüttelte an deren Knauf. »Abgesperrt.«

»Sehr gut.«

»Sehr gut?«

Emmerich nickte. »Hier lagern Hunderte von Waffen aus Eisen und Bronze. Allein für das Material würde man Abertausende von Kronen kriegen, vom ideellen Wert ganz zu schweigen. Abgesehen von dieser Tür gibt es keine besonderen Sicherheitsvorkehrungen. Was auch immer sich dahinter befindet, es ist dem Herrn Direktor ganz besonders wichtig. Wie zum Beispiel das Heft.«

»Und wie kommen wir hinein?«

Emmerich lachte, griff sich einen spätmittelalterlichen Dolch, und einen Augenblick später standen sie in einem weiß getünchten Raum mit Terrakottaboden. »Gemütlich«, konstatierte er. »Ein nettes Refugium weit weg von Museumsbesuchern, Handwerkern und neugierigem Personal – vor allem jetzt, da das Büro des Direktors renoviert wird.« Er schaute sich um: In der Mitte standen ein schmaler Tisch und ein paar Sessel, an einer der Wände war ein Weinregal angebracht und darüber … »Wir brauchen mehr Licht.«

»Moment …« Winter betätigte einen Schalter, und nun wurde sichtbar, was Emmerichs Aufmerksamkeit auf sich gezogen hatte: ein Banner, auf dem die rote Frau der MV-Vereinigung prangte. Bei genauerer Betrachtung fiel jedoch auf, dass es eine Abweichung gab. Das Antlitz der Barmherzigkeit hielt ein Schwert in den Händen.«

Emmerich fuhr mit den Fingerspitzen über den seidigen Stoff und betastete die changierenden Fäden. »Was glaubst du, was das zu bedeuten hat?«

»Keine Ahnung. Vielleicht können wir im Büro darüber nachdenken. Dort sollten wir nämlich längst sein. Wir sind schon wieder viel zu spät dran. Denken Sie an Brühl.«

»Brühl. Erinnere mich nicht an den.« Emmerich sah sich nachdenklich um. »Ich hätte meinen Arsch darauf verwettet, dass wir das Heft hier finden.«

»Wir können uns auf dem Rückweg ja noch einmal genauer die gelagerten Museumsstücke anschauen.« Winter öffnete die Tür, und ein sanfter Luftzug, der nach Moos und feuchtem Laub roch, erfüllte den Raum.

»Hast du das gesehen? Es hat sich bewegt.« Emmerich hob das Banner an.

»Was ist das?«

»Ein Lüftungsschacht.« Er stellte sich auf die Zehenspitzen und tastete hinein. »Jawohl.« Mit einem triumphierenden Lächeln präsentierte er das ledergebundene Heft, auf dessen Vorderseite die Frau samt Schwert geprägt worden war. Es wirkte edel, seine Seiten waren aus feinstem Büttenpapier und mit dicken schwarzen Lettern von Hand beschrieben. »*Bellum contra indignos*«, las er den Titel vor. »Sagt dir das was?«

»Bellum … irgendwas mit Krieg, mehr ist von meinem Schullatein leider nicht hängen geblieben, aber wir finden sicher jemanden, der es übersetzen kann.« Demonstrativ hielt Winter seine Taschenuhr in die Höhe.

Emmerich steckte das Heft ein, sie verließen den Raum, eilten durch den Tunnel und stiegen die Treppe nach oben.

Winter, der vorausgegangen war, drehte sich zu seinem Vorgesetzten um und legte einen Finger auf die Lippen. Dann presste er ein Ohr gegen die Tür und lauschte. »In dem Saal ist jemand«, zischte er. »Ich glaube Častolowitz und ein paar Handwerker. Was jetzt?«

Emmerich kratzte sich am Kopf. »Schauen wir mal, ob wir durch den Lüftungsschacht passen.«

Sie eilten die Treppe wieder hinunter und den Gang entlang bis zum Bannerraum.

»Niemals«, sagte Winter. Der Lüftungsschacht war allenfalls vierzig mal vierzig Zentimeter groß. »Da passe ich im Leben nicht hinein. Sie wahrscheinlich auch nicht.«

Emmerich dachte an die Mangelernährung während der Kriegsjahre und die dürftige Küche im Männerlogierhaus. »Bei mir könnte es knapp gehen.« Er steckte Kopf und Arme in das Loch, zündete ein Streichholz an und sah sich um: Der aus grobem grauem Stein gemauerte Schacht verlief in einer sanften Steigung schräg nach oben. Emmerich versuchte, seine Schultern nachzuschieben, was ihm aber nicht gelingen wollte. »Keine Chance.«

»Verdammt«, fluchte Winter. »Was sollen wir tun? Brühl

bereitet wahrscheinlich schon unsere Entlassungspapiere vor.«

Emmerich schüttelte sich den Schmutz aus dem Haar. »Wir müssen uns einen anderen Weg suchen.« Er deutete auf die Mauer am Ende des Stollens und durchstöberte anschließend die Nischen mit den Ausstellungsstücken, bis er fand, wonach er gesucht hatte. Eine Streitaxt.

»Ist das nicht viel zu laut?«

»Wir sind ziemlich weit vom Museum weg. Wenn ich mich nicht täusche, führt der Tunnel nach Osten. Gut möglich, dass wir unter dem Sankt Marxer Friedhof sind. Da hört uns sicher keiner.«

Winter starrte an die Decke. »Sie meinen über uns sind …« Der Rest des Satzes ging in lautem Hämmern unter.

Das Geräusch von Metall auf Backstein dröhnte durch den Tunnel und hallte von den Wänden wider. Staub erfüllte die Luft. Emmerich konnte ein Husten nicht unterdrücken.

»Schnell«, rief er, als er es endlich geschafft hatte, ein Loch in die Mauer zu hauen, das groß genug war.

Gemeinsam schoben sie lose und abgebrochene Ziegel aus dem Spalt und schlüpften hindurch.

»Genau wie drüben«, stellte Emmerich fest, nachdem er die Lage sondiert hatte.

»Nur dass hier seit Jahren keiner mehr war.« Winter schlug eine Spinnwebe zur Seite und drehte sich um. »Haben Sie das gehört? Ich glaube, da waren Stimmen.«

»Dann los!«

Sie ignorierten das Quieken der Ratten, die vor ihren Füßen auseinanderstoben, und rannten in die Dunkelheit hinein.

Als sie die Hand vor Augen nicht mehr sehen konnten, blieb Emmerich stehen und zündete erneut ein Streichholz an. Im selben Moment ertönte ein gedämpfter Schrei.

»Verdammt, wo sind wir?«, keuchte Winter und fasste sich an die Seite.

»Ich hab mich geirrt.« Emmerich hastete weiter, bis der Tunnel vor einer schmalen Tür endete. »Wir sind nicht nach Osten gegangen, sondern nach Nordosten.«

»Gott sei Dank. Alles ist besser als der Friedhof.«

»Nicht alles«, sagte Emmerich und schlug die Tür mit der Streitaxt, die er zur Sicherheit mitgenommen hatte, ein.

Ein schwerer metallischer Geruch strömte ihnen entgegen, er war durchsetzt mit dem Gestank von Kot und Moder.

»Herr im Himmel«, entfuhr es Winter. »Hier sieht es aus wie in einem Folterkeller.«

»Es ist so was Ähnliches.« Sie gingen an langen, rostigen Ketten vorbei, die von der Decke baumelten, schmutzige Kojen säumten den Weg. »Das sind die Vorzimmer des Todes. Die unterirdischen Ställe des Schlachthofs Sankt Marx. Früher wurden hier täglich mehr als tausend Rinder verarbeitet.«

Über eine Treppe gelangten sie in die ebenerdigen Stallungen, in denen ein Dutzend Schafe und zwei Schweine auf ihr Ende warteten. Regungslos, beinahe apathisch, schienen sie sich in ihr Schicksal zu ergeben.

»Die Todgeweihten grüßen uns«, murmelte Winter.

Sie erreichten die Stichhalle, in der hölzerne Pfosten aus dem Boden ragten. An manche von ihnen waren Tiere gebunden, die mit gesenkten Häuptern auf den Todesstoß warteten. Dickes dunkelrotes Blut sickerte aus der aufgeschlitzten Kehle eines alten Pferds.

»He, G'sindel, wos is' mit eich? Ihr habts do nix verlor'n!« Ein Fleischhauer kam mit einem großen Messer in der Hand auf sie zugestapft, blieb aber kleinlaut stehen, als Emmerich die Streitaxt hob.

Ein breites Doppelflügeltor führte nach draußen.

Endlich.

»Ich werde so schnell keine Wurst mehr essen«, sagte Winter, und Emmerich lachte.

»In diese Verlegenheit werden wir so oder so nicht so bald kommen. Die Tiere da drin kommen auf die Teller der Reichen. Für uns bleiben Zwiebeln und Rüben.« Er warf die Axt in ein Gebüsch. »Immerhin haben wir das.« Er hob sein Hemd hoch und zog das Heft aus seinem Hosenbund. »Ganz schön viele Seiten. Die alle zu übersetzen braucht Zeit. Zeit, die wir nicht haben.«

»Was soll das heißen?«

»Das soll heißen, dass ich nicht mit dir ins Büro kommen kann. Zumindest nicht sofort.«

»Und was soll ich Brühl sagen?«

»Sag ihm, ich hatte Schmerzen, und dass ich im Krankenhaus bin. Das ist sogar nur halb gelogen. Ich fahre tatsächlich ins Allgemeine. Dort liegt ein Bekannter von mir, ein ehemaliger Lateinlehrer. Ich bring ihm das Heft und komme so schnell wie möglich nach.« Er kramte die Tablettenschachtel aus der Hosentasche und nahm gleich zwei Togal.

»Hier.« Winter drückte Emmerich einen Kronenschein in die Hand. »So wie ich Sie kenne, haben Sie wieder mal kein Geld dabei. Nehmen Sie eine Mietdroschke. Ich laufe zum Donaukanal – vielleicht kann mich ein Flößer mit zur Roßauer Lände nehmen.«

Emmerich klopfte ihm auf die Schulter. »Wir schaffen das«, sagte er. »Wir werden unserem Martyrium im Büro bald ein Ende setzen. Bis später.«

28

»Diese verdammten Hurenböcke!« Častolowitz blickte in den leeren Lüftungsschacht, in dem eigentlich sein handgeschriebenes Manifest liegen sollte. Er fasste in das dunkle Loch und tastete umher, um sicherzustellen, dass er sich nicht getäuscht hatte. Vergeblich. Das Heft war fort.

Mit versteinerter Miene verließ er den kleinen Raum, blieb vor der demolierten Trennmauer stehen und starrte durch den schmalen Spalt auf die andere Seite des Tunnels. »Wie konnte das nur geschehen?«, zischte er seinem Sekretär, der ihm gefolgt war, zu. »Wie konntest du das zulassen?«

Seebold fuhr sich mit beiden Händen über seine Glatze und seufzte. »Wie hätte ich denn ahnen sollen, dass sie …« Er schien keine Worte für das Geschehene zu finden und betastete eine tiefe Kerbe, die Emmerichs Axthiebe in der Wand hinterlassen hatte. »Wer macht denn so was, bitte schön? Die sind von der Polizei. Normalerweise müssen die sich an Vorschriften und Regeln halten.«

»Normalerweise … Dieser Emmerich ist aber offenbar nicht normal«, sagte Častolowitz, und dann tat er das, was sein Sekretär am meisten fürchtete – er schwieg.

Endlich, nach ein paar langen Sekunden, drehte er sich regungslos um. Jegliche Spur von Emotion war aus seinem Gesicht gewichen. »Nimm das Automobil«, sagte er und reichte Seebold einen Schlüssel. »Fang die beiden ab, bevor sie das Polizeigebäude betreten. Ich will mein Eigentum wiederhaben. Bring es mir, bevor sie es jemandem zeigen können.«

Ohne ein weiteres Wort zu verlieren, ging Seebold los. Er wusste, dass Častolowitz kein Zaudern duldete. Niemals verzagen. Niemals zurückziehen. Niemals aufgeben. So lautete die Devise, die ihn zu einem der ruhmreichsten Feldherren der K.-u.-k.-Armee gemacht hatte. Vom Feind gefürchtet, von den eigenen Truppen verehrt, ein kluger Stratege, der gemeinsam mit seinen Männern an vorderster Front gekämpft hatte, stets bereit, das höchste Opfer zu erbringen. Hätte es mehr Offiziere von seinem Schlag gegeben, hätte Österreich-Ungarn den Krieg gewonnen.

»Tu was immer zu tun ist«, rief Častolowitz ihm nach. »Bring mir das Manifest, um jeden Preis.«

Seebold nickte. *»Pro deo et imperio!«*

29

Rita Haidrich stieg vor dem Theater an der Wien aus dem Wagen, strich ihr Kleid glatt und zog den tiefroten Lippenstift nach. Dann schritt sie zur Eingangstür.

Das prachtvolle Gebäude hatte sich in den vergangenen Jahren zum beliebtesten Schauspielhaus der Stadt entwickelt, in dem ein Singspiel nach dem nächsten uraufgeführt wurde. Kein Wunder, die Menschen liebten die Märchenwelt der Operette, ihre eingängigen Melodien, die heitere Handlung und die wohlklingenden Harmonien der Musik. Sie bildete einen starken Kontrast zur harten Realität, in der es nur selten ein Happy End gab. Genau deshalb hatte Haidrich diese Kulisse zum Veranstaltungsort für ihren Wohltätigkeitsball gewählt, der an diesem Abend stattfinden sollte.

Sie hatte Oswald dazu gebracht, für die Bewirtung und die Ausstattung aufzukommen. Ihre momentane Popularität hatte geholfen, eine illustre Schar an reichen und mächtigen Leuten zu einer Zusage zu bewegen. Bürgermeister Reumann würde anwesend sein sowie eine Vielzahl hoher Parteifunktionäre, einflussreicher Geschäftsleute und gefeierter Künstler.

Hoffentlich hatte diese unheilvolle Krise im Deutschen Reich keine Auswirkung auf die Spendenfreudigkeit der Gäste.

»Ach was«, murmelte Rita Haidrich und schob die lästigen Zweifel einfach beiseite.

Als Österreicher war man die andauernde Weltuntergangsstimmung doch schon längst gewöhnt. Seit 1914 jagte eine Katastrophe die nächste. Die Ermordung des Thronfolgers, die Kriegsniederlage und der Zerfall der Monarchie, die Spanische Grippe, der Hungerwinter und die kommunistischen Stürme von Budapest und München. Wen scherte es? Wien tanzte noch immer und würde es auch weiterhin tun, selbst wenn der Rest der Welt in Schutt und Asche lag. Der Champagner und die opulente Inszenierung würden alle verzaubern und dazu bringen, viel Geld für die gute Sache hinzublättern.

Letztes Jahr im Advent war bei einer Kindervorstellung im Burgtheater eine Gruppe von Waisen anwesend gewesen, die unter Rachitis, der englischen Krankheit, gelitten hatten. Der Anblick der abgezehrten Buben und Mädchen hatte sie tief berührt, und sie war zu dem Entschluss gekommen, dass auch sie eine Chance bekommen sollten. Auch sie hatten eine Zukunft verdient.

Außerdem, wenn sie ganz ehrlich zu sich selbst war, sollte die Wohltätigkeitsgala ihre Reputation aufpolieren. Sie hatte es satt, abseits der Bühne als dummes Blondchen dazustehen. Sie wollte eine Diva sein, eine Grande Dame – so wie Pauline von Metternich, Sophie von Todesco und Fanny von Arnstein es gewesen waren.

Mit erhobenem Haupt betrat sie das Foyer und erstarrte. »Herr Jeschek!«, stieß sie mit hochrotem Kopf aus und eilte in den Theatersaal, wo der untersetzte Mann an einem Stehtisch lehnte, der ihm bis zum Schlüsselbein reichte. »Was soll das? Wo ist die Dekoration?«

Die Gala sollte kein banales Ereignis werden, wie jede dumme Hausfrau es auf die Beine hätte stellen können. Nein, dieses, ihr Fest würde ein rauschender Maskenball, von dem die Leute noch in Wochen oder besser in Monaten redeten.

Passend zum Datum hatte sie das Motto Frühling ausgewählt, und dementsprechend sollte die Ausstattung ausfallen. Sie hatte mit Schmetterlingen gerechnet, mit Blumen und Gestecken, mit bunten Bändern, Moos und anderem Zierrat, doch davon war nirgendwo etwas zu sehen.

»Dekoration? Mach i gerade.« Jeschek wandte sich wieder dem Tisch zu, auf dem, wie Haidrich jetzt erst sah, ein Stapel buntes Seidenpapier lag, aus dem er Blüten formte, die er anschließend mit Draht umwickelte. Die fertigen Stücke legte er behutsam in eine große Kiste, die neben ihm stand.

»Das? Das ist alles?«

»Hinter die Bihne stehen scho zwei volle Schachteln, und bis heit Abend is' ja no a bissi Zeit.«

»Aber …« Haidrich starrte ihn mit weit aufgerissenen Augen an.

»Was soll i machen?« Jeschek rückte seine dicken Brillengläser zurecht. »Kein Zaster, keine Dekoration. Des Papier hab i mit mein eigenen Geld 'kauft. Nur fir Sie, weil i Sie so sehr verehre.« Er küsste ihre Hand.

Rita Haidrich sah sich fassungslos um. »Und die Häppchen und die Getränke? Gibt es denn Champagner? Oder zumindest Sekt?«

»Missen Sie Herrn Oswald fragen.« Jeschecks Miene sprach Bände. »I glaub, er hat sich bissi vertan mit die Budget. Die Schlussszene war taier. Die viele Statisten, die

Kostime, des Kamel … und dazu des Tonaufnahmegerät, an des er immer herumtiftelt.«

»Aber … Wie soll denn das gehen? Was werden die Leute denken?« Haidrichs Augen füllten sich mit Tränen, die sie schnell wegblinzelte. Weinen brachte nichts. Selbst wenn Jeschek wollte, er konnte nichts tun.

»Najo.« Jeschek zuckte mit den Schultern. »Die Musiker und andere Kinstler machen die Auftritte ja eh gratis fir die gute Zweck, und die Theater is' auch schen ohne viel Dekoration.«

»Und die Bewirtung?«

»Missen die Gäste halt selber zahlen.« Er tätschelte ihre Hand.

»Was wirft denn das für ein Licht auf uns?« Trotzig zog sie die Nase hoch. Oswald hatte noch keine Gagen ausgezahlt, weswegen sie nicht selbst für alles aufkommen konnte.

»Tut mir sehr leid. Weiß ich ja, dass Sie sich das haben anders vorgestellt.« Jeschek wandte sich wieder den Papierblumen zu.

»Schon gut«, sagte sie und hauchte ihm ein Küsschen auf die Glatze. »Es ist nicht Ihre Schuld.«

Sie drehte sich um und trampelte alles andere als damenhaft nach draußen. Das letzte Wort in dieser Angelegenheit war noch nicht gesprochen. Oswald, dieser elende Wichtigtuer. Sie würde ihn finden und dazu bringen, ihre Wünsche zu erfüllen.

Es musste und würde ein fulminanter Abend werden, ein grandioser Abend, ein Abend, über den Wien noch lange reden würde.

Ihr Abend.

30

In der Aufnahmestation des Allgemeinen Krankenhauses, einer halbdunklen Halle, stand eine Reihe von Rolltragen, auf denen Menschen lagen – teils bandagiert und vor Schmerzen stöhnend.

Emmerich ignorierte das Gewimmer und lief hastig an ihnen vorbei.

»Nix da«, rief die resolute Krankenschwester, die hinter dem Empfangstresen saß. »Es ist keine Besuchszeit, und auch wenn Besuchszeit wäre, würde ich Sie in dieser Aufmachung nicht reinlassen.«

Tatsächlich hatten der Streifzug durch den Fluchttunnel und der kurze Aufenthalt im Schlachthof Spuren hinterlassen. Emmerichs Kleidung war voller Staub und Spinnweben, an seinen Schuhen klebte Blut. »Ich bin von der Polizei.« Er präsentierte seine Marke. »Und ich möchte zu …« Erst jetzt fiel ihm auf, dass er gar nicht wusste, wie sein Mitbewohner mit Nachnamen hieß. »Der Mann, den ich suche, wurde am Dienstagabend von der Rettung hergebracht. Sein Vorname ist Ludwig.«

»Polizei?« Sie musterte erst die Marke und fuhr dann mit ihrem Finger über Emmerichs Cape. »Sie haben wohl verdreckt ermittelt.« Sie lachte über ihren eigenen Witz.

»Wenn Sie mir jetzt bitte sagen würden, in welchem Zimmer er liegt?«

Die Schwester griff nach einem Stapel Spitalzettel und blätterte sie durch. »Ludwig Jankowsky? Aus der Meldemannstraße? Der liegt in der Syphilisabteilung. Die befindet sich zwischen den Höfen drei und fünf. Im ersten Obergeschoss, Zimmer 8. Und versuchen Sie bitte, nichts anzufassen. Unter normalen Umständen kommt man in diesem Aufzug nicht in eine Krankenanstalt.«

»Normale Umstände sind für mich leider ein Fremdwort.« Er zwinkerte ihr zu, woraufhin sie lächelte.

»Der dritte und der fünfte Hof liegen ganz hinten«, erklärte sie ihm.

»Ich dachte, dort seien die Irren.«

»Sind sie auch. Die Irren und die Syphiliskranken. Es gibt schon einen Grund, warum man gewisse Leute so weit weg wie möglich von der Öffentlichkeit unterbringt.«

»Weil die Gesellschaft intolerant ist?«

»Weil sie gefährlich sind.«

Emmerich dachte an die Elendsbrüder aus der Meldemannstraße, an die Gaukler im Böhmischen Prater und die Prostituierten aus dem Salon Flora. Auch sie wurden von manchen Menschen als Bedrohung eingestuft, als Fährnis für Sitte und Tugend, den guten Geschmack oder die allgemeine Moral. Auch sie versuchte man zu verbannen – an den Stadtrand, in soziale Einrichtungen oder ins Gefängnis. »Mumpitz«, sagte er und verließ die Anmeldung ohne sich zu verabschieden.

Gut, dass Winter nicht dabei ist, dachte Emmerich, als er den Syphilistrakt betrat. Die großen, öffentlichen Spitäler Wiens waren nichts für zartbesaitete Menschen, und schon gar nichts für welche, die sich vor Krankheitserregern fürchteten.

Sein Weg durch die Station wurde von Husten, Röcheln und leisem Wehklagen begleitet. Als er die hohe Flügeltür öffnete, die mit der Nummer 8 markiert war, schlug ihm eine Dunstwolke von Schweiß und Fäulnis entgegen und umfing ihn wie ein feuchter Nebel.

Syphilis war eine geächtete Krankheit. Der Aussatz des 20. Jahrhunderts. Im Gegensatz zu anderen Leiden haftete an ihr ein Stigma, das für Degeneration und Entartung stand, und dem die Menschen mit Abscheu und Verachtung begegneten.

Emmerich schluckte alle Bedenken hinunter und betrat den lang gestreckten, rechteckigen Saal, der so aussah wie jeder andere auch: hohe Decke, geflieste Wände, ein dunkelbrauner Bretterboden und zwei parallele Reihen von je zwanzig eng beieinanderstehenden Betten, aus denen Ächzen und Schnarchen drang. Nur die Breite eines Nachtkästchens trennte eine Liegestatt von der nächsten. In der Mitte des Raumes befand sich ein großer Tisch, auf dem jede Menge Arzneifläschchen und andere Behandlungsmittel darauf warteten, zum Einsatz zu gelangen.

Vorsichtig schritt Emmerich zwischen den Patienten hindurch und betrachtete die ausgemergelten Gestalten. Sie waren faltig, pockennarbig, vom Leben und dem Siechtum gezeichnet. Manche schliefen, andere schauten ihn teilnahmslos an. Hinten rechts entdeckte er endlich ein vertrautes Gesicht. »Ludwig.«

Sein Leidensgenosse aus der Meldemannstraße war blass und schmal und wirkte, als hätte jemand sämtliche Lebensenergie aus ihm herausgepresst.

»Wie geht es dir?«

»Emmerich.« Ein Lächeln überzog das Gesicht des Kranken, und er mühte sich in eine aufrechte Haltung. »Das ist aber eine nette Überraschung.« Ludwig betrachtete ihn mit hochgezogenen Augenbrauen, und seine Miene wechselte von freudig zu besorgt. »Ist irgendwas passiert?«

»Das ist eine lange Geschichte. Um es kurz zu machen: Ich brauche deine Hilfe.« Emmerich sah sich um, konnte nirgendwo einen Sessel oder etwas Ähnliches entdecken, und setzte sich kurzerhand auf das Bett. »Es geht um die Darstellung der Barmherzigkeit … eine Frau in einem roten Gewand. Kennst du die?«

Ludwig hustete und nickte. »Aber ja, sie ist eine Allegorie … das Aushängeschild der Misericordiae Vultus.«

»Und was, wenn sie in ihren Händen ein Schwert hält?« Emmerich zog das ledergebundene Heft aus seinem Hosenbund.

Ludwigs Miene fror ein. Mit seinen von Ausschlag übersäten Händen fasste er danach, fuhr mit den Fingerspitzen über die Prägung und erschauderte. »Wo hast du das her?«, fragte er und schlug es auf.

»Geh bitte, hoids de Goschn. I wül schlof'n«, keifte der Mann im Bett vis-à-vis.

»Schlafen kannst du noch genug, wenn du tot bist«, schimpfte Emmerich zurück und wandte sich wieder an Ludwig, der mit zittrigen Händen in dem Manifest blätterte. »Kannst du das übersetzen?«

»Natürlich. Es wird aber ein bisschen dauern. Mein Kopf ist nicht mehr ganz so schnell, wie er einmal war. Wo hast du das her?«, fragte er erneut, und sein Blick war so klar und starr, wie Emmerich es bei ihm noch nie gesehen hatte.

»Von Ignatius Častolowitz, dem Direktor des Hofwaffenmuseums.«

»Von ihm persönlich? Oder war es Teil der Sammlung?«

»Ich denke Ersteres.«

Ludwig drehte und wendete das Heft und betrachtete es eingehend, als wäre es ein völlig absurder Gegenstand. »*Bellum contra indignos*«, las er den Titel vor, holte tief Luft, und ließ den Atem langsam durch seine Zähne entweichen. »Ach du heilige Scheiße«, murmelte er. »Es gibt sie wirklich.«

»Wen? Wen gibt es wirklich? Mach's nicht so spannend«, drängte Emmerich.

»Ja genau. Rück ausse mit der Sproch«, rief der Kerl gegenüber mit unverhohlenem Sarkasmus. »Wir halten's vor lauter Aufregung kaum aus.«

Emmerich suchte nach einem Vorhang, den er zuziehen oder einem Paravent, den er aufstellen konnte, doch es gab keinerlei Chance auf Privatsphäre. »Gusch endlich«, sagte er und wandte sich wieder an Ludwig. »Wen?«, flüsterte er.

»Die Ausmerzer.« Er sagte nur diese zwei Wörter, doch der Unterton, der in seiner Stimme mitschwang, reichte aus, um Emmerich einen kalten Schauer über den Rücken zu jagen.

»Die Ausmerzer?«, wiederholte er.

Ludwig schaute sich um und beugte sich zu Emmerich, bis seine Lippen kurz davor waren, dessen Ohr zu berühren. »Offiziell nennen sie sich Misericordiae Nuntius, die Überbringer der Barmherzigkeit. Sie wollen Leute wie uns hier ausrotten«, flüsterte er.

»Wie bitte?« Emmerich, der überhaupt nichts verstand, runzelte die Stirn. »Das musst du mir genauer erklären. Leute wie euch? Du meinst Syphiliskranke? Wieso? Ihr tut ja keinem was, oder?«

»In ihren Augen schon.« Ludwig ließ sich zurück in sein Kissen fallen und seufzte. »*Bellum contra indignos* … wörtlich: Krieg gegen die nichtswürdigen Menschen, sprich solche wie uns. Syphiliskranke, Kriegszitterer, Behinderte, Alkoholiker, Opium-, Morphin- und Kokainsüchtige, Huren … Alle, die als schwach, degeneriert und abartig gelten.«

Emmerich schaute sich um. Was konnte ein Haufen ausgemergelter Männer für eine Bedrohung darstellen? Wem taten Huren etwas? Wem die Kriegszitterer? »Ich verstehe noch immer nicht.«

»Die Misericordiae Nuntius denken, dass der Friede nicht halten wird. Sie glauben, es sei nur eine Frage der Zeit, bis der nächste große Krieg ausbricht. Wenn nicht gleich, dann in ein paar Jahren.«

Emmerich dachte an den gescheiterten Putsch im Deutschen Reich, an seine Landsleute und deren Sehnsucht, wieder eine Weltmacht zu sein, an die Schmähungen durch die Entente und die anhaltenden sozialen Unruhen. Er dachte an die Formierung der Bürgerwehren und die politische Instabilität Europas und musste eingestehen, dass die Möglichkeit eines erneuten Weltenbrands gar nicht unwahrscheinlich war. »Und weiter.«

»Viele unserer Männer sind im Krieg gefallen. Über eine Million.«

»Mehr«, sagte der Mann gegenüber. Dieses Mal war seine Stimme frei von Aggressivität und Spott.

»Die stärksten und besten Soldaten wurden bereits 1914 eingezogen. Der Kaiser glaubte, es ginge schnell. Doch wie wir wissen, kam es anders. Irgendwann ist dann die zweite Wahl nachgerückt, dann die dritte und so weiter. Am Ende waren es nur die Alten, Kranken und Schwachen, die nicht ins Feld mussten.«

Langsam dämmerte Emmerich, worauf Ludwig hinauswollte, und seinen Körper überzog vom Scheitel bis zu den Zehenspitzen eine Gänsehaut. »Als es endlich vorbei war, hatte der Krieg die Besten verschlungen oder sie nachhaltig geschädigt.«

»Wenn wieder ein Krieg ausbricht, können wir dem Feind nichts entgegenhalten.«

»Und deswegen will diese Nuntius-Vereinigung die Bevölkerung säubern«, überlegte Emmerich laut. »Sie will die Schwachen, Degenerierten und unheilbar Kranken ausmerzen, damit die spärlichen Ressourcen jenen zugutekommen, die kampftauglich sind oder es zumindest wieder werden können.« Die Wahrheit traf ihn wie eine Faust ins Gesicht.

»Genau so ist es.« Ludwigs Stimme war belegt. »Ich habe munkeln hören, dass es drüben im Deutschen Reich solche Bestrebungen gibt, hätte aber nie gedacht, dass sie hier bei uns wirklich Fuß fassen können, die Ausmerzer.«

»Wir sind viel zu viele. Die können uns doch nicht einfach alle umbringen«, sagte der Mann vis-à-vis. Seine Worte wirkten, als wollte er damit in erster Linie sich selbst Mut zusprechen.

»Das müssen sie auch gar nicht«, sagte Emmerich bitter. »Sie müssen einfach nur jene Menschen ausschalten, die die Untauglichen mit Nahrung, Kleidung, Obdach und Medikamenten versorgen. Die Natur erledigt dann den Rest.«

Ludwig schlug sich die Hand vor den Mund. »Die haben Stadtrat Fürst ...«, murmelte er durch sie hindurch.

»So ist es. Peppi ist unschuldig. Častolowitz war es, der große Feldherr höchstpersönlich.« Zorn flutete Emmerichs Geist. Er ballte die Hände zu Fäusten und griff nach dem Manifest. »Was hat das Ganze mit der Mis… dem anderen Verein zu tun? Dem ohne Schwert?«

»Alles und nichts. Misericordiae Vultus und Misericordiae Nuntius haben dasselbe Ziel: Sie wollen, dass die Bevölkerung wieder stark, gesund und streitbar wird. Für die Realisierung haben sie jedoch zwei verschiedene Wege eingeschlagen. Vultus macht es auf die sanfte Art. Sie versuchen, die Menschen durch gute Nahrung, saubere Unterbringung und Impfungen widerstandsfähig zu machen. Sie wollen Bildung und Moral für alle, Seuchenprävention und Rehabilitation.«

»Aber Častolowitz war das zu wenig effizient, und es dauerte ihm zu lange. Er wurde ungeduldig, wollte Resultate sehen und ging daher den radikalen Weg. Den Weg der Gewalt. Den Weg des Schwertes.« Emmerich bohrte seine Fingernägel in das weiche Leder des Umschlags. »Da drinnen steht hoffentlich, wer die anderen Mitglieder sind. Verdammte Dreckschweine.« Er blätterte durch die Seiten. »Hier, ich glaube, ich habe eine Aufstellung gefunden.« Er zeigte auf eine Liste von Namen. »David Jordan, Karl Ludwig Schemann, Thomas Malthus, Albert Schäffle, Ernst Hackel, Alfred Ploetz, Wilhelm Schallmayer, Alfred Hoche, Karl Binding. So viele. Ich könnte kotzen.« Er blätterte weiter. *»Visiones et consilii pro patria meliore.«*

»Visionen und Pläne für ein besseres Vaterland«, übersetzte Ludwig und nahm Emmerich das Heft aus der Hand. »Das meiste schaffe ich sicher noch heute. Ich bin zwar geschwächt, aber wenn ich helfen kann, die verdammten Ausmerzer ans Messer zu liefern, gebe ich gern mein letztes bisschen Kraft.«

»Ich kann zwar kein Latein, aber ich kann schreiben«, rief der Mann vis-à-vis.

»Ich auch …«, sagte der aus dem Nebenbett stöhnend.

Emmerich wäre gern geblieben, doch Brühl hatte sich sicher wieder neue Schikanen ausgedacht, und er wollte Winter nicht allein damit lassen.

»Passt gut auf das Heft auf«, mahnte er. »Lasst es nicht aus den Augen. Viele Leben hängen davon ab, womöglich sogar eure eigenen.«

Die Männer nickten ernst, ihre Gesichter strotzten vor Entschlossenheit.

»Ich komme so schnell zurück, wie ich kann. Ich zähle auf euch.« Mit diesen Worten eilte Emmerich hinaus.

Als er durch die Höfe ging, ließ er sacken, was er gerade erfahren hatte. Častolowitz war noch gefährlicher, noch ruchloser, als er gedacht hatte, und dazu Jordan, Schemann, Malthus, Schäffle, Hackel, Ploetz, Schallmayer, Hoche und Binding. Er hatte sich ihre Namen ganz genau eingeprägt. Elende Sauhunde. Er würde ihnen das Handwerk legen, ganz gleich, was es ihn kostete.

31

Ein Gemüsebauer aus dem Marchfeld, der mit seiner Zille in Richtung Friedensbrücke unterwegs war, hatte sich des am Ufer stehenden und rufenden Winters erbarmt und ihn mitgenommen.

Schweigend steuerte der Mann den flachbodigen Kahn mit einer Schubstange stromaufwärts, während Winter vorne im Bug zwischen Säcken voller Steckrüben saß und seine Nase in den Wind hielt.

Nach all der Aufregung, die dieser noch so junge Tag bereits mit sich gebracht hatte, war die Fahrt eine willkommene Auszeit. Das Wasser des Donaukanals, das denselben schlammgrauen Farbton wie der Himmel über ihnen hatte, plätscherte ruhig und gleichmäßig dahin, am Ufer spielten Kinder, und Männer in Wollwesten versuchten ihr Glück beim Angeln.

Sie passierten die Einmündung des Wienflusses, die Sternwarte, die Aspern-, Schweden- und Marienbrücke, den Fisch- und den Schanzlmarkt sowie das dicht verbaute Leopoldstädter Ufer.

Der Wiener Arm, wie der Donaukanal auch gern genannt wurde, war in den vergangenen Jahren häufig zur letzten Zufluchtsstätte der Unglücklichen und Verzweifelten geworden, doch an diesem Morgen hatte der Strom nichts Tragisches an sich. Im Gegenteil, er strahlte Ruhe und Frieden aus, und wenn es nach Winter gegangen wäre, hätte die Fahrt ewig dauern können.

»Do samma.« Der Bauer dockte die Zille bei einer schmalen Landungsbrücke unterhalb der Roßauer Lände an.

»Vielen Dank und einen schönen Tag noch.« Winter balancierte über den wackligen Steg.

»Gottes Segen.« Der Mann fasste an seine Mütze und stieß sich vom Ufer ab. Sacht und beinahe lautlos schiffte er den Kahn weiter durch die Fluten.

Winter winkte ihm hinterher und starrte schließlich auf das mächtige Polizeigebäude, das sich oberhalb der Böschung in den Himmel reckte. Dienstbeginn war vor über einer Stunde gewesen, Brühl würde toben.

Während er den Hang emporstieg und die Straße überquerte, ließ er sich alle möglichen Ausreden durch den Kopf gehen, doch keine wollte sich plausibel anhören.

»Inspektor Winter!«

Er schaute hoch und erstarrte. Die Stimme gehörte Seebold, dem bärtigen Glatzkopf aus dem Hofwaffenmuseum. Er stand neben einem schwarz glänzenden Automobil, das direkt vor dem Eingang zum Kommissariat parkte.

Seebold machte einen Schritt auf ihn zu und öffnete wortlos seinen Mantel.

»Was soll das? Was machen Sie?«, fragte Winter völlig überrumpelt.

»Wo ist das Manifest?«

»Aber … Sie können doch nicht …« Winter versuchte sich zu wehren, doch der Glatzkopf war schneller und vor allem stärker.

Er stellte sich ganz nah vor Winter, packte dessen verletzten Arm und drückte so fest zu, dass der junge Polizist vor Schmerz aufstöhnte. »Eine falsche Bewegung, und du musst die Schlinge für immer tragen.«

Winter versuchte, sich aus dem Griff zu winden, doch er hatte keine Chance. Hilflos musste er zusehen, wie Seebold seine Dienstpistole aus dem Halfter zog und unauffällig auf ihn richtete.

»Wo ist das Manifest?«

»Ich habe es nicht.« Er schaute sich suchend um. Ein alter Mann schob eine Karre voller Lumpen über den Gehsteig, eine junge Frau zog ein quengelndes Kind hinter sich her, und zwei Milchmädchen überquerten kichernd die Straße. Wo waren denn nur all die Kollegen, wenn man sie mal brauchte?

»Keinen Mucks und keine falsche Bewegung«, zischte Seebold. »Ich habe kein Problem damit, dich und alle Passanten niederzuschießen. Ihr Tod geht auf deine Kappe. Verstanden?«

Winter versuchte, Ruhe zu wahren, und dachte fieberhaft nach. Was würde Emmerich an seiner Stelle tun? Die Antwort lag auf der Hand: Er würde kämpfen. Er würde lügen oder irgendeinen Waisenhaustrick aus dem Ärmel ziehen, mit dem er sich und alle Anwesenden retten konnte. Einziges Problem – er war nicht Emmerich.

»Wo ist dieser Emmerich, und wann wird er hier auftauchen?«

Winter holte tief Luft. »Ich weiß es nicht«, sagte er, was nicht einmal gelogen war.

Als die Tür des Polizeigebäudes aufging und ein Uniformierter heraustrat, ließ Seebold seine Hand samt Pistole in der Manteltasche verschwinden. »Steig ein.« Zur Untermauerung seiner Worte riss er die Beifahrertür auf.

Winter zögerte und versuchte, Blickkontakt mit dem Wachbeamten herzustellen. Seebold entging das nicht.

»Ein falsches Wort, eine falsche Geste, und der Kerl ist Geschichte«, blaffte er. »Seine Familie kann sich dafür dann bei dir bedanken.«

Winter sah ein, dass ihm nichts übrig blieb, als zu gehorchen, wenn er ein Blutbad vermeiden wollte. »Was haben Sie vor?«, fragte er und setzte sich auf den Beifahrersitz.

»Sei still.« Seebold nahm aus dem Handschuhfach ein Blatt Papier, auf das er eine Nachricht schrieb. »He, du«, rief er, als ein schmächtiger Junge die Straße entlangkam. »Willst du dir was verdienen?«

Der Kleine, ein schmutziges Kerlchen in löchrigen Hosen, zögerte keinen Moment. »Was soll ich machen?«

Seebold präsentierte ihm einen Geldschein und die Nachricht. »Ich will, dass du da hineingehst. Frag nach Herrn Emmerich, und stell sicher, dass er den Brief so schnell wie möglich bekommt. Hast du das verstanden?«

»Herr Emmerich«, wiederholte der Junge. »So schnell wie möglich.« Er nickte ernst und verschwand im Inneren des Gebäudes.

Seebold wandte sich wieder an Winter. »Schön ruhig bleiben. Denk an die Leute. Noch sind sie harmlose Passanten. Mach sie nicht zu unliebsamen Zeugen.«

Winter betrachtete einen Lastenkutscher, der aus der Berggasse kommend auf die Lände bog, und eine ältere Frau, die stolz einen Korb voller Gemüse vor sich her trug. »Schon gut«, sagte er, lehnte sich zurück und betastete seinen schmerzenden Arm. Sein eigenes Leben aufs Spiel zu setzen war eine Sache, Unschuldige zu gefährden eine andere. Schweigend starrte er geradeaus.

Als der Kleine ein paar Minuten später wieder zurückkam, versicherte sich Seebold, dass alles zu seiner Zufriedenheit ausgeführt worden war, und überreichte ihm den Geldschein. Dann setzte er sich ins Automobil und startete den Motor.

»Was haben Sie vor?«, fragte Winter erneut, als der Wagen langsam anrollte.

»Ich kümmere mich darum, dass Herr Častolowitz seinen rechtmäßigen Besitz zurückbekommt.« Seebold lenkte den Wagen auf die Lände und trat aufs Gas.

Das Polizeigebäude im Rückspiegel wurde immer kleiner, und mit jedem Meter, den sie sich weiter davon entfernten, wurde Winter mulmiger. »Lassen Sie mich gehen, dann besorge ich Ihnen das Heft.«

»Zu spät.« Seebold drückte aufs Gas. »*Pro deo et imperio*«, murmelte er.

32

Auf dem Weg vom Krankenhaus zum Polizeigebäude stachen sie ihm zuhauf ins Auge – all die Menschen, die, wenn es nach Častolowitz und seinem Pack ging, kein Recht zu leben hatten – ein alkoholkranker Vagabund, der versuchte, Bierreste aus einem alten Fass zu schöpfen, ein Kriegszitterer, der in einem Hauseingang saß und um Almosen bettelte, ein geistig zurückgebliebenes Kind, das von seiner Mutter liebevoll in den Armen gehalten wurde. Sie alle sollten vom Angesicht der Erde verschwinden, ausgemerzt werden wie krankes Vieh.

Emmerich spuckte auf den Boden und drehte sich eine Zigarette. Hoffentlich hielt Brühl sich heute zurück, denn er war so voller Zorn, dass es ihm schwerfallen würde, Contenance zu wahren.

»Wo waren Sie denn bloß?« Als Fräulein Grete sah, dass Emmerich den Raum betrat, sprang sie auf und eilte zu ihm. »Brühl ist außer sich. Er will morgen eine offizielle Beschwerde bei Oberinspektor Gonska einreichen. Er hat die Kündigungsschreiben schon vorbereitet.«

»Ich war im Krankenhaus. Sie wissen schon … mein Bein … Hat Winter denn nichts gesagt?« Er schaute zu ihrem gemeinsamen Schreibtisch, doch der war leer.

»Inspektor Winter ist nicht hier. Ich dachte, er wäre mit Ihnen unterwegs.«

»War er auch. Aber dann bin ich ins Allgemeine gefahren, und er wollte direkt herkommen.« Emmerich schaute auf die Uhr. »Er müsste längst hier sein. Eigenartig.«

»Vielleicht ist er aufgehalten worden. Überall finden Demonstrationen und Kundgebungen statt. Und die öffentlichen Verkehrsmittel fallen ja andauernd aus, seit die Kohle so knapp geworden ist.«

»Stimmt. Wahrscheinlich wird er bald auftauchen.« Er setzte sich an den Schreibtisch und betrachtete die Berge an Arbeit, die Brühl ihnen aufgehalst hatte.

»Ach ja, das hätte ich beinahe vergessen.« Fräulein Grete reichte ihm ein zusammengefaltetes Blatt Papier. »Das hat ein Junge für Sie abgegeben. Es sei sehr dringend.«

»Aha?« Emmerich runzelte die Stirn und öffnete die Mitteilung.

»Schlechte Nachrichten? Sie sind ganz blass geworden.«

Anstatt zu antworten, starrte Emmerich auf die Zeilen: *Hofwaffenmuseum, ein Uhr. Das Heft gegen Inspektor Winter. Keine Verstärkung, sonst ist er tot.* Vierzehn Wörter. Nicht mehr und nicht weniger. Doch sie reichten, um ihn aus der Bahn zu werfen. Die Ausmerzer, die Mörder, die elenden Dreckschweine … Sie hatten Winter.

»Emmerich.« Brühl stand in der offenen Tür. Er trug einen Anzug aus dunklem Kammgarn und auf den Lippen ein süffisantes Grinsen. »Wie schön, dass Sie uns auch schon beehren. Wie war der Vormittag?« Aus seiner Stimme trieften Ironie und Verachtung.

»Nicht jetzt.« Mit zitternden Händen faltete Emmerich das Blatt Papier zusammen und steckte es ein. Es war bereits halb zwölf. Er hatte gerade mal eineinhalb Stunden bis zur geplanten Übergabe.

»Ach so. Es passt wohl gerade nicht. Soll ich später wiederkommen?«

»Ja, das wäre fein.« Emmerich begann zu überlegen. Auch wenn er das Manifest gegen Winter eintauschte … Častolowitz würde sie niemals davonkommen lassen. Dafür wussten sie zu viel. Doch was war die Alternative?

»Jetzt reicht es mir aber wirklich! Ein für alle Mal.« Brühl schlug mit der Faust auf den Tisch, sodass die darauf gestapelten Akten hochhüpften. »Dienstantritt war um acht Uhr, und Sie kommen jetzt erst hereinspaziert. Wo waren Sie?«

»Ich war im Krankenhaus.« Emmerich hatte keine Nerven für lange Diskussionen. Er war bereit, alles zu tun, nur um Brühl loszuwerden. »Bitte entschuldigen Sie. Nächstes Mal gebe ich vorher Bescheid.« Demonstrativ spannte er ein Blatt Papier in die Schreibmaschine und griff nach einem Gesprächsprotokoll.

Die Verwunderung über die unerwartete Demut hielt nicht lange an. Brühl riss Emmerich die Niederschrift aus der Hand und knallte sie mit einer solchen Wucht auf die Tischplatte, dass Fräulein Grete erschrocken zusammenzuckte und aus dem Zimmer huschte.

»Was führen Sie im Schilde, Emmerich? Und wo verdammt noch mal ist Inspektor Winter?«

Emmerich atmete schwer. Sollte er Brühl von der ganzen Sache erzählen? *Keine Verstärkung*, hatte in der Nachricht gestanden, *sonst ist er tot.*

Nein, beschloss er, Brühl einzuweihen war zu riskant. Der Hitzkopf würde ohne Rücksicht auf Verluste das Museum stürmen, oder, was am allerwahrscheinlichsten war, er würde ihm gar nicht erst glauben.

Er durfte nichts riskieren. Er musste sich allein um die

Sache kümmern. »Ich führe nichts im Schilde, ich war einfach nur im Krankenhaus. Wie Sie ja wissen, ist mein Bein malad. Kriegsverletzung … Vittorio Ve…«

»Hören Sie endlich auf zu lügen! Sie waren nicht wegen ihres Beines dort. Genauso wenig wie Sie gestern und vorgestern private Dinge zu erledigen hatten. Sie waren im Böhmischen Prater, im Salon Flora und im Büro der Misericordiae Vultus Vereinigung.«

»Woher …?« Plötzlich fielen Emmerich Zuzanas Worte wieder ein, dazu der Mann hinter dem Koloniakübel und der Schatten neben dem Baum. »Sie haben mir nachspionieren lassen.« Sein Blick streifte Papouseks leeren Arbeitsplatz, und die Erkenntnis traf ihn wie ein Blitz aus heiterem Himmel. »Papousek. Sie haben mir Papousek, diesen vermaledeiten Arschkriecher auf den Hals gehetzt.«

»Und zwar zu Recht. Sie haben gelogen, die Dienstvorschriften missachtet und mich hintergangen. Sie sind ein elender Querulant und Unruhestifter.«

»Krüppel nicht zu vergessen.«

Brühl lief rot an. »Ihre Impertinenz ist nicht zu fassen. Verschwinden Sie. Sie haben hier nichts mehr verloren.«

»Gonska …«

»Gonska wird Ihnen auch nicht mehr helfen können. Sie sind zu weit gegangen. Morgen lege ich ihm alles vor, bis dahin sind Sie vom Dienst suspendiert und Inspektor Winter gleich dazu.«

»Winter kann überhaupt nichts …«

»Raus!«, schrie Brühl so laut, dass Emmerich reflexartig den Kopf einzog. Er zeigte mit ausgestrecktem Arm auf die Tür. »Ich will Ihre Visage hier nicht mehr sehen.«

»Von mir aus.« Emmerich stand auf, streckte den Rücken

durch und verließ das Büro. Er hatte Wichtigeres zu tun, als sich mit diesem Idioten herumzuschlagen. Er musste Winter und die halbe Stadtbevölkerung vor Častolowitz und seinen Schergen retten. Fragte sich nur, wie er das anstellen sollte.

Draußen auf der Straße atmete er tief durch. Dann griff er in seine Hosentasche und tastete nach dem Tabaksbeutel und den Zigarettenpapierchen. Das Nikotin würde seine Lebensgeister vielleicht wieder wecken …

Verdutzt hielt er inne. Was war denn das? Ein kleiner Gegenstand. Völzers Manschettenknopf. Den hatte er komplett vergessen.

Mit zusammengekniffenen Augen betrachtete er das Schmuckstück in seiner Hand. Völzers Name hatte nicht auf der Liste in dem Heft gestanden. Er war demnach kein Mitglied der Ausmerzer. Aber wie kam dann der Manschettenknopf in seine Schreibtischschublade?

Die Lösung kam ihm im selben Atemzug. Častolowitz hatte ihn dort platziert. Der General war bekannt dafür, ein brillanter Stratege zu sein, jemand, der immer zwei Schritte vorausdachte und sich für alle Eventualitäten wappnete. Wäre die Kripo ihm zu nahe gekommen, hätte er den Verdacht einfach auf Völzer geschoben.

Was ihn selbst anbelangte, hatte Častolowitz sicher auch schon längst Vorkehrungen getroffen. Das Terrain für einen Kampf vorzubereiten war immerhin seine Profession, weshalb Emmerich die Vorstellung, sich heimlich im Hofwaffenmuseum einzuschleichen, wohl gleich wieder vergessen konnte. Auch mit Gewalt würde er nichts erreichen. Blieb nur eine List.

Seine Finger strichen über den Manschettenknopf und befühlten dessen raue Oberfläche. Langsam nahm ein Plan vor seinem inneren Auge Gestalt an.

»Der Feind deines Feindes ist dein Freund«, murmelte er und ging los.

Mit hochgestelltem Kragen und gesenktem Blick eilte er zu Völzers Haus. Zwar missfiel ihm die Vorstellung, sich mit dem unsympathischen Kerl auf ein Packerl zu hauen, doch die Zeit drängte, und auf die Schnelle wollte ihm nichts Besseres einfallen.

»Sie schon wieder.« Herr Johann zeigte sich über den erneuten Besuch des Rayonsinspektors nicht erfreut.

»Ist Herr Völzer da? Ich muss mit ihm reden. Es ist dringend.«

Der Diener zog eine Augenbraue in die Höhe. »Er spricht gerade.«

In diesem Moment schlug die Uhr der nahe gelegenen Griechenkirche dreimal. Es war Viertel vor zwölf. In fünfundsiebzig Minuten lief das Ultimatum ab. »Es geht um Leben und Tod. Tut mir leid.« Emmerich schob sich an dem Mann vorbei, eilte durch die Vorhalle, über die geschwungene Treppe nach oben und platzte in Völzers Arbeitszimmer.

Der Hofrat, der dort am Schreibtisch saß, riss die Augen auf. »Was fällt Ihnen ein?«, brüllte er.

»Jemand will Ihnen einen Mord anhängen.«

Völzer schnappte nach Luft, schrie aber nicht weiter. »Schon gut, Johann«, sagte er zu dem Diener, der in der Tür erschienen war. »Jemand will *was?*«, wandte er sich an Emmerich.

Dieser schnappte sich einen Stuhl und setzte sich. »War Ignatius Častolowitz in den vergangenen sechsunddreißig Stunden hier in Ihrem Haus?«

»Ja, er war vorgestern Abend ...«

Emmerich nickte. »Das dachte ich mir.« Er stützte seine Ellenbogen auf der Tischplatte ab und lehnte sich nach vorn. »Častolowitz steckt hinter den Morden an Richard Fürst und Johanna Abele.«

Völzer wollte etwas sagen, doch Emmerich bedeutete ihm zu schweigen.

»Hören Sie mir genau zu.« Er begann zu erzählen, auch von dem Manifest und den Ausmerzern. »Sollte die Polizei ihm auf die Schliche kommen, hat er geplant, es Ihnen anzuhängen«, beendete er seine Ausführungen.

Otto Völzer verschränkte die Arme vor der Brust und lehnte sich zurück. »Das sind ganz schön schwere Anschuldigungen. Herr Častolowitz ist ein angesehener Mann, ein Kriegsheld. Ich habe unter ihm gedient.« Er musterte Emmerich mit einem durchdringenden Blick. »Warum sollte ich Ihr Wort über das seine stellen?« Er streckte eine Hand über den Tisch. »Zeigen Sie mir das Heft.«

»Ich habe es nicht dabei, dafür aber das.« Emmerich holte den Manschettenknopf aus seiner Hosentasche. »Frau Abele hat dem Mörder einen davon aus dem Hemdsärmel gerissen. Das ist das Gegenstück. Und jetzt raten Sie mal, wo ich das gefunden habe: in einer Ihrer Schreibtischschubladen.«

Völzers Miene verdunkelte sich. »Sie haben in meinen privaten Sachen herumgeschnüffelt?« Er riss den Manschettenknopf an sich und betrachtete ihn.

»Ja, ich weiß, unerlaubt, illegal, unmoralisch. Sparen wir

uns die Diskussion. Častolowitz und seine Schergen haben meinen Assistenten. Wenn ich ihnen nicht bis um ein Uhr das Manifest aushändige, werden sie ihn töten.«

»Ich fasse nicht, dass Častolowitz mir das antun würde«, sinnierte Völzer.

»Ich wette, er hat dafür Ihre Manschettenknöpfe genommen. Sehen Sie ruhig nach.«

Wortlos öffnete Völzer ein kleines hölzernes Kästchen und starrte hinein.

Emmerich wippte mit dem Fuß und wartete nervös. Was, wenn er sich getäuscht hatte? »Und?«

Anstatt zu antworten, stand Völzer auf, drehte Emmerich den Rücken zu und starrte zum Fenster hinaus. »Ich habe diesem Mann vertraut …«, sagte er schließlich, »… habe ihn als einen Freund betrachtet. Es ist einfach …«

»Ja, ich weiß … Wir können uns später über ihn aufregen. Jetzt ist keine Zeit dafür. Die haben Inspektor Winter. Sie werden ihn töten.«

»Dann geben Sie ihnen, was sie wollen.«

»Glauben Sie wirklich, dass die uns dann gehen lassen würden? Winter und ich, wir wissen viel zu viel. Sobald die das Manifest haben, werden sie uns umbringen.« Emmerich atmete tief ein und wieder aus. Die Worte, die er nun aussprechen musste, kosteten ihn einiges an Überwindung. »Ich brauche Ihre Hilfe.«

Völzer sah noch immer nach draußen. Der Verrat schien ihn schwer zu treffen. »Was ist mit Ihren Kollegen von der Polizei? Weshalb fragen Sie nicht die? Warum ausgerechnet mich?«

»Keine Verstärkung. Das haben die Ausmerzer explizit gefordert. Wenn sie auch nur einen anderen Polizisten riechen, ist Winter tot. Ich kann dieses Risiko nicht eingehen.«

»Sie reden immer von denen. Wer sind die anderen?«

»David Jordan, Karl Ludwig Schemann, Thomas Malthus, Albert Schäffle, Ernst Hackel, Alfred Ploetz, Wilhelm Schallmayer, Alfred Hoche und Karl Binding.« Die Namen hatten sich in sein Gedächtnis gebrannt. »Kennen Sie welche von denen?«

»Die meisten. Nicht zu glauben, dass sie alle dabei sind.«

»Helfen Sie mir jetzt? Ich werde Sie auch nicht in Gefahr bringen.«

Völzer strich über seinen buschigen Schnauzbart. »Častolowitz wollte mich reinlegen, dieses elende Schwein … Dafür soll er büßen.« Er drehte sich zu Emmerich um und blickte ihm direkt in die Augen. »Was haben Sie geplant?«

»Tarnen und täuschen. Das Arsenal ist eine Festung, im wahrsten Sinne des Wortes. Častolowitz' Männer werden den Tunnel sowie alle Ein- und Ausgänge sichern.«

»Ich soll Sie also hineinbringen?«

»Genau. Wir werden es so machen wie die alten Griechen.«

»Die Griechen …« Völzer massierte sein Kinn. »Sie denken an Homer und das Trojanische Pferd.«

Emmerich grinste. »Genau so ist es.«

33

Obwohl ihm eiskalt war, schwitzte Winter. Seebold hatte ihn in den unterirdischen Raum gezerrt und dort an einen Stuhl gefesselt. Das Seil, das er dafür benutzt hatte, war rau und schnürte das Blut in seinen Handgelenken ab. Je mehr er versuchte, sich loszumachen, desto tiefer grub es sich in seine Haut. »Herr Emmerich wird kommen, und dann gnade Ihnen Gott.«

Seebold lachte spöttisch. »Er wird tatsächlich kommen, davon gehen wir aus. Wir sind bereits gut auf seine Ankunft vorbereitet. Wenn einer die Gnade unseres Herrn nötig hat, dann er. General Častolowitz ist ein meisterlicher Stratege. Ein einfacher Mann wie Emmerich hat keine Chance gegen ihn.«

»Das werden wir ja noch sehen«, gab Winter sich streitbar, obwohl Seebolds Worte ihn stark verunsicherten.

Emmerich war schlau und einfallsreich, aber konnte er es auch mit einem wie Častolowitz aufnehmen? Krieg war dessen Profession. Angriffs- und Verteidigungstaktik sein tägliches Brot.

»Sicher, dass Sie alle Eventualitäten in Betracht gezogen haben?«, drang eine Stimme von draußen an Winters Ohr. »Diesen Emmerich darf man nicht unterschätzen. Hinter seiner abgeranzten Fassade steckt ein gerissener Kerl, der mit allen Wassern gewaschen ist. Gut möglich, dass er uns noch mehr Ärger macht.«

Als Winter erkannte, wer da sprach, krampfte sich sein

Magen so heftig zusammen, dass er ein Würgen unterdrücken musste. Konnte das wirklich sein?

»Keine Sorge«, hörte er Častolowitz entgegnen. »Er hat nicht die geringste Chance. Sobald ich das Manifest wiederhabe, werden die beiden für immer verschwinden. Es ist bereits alles vorbereitet.«

»Ist das wirklich die einzige Lösung?«

»Wir dürfen keine Risiken eingehen. Die Sache ist zu wichtig. Am Abend kümmere ich mich um die Haidrich, dann ist die erste Runde geschafft.«

Was war das? Was hatten die Kerle da gerade gesagt? Die Erkenntnis über die Bedeutung der Worte fuhr Winter wie ein Blitz durch Mark und Bein. Rita Haidrich sollte sterben, und die Todesurteile für ihn und Emmerich waren auch schon unterschrieben.

Einzig das Wann und das Wie waren noch offen.

34

Rund um Emmerich herum holperte und vibrierte es. Er lag zusammengekauert auf dem Boden von Völzers Wagen, und jedes Schlagloch, jede Unebenheit fuhr ihm direkt in die Knochen. Sein Bein tat höllisch weh, trotz des Schmerzmittels. Rasch nahm er eine Togal. Am Ende würde ihn noch sein Humpeln verraten. Dann war alles umsonst.

»Haben Sie sich schon einen Vorwand für Ihren Besuch bei Častolowitz überlegt?«, fragte er mit zusammengebissenen Zähnen, während Völzer so scharf um eine Kurve bog, dass Emmerichs Kopf gegen die Tür gedrückt wurde.

»Ich sage, es sei wegen der Finanzierung der Rehabilitationsanstalt. Das ist nicht einmal gelogen – es gibt diesbezüglich einiges zu bereden.«

»Das ist gut. Je weniger Verdacht er schöpft, desto besser. Apropos. Passen Sie auf Ihre Hand auf. Sie tendieren dazu, sie beim Lügen aufs Herz zu legen.«

»Gut zu wissen.« Völzer kniff die Augen zusammen und brauste um die nächste Kurve. »Ignatius Častolowitz, ein kaltblütiger Mörder«, murmelte er und schüttelte den Kopf. »Das hätte ich ihm nie im Leben zugetraut. Um ehrlich zu sein, würde ich doch ganz gern das Manifest sehen.«

»Dafür ist keine Zeit.«

»Sicher? Das ist ein Steyr, Typ II. Das neueste Modell.

Der hat vierzig Pferdestärken und schafft bis zu einhundert Kilometer pro Stunde. Wenn Sie es in der Nähe versteckt haben, schaffen wir das.«

Emmerich dachte nach. Sie konnten nicht direkt bis zum Syphilistrakt fahren, sondern mussten vor dem Haupteingang des Krankenhauses parken und die Höfe zu Fuß durchqueren.

»Nein«, sagte er schließlich. »Das wird zu knapp. Ich zeige Ihnen das Heft später, sobald Inspektor Winter in Sicherheit ist. Versprochen. Bis dahin müssen Sie mir einfach vertrauen.«

Die nächsten paar Minuten fuhren sie schweigend durch die Stadt. Emmerich befühlte sein pochendes Bein. Alles wird gut gehen, sprach er sich in Gedanken Mut zu. Morgen um diese Zeit werden Winter und ich in Gonskas Büro sitzen und auf die Verhaftung von Častolowitz und Konsorten anstoßen.

»Wir sind gleich da.« Völzer lenkte den Wagen auf die Ghegastraße und bog vor dem ehemaligen Kommandanturgebäude rechts ab.

Emmerichs Puls beschleunigte sich. »Stellen Sie sich nah an den Eingang, am besten seitlich zur Mauer. Dann kann ich unbemerkt aussteigen.«

»Schon gut«, murrte Völzer. »Ob Sie's glauben oder nicht, der Herr hat auch mich mit ein bisschen Hirn bedacht.« Er brachte den Wagen zum Stehen und stellte den Motor aus. »Hier draußen ist niemand zu sehen. Die Zugänge scheinen unbewacht. Wenn diese Kerle tatsächlich auf Sie warten, dann drinnen.«

Emmerich nickte. »Gehen Sie hinein und behaupten Sie, Sie hätten mich auf dem Dach gesehen. Ein Großteil der

Männer wird dann hoffentlich nach oben rennen. So kann ich mich unbemerkt einschleichen.«

»Und wie wollen Sie wieder rauskommen?«

»Ich stehle Ihr Automobil. Dass Sie rein zufällig Ihre Autoschlüssel stecken lassen, wird die Sache für mich einfacher machen. Anschließend hole ich das Manifest und veranlasse die Verhaftung aller Beteiligten.«

Völzer lehnte sich zurück und zwirbelte die Enden seines Schnurrbarts. »Sie sind ein sehr listiger Mann, Herr Emmerich. Wie gut, dass Sie auf meiner Seite stehen.«

»Und Sie auf der meinen. Častolowitz und seine Mörderbande werden sich noch wundern.«

Völzer nickte. »Viel Glück«, sagte er und stieg aus. »Der Schlüssel steckt.«

Emmerich zählte im Geiste leise bis sechzig. Diese Prozedur wiederholte er fünfmal, dann atmete er tief ein, stieß vorsichtig die Tür auf und ließ sich hinausgleiten.

Er lief an der Backsteinmauer des Gebäudes entlang bis zu dessen hervorspringendem Mittelteil, wo er kurz innehielt.

Um wie ein Handwerker auszusehen, hatte er sich von Johann, Völzers Diener, eine alte Latzhose und eine Schiebermütze ausgeliehen. Letztere zog er tief ins Gesicht und spazierte, die Hände in den Hosentaschen vergraben, so nonchalant wie möglich zum Hauptportal.

Außer Častolowitz und seinem Sekretär wusste niemand, wie er aussah, und auch wenn ihn irgendwer erkannte – mit drei, vier Männern würde er schon fertigwerden. Er tastete nach seiner Waffe und betrat die Eingangshalle des Museums.

Abgesehen von den steinernen Feldherren war niemand

anwesend. Gespenstische Stille erfüllte das Foyer. Emmerich lief ein kalter Schauer über den Rücken. Irgendetwas stimmte hier nicht. Er dachte an Winter, unterdrückte den Fluchtreflex und ging, die Hand stets an der Pistole, durch die Ausstellungsräume, wobei er versuchte, so geschäftig wie möglich zu wirken. Hatte Völzer tatsächlich alle Männer aufs Dach locken können? Hatte Častolowitz ihn komplett unterschätzt? Was war hier nur los?

Auch der Rest des Wegs verlief unerwartet reibungslos. Er knackte das Schloss der Tapetentür, schlich die Treppe hinunter und huschte durch den Tunnel, vorbei an all dem Kriegsgerät. Alles war wie ausgestorben, und als er vor der schmalen Holztür angelangte, tat er etwas, von dem er nicht geglaubt hatte, es in seinem Leben jemals wieder zu tun: Er schickte ein Stoßgebet gen Himmel.

35

»Was soll denn das bitt' schön heißen?«, drang eine aufgebrachte Stimme auf den Flur des Syphilistraktes.

»Na, was glaubst?«, antwortete eine andere.

»Dass noch einmal ein Krieg kommen wird? Geh bitte! Als wär die Menschheit strunzdeppert. Die Leut' ham doch wohl hoffentlich was g'lernt aus dem ganzen Schas. Kaner will des no amoi mitmach'n.«

Allgemeines Murren war zu vernehmen.

»Liest du ka Zeitung? Im Ruhrgebiet und in Berlin wird gekämpft. In Polen findet grad eine Bolschewistenoffensive statt, über Russland mag i gar ned erst red'n, die Slowaken fordern Autonomie, und von Thrakien über Kleinasien bis nach Arabien wütet ein Aufstand.«

»Sogar in Südamerika brodelt's, weil die Peruisten den Bolivisten kein Zugang zum Meer geben woll'n.«

»Des heißt ned Peruisten sondern Peruanier. Wer is' jetzt strunzdeppert?«

»Beruhigts euch g'fälligst!«, rief jemand zur Raison. »Wir ham hier eine wichtige Aufgabe. Scho vergess'n? Gemma, geht scho, tua ma weiter!« Der Mann klatschte in die Hände, und Schweigen kehrte ein.

Kurz darauf wurden die Türflügel von Zimmer 8 aufgerissen, und zwei Bedienstete der Rettungsgesellschaft karrten einen neuen Patienten in den Raum.

»Was ist denn hier los?«, fragte einer der Sanitäter, während er und sein Kollege den Kranken so vorsichtig auf ein freies Bett hievten, als wäre er ein zerbrechlicher Gegenstand.

Insgesamt fünf Männer saßen um Ludwig herum. Einer hielt ein Wörterbuch in der Hand, während ein anderer mit krakeligen Buchstaben die Übersetzung notierte, die Ludwig ihm diktierte. Die drei anderen, mehr Staffage als Hilfe, nickten nach jedem Satz mit ernsten Mienen und gaben in regelmäßigen Abständen Laute des Abscheus oder der Überraschung von sich.

»So, jetzt kommen wir zu der Seite, auf der die Mitglieder aufgezählt werden«, kündigte Ludwig an. »*Ex auctoribus: opus est studere operas sequentis.*« Sämtliches Blut wich aus seinem Gesicht.

»Was ist denn los?« Dieses Mal war es der Mann mit dem Wörterbuch, nicht der Sanitäter, der fragte.

»Oh mein Gott«, flüsterte Ludwig. »Wir haben einen schrecklichen Fehler gemacht.«

36

Vorsichtig drehte Emmerich den Knauf und öffnete die Tür einen Spaltbreit. Das Erste, was in sein Blickfeld trat, war Winters Gesicht, aus dem ihm weit aufgerissene Augen entgegenstarrten. Das Zweite war der Pistolenlauf, der sich in die Schläfe seines Assistenten bohrte.

Es war Ignatius Častolowitz höchstpersönlich, der die Waffe in der Hand hielt. »Da sind Sie ja endlich. Wir haben bereits auf Sie gewartet. Wo ist das Manifest?«, fragte er, doch Emmerich ignorierte ihn.

Seine Aufmerksamkeit hatte sich allein auf Winter gerichtet, der mit hängenden Schultern dasaß. Sein Mund wurde von einem Knebel verschlossen. »Geht es dir gut? Ist alles in Ordnung?«

Winter nickte, doch es war nicht schwer zu erkennen, dass er tausend Qualen litt.

»Wo ist das Manifest?«, wiederholte Častolowitz.

»So lass ihn doch erst einmal hereinkommen.«

Als Emmerich die Stimme erkannte, stockte ihm der Atem. Er öffnete die Tür ganz und schnaubte. Neben Častolowitz saß kein Geringerer als Otto Völzer.

»Verdammt noch mal«, entfuhr es ihm. »Haben Sie sich wirklich von ihm umdrehen lassen? Sind Sie tatsächlich so leichtgläubig und dumm? Nach allem, was er Ihnen anhängen wollte?«

Völzer prustete los. »Dumm? Ich? Eher Sie.« Er stand auf, nahm Emmerich die Waffe ab und setzte sich wieder.

Zornig presste Emmerich die Lippen aufeinander. Er konnte sich nicht daran erinnern, wann er das letzte Mal so wütend gewesen war. Selbst Brühl hatte es nie vermocht, so viel Abscheu in ihm hervorzurufen. Am liebsten hätte er Völzer mit seinen bloßen Händen das Leben aus dem Leib geprügelt. »Sie sind also auch einer von denen.«

In diesem Moment trat eine weitere Person aus dem Schatten. Es dauerte einen Augenblick, bis Emmerich den Schock verdaut hatte und seinen Mund wieder zubekam.

»Sie?«, fragte er. Seine Stimme bebte. »Wie … Wie ist das möglich?«

Völzer lachte wieder, dieses Mal noch lauter. »Sie können definitiv kein Latein. Ich musste mich zusammenreißen, als Sie bei mir aufgetaucht sind und gemeint haben, Jordan, Schemann und so weiter seien Mitglieder der Misericordiae Nuntius.« Er hielt sich den Bauch. »Und wie Sie dann auch noch behauptet haben, dass Herr Častolowitz mir die Morde anhängen will … Und dann haben Sie mir meinen Manschettenknopf wiedergegeben …«

Emmerich schenkte Völzer keine Beachtung. »Von Ihnen hätte ich es am allerwenigsten erwartet.« Er verzog sein Gesicht zu einer Fratze voller Hass.

Vor ihm stand Gustav Bahrfeldt. Auch er war einer von ihnen. Einer der Ausmerzer.

»Jordan und die anderen Männer sind Wissenschaftler, die sich mit dem Thema Auslese auseinandergesetzt und Schriften darüber verfasst haben«, erklärte der Arzt.

»Und dann die Fahrt …« Völzer kannte kein Ende. »Sie waren so nervös, dass Sie gar nicht gemerkt haben, dass ich eigentlich nur herausfinden wollte, wo das Heft ist. Leider ist mir das nicht gelungen.«

»Schluss jetzt!«, herrschte Častolowitz ihn an und wandte sich an Emmerich. »Ich zähle bis drei«, sagte er. »Wenn ich bis dahin nicht weiß, wo das Manifest ist, jage ich Ihrem Freund eine Kugel durch den Kopf. Eins ...«

»Es ist an einem sicheren Ort.« Emmerich hob abwehrend die Hände. »Und wenn mir oder Herrn Winter etwas passiert, dann wird es an unsere Kollegen weitergeleitet.«

»Zwei ...«

»Halt!« Dieses Mal war es Bahrfeldt, der einen Einwurf tätigte. »Lassen Sie mich mit ihm reden.«

»Das bringt nichts. Das hatten wir doch bereits besprochen. Sie werden ihn nicht überzeugen können.«

»Lassen Sie es mich wenigstens versuchen.«

Častolowitz schnaubte und senkte die Waffe.

»Sie haben gedient«, wandte Bahrfeldt sich an Emmerich. »Sie sind ein Mann des Volkes. Lassen Sie mich unsere Beweggründe erklären, dann werden Sie verstehen, weshalb wir diese Maßnahmen ergreifen mussten.«

»Maßnahmen?« Emmerich kniff die Augen zusammen und blähte die Nasenflügel. Am liebsten wollte er dem heuchlerischen Doktor ins Gesicht spucken. Bahrfeldt, der gute, hehre Arzt. Noch mehr als für die beiden Morde und sein abscheuliches Gedankengut hasste er ihn dafür, dass er ihn mit seiner Klinik und dem ganzen philanthropischen Geschwafel geblendet hatte. »Sie ver...«, setzte er an, doch ein Blick auf Winter brachte ihn zur Raison.

»Wie Sie sicher wissen, hat der Krieg unsere besten Männer verschlungen.« Bahrfeldt sprach mit einer sanften, sonoren Stimme. Jedes Wort aus Samt. Weich und warm, um sein Gegenüber einzulullen, es zu verführen und zu zähmen. »Sie waren dabei. Sie haben es persönlich miterlebt. Nur die Tauglichen wurden eingezogen, die Tapferen und Gesunden. Die daheimgebliebenen Schwachen wurden verschont. Dadurch wurde die Bevölkerung in ihrer Gesamtheit kränker und degenerierter.«

»Na und?«, sagte Emmerich. »Das gab es doch früher auch schon. Das war nicht der erste Krieg, den wir geführt haben, und die Nation hat sich bisher immer wieder berappelt.«

»Das stimmt, denn früher sorgte die Natur für eine Konterselektion. Sie schickte Hunger und Seuchen, die die Kranken und Schwachen ausmerzten, was zu einer Gesundung des Volkes führte. Das tut sie auch jetzt wieder, doch heutzutage versuchen die Menschen, diese Regulierung zu umgehen. Die moderne Medizin und die Sozialpolitik helfen ihnen dabei.«

»Ist es nicht ihr gutes Recht aufzubegehren?«, warf Emmerich ein. »Sollen die Leute alles stumm erdulden, was ihnen das Schicksal vor die Füße rotzt?«

»Die Weigerung, den Willen der Natur anzuerkennen, wird uns alle ins Verderben stürzen. Spätestens beim nächsten Krieg, und den wird es geben, so viel steht fest. Wenn das Volk bis dahin nicht erstarkt, haben wir keine Chance. Dann waren all die Opfer, die Sie und Ihre Kameraden auf den Schlachtfeldern erbracht haben, umsonst. Wollen Sie das?«

Emmerich blieb Bahrfeldt eine Antwort schuldig. »Schon mal auf die Idee gekommen, dass es anderen Staaten genauso ergeht wie uns? Glauben Sie, wir sind die Einzigen, die gute Männer verloren haben? Alle sind wie die

Fliegen verreckt – auch Italiener, Franzosen, Briten, Russen… Der Tod kennt keine Nationalität.«

»Ha«, blaffte Častolowitz. »Und Sie? Sind Sie schon mal auf die Idee gekommen, sich mit dem Staatsvertrag auseinanderzusetzen, den die Siegermächte uns aufoktroyiert haben? Die haben sich genommen, was sie wollten: Böhmen, Mähren, Schlesien, Südtirol, Istrien… Zu einem Selbstbedienungsladen haben sie uns gemacht. Zu einer Hure, die jeder einmal besteigen durfte. Dazu die Reparationszahlungen, das Verbot der allgemeinen Wehrpflicht, die Zerstörung unserer Rüstungsindustrie, um nur ein paar Bestimmungen zu nennen. Während die sich mit unserem Geld und unseren Ländereien wieder aufrichten, versuchen sie, uns schwach zu halten. Und sobald sie stark genug sind, werden sie sich auch noch den Rest von uns holen.« Seine Stimme war angeschwollen und erfüllte den Raum. »Sie werden uns unterwerfen, uns knechten und assimilieren. Sie werden sich unsere Frauen nehmen, unsere Rohstoffe und unseren Stolz. Wenn wir jetzt nicht handeln, wenn wir jetzt keine Maßnahmen setzen, wird es nichts geben, das wir dagegen tun können. Wollen Sie das?«

»Nein, natürlich nicht…«

Doch Častolowitz war noch nicht fertig. »Wollen Sie Befehle von Katzelmachern annehmen?«, schrie er. »Wollen Sie Ihre Frau mit Schneckenfressern teilen? Kanaken bedienen? Dem Iwan die Stiefel lecken?«

»Natürlich nicht…«, wiederholte Emmerich.

Bahrfeldt lächelte. »Sehen Sie«, sagte er. »Und genau deshalb gilt es, all die geistig Umnachteten, die Alkoholiker, die unheilbar Kranken, die Seuchenüberträger, die Unterentwickelten, Prostituierten, Verbrecher, Psychotiker und Sonderlinge loszuwerden. Sie sind der innere Feind. Sie schwächen die Gesellschaft. Um einen gesunden Garten zu haben, muss man das Unkraut entfernen.«

»Wenn all das elende Gesindel nicht länger die Krankenhäuser, Gefängnisse und Irrenanstalten bevölkern würde, hätte der Staat mehr Kapazität, um jenen zu helfen, die tatsächlich eine Chance verdient haben«, legte Častolowitz noch eins drauf. Sein Gesicht war gerötet, auf seiner Nase glänzten Schweißperlen. »Nehmen Sie doch sich selbst als Beispiel: Sie sind willensstark und intelligent. Eine Operation mit anschließenden Rehabilitationsmaßnahmen könnte Ihr Bein retten und Ihre Kampftauglichkeit wieder herstellen. Doch Sie haben am eigenen Leib erfahren, dass es dafür keine öffentlichen Mittel gibt.«

Emmerich war von der langen Rede ganz schwindlig geworden. »Sie können doch nicht einfach bestimmen, wer leben und wer sterben soll. Diese Leute, das elende Gesindel, wie Sie sie nennen, viele von ihnen mögen nicht übermäßig kräftig oder klug sein, aber sie haben sonstige Talente, durch die sie dem Land dienen können.«

»Ich hab's ja gesagt, er sieht es nicht ein«, konstatierte Völzer und rollte mit den Augen.

»Jetzt warten Sie doch mal ab«, konterte Bahrfeldt und wandte sich an Emmerich. »Vielleicht können wir eine Übereinkunft treffen.« Er sah ihn eindringlich an. »Wir können eine Lösung finden, die uns allen zugutekommt.«

»Sie glauben doch nicht, dass der sich an eine Abmachung hält?«, schrie Völzer.

»Wir geben Ihnen Geld, viel Geld. Für Ihr Schweigen«, schlug Bahrfeldt vor. »Und ich garantiere Ihnen einen Platz in der Rehabilitationsanstalt.«

Winter würgte und schaffte es, den Knebel auszuspucken. »Gehen Sie, retten Sie Frau …«

»Wen retten?«, fragte Emmerich.

Častolowitz schob den Knebel so grob zurück in Winters Mund, dass dessen Lippe aufplatzte und Blut auf sein Hemd tropfte. »Noch so eine Aktion, und du findest dich auf dem Grund der Donau wieder.« Er versetzte Winter einen Schlag ins Gesicht. »Dir hat wohl nie jemand Gehorsam beigebracht.« Er holte noch einmal aus und ließ seine Faust auf Winters Schläfe prallen.

»Ist ja schon gut«, bellte Emmerich, als er sah, wie sein Assistent bewusstlos zusammensackte und keinen Laut mehr von sich gab. »Sie können das Manifest und unser Schweigen kaufen. Eine andere Wahl habe ich ja wohl nicht, oder?«

Častolowitz nickte. »Sehr vernünftig«, sagte er in väterlichem Tonfall. »Ich wusste, dass Sie zur Räson kommen würden.«

»Was zur Hölle …?« Völzer fasste sich an den Kopf. »Sie glauben ihm? Sind Sie nicht mehr ganz bei Trost? Der lügt doch. Der würde uns alles erzählen, um hier mit heiler Haut wieder rauszukommen.« Er verschränkte die Arme vor der Brust. »Ich sage, wir knallen sie ab. Hier und jetzt Außerdem beweist das Manifest doch sowieso nichts.«

»Es bringt uns vielleicht nicht hinter Gitter, aber wenn es an die Öffentlichkeit gelangt, kann es unserer Sache schaden«, warf Častolowitz ein. »Das Volk ist noch nicht bereit für unser revolutionäres Gedankengut – das hatten wir doch bereits besprochen.«

»Das Volk ist weiter, als wir denken«, gab Völzer sich trotzig.

»Geben Sie doch endlich mal Ruhe«, verlangte Bahrfeldt. »Ohne Ihr klägliches Versagen bei der Abele wären wir erst gar nicht in dieser lästigen Situation.«

»Sie haben gut reden. Fürst umzulegen war auch ja viel simpler.«

»Vielleicht habe ich es einfach schlauer angestellt.«

So ist das also, dachte Emmerich. Sie haben sich das Töten aufgeteilt: Bahrfeldt hat Fürst erschossen, und Völzer Abele erwürgt. Welchen Mord Častolowitz wohl begangen hat? Oder stand der womöglich noch aus? »Retten Sie Frau …«, hatte Winter gefleht.

»Wir haben eine Abmachung.« Častolowitz streckte Emmerich seine Hand entgegen. »Sie holen jetzt das Heft. Im Austausch dafür bekommen Sie Ihren Assistenten, und wir legen noch einen Batzen Geld drauf. Was sagen Sie?«

Das Ganze war natürlich eine Finte – dessen war Emmerich sicher. Bahrfeldt meinte vielleicht, was er sagte, aber Častolowitz und Völzer würden sich niemals an die Abmachung halten. Sobald sie das Manifest in den Händen hielten, waren Winter und er erledigt. Namenlose Kadaver in einem flachen Grab oder noch schlimmer: ewige Karteileichen im Vermisstenregister.

Er musste sich etwas einfallen lassen, aber dafür brauchte er Zeit, zumindest ein paar Stunden. »Von mir aus … Es ist nur so … Das Heft … Ich kann es Ihnen nicht sofort bringen. Der Bekannte, dem ich es anvertraut habe, ist Hausierer und bis heute Abend unterwegs.«

Častolowitz überlegte. »Gut«, sagte er schließlich und drehte sich zu Völzer. »Holen Sie Seebold!«

Völzer verschwand und kehrte kurz darauf in Begleitung des Glatzkopfs wieder zurück.

Dieser funkelte Emmerich zornig an.

»Pass bis heute Abend auf ihn auf«, befahl Častolowitz. »Sieh zu, dass er kein zweites Mal auf dumme Gedanken kommt. Lass ihn keine Sekunde unbeobachtet.«

»Sie können mir vertrauen«, sagte Emmerich.

»Von Soldat zu Soldat. Von Ehrenmann zu Ehrenmann.« Častolowitz streckte Emmerich die Hand entgegen.

Dieser nahm und schüttelte sie. »Abgemacht.«

Auf dem Vorplatz des Museums wischte Emmerich die Hand an der Hose ab. Ehrenmann, von wegen. Er zündete sich eine Zigarette an und hoffte auf einen Geistesblitz. Was sollte er denn jetzt bloß tun tun?

Er warf Seebold, der ihm dicht auf den Fersen folgte, einen bösen Blick zu. »Muss das sein? Sie sollen mich im Auge behalten, nicht an meinem Arsch kleben.«

Seebold murmelte etwas Unverständliches und blieb ein paar Schritte zurück.

Emmerich nahm einen tiefen Zug und spazierte langsam in Richtung Kommandanturgebäude. Dann beschleunigte er sein Tempo ein wenig, sodass sich der Abstand zwischen ihm und seinem Beschatter vergrößerte. Als er Völzers Wagen erreichte, warf er die Zigarette auf die Straße, sprang hinein und drehte den Zündschlüssel, der tatsächlich noch immer steckte.

Seebold kam fluchend herbeigerannt. Er machte einen Hechtsprung und packte den Türgriff, doch Emmerich ließ sich davon nicht beirren. Er legte einen Gang ein, drückte aufs Gas und raste in Richtung Ghegastraße. Dabei schleifte er Seebold ein paar Meter mit, bis der endlich losließ und schimpfend auf dem Asphalt liegen blieb.

Emmerich streckte die Hand aus dem Fenster, machte eine obszöne Geste und sauste davon.

Ohne sich daran erfreuen zu können, dieses schnittige Automobil zu fahren, brauste Emmerich plan- und ziellos durch die Straßen der Stadt. Schreckliche Schuldgefühle marterten ihn und erschwerten ihm das Denken. Er hätte sich an die Spielregeln halten sollen, dann wären er und Winter jetzt nicht in dieser Situation. Besser bis ans Lebensende als Tippsen arbeiten, als noch heute sterben zu müssen.

Er musste einen Plan entwickeln, eine Strategie ersinnen, wie er Winter retten und den Ausmerzern das Handwerk legen konnte. Aber wie? Wie sollte er das anstellen?

Častolowitz, Völzer und Bahrfeldt besaßen Geld, Einfluss und Macht. Er hatte nichts davon. Wie um alles in der Welt sollte er gegen die drei ankommen und Winter lebend aus ihren Fängen befreien? Wie konnte er an handfeste Beweise gelangen? Beweise, die aussagekräftiger waren als ein bösartiges Manifest.

Er brauchte stichhaltige Indizien, die die Misericordiae Nuntius direkt mit den Morden an Fürst und Abele in Verbindung brachten.

Sie durften auf keinen Fall ungestraft bleiben. Sie durften keine weiteren Mitglieder rekrutieren. Sie durften ihre Schandtaten nicht fortführen.

Auf dem Ring schaltete er in den vierten und somit letzten Gang. Eisiger Fahrtwind peitschte ihm ins Gesicht, doch das störte ihn nicht. Die Kälte half ihm, einen klaren Kopf zu bekommen. Er brauchte eine Idee, einen Einfall, einen Geistesblitz. Winters Leben, sein Leben und die Leben Tausender Bedürftiger hingen davon ab.

Obwohl er Vorfahrt hatte, bremste Emmerich mitten auf der Opernkreuzung einfach ab. Irgendetwas hatte seine Aufmerksamkeit erregt.

Hinter ihm gab ein Lastenkutscher derbe Flüche von sich, doch er ließ sich davon nicht beirren. Was war es? Was an diesem Szenario verlangte nach seiner Beachtung? Das Operntheater? Die große Wiener Würfeluhr? Einer der vielen Passanten, die über das Kopfsteinpflaster eilten?

Ein Fiakerfahrer stimmte in die Schimpftirade mit ein, und ein Wagen begann zu hupen.

»Ja ja, schon gut«, rief Emmerich hinaus, und da fiel es ihm endlich auf: Rita Haidrich. Riesengroß und strahlend schön lachte ihm ihr Antlitz von einer Litfaßsäule entgegen.

Er dachte an den vergangenen Montag zurück, als sie völlig verzweifelt im Kommissariat aufgetaucht war und er die Order bekommen hatte, den Fluch zu bannen, mit dem angeblich ihr neuer Film belegt worden war. Wie sehr er sich über seine Dienststelle aufgeregt hatte, wie sehr ihm der dumme Auftrag gegen den Strich gegangen war. Ach, hätte er doch nur zu schätzen gewusst, wie gut sein Leben und wie unangebracht sein Ärger damals gewesen war, wie mickrig seine Sorgen. Welch ein Witz, dass das Schicksal ihn ausgerechnet hier und jetzt mit der Nase darauf stieß.

Die gegen ihn gerichteten Beschimpfungen wurden immer derber, und Emmerich konnte im Rückspiegel sehen, wie ein Verkehrspolizist auf ihn zugestapft kam.

Er wollte weiterfahren, doch irgendetwas hielt ihn davon ab, hielt seinen Fuß auf dem Bremspedal fest und seinen Blick auf das Plakat geheftet. *Ein Frühlingstraum*, stand direkt unter Haidrichs Porträt geschrieben. *Wohltätigkeitsmaskenball zugunsten rachitischer Waisenkinder. Auftritte von bekannten Publikumslieblingen, Tombola und Mitternachtseinlage. Donnerstag 25. März, Einlass ab 18 Uhr.*«

Ein Wohltätigkeitsball, um armen Waisen zu helfen. *Retten Sie Frau …* Damit hatte Winter Rita Haidrich gemeint. Sie war die Nächste auf der Liste. Častolowitz' Opfer. Das Schwein wollte sie entweder kurz vor oder während der Gala erledigen.

Emmerich fluchte und rieb sich die Augen. Gerade als er geglaubt hatte, den absoluten Tiefpunkt erreicht zu haben, schlug das Schicksal noch einmal zu. Zu all den anderen Leben galt es nun auch noch, das von Rita Haidrich zu retten.

Kurz bevor der Wachmann ihn erreichte, trat Emmerich aufs Gas. Es war an der Zeit, ein paar Gefälligkeiten einzufordern.

37

»Das grüne Kleid war eine gute Wahl. Die Pfauenmaske auch – die bringt Ihre Augen besonders zur Geltung. Wissen Sie schon, welche Schuhe Sie tragen wollen? Und können Sie endlich verraten, welche Publikumslieblinge auftreten werden?« Mitzi, die gerade die finalen Handgriffe an Rita Haidrichs Garderobe vornahm, war so aufgeregt, dass ihr deren ausdrucksloser Blick gar nicht auffiel. *»Spiel ich die Unschuld vom Lande, natürlich im kurzen Gewande, so hüpf ich ganz neckisch umher, als ob ich ein Eichkatzerl wär«*, sang sie das beliebte Stück aus Johann Strauss' *Fledermaus*, während sie den Saum absteckte.

»Au.« Das Piksen einer Nadel riss die Schauspielerin aus ihrer Lethargie. »Was hast du gesagt?«

»Ich wollte wissen, welche Schuhe Sie tragen werden.« Mitzi sah Rita Haidrich mit besorgtem Blick an. »Geht es Ihnen nicht gut? Sie sind ganz blass.«

Die junge Frau griff nach einem Tiegel und trug etwas Rouge auf. »Besser?«

»Sie haben sich hoffentlich nichts eingefangen.« Die Garderobiere fasste ihr an die Stirn. »Die Cholera grassiert, und Sie haben sich doch gestern mit den Kindern aus dem Armenhaus fotografieren lassen.«

»Keine Angst.« Haidrich setzte ein Lächeln auf. »Ich bin einfach nur ein bisschen nervös. Für die Kleinen geht es um so viel.« Und für mich auch, fügte sie in Gedanken hinzu.

»Sie müssen sich keine Sorgen machen«, redete Mitzi ihr gut zu. »Der Ball wird ein voller Erfolg. Die Gäste werden sich amüsieren, und die Zeitungen werden von nichts anderem als von Ihrer Schönheit und Ihrem großen Herzen berichten.« Langsam ging sie einmal um Haidrich herum und kontrollierte den Sitz der Robe. *»Und folgt er mir, wohin ich geh«*, trällerte sie dabei vor sich hin. *»Sag ich naiv: Sie Schlimmer, Sie. Setz mich zu ihm ins Gras sodann und fang auf d'Letzt zu singen an. Lalalalalala …«*

Rita Haidrich schaute so starr in den Spiegel, als wollte sie sich selbst hypnotisieren. Sie fühlte sich tatsächlich unwohl, doch der Ball war wichtig. So wichtig, dass sie ihn für nichts auf der Welt versäumen würde. Sie würde hingehen, Geld sammeln und glänzen. Koste es, was es wolle.

38

Rita Haidrich, prätentiöse, geltungssüchtige Rita Haidrich. Warum konnte das dumme Weibsstück sich nicht einfach mit der Schauspielerei begnügen? Wieso musste sie sich auch noch als Philanthropin inszenieren? Und wieso hatte sie sich ausgerechnet die unterentwickelte rachitische Brut des Pöbels als Nutznießer ihrer Wohltätigkeit aussuchen müssen? Warum keine Veteranen oder irgendeine Kulturinitiative? Wahrscheinlich, weil verkrüppelte Kinder mehr Aufmerksamkeit generierten und stärker auf die Tränendrüse drückten. Wie auch immer … Es war auf jeden Fall ein großer Fehler.

Heute war er an der Reihe. Bahrfeldt hatte Fürst erledigt, Völzer die alte Abele, und er würde Rita Haidrich beseitigen. Jedes Mitglied der Misericordiae Nuntius musste einen Volksverräter aus dem Weg schaffen. So wurde der Zusammenhalt aller Beteiligten gestärkt und ihre Entschlossenheit getestet. Die jeweils anderen sorgten für ein perfektes Alibi.

Častolowitz betrachtete seine Luger 08, die vor ihm auf dem Tisch lag. Dass das Schicksal Haidrich nicht wohlgesonnen war, dessen war er sicher. Nie und nimmer hätte es ihm sonst solch ein perfektes Feld bereitet. Einen Maskenball. Hunderte von kostümierten, angeheiterten Gästen, laute Musik, knallende Korken und tausend Verstecke. Bessere Voraussetzungen konnte man sich nicht wünschen.

Er würde erst die junge Schauspielerin töten, danach die beiden Kriminalbeamten. Anschließend würde er warten, bis ein bisschen Gras über die Sache gewachsen war. Nur nichts überstürzen, nur nicht übermütig werden. Seine Taktik lautete: zuschlagen und sich zurückziehen, neue Opfer wählen und bis zum richtigen Zeitpunkt ausharren.

Er war ein Meister der Strategie, das stand außer Frage. Wenn Völzer nicht so schrecklich geschlampt hätte, und dieser Emmerich nicht so verbissen wäre, hätten sie die erste Angriffswelle gegen die Feinde der Nation unbehelligt ausführen können.

Emmerich. Der lästige Kerl hatte in einem letzten Akt des Widerstands Völzers Wagen gestohlen und Seebold damit abgehängt. Bahrfeldt war deswegen in großer Sorge, Völzer in Rage. Ihn juckte es nicht wirklich. Er kannte Männer wie Emmerich nur zu gut. Sie konnten nicht kampflos untergehen. Aufmüpfigkeit lag ihnen im Blut.

Was für ein Glück, dass dieser Kretin eine Achillesferse besaß. Ganz egal, ob er aus Verantwortungsbewusstsein, Sentiment oder Zuneigung so sehr an seinem Assistenten hing – im Endeffekt war es eine Schwäche, und die würde ihm das Genick brechen. Er selbst hätte diesen Winter oder wie er hieß, ohne mit der Wimper zu zucken, aufgegeben. Emmerich war dazu nicht in der Lage. Damit hatte er sein Todesurteil unterzeichnet.

Častolowitz grinste in sich hinein und versuchte, sich wieder auf das Wesentliche zu konzentrieren – auf Rita Haidrich.

Er zog sein Kostüm an, setzte die dazugehörige Maske

auf und steckte die Pistole ein. »*Dulce et decorum est pro patria mori*«, murmelte er.

Ja, in der Tat, es sollte süß und ehrenvoll sein, fürs Vaterland zu sterben.

39

Das ganze Theater schwamm in Farbe, Musik und Entzücken. Jeschek hatte wahre Wunder vollbracht. Die Säulen des Foyers wurden von Stoffblumen und Efeu umrankt, hauchzarte Schmetterlinge aus Seidenpapier, die an langen, dünnen Fäden von der Decke hingen, flatterten bei jedem Luftzug hin und her, und der Boden war mit einem langflorigen grünen Teppich belegt, der auf den ersten Blick wie eine saftige Wiese aussah.

Jedes Mal, wenn neue Besucher das Foyer betraten, erklangen Ahs und Ohs. »Traumhaft«, hauchte eine junge Frau, die ein glitzerndes Elfenkleid trug. Sie streckte die Arme aus und drehte sich im Kreis.

Doch nicht nur die Dekoration, auch die Gäste, die sich eingefunden hatten, waren ganz nach Rita Haidrichs Geschmack – zahlreiche bedeutende Persönlichkeiten waren gekommen: ehemalige Barone, Grafen und Fürsten, Männer und Frauen aus der Wirtschaft, der Kunst und der Politik. Sie alle hatten sich an das Motto gehalten und sich fantasievoll verkleidet.

Da war zum Beispiel der Kammersänger Heinz Rosenberg, den sie trotz seiner Maske gleich an seinem mächtigen Schnurrbart erkannte. Der Bergsteigerlegende Alois Rock nutzte die Verkleidung ebenso wenig, da sie ihn ob seiner abstehenden Ohren sofort identifizierte, und die

Salonière Auguste Bernauer hatte so ein außergewöhnlich breites Untergestell, dass keine Maskierung sie unentlarvt lassen würde.

Andere Gäste waren schwerer zu identifizieren. Da war zum Beispiel eine Dame in einem grünen Rokokokleid, das über und über mit gelben Blüten bestickt war. Ihr Haar war unter einem blumengeschmückten Hut verborgen, und ihr Gesicht war verschleiert. Oder der stattliche Herr mit dem langen roten Cape und der Vogelmaske … Rita Haidrich schauderte bei seinem Anblick. Er wollte wohl einen Ibis darstellen, erinnerte aber eher an einen mittelalterlichen Pestarzt.

»Wo ist Oswald?«, flüsterte sie Mitzi zu, die neben ihr stand und mit großen Augen das bunte Treiben beobachtete.

»Er kommt sicher gleich.« Mitzi zauberte ein paar Haarnadeln aus ihrer Tasche und klemmte damit eine störrische Locke, die sich aus Haidrichs Frisur gelöst hatte, zurück an ihren angestammten Platz. »Sie sehen wunderschön aus.«

Die junge Schauspielerin lächelte sanft und reckte das Kinn. »Lasset die Spiele beginnen«, murmelte sie und wandte sich an einen Mann, von dem sie annahm, dass er ein Bekannter war. »Wie schön, dass Sie es geschafft haben«, sagte sie so selbstsicher sie konnte.

Überall gab es üppige Büsten und rauschende Röcke zu bestaunen. Korken knallten, Gläser klangen, Gelächter und angeregte Gespräche erfüllten das Foyer. Kellner servierten Sekt, und ein Blumenmädchen, das einen ausgestellten roten Glockenrock und ein süßes Kopftuch trug, verteilte Krokusse, die Oswald wohl irgendwo heimlich gepflückt hatte.

»Zafrieden?« Jeschek, der als einziger der Gäste keine Verkleidung trug, stemmte die Arme in die Hüften und sah Rita Haidrich erwartungsvoll an. »Hab ich alles gegeben. Ibermenschliche Leistung hab ich erbracht, nur fir Sie, Varehrteste.« Er nahm ihre Hand und küsste sie.

Sie zog ihre Hand zurück und umarmte den kleinen Mann. »Danke, Herr Jeschek, danke«, hauchte sie ihm ins Ohr, presste ihn an ihren Busen und gab ihm einen Kuss auf die Glatze.

Jeschek lief rot an und verbeugte sich. »Stets zu Ihren Diensten«, sagte er und zog sein Sakko zurecht. »Viel Vergnigen bei die Ball. Ich kimmere mich jetzt um andere Dinge.« Mit einem zufriedenen Lächeln auf den Lippen spazierte er zur Tür, die hinter die Bühne führte. »Die ganze Welt ein Theater«, murmelte er.

Rita Haidrich sah auf die Uhr und tupfte sich mit einem Taschentuch ein paar Schweißperlen von der Nase. In einer Viertelstunde würde sie den Abend offiziell eröffnen. Danach standen Tanz, eine Tombola und diverse Darbietungen auf dem Programm.

Sie fächerte sich mit der flachen Hand Luft zu und nestelte in der Hoffnung, das beengte Gefühl in ihrer Brust lindern zu können, an ihrem Dekolleté herum. So viele Menschen. So viele Masken. So viele Dinge, die schiefgehen konnten.

»Frau Haidrich«, lenkte eine Stimme sie ab. Es war Auguste Bernauer, die Salonière. »Sie haben mich gar nicht erkannt.«

Wie auf Knopfdruck schlüpfte Haidrich in die Rolle der Gastgeberin. Sie setzte ein strahlendes Lächeln auf und breitete die Arme aus. »Frau Bernauer ... Aber wie hätte ich Sie denn erkennen sollen? Ihr Kostüm ist ganz formidabel.«

Sie winkte einen Kellner herbei und wollte sich gerade ein Glas Hochriegl von dem ihr dargebotenen Tablett nehmen, als jemand ihren Arm ergriff. Erschrocken fuhr sie herum und fasste sich ans Herz.

Es war Oswald. »Na?« Er grinste breit. »Was meinst du?« Er war von unten bis oben in Grün gekleidet. Grüne Schuhe, grüne Hose, grünes Hemd, grüne Krawatte. Das Ganze wurde von einem spitzen grünen Filzhut gekrönt, der neckisch auf seinem Kopf thronte.

»Du siehst aus wie ein Zwerg aus dem Wald«, zischte sie. »Wo warst du denn nur? Ich hab dich überall gesucht. Du weißt, dass ich dich heute Abend brauche.«

»Ein Zwerg?« Er tat empört. »Ich bin ein Grashalm. Frisch und knackig.«

Haidrich rollte mit den Augen und versuchte erneut, sich ein Glas Sekt zu angeln, doch sie war nicht flink genug. »Mir steht der Sinn gerade nicht nach Scherzen, und ich hab auch keine Lust, dich dauernd suchen zu müssen.«

»Schon gut, schon gut. Tut mir leid. Ich habe mich mit ein paar Journalisten unterhalten. Der Fluch war das Beste, das uns passieren konnte.« Er strahlte wie ein frisch geprägter Heller. »*Pandora* wird ein Riesenerfolg werden. Jeder will ihn sehen, den verwünschten Film. Das wird ein Kassenschlager.«

Rita Haidrich sah ihn böse an. »Heute geht es aber nicht um *Pandora* und schon gar nicht um den Fluch. Es geht um den Ball, die Kinder und um mich.«

»Ja ja, schon gut.« Oswald wandte sich an die Salonière. »Wenn ich unseren Star kurz entführen dürfte … In der

Hölle warten ein paar Gäste schon ganz ungeduldig auf die liebe Rita Haidrich.«

»In der Hölle?« Frau Bernauer runzelte die Stirn.

Oswald lachte. »So heißen die Räumlichkeiten im Souterrain. Die sind nach dem Cabaret benannt, das dort normalerweise residiert. Erst wollten wir den Ball ja eigentlich nur hier oben abhalten, aber dann war die Nachfrage nach Karten so groß, dass wir beschlossen haben, zu erweitern«, erklärte er. »Unser Ausstatter, Herr Jeschek, hat zwar gemurrt, aber für die armen Kinder ist uns kein Aufwand zu groß. Jede Krone zählt.«

Frau Bernauer fasste sich ans Herz. »Sie guter Mann, Gott schütze Sie.«

40

Častolowitz musste sich zusammenreißen, um nicht laut loszulachen. Die Hölle. Die Haidrich ging doch tatsächlich in die Hölle – nicht nur, dass die Ironie einfach zu komisch war, für sein Vorhaben existierte kein besserer Ort. Dort unten war es schön schummrig, und es gab einen Notausgang, der direkt ins Freie führte.

Der Zeitpunkt für die Tat stand fest. In den nächsten paar Minuten würde er sie erledigen, abhauen und wäre sogar noch früher als geplant am Treffpunkt.

»Hast du keine Augen im Kopf?«, zischte er, als das Blumenmädchen ihn anrempelte.

Die Kleine blickte ihn aus großen dunkelbraunen Augen an, fasste in das Weidenkörbchen, das sie bei sich trug, und streckte ihm einen blauen Krokus entgegen. »Für Sie. Zum Anstecken«, sagte sie kleinlaut. »Bitte entschuldigen Sie.«

Častolowitz riss ihr die Blume aus der Hand. »Gib schon her«, sagte er unwirsch.

Dann lief er zu der Treppe, die nach unten führte. Es war an der Zeit, die dumme Schnepfe in die Hölle zu befördern – in die echte.

41

»Na wunderbar. Ich organisiere eine Wohltätigkeitsgala, und du inszenierst dich als der gute Samariter und kassierst die Lorbeeren«, herrschte Rita Haidrich Oswald an. Sie raffte ihre Röcke und schritt in Richtung Souterrain.

»Wenn du ehrlich bist, meine Liebe, war es Herr Jeschek, der die ganze Arbeit hatte.«

Diese Feststellung trug nicht gerade zur Verbesserung ihrer Laune bei. »Du bist so ignorant und undankbar«, sagte sie mit weinerlicher Stimme, als sie den Türsteher passierten, der den Abgang kontrollierte.

Erst als sie den sogenannten Höllensaal betraten, schlich sich wieder ein Lächeln auf ihre Lippen. Während oben im Erdgeschoss pastellfarbene Frühlingsblumen die Szenerie dominierten, war hier alles voller dunkelroter Rosen. Vögel schwebten von der Decke, der Boden war moosbedeckt. Es war wunderschön, beinahe magisch.

Bestens gelaunte Gäste tummelten sich auch hier, und ein Salonorchester spielte eine fetzige Melodie.

Die Anwesenheit der jungen Schauspielerin war nicht unbemerkt geblieben, und ehe sie sichs versah, wurde sie von einer Menschentraube umringt.

»Sie sind in Wirklichkeit noch viel schöner als auf den Plakaten.« Eine ältere Dame, die Federn im Haar trug, strahlte sie an.

»Und dass Sie sich für die armen Kinder einsetzen, ist wirklich rührend«, sagte eine rotwangige Frau, die wohl eine Sonne darstellen wollte.

»Würden Sie später mit mir tanzen?«, fragte ein korpulenter Herr, dessen Kostümierung an den Papageno aus Mozarts Zauberflöte erinnerte. »Es wäre mir eine große Ehre.«

Rita Haidrich schüttelte den Kopf. »Ich muss gleich eine Rede halten. Oben, im großen Saal. Vielleicht später.«

»Aber einen Sekt trinken Sie mit mir.« Es war eher eine Feststellung als eine Frage. Er winkte einem Kellner, steckte ihm einen Kronenschein in die Brusttasche und nahm zwei Gläser von dessen Tablett. In der prickelnden Flüssigkeit tänzelten Hunderte von Bläschen an die Oberfläche. »Zum Wohle. Auf Sie!«

»Warum nicht …« Sie nahm das Glas, das er ihr reichte, und erhob es. »Auf die Kinder!«, brachte sie einen Toast aus, woraufhin die Anwesenden ihr die Köpfe zuwandten.

»Auf die Kinder!«, riefen sie und klatschten.

Der Alkohol schoss ihr gleich in den Kopf und zauberte eine angenehme Wärme in ihren Körper. Es würde schon alles gut gehen. Sie musste einfach ein bisschen mehr Vertrauen haben – vor allem in sich selbst. Lampenfieber gehörte nun mal dazu.

»Vergessen Sie nicht unseren Tanz.« Der Mann verbeugte sich und verschwand in der Menge.

Das Salonorchester spielte die ersten Takte eines bekannten Gassenhauers, und die Gäste applaudierten. »*Denk stets, wenn etwas dir nicht gefällt: Es währt nichts ewig auf dieser Welt*«, stimmte die Sängerin an. »*Der kleinste Ärger, die größte Qual, sind nicht von Dauer, sie enden mal. Drum sei dein Trost, was immer es sei: In fünfzig Jahren ist alles vorbei.*«

Die Gäste lachten und tanzten, und Rita Haidrich hielt nach Oswald Ausschau, der schon wieder in Richtung Journaille verschwunden war. »Ein Grashalm«, murmelte sie und schüttelte den Kopf. »Frisch und knackig… Von wegen.«

Mit einem Mal kam der Ibismann auf sie zugelaufen. Das lange rote Cape, in dessen Knopfloch ein blauer Krokus steckte, wippte im Takt seiner Schritte. Mit einer Hand, an der zwei Finger fehlten, hielt er seine Maske fest, die andere war unter dem Stoff seines Umhangs verborgen.

Er sah wirklich seltsam aus. Rita Haidrich lief ein Schauer über den Rücken.

»Champagner!«, rief jemand, woraufhin ein Korken knallte.

Haidrich taumelte, verlor die Balance und ruderte mit den Armen, doch es gelang ihr nicht, das Gleichgewicht zu halten. Wenn da nicht die als Sonne verkleidete Frau gewesen wäre, die sie beherzt aufgefangen hätte, wäre sie gestürzt.

»Alles in Ordnung, Liebes? Was ist mit Ihnen?«

»Ich glaube, jemand hat mich gestoßen«, sagte Rita Haidrich verwirrt. Zitternd fasste sie sich an die Seite. »Und ich… ich…«

»Es sind aber auch so viele Menschen… Was ist denn, Schätzchen? Was haben Sie?«

Die junge Schauspielerin stöhnte. »Ich weiß nicht«, stieß sie hervor, starrte auf ihre Hand und fing an zu schreien.

Ein Raunen ging durch den Saal, die Musik hörte auf zu spielen, die Gäste reckten ihre Köpfe. Alle redeten gleichzeitig.

»Was ist denn mit ihr?«

»Ich weiß es nicht.«

»O mein Gott. So hilf ihr doch jemand!«

»Ich glaube, sie hat einen Schwächeanfall.«

»Sie hat bestimmt nur zu wenig gegessen heute.«

Rita Haidrich taumelte, riss sich die Maske vom Gesicht und stürzte zu Boden.

Eine Menschentraube bildete sich um sie herum, und es wurde wild durcheinander geredet.

Auf einmal war Oswald da. Er ging in die Knie und erstarrte. »Wir brauchen einen Arzt«, rief er. »Gibt es hier einen Arzt?«

»Ja, ich bin Arzt.« Der korpulente Papageno bahnte sich durch die Gaffer. »Was hat sie denn?«

»B… Blut«, stammelte Oswald. »Sie blutet. Aber ich weiß nicht, wo es herkommt.«

Der Arzt kniete sich ebenfalls nieder, sein Blick wanderte über Rita Haidrichs Körper. Oswald bettete ihren Kopf in seinen Schoß und tätschelte ihre blassen Wangen.

»Was … was ist geschehen?«, hauchte sie, dann wurde ihr Körper von einem Hustenanfall erschüttert. Blutstropfen spritzten auf ihr Dekolleté.

»Ich weiß es nicht.« Oswalds Augen füllten sich mit Tränen. »Aber es wird alles wieder gut.«

»Sie ist verletzt.« Der Arzt wies auf einen roten, feuchten Fleck in Höhe der Rippen, der langsam immer größer wurde. »Jemand soll die Rettungsgesellschaft rufen.«

»Ich kümmere mich darum.« Die Dame in Gelb rannte aus dem Saal.

Eine Frau fing an zu weinen, und das Blumenmädchen schlug die Hände vors Gesicht.

»Der Mann … Vogelmaske …« Blutiger Schaum trat aus Rita Haidrichs Mund.

Oswald legte einen Finger auf ihre Lippen. »Sch«, sagte er. »Nicht reden. Nicht anstrengen.« Er wandte sich an den Arzt. »Was ist passiert? Was hat sie denn?«

»Sieht aus wie eine Schusswunde.« Der Arzt zog ein großes weißes Taschentuch aus seiner Hosentasche und presste es darauf.

»Eine Schusswunde? Aber …«

Stimmengewirr. »Der Mann … Er trug eine Vogelmaske«, rief jemand. »Holt die Polizei.«

Einige Frauen schluchzten, andere flüsterten Gebete.

Rita Haidrich röchelte.

»Es muss ihre Lunge erwischt haben.« Der Arzt presste fester. »Ich fürchte …«

»Rita«, flehte Oswald und schlug ihr auf die Wangen. Erst sanft, dann immer stärker. »Bleib wach. Bitte. Bleib bei mir. Rita?« Mit tränenerstickter Stimme wandte er sich an den Arzt. »So tun Sie doch was, verdammt noch mal. Sie atmet nicht mehr.«

Der Mann fühlte ihren Puls. »Es tut mir leid … Ich kann nichts mehr für sie tun.«

42

Emmerich lag auf seiner Pritsche im Männerwohnheim und versuchte, sich zu entspannen. Die Augen starr an die Decke gerichtet, brachte er seine Gedanken für einen Moment zum Schweigen. Er hatte getan, was er hatte tun können. Alles Weitere lag nicht mehr in seiner Hand.

Dies war die Ruhe vor dem Sturm. Das letzte Atemholen, bevor die finale Schlacht begann.

Damals im Krieg hatte er es geschafft, die drückende Beklommenheit, die ihn und seine Kameraden vor jedem Gefecht überkommen hatte, nicht an sich heranzulassen, doch hier und heute wollte es ihm nicht gelingen. Es stand so viel mehr auf dem Spiel als nur sein Leben.

Unvermittelt musste er an Winter denken. Den zartbesaiteten, unbedarften Winter, der bis zum November des vergangenen Jahres noch nie einen Toten gesehen hatte …

Er erinnerte sich daran, wie sehr er sich damals gegen die Zuweisung des Kleinen gewehrt hatte, bis er dessen wahres Ich kennengelernt hatte. Loyal, grundanständig und zu einhundert Prozent integer – das war er.

Wehe, die drei Schweine hatten ihm auch nur ein Haar gekrümmt …

Leise seufzend stand er auf und fuhr sich mit den Händen übers Gesicht. Er war erschöpft und aufgekratzt zugleich, atmete tief ein und wieder aus und warf einen letzten Blick in den Spiegel. Blass war er, müde und abgespannt, doch vor allem war er eines: nervös.

Alles stand auf dem Spiel. Er musste vertrauen.

Es würde an diesem Abend enden.

So oder so.

»Dem Himmel sei Dank, da bist du ja endlich.« Ludwig setzte sich auf und musterte Emmerich mit besorgter Miene. »Die Namen auf der Liste, sie sind nicht die der Misericordiae Nuntius.«

»Ich weiß«, sagte Emmerich. »Es sind die von Autoren.« Er atmete schwer aus. »Wo ist das Heft?«

»Hier.« Ludwig zog es unter seinem Kopfpolster hervor und überreichte es ihm. Dazu einen Packen Papier, der mit ungelenken, krakeligen Buchstaben beschrieben war. »Das Ganze ist ein glühendes Manifest gegen Leute wie mich«, fasste er zusammen. »Die Menschenwürde wird uns abgesprochen. Ausrotten soll man uns wie lästiges Ungeziefer. Nutzlose Esser seien wir, das Verderben einer gesunden Gesellschaft.« Der Schmerz und der Abscheu, die die Lektüre in ihm ausgelöst hatten, standen ihm im Gesicht geschrieben. »Diese Schweine gehen das wissenschaftlich an. Vererbungslehre, Anthropologie, Medizin und sogar Philosophie und Wirtschaftswissenschaften werden zur Rechtfertigung ihrer Ideologie herangezogen.« Seine Augen glänzten feucht. »Bin ich denn so eine Plage?«

»Und was für eine.« Emmerich fasste ihn an der Schulter. »Dein Schnarchen hält die ganze Meldemannstraße wach.«

Anstatt über den dummen Witz zu lachen, seufzte Ludwig. »Da drin steht nichts über die Morde und auch sonst nichts, das diese Dreckskerle hinter Schloss und Riegel bringen könnte. Man kann damit nur ihr Gedankengut offenbaren, sie bloßstellen und hoffen, dass dadurch weitere Taten verhindert werden. Aber Gerechtigkeit für die Opfer und für Peppi wird es nicht geben.«

Emmerich nickte. »Das hatte ich schon befürchtet.« Und auch wenn das Heft Beweise enthalten hätte, er hätte sie nicht gegen die Ausmerzer einsetzen können. Nicht solange sie Winter hatten. »Drück mir die Daumen. Vielleicht gibt es doch noch einen Weg.« Er klemmte das Manifest unter den Arm und verließ den Raum.

43

Častolowitz verschwand durch den Notausgang, spazierte seelenruhig in eine dunkle Gasse und entledigte sich dort seiner Verkleidung. In dem albernen, unbequemen Gewand war ihm heiß gewesen, aber er musste zugeben, dass es auch äußerst praktisch war. Unter dem Cape hatte er nämlich nicht nur seinen Straßenanzug anbehalten, sondern unauffällig ein paar Requisiten mit sich führen können.

Er klebte sich einen Vollbart und buschige Augenbrauen an und klemmte sich ein Monokel vors Auge. Niemand würde ihn, General Ignatius Častolowitz, von hier fortgehen sehen.

So nonchalant wie möglich lief er an der Secession vorbei, deren goldene Kuppel im Licht der Straßenlaternen glitzerte. VER SACRUM, stand in güldenen Lettern links neben der Eingangstür geschrieben, »heiliger Frühling«. Dank ihm würde dieser nun auch bald in Österreich anbrechen. Die Nation war zerstört, aber nicht besiegt worden. Sie würde sich erheben wie Phönix aus der Asche und ein neues Zeitalter einläuten.

Selbstzufrieden schritt er in Richtung Innenstadt und schwelgte in der Erinnerung an seine Tat. Haidrich hatte es nicht kommen sehen. Dümmlich lächelnd hatte sie im schummrigen Licht der Hölle gestanden und Sekt getrunken. Er war einfach zu ihr hingeschlendert, hatte die Pistole auf sie gerichtet und abgedrückt. Schnell und effektiv. Da hatte selbst der anwesende Arzt nichts mehr ausrichten können. Er sah die Gäste noch immer vor sich: die entgeisterten Mienen, die fassungslosen Blicke, die weit aufgerissenen Münder, eingefroren in einem Zustand zwischen Erkenntnis und Nichtwahrhabenwollen. Ach, hätte er den Augenblick doch nur noch weiter auskosten können.

Voller Vorfreude auf die Berichterstattung in den morgigen Tageszeitungen lief er an dem feudalen Opserntheater, dem berühmten Hotel Sacher und der prunkvollen Albertina vorbei.

»Ach Wien, wie schön du nur bist«, murmelte er in seinen falschen Bart hinein. »Wie erhaben und prächtig. Schon bald wirst du in neuem Glanz erstrahlen.«

Das triumphierende Lächeln blieb bis in die Habsburgergasse auf seinen Lippen und intensivierte sich, als er das Etablissement betrat, das Bahrfeldt als Treffpunkt vorgeschlagen hatte.

Bahrfeldt hatte gut gewählt. Das Lokal war zum Bersten voll, das Licht gedämpft, und dicke Rauchschwaden hingen in der Luft, sodass man keine fünf Meter weit sehen konnte. Viele Gäste tummelten sich zwischen den Marmortischen, die überall im Raum verteilt waren. Es war wundervoll chaotisch und herrlich unübersichtlich.

Častolowitz verzog sich auf die Toilette, nahm den Bart, die buschigen Brauen und das Monokel ab und spülte alles in die Kanalisation. Anschließend wischte er sich die Klebespuren aus dem Gesicht und richtete seine Frisur. Mit stolzgeschwellter Brust betrat er die Gaststube.

Es dauerte einen Augenblick, bis er die beiden anderen entdeckte. Sie saßen, taktisch gut platziert, im dunkelsten

Winkel des Raumes und zwar so, dass ihre Rücken den Blick auf ein potenzielles Gegenüber verdeckten. Niemand würde später sagen können, ob sie zu zweit oder zu dritt dort gewesen waren.

Er tippte Völzer auf die Schulter, woraufhin dieser nervös herumfuhr.

»General Častolowitz«, stieß er hervor. »Halleluja! Und? Alles gut gegangen?«

Častolowitz breitete die Arme aus und neigte den Kopf zur Seite. »Was glauben Sie denn?« Er setzte sich auf die plüschige Bank. »Ein vollkommener Triumph.«

Erleichterung breitete sich auf den Gesichtern von Völzer und Bahrfeldt aus. Beide beugten sich vor und schauten Častolowitz erwartungsvoll an.

»Erzählen Sie«, forderte Völzer. »Wie haben Sie es gemacht?«

»Ich habe sie aus kurzer Distanz erschossen und ihr dabei direkt in die Augen geschaut.«

Völzers Gesicht glühte vor Erregung, während sich Bahrfeldt nicht ganz so begeistert gab. »Wir hatten doch beschlossen, so wenig Risiko wie möglich einzugehen. War es wirklich nötig, sie in aller Öffentlichkeit umzubringen?«

Častolowitz winkte ab und nahm einen Schluck aus der Champagnerflasche, die in einem Eiskübel auf dem Tisch stand. »Es war eng und düster, kostümierte Menschen, wohin man auch blickte. Außerdem weiß ich, was ich tue. Ich bin ein Mann des Krieges. Der Tod ist meine Profession.« Er hob die Flasche. »Auf die Gesundung unserer Nation.«

Als wäre das sein Stichwort gewesen, näherte sich ein dürres Mädchen, das in Lumpen gehüllt war, dem Tisch. »Eine kleine Spende«, bat sie und lehnte sich gegen Völzer.

Dieser verscheuchte sie, als wäre sie ein lästiges Insekt. »Es wird Zeit, dass sich endlich etwas verändert. Nicht einmal hier hat man mehr seine Ruhe.«

Als sie zurückkam und erneut um Almosen bettelte, gab Bahrfeldt ihr eine Münze und schob sie fort.

»Und Haidrich ist wirklich tot?«, hakte er nach. »Nicht nur verletzt?«

»So tot wie Fürst und Abele. Ich habe gesehen, wie Oswald zusammengebrochen ist. Geplärrt hat er, und die Umstehenden haben hysterisch lamentiert. Morgen wird es in allen Zeitungen stehen. Schwarz auf weiß. Und jetzt Schluss mit dem Geseier. Lassen Sie uns anstoßen.«

»Halt«, bremste Bahrfeldt erneut seine Euphorie. »Wir müssen noch bereden, was wir nachher mit den beiden Inspektoren machen.«

»Was gibt es da zu bereden?« Völzer nippte an seinem Glas. »Sie haben es gerade selbst gesagt: Wir dürfen kein Risiko eingehen. Die beiden wissen einfach zu viel.«

»Richtig. Das Risiko ist zu hoch«, konstatierte auch Častolowitz. »Diesem Emmerich ist nicht zu trauen.«

»Ich habe mich umgehört«, sagte Völzer und schenkte nach. »Die beiden sind äußerst unbeliebt in ihrer Abteilung. Ihr Verschwinden wird kein großes Aufsehen erregen. Vor allem nicht, wenn wir es als Unfall inszenieren.«

»Tja«, nickte Častolowitz. »Die Welt ist ein gefährlicher Ort. Fragen Sie doch mal die Haidrich.«

Völzer lachte laut auf und lockte damit zwei stark geschminkte Frauen an den Tisch.

»Solche Prachtexemplare«, sagte die eine, die stark blondiertes Haar hatte.

»Sind Sie schon länger hier?«, fragte die andere.

»Schon seit über einer Stunde.« Častolowitz deutete auf einen freien Platz neben sich. »Aber bisher haben wir noch keine so schönen Damen gesehen wie Sie. Wollen Sie sich vielleicht zu uns setzen und ein Gläschen mit uns trinken?«

Die beiden sahen sich an und kicherten.

»So eine charmante Einladung können wir kaum ausschlagen«, bemerkte die Blonde.

Častolowitz bestellte eine weitere Flasche und Gläser. »Spielen Sie etwas Erbauendes«, rief er dem Mann am Piano zu. Alle Gäste drehten sich zu ihm um.

Im Laufe der nächsten halben Stunde gab Bahrfeldt ein Ständchen zum Besten, und Völzer pöbelte den Kellner an. Als sie sicher waren, einen bleibenden Eindruck hinterlassen zu haben, verließen sie die Bar.

Es gab noch eine letzte Sache zu erledigen.

44

Emmerichs Hände waren schweißnass, sie hinterließen feuchte Flecken auf dem ledernen Einband des Heftes. Er fühlte sich wie damals an der Front, nur dass an diesem Abend keine Kugeln zischten, keine Granaten explodierten und keine Verwundeten schrien. Im Gegenteil. Die Stadt war wie ausgestorben. Dort, wo normalerweise Hufgetrappel und das Rattern von Automobilen zu hören war, herrschte unheimliche Stille.

Er musste Vertrauen haben. Vertrauen – nicht gerade seine Stärke.

»Auf in den Kampf«, murmelte er, ergriff den Anklopfer, der an der Eingangstür des Hofwaffenmuseums hing, einen schweren eisernen Ring, der im Maul eines Löwen steckte, und ließ das Metall so lange gegen das Holz krachen, bis Seebold die Tür aufriss. Eine dicke Schramme zog sich über seine Stirn, sein linker Arm war geschient.

»Ihre Flucht heute Nachmittag werden Sie noch bereuen«, zischte er.

»Wer hier was bereut, werden wir noch sehen.«

»Hat er meinen Wagen?«, tönte Völzers Stimme durch die Feldherrenhalle. »Und hat er das Manifest?«

Emmerich nickte. »Ich halte mich an meine Versprechen.«

Völzer eilte mit verbissener Miene auf ihn zu und streckte seine Hand aus, doch Emmerich schob sie fort.

»Erst will ich Winter sehen.« Er schickte sich an, zur Tapetentür zu eilen.

»Nicht so schnell.« Völzer stellte sich ihm in den Weg und wandte sich an Seebold. »Ist er sauber?«

Der Glatzkopf packte Emmerich so unsanft an der Gurgel, dass dieser nach Luft rang. Er tastete seinen Körper ab, grob, fast schon brutal, und riss seine Pistole aus dem Holster.

»Vorsicht! Meine Zigaretten.« Emmerich steckte das Päckchen, das auf den Boden gefallen war, in seine Brusttasche.

»Grüße aus Vittorio Veneto«, zischte Seebold ihm ins Ohr und trat ihm gegen das verletzte Knie.

Der altbekannte Schmerz fuhr Emmerich durchs Bein, und er stöhnte auf. »Das kriegen Sie zurück.«

Seebold rammte ihm den Lauf der Pistole zwischen die Schulterblätter und riss ihm das Heft aus dem Hosenbund. »Ich glaube kaum, dass Sie dafür noch eine Gelegenheit bekommen werden.«

Völzer nahm Seebold das Manifest aus der Hand und blätterte es rasch durch. »Ich hole Častolowitz und Bahrfeldt«, sagte er schließlich, nachdem er sich davon überzeugt hatte, dass es das richtige Pamphlet war. »Wir treffen uns dann unten.« Er wandte sich an Emmerich. »Wehe, der Wagen hat Schrammen. Für jede Beule verpasse ich Ihnen auch eine, bevor ich Sie …«

Den Weg bis zu dem kleinen Raum legte Emmerich humpelnd zurück. »Vertrauen«, flüsterte er sich selbst zu. »Hab Vertrauen.«

»Das wird Ihnen auch nichts mehr nutzen.« Seebold stieß ihn in das Zimmer.

Emmerichs Aufmerksamkeit richtete sich als Erstes auf Winter, der noch immer gefesselt und geknebelt auf dem Stuhl saß. Sein Gesicht war zerschunden, er zitterte und wirkte wie ein Häuflein Elend. »Halt durch. Alles wird gut.«

Winter nickte schwach. Sein Atem ging schwer, seine Stirn war nass vom Schweiß.

Emmerich wollte noch etwas sagen, doch in diesem Augenblick betraten die Ausmerzer den Raum.

Častolowitz, der das Heft fest in seinen Händen hielt, schaute Emmerich mit zusammengekniffenen Augen an. »Haben Sie ihn durchsucht?« Die Frage richtete sich an Völzer.

»Seebold hat ihn gefilzt.«

»Und er hat keine Verstärkung dabei?«

»Er ist allein gekommen.«

»Geh hinauf«, wies Častolowitz seinen Sekretär an. »Schlag Alarm, falls sich irgendjemand dem Museum nähert.«

»Lassen Sie Inspektor Winter jetzt gehen«, forderte Emmerich. »Ich habe alles getan, was Sie verlangt haben. Jetzt sind Sie dran.«

Častolowitz setzte sich, lehnte sich zurück und betrachtete Emmerich, als wäre dieser ein exotisches Tier, das es zu studieren galt. »Sie überraschen mich. Ich hatte eigentlich gedacht, dass Sie mehr Widerstand leisten würden. Zumindest ein bisschen. Aber umso besser …«

Emmerich atmete tief durch, neigte den Kopf und drehte die Handflächen nach außen. »Nicht dass ich nicht darüber nachgedacht hätte … Ich habe versucht, mir eine Täuschung auszudenken, eine List … Aber um ehrlich zu sein … Ich bin erschöpft, und ich habe Schmerzen.« Ächzend setzte er sich auf einen Stuhl. »Außerdem bin ich ganz allein«, sprach er weiter. »Sie sind zu dritt. Drei wohlhabende, einflussreiche Männer. Was hätte ich schon tun können?«

»Es ist gut zu wissen, wann man geschlagen ist.«

Emmerich rieb seine müden Augen und betrachtete seine Widersacher. »Ein Arzt, ein Politiker, ein General«, zählte er auf. »Ehrenmänner. Halten Sie Ihr Wort. Lassen Sie uns gehen.«

Častolowitz beugte sich zu ihm herüber. »Wissen Sie noch, was ich Ihnen heute früh im Museum erklärt habe?« Ohne auf eine Antwort zu warten, sprach er weiter. »Die heeresgeschichtliche Sammlung ist für jeden Bürger ein relevanter Ort. Man lernt hier fürs Leben. Wenn Sie das doch nur berücksichtigt hätten. Andreas Hofer, Cäsar, Eumenes … Sie alle waren große Feldherren und tapfere Kämpfer, und sie alle verloren ihr Leben, weil sie zu vertrauensselig waren.«

»Das heißt …«

»Tut mir leid, aber Sie sind ein zu großes Risiko.« Častolowitz zog seine Pistole.

Emmerich riss die Augen auf. »Dr. Bahrfeldt …« Verzweifelt blickte er den Arzt an.

»Tut mir leid«, entgegnete dieser. »Wir befinden uns mitten in einem Krieg, und da gibt es nun mal Kollateralschäden.«

»Dann hätten wir das ja geklärt.« Častolowitz richtete seine Waffe auf Winter.

Der gab ein ersticktes Keuchen von sich.

»Nein!«, schrie Emmerich, hechtete über den Tisch und versuchte, Častolowitz' Arm hochzureißen. Doch zu spät.

Ein Schuss krachte. Emmerich stürzte unsanft zu Boden und rappelte sich wieder auf. »Ferdinand!«, rief er. »Bist du getroffen?« Er sah nur, wie dessen Lippen sich bewegten, hörte aber nicht, was er sagte, da seine Ohren von dem lauten Knall rauschten. Wie benommen starrte er auf seinen Assistenten, der ihn aus weit aufgerissenen Augen anblickte. »Ferdinand!« Als er den dunklen Fleck auf Winters Brust wahrnahm, der unaufhaltsam größer wurde, vergaß er alles um sich herum. Bahrfeldt, Völzer, Častolowitz, das Manifest, die Morde … Sie waren nichts als blasse Erinnerungen aus einer anderen Zeit. Das Einzige, was ihm in diesem Augenblick wichtig war, war sein Assistent. »Ferdinand«, flehte er.

Winter reagierte nicht.

Emmerich hörte Völzer verächtlich lachen. »Das haben Sie jetzt davon, dass Sie sich mit den Falschen angelegt haben. Die ganze Sache war von Anfang an eine Nummer zu groß für einen wie Sie.«

Emmerich löste sich aus seiner Schockstarre und presste seine Hände auf die Wunde, Blut sprudelte zwischen seinen Fingern hervor. Warm und feucht. Zumindest konnte er Winters Herzschlag spüren. Er war noch da.

»Bleib bei mir«, bat er. Dann sah er Častolowitz an. »Was haben Sie nur getan? Sie verdammtes Dreckschwein.«

Er ließ seinen Blick zu Bahrfeldt wandern. »So tun Sie doch gefälligst etwas. Sie sind Arzt. Sie haben einen Eid geschworen. Sie müssen ihm helfen!« Winter gab gurgelnde Laute von sich, und Emmerich nahm ihm den Knebel aus dem Mund. »Atme, verdammt noch mal. Atme!«

Doch Winter gab nur noch ein leises Röcheln von sich und kippte mitsamt seinem Stuhl vornüber.

Emmerich ertastete Winters Halsschlagader. Dann gab er einen Laut von sich, der mehr an ein Tier als an einen Menschen erinnerte. Sanft, beinahe zärtlich, strich er seinem Assistenten eine Haarsträhne aus der Stirn, schloss dessen Augen und schnellte hoch. Sein Gesicht zu einer wilden Fratze verzogen, wollte er sich auf Častolowitz stürzen.

Ungerührt richtete dieser seine Waffe auf Emmerichs Brust. Dann drückte er ab.

Emmerich wurde durch die Wucht der Kugel gegen die Wand geschleudert, fasste sich ans Herz und betrachtete dann das Blut an seinen Händen. War es seines? Oder das von Winter?

»Das werdet ihr … werdet ihr …«, keuchte er.

Er wunderte sich darüber, wie schwach seine Stimme klang. Langsam rutschte er auf den Boden, blieb dort sitzen und schloss die Augen. Sein Kopf fiel ihm auf die Brust.

»Gut«, sagte Častolowitz. »Hätten wir das auch erledigt.«

45

»Schade.« Bahrfeldt seufzte. »Sie waren zwei gute Männer. Leider auf der falschen Seite.«

»So ist das nun mal im Krieg«, konstatierte Častolowitz trocken. »Opfer müssen erbracht werden.«

»Und jetzt? Was machen wir jetzt mit ihnen?« Völzer trat mit der Schuhspitze gegen Emmerichs leblosen Körper.

»Ich kenne den Kerl, der die Armengräber auf dem Zentralfriedhof betreut«, sagte Bahrfeldt. »Für ein paar Kronen verscharrt er alles und jeden, für ein paar Kronen mehr stellt er keine Fragen.«

»Ich möchte nicht, dass Außenstehende involviert werden«, sagte Častolowitz. »Seebold soll die Leichen runter nach Albern fahren und dort in die Donau werfen.«

Völzer nickte. »Gute Idee. Am besten, er bringt sie noch weiter raus, vielleicht bis Fischamend. Auf jeden Fall bis hinter den Friedhof der Namenlosen, damit sie nicht mehr im Hafengebiet angespült werden können.«

»Einverstanden«, sagte Bahrfeldt.

»Wunderbar, meine Herren, dann wären wir uns ja einig. Herr Völzer, hätten Sie die Güte, Seebold zu informieren? Herr Bahrfeldt und ich werden in der Zwischenzeit hinauf in den ersten Stock gehen. Die Handwerker haben es nämlich endlich geschafft, mein Büro fertigzustellen.« Er nahm eine Flasche aus dem Weinregal und nickte zufrieden. »Damit wir nachher auf unseren Sieg anstoßen können.«

»Ewig schade«, murmelte Bahrfeldt, als sie den Raum verließen. »Wenn dieser Emmerich nur nicht so borniert gewesen wäre …«

»Sie nehmen Častolowitz' Wagen, nicht meinen«, sagte Völzer zu Seebold, als sie zurück in den kleinen Raum kamen. »Außerdem brauchen Sie …«

Mitten im Satz brach Völzer ab. Mit offenem Mund starrte er auf den Boden. Dort, wo gerade eben noch die beiden Kriminalbeamten gelegen hatten, waren nur noch zwei große Blutlachen zu sehen.

»Von wegen keine Gelegenheit mehr …« Emmerich trat aus dem Schatten, hielt Seebold eine Waffe an die Schläfe und trat ihm in die Kniekehle.

Winter richtete eine Pistole auf Völzer.

Seebold zischte einen derben Fluch, während Völzer mit offenem Mund zwischen Emmerichs blutbesudelter Brust und dessen Gesicht hin und her schaute.

»Aber … aber … wie …? Wie haben Sie …? Und die Waffen …?«

»Die hat uns ein Engel besorgt – immerhin waren wir tot.« Emmerich wandte sich an Winter. »Nimm ihnen alles ab, was sie bei sich tragen, und dann fessle sie.«

Winter tat, wie ihm geheißen. Er zitterte so sehr, dass Emmerich kurz befürchtete, es würde ihm nicht gelingen. Doch irgendwie schaffte er es, das Gewünschte auszuführen.

»Danach sperren wir die Tür ab, und du holst unsere Gäste. Ich werde in der Zwischenzeit raufgehen und die

Herren Bahrfeldt und Častolowitz heimsuchen. Bin schon gespannt, wie sie auf unsere Wiederauferstehung reagieren.« Er grinste. »Bei Ihnen alles klar?«

»Mit wem zur Hölle sprechen Sie da?«, fragte Seebold.

»Mit besagtem Engel.«

Ein leises Lachen drang hinter der Wand hervor, und Völzer wurde blass um die Nase.

46

Emmerich humpelte durch die dunklen Hallen des Museums. Im Mondlicht, das immer wieder von vorbeiziehenden Wolken verfinstert wurde, wirkten die Feldherren, als wären sie zu neuem Leben erwacht, und auch die Figuren in den Gemälden schienen kurz davor zu sein, aus ihren Rahmen zu steigen.

Ein Schauer rann über Emmerichs Rücken, und er rief sich ins Gedächtnis, dass er gerade die einzige Spukgestalt war, die durch das Haus wandelte.

Er stieg die Treppe empor in die sogenannte Ruhmeshalle mit ihren beeindruckenden Fresken und den Marmortafeln, die die Namen von über fünfhundert gefallenen Offizieren trugen. Von dort aus schlich er weiter zu Častolowitz' Büro.

»Schönen Abend, meine Herren«, rief er, während er die Tür aufstieß.

Bahrfeldt und Častolowitz, die an einem schmalen Konferenztisch saßen und Wein tranken, starrten ihn an, als sähen sie einen Geist.

»Ihre Mienen sind unbezahlbar.« Emmerich verzog spöttisch das Gesicht.

»Was zur Hölle …« Častolowitz hatte als Erster seine Sprache wiedergefunden. Sein Blick blieb auf Emmerichs Brust haften. Wie Völzer starrte er ungläubig auf das Blut.

Emmerich schlenderte zu den beiden an den Tisch und trank einen großen Schluck Bordeaux direkt aus der Flasche. »Sterben macht durstig«, sagte er, nahm eine der Zigarren, die in einem aufgeklappten Silberetui vor Bahrfeldt lagen, und zündete sie an. Gemächlich blies er dicke Rauchkringel in die Luft. »Französisch, oh …« Er hielt den Wein hoch. »Sie wissen aber schon, dass Sie damit die Wirtschaft des Feindes ankurbeln?«

»Maul halten!«, schrie Častolowitz. »Mir reicht es ein für alle Mal mit Ihnen.« Er sprang so schnell auf, dass sein Stuhl umkippte und auf den Boden schlug. Dann zog er seine Pistole und richtete sie auf Emmerich. »Stirb, du Hund.« Mit diesen Worten drückte er ab.

Ein Knall erschütterte den Raum, und Emmerich fing an, hysterisch zu lachen.

»Verdammt! Verdammter Scheißkerl … Was soll das?«

Wieder und wieder drückte Častolowitz ab, doch Emmerich dachte einfach nicht daran zu sterben. Wie in Trance stellte Častolowitz seinen Stuhl wieder hin und setzte sich. Bahrfeldt hatte es die Sprache verschlagen.

Ein leises Klopfen an der Tür ließ die beiden Männer jedoch zusammenzucken.

»Es gibt da jemanden, der gerne Grüß Gott sagen möchte.« Emmerich öffnete, und eine schlanke Gestalt in einem langen schwarzen Umhang betrat den Raum. »Ich bin heute Abend nicht der einzige Untote.«

»Ich wollte Ihnen noch einmal ins Gesicht sehen, bevor Sie für immer hinter Gitter wandern.« Rita Haidrich wirkte wie ein Racheengel aus einem mittelalterlichen Gemälde. Ihre Augen waren dunkel umrandet, ihr Mund tiefrot geschminkt. Ihr Haar hatte sie unter einer Kapuze verborgen.

Diese Frau wusste, wie man einen großen Auftritt inszenierte. »Sie sind das erbärmlichste Ungeziefer, das auf dieser Erde kreucht und fleucht.« Sie reckte das Kinn empor. »Und nur damit Sie es wissen: Der Ball war ein Riesenerfolg. Die Gäste haben sich nicht lumpen lassen, haben Tausende von Kronen für die Kinder gespendet. Und wissen Sie, was noch? Ich habe mit diversen Gönnern gesprochen, und wir werden versuchen, gemeinsam die Vorhaben von Frau Abele und Herrn Fürst weiterzuverfolgen. All die Menschen, die Sie ausrotten wollten, werden die Hilfe bekommen, die ihnen zusteht.«

»Aber Sie … ich hab Sie doch … Sie sind doch gestorben … Ich hab es gesehen …« Častolowitz schien die Welt nicht mehr zu verstehen. Er betrachtete seine Luger 08, drehte und wendete sie. „Das … das ist ja gar nicht meine.«

Rita Haidrich holte aus der Tasche ihres Umhangs einen blauen Krokus hervor. »Mit den besten Grüßen von der kleinen Zuzana«, sagte sie und warf Častolowitz die Blume zu.

»Einen Raum voller Statisten, ein paar Filmrequisiten und eine gerissene Meisterdiebin, die Ihre Pistole ausgetauscht hat … Mehr haben wir nicht gebraucht, um Sie in die Irre zu führen.« Emmerich sah die junge Frau an. »Und natürlich eine großartige Schauspielerin.«

»Und Sie haben sich die ganze Zeit über Völzers Unfähigkeit echauffiert«, blaffte Bahrfeldt Častolowitz an. »Wer ist jetzt der größte Blindgänger?«

Častolowitz schien die Bemerkung nicht gehört zu haben. »Das Blumenmädchen …«, überlegte er laut. »Die kleine Bettlerin …« Seine Unterlippe bebte, auf seiner Nase hatten sich Schweißperlen gebildet. »Sie haben nichts in der Hand«, brüllte er schließlich. »Die Jurisdiktion verlangt nach aussagekräftigen Indizien, und über die verfügen Sie nicht.«

»Da wäre ich mir nicht so sicher.« Emmerich nahm noch einen Schluck Wein. »Zuerst sind da einmal der Manschettenknopf und das Manifest.«

»Pah«, spie Častolowitz ihm entgegen. »Mit dem Manschettenknopf kriegen Sie maximal Völzer dran, und das Manifest beweist gar nichts. Es spiegelt unsere Meinung wider, die wir übrigens mit vielen Menschen teilen. Es wird vielleicht einen Eklat verursachen, aber uns nicht hinter Gitter bringen.«

»Möglich. Der Mordversuch an Inspektor Winter und mir wird es aber tun.«

»Da steht Aussage gegen Aussage. Und was denken Sie, wem man eher glauben wird? Drei angesehenen Bürgern, wertvollen Mitgliedern der Gesellschaft, oder zwei heruntergekommenen Kriminalbeamten, die sogar bei den eigenen Kollegen unbeliebt sind?«

»Man wird den Fakten glauben.« Emmerich trat zur Seite, und hinter ihm kam eine winzige Frau zum Vorschein, die ein undefinierbares Gerät in ihren Armen hielt. »Darf ich vorstellen: Das großartige Fräulein Melek samt einem Wunder der modernen Technik.«

Die kleine Dame machte einen Knicks. »Mögen Sie im hintersten Kerkerloch elendiglich verrecken.«

»Herr Oswald hat mir einen Gefallen geschuldet und war daher so freundlich, uns seine neueste Erfindung zu borgen, diesen hocheffizienten Apparat zur Aufzeichnung von Geräuschen und Gesprächen. Anschließend mussten wir nur noch den oberirdischen Ausgang des Lüftungsschachtes finden«, sprach Emmerich weiter. »Alles andere war ziemlich einfach.«

»Das sagen Sie«, empörte sich Fräulein Melek. »Sie mussten ja nicht mit diesem schweren Ding, einem Beutel voller Kunstblut und zwei geladenen Pistolen durch das schmale Rohr klettern, anschließend Herrn Winter einweihen und dann auch noch das komplizierte Gerät bedienen.«

Emmerich lächelte. »Fräulein Melek hat ein wahres Wunder vollbracht«, verpasste er dem Satz ein neues Ende.

Bahrfeldt vergrub sein Gesicht in den Händen, und Častolowitz starrte ausdruckslos ins Leere.

»Es sind nicht immer nur die Stärksten oder die Klügsten, die am Schluss siegen«, bemerkte Emmerich. »Was genauso zielführend sein kann, sind Geschick, Mut und Kooperation.« Er wandte sich an Winter, der in der Tür stehen geblieben war. »Würdest du die werten Herren Kollegen über unser Abenteuer informieren?«

Winter nickte, hob den Hörer von Častolowitz' Telefon ab und bat das Fräulein vom Amt, ihn mit der Abteilung »Leib und Leben« zu verbinden.

Rita Haidrich zeigte auf Emmerichs Hemd. »Herr Jeschek ist ein wahrer Künstler im Herstellen von Theaterblut – der beste in der Branche.« Ein Lächeln schlich sich auf ihr dramatisch geschminktes Gesicht, und sie nahm Emmerich die Weinflasche aus der Hand. »Auf Fräulein Melek und Sie beide. Schön, dass Sie noch leben.«

»Das kann ich nur zurückgeben.« Emmerich zog das Zigarettenpäckchen, in dem er die Farbkapsel versteckt hatte, aus seiner Brusttasche und betrachtete es mit einem breiten Grinsen.

»Sie sind unterwegs.« Winter nahm die Armschlinge ab und warf sie achtlos in eine Ecke. Er schien sie nicht mehr zu benötigen. »Ich kann es kaum erwarten, Brühls Gesicht zu sehen.«

Freitag,
26. März 1920

47

Als der Türriegel aufgeschoben wurde, zuckte Peppi zusammen. Nicht nur wegen des unerwarteten Geräusches, sondern weil er das Schlimmste fürchtete.

»Waschtag«, hörte er die Stimme jenes Wärters, der ihn letztes Mal so unbarmherzig zur Schlachtbank geführt hatte.

»Lieber nicht«, hoffte er, das Unabwendbare noch einmal zu umschiffen. »Lassen Sie an meiner statt jemand anderen duschen. Jemanden, der es nötiger hat.«

»Nix da. Unhygienisch gibt's hier nicht.«

Peppi betrachtete den ungezieferverseuchten Strohsack und den stinkenden Abortkübel und verkniff sich eine schnippische Antwort.

»Worauf wartest? Los jetzt.«

Peppi wollte nicht. Doch hatte er eine Wahl? Wenn er nicht freiwillig ging, würde der Wärter ihn in die Waschräume prügeln. »Ich fühl mich krank«, log er und tat so, als würde er husten.

»Umso wichtiger, dass dich wascht. Los jetzt! Ich wart' ned ewig. Entweder du kommst freiwillig, oder ich hol dich mit Gewalt.«

Peppi sah ein, dass Widerstand zwecklos war, und stand auf.

Als sie die langen Flure durchschritten, fühlte Peppi sich

wie ein Delinquent, der zu seiner Hinrichtung geführt wird. Mit gesenktem Haupt setzte er einen Fuß vor den anderen und betete still ein *Vaterunser*.

Sie gelangten ins Untergeschoss und betraten jenen Bereich, in dem die Häftlinge ihre Kleider ablegten. Hier nahm der Wärter dem Gefangenen die Kette ab, wartete, bis er sich ausgezogen hatte, und klopfte ihm mit dem Schlagstock gegen den Rücken.

Peppi stolperte in den Duschraum, ein großes Gewölbe, in dem es keine räumlichen Abtrennungen gab. Eine einsame Glühbirne verbreitete nur schwaches, diffuses Licht.

Auf den ersten Blick schien alles gut zu sein. Er war allein. Nirgendwo waren andere Häftlinge zu sehen. Vorsichtig, um auf den nassen Fliesen nicht auszurutschen, ging er zu einem der Rohre, die unterhalb der Decke angebracht waren, und drehte an dem Ventil, das das Wasser zum Laufen bringen sollte. Je schneller er fertig war desto besser.

»He, Monster!«

Peppi drehte sich langsam um und kniff sein Auge zusammen. Hinter einer der Betonsäulen, die die Decke stützten, traten die zwei miesen Kerle, die ihn im Hof bedroht hatten, hervor, und sie hatten Verstärkung mitgebracht. Schemenhaft konnte er hinter ihnen einen breitschultrigen Mann ausmachen.

»Du hast doch wohl nicht geglaubt, du würdest ungeschoren davonkommen?«

Peppi dachte an Adelheid, seine Freunde aus der Meldemannstraße und an das schöne Leben, das er nun doch nicht mehr würde führen können. Nackt und ehrlos in einem schmutzigen, gekachelten Raum würde er also sein

Ende finden. Ach, wäre er doch nur damals an der Ostfront den Heldentod gestorben.

»Macht schnell«, murmelte er.

»Halt!«, durchschnitt plötzlich eine Stimme die angespannte Stille.

Zwei Polizisten stürmten in das Kellergewölbe. Peppi hatte sie noch nie zuvor gesehen.

»Weg da!«, schrie der Ältere der beiden und zog seine Dienstwaffe. »Weg von dem Mann.«

Tatsächlich hoben die Angreifer ihre Hände.

»Geht es Ihnen gut?« Der Jüngere legte beinahe sanft seine Hand auf Peppis Schulter.

Peppi, der nicht verstand, was gerade geschah, nickte.

»Gut. Dann kommen Sie jetzt bitte mit.« Der Polizist führte ihn in den Umkleideraum und reichte ihm ein frisches, sauberes Gewand. »Ihre Entlassungspapiere werden gerade vorbereitet.«

Konnte es wirklich sein? Hatte dieser Albtraum tatsächlich ein Ende? Peppis Augen füllten sich mit Tränen. Dieses Mal nicht vor Verzweiflung, sondern vor Erleichterung und Freude.

Der junge Polizist wartete, bis er sich angezogen hatte, und begleitete ihn hinaus – nicht in den Zellentrakt, sondern in den sogenannten Freiheitsgang, der auf die Straße führte. Ins Leben. In die Zukunft, wo die Wege unbegrenzt waren und die Welt unendlich schien. »Ich wünsche Ihnen alles Gute«, sagte er und schickte sich an zu gehen.

Peppi, dem die Worte fehlten, nickte.

»Ach ja, das Wichtigste hätte ich fast vergessen.« Der Polizist drehte sich noch einmal um. »Schöne Grüße von Herrn Emmerich.«

Montag,
29. März 1920

48

»Noch immer keine Klärung in Deutschland«, rief ein Zeitungsjunge, der sich an der Ecke Roßauer Lände und Berggasse platziert hatte. »Kaiser Wilhelm in Doorn interniert, Odessa von den Ukrainern besetzt, Einführung der Sommerzeit Mitte April.«

Emmerich kaufte ihm eine Ausgabe ab und blätterte sie einmal durch. Von der Verhaftung der Ausmerzer hatte die Presse offenbar noch keinen Wind bekommen.

Er warf ein paar Münzen in den Hut einer blinden Bettlerin, die vor dem Kommissariat leise vor sich hin sang.

»Im Prater blüh'n wieder die Bäume. In Sievering grünt schon der Wein. Da kommen die seligen Träume, es muss wieder Frühlingszeit sein.«

Ja, das musste es. Die Temperaturen hatten sich am Wochenende der Jahreszeit angepasst, die Sonne ließ sich an diesem Morgen auch endlich blicken.

»Guten Morgen, Fräulein Grete. Hübsch schauen Sie aus.« Emmerich warf einen Blick in das Amtszimmer, fasste sich an die Mütze und ging weiter.

»Emmerich. Wer sonst«, stellte Gonska fest, als Emmerich, ohne anzuklopfen, sein Büro betrat. Er lächelte milde und deutete auf einen Stuhl.

»Ich wollte mich nur nach dem Stand der Dinge erkundigen.« Emmerich setzte sich, fasste hinter sein Ohr und zog eine Zigarette hervor. Er betrachtete sie kurz, sah Gonska an und steckte sie wieder zurück.

Sein Vorgesetzter nickte wohlwollend. »Emmerich, Emmerich«, sagte er und lachte. »Immer für eine Überraschung gut. So schnell wird Sie hier drinnen wohl keiner mehr unterschätzen. Obwohl, es tut mir leid, ich muss es sagen, die Methoden, mit denen Sie den Fall gelöst haben, recht bedenklich waren.«

»Ich würde sie eher unkonventionell nennen.«

Gonska seufzte. »Wie auch immer. Es wird Sie freuen zu hören, dass das Aufnahmegerät tatsächlich den Mordversuch an Ihnen und Herrn Winter aufgezeichnet hat.« Er strich sich über den Bart. Etwas Unausgesprochenes blieb in der Luft hängen.

»Aber?«

»Herr Častolowitz behauptet, das sei nicht seine Stimme. Seine Anwälte haben gegen sämtliche Anklagepunkte Einspruch erhoben. Wie es aussieht, kommen er und die anderen vorläufig frei.«

Emmerich schnaubte. »Das sind verdammte Mörder, elende Menschenfeinde.«

»Vorläufig, habe ich gesagt«, versuchte Gonska ihn zu beruhigen. »Außerdem habe ich mehrere Männer auf die drei angesetzt. Sie werden rund um die Uhr überwacht. Es wird zu keinen weiteren Morden kommen.«

»Aber auch zu keinen Verurteilungen.« Emmerich verschränkte die Arme vor der Brust und verzog verächtlich den Mund. »Die Reichen und Mächtigen haben es sich schon immer richten können. Das war bereits in der Monarchie so und wird in der Republik auch nicht anders werden. Von wegen schöne neue Welt.«

»Brühl und seine Leute sind gerade dabei, sämtliche Beweisstücke neu zu interpretieren. Haben Sie Vertrauen. Die werden schon etwas Verwertbares finden.«

Emmerich rollte mit den Augen. »Was ist mit Navratil?«

»Dem geht es den Umständen entsprechend gut. Ich habe mich dafür eingesetzt, dass ihm eine kleine Entschädigung zugesprochen wird.«

Emmerich nickte. »Dann gibt es wenigstens etwas Gutes zu vermelden.«

»Es gibt noch mehr.« Gonska öffnete eine Schreibtischschublade und holte einen Schlüssel daraus hervor. »Es ist nichts Besonderes. Um ehrlich zu sein, ist es eine ehemalige Besenkammer, es gab auf die Schnelle nichts Besseres. Sobald ein richtiges Büro frei wird, gehört es Ihnen und Herrn Winter.«

Emmerich nahm den Schlüssel und stand auf. Er konnte es kaum erwarten, sein neues Reich zu betreten.

»Nicht so schnell.« Gonska hielt ihm einen Aktenordner entgegen. »In den frühen Morgenstunden hat sich an der Universität ein Mord ereignet. Die Spurensicherung war bereits dort. Richten Sie sich kurz ein und gehen Sie danach zum Ring des 12. November. Kümmern Sie sich um die Ermittlungen.«

Emmerich nickte. Ein leises Lächeln schlich sich auf seine Lippen. Endlich. Er hatte es geschafft. Ein eigenes Büro und die Leitung eines großen Falls. »Sehr wohl«, sagte er und verließ den Raum.

»Dieses Mal Dienst nach Vorschrift«, rief Gonska ihm hinterher. »Keine unkonventionellen Methoden mehr.«

»Mal sehen, welche Maßnahmen nötig sein werden.«

Auf dem Flur kam Brühl ihm entgegen. Er tat so, als wäre er in eine Akte vertieft.

»Guten Morgen, Herr Kollege«, rief Emmerich so laut, dass seine Worte von den Wänden widerhallten.

Brühl sah hoch und schnaubte.

»Ich habe gehört, Sie kümmern sich jetzt um Častolowitz und Konsorten. Sagen Sie Bescheid, falls Sie Hilfe brauchen. Immerhin kenn ich die drei jetzt besser, als mir lieb ist.«

»Wir kriegen das schon allein auf die Reihe.« Brühl blähte seine Nasenflügel und schickte sich an weiterzugehen.

»Wenn nicht, sind Sie jederzeit in unserem neuen Büro willkommen. Und bringen Sie gern Kaffee mit. Wir werden diese Woche kaum Zeit finden, uns selbst einen zu kochen. Gonska hat uns nämlich den Universitätsmord zugeteilt. Der Fall wird viel Arbeit machen.« Er grinste und wedelte mit dem Aktenordner.

»Spielen Sie sich nicht so auf, Emmerich, nur weil das Glück Ihnen einmal hold war«, zischte Brühl. »Die Zeit wird zeigen, was Sie wirklich draufhaben.«

»Das wird sie«. Emmerich zündete sich seine Zigarette an und lief den Flur entlang. Am Ende befand sich eine unscheinbare Tür mit einem Schild, auf dem sein Name stand: RAYONSINSPEKTOR A. EMMERICH.

Zufrieden betrat er den dahinterliegenden Raum. Er war winzig und besaß nur ein schmales Fensterchen, doch es war sein eigenes Reich, in dem er sich sofort daheim fühlte. Eine seltene Empfindung, die er für einen Augenblick stillschweigend genoss.

»Klein, aber fein.« Winter war in der Tür erschienen und

ließ seinen Blick über den schiefen Schreibtisch und die deckenhohen Regale wandern, die voller Staub und Schmutz waren. »Ein bisschen putzen müssen wir noch, aber dann wird es sicher gemütlich.«

»Das wird es.« Emmerich öffnete das Fenster, von dem aus man auf den Donaukanal blickte, und ließ die frische Luft hereinströmen. Weiter unten sang die Bettlerin unermüdlich.

»Im Prater blühn wieder die Bäume, es leuchtet ihr duftendes Grün. Drum küss, nur küss, nicht säume, denn Frühling ist wieder in Wien.«

Epilog

Die Dunkelheit hatte endgültig ihre Schwingen über die Stadt gebreitet. Die anständigen Leute – zumindest jene, die sich dafür hielten – zogen sich in ihre vier Wände zurück und überließen den Gestalten der Nacht die Bühne: Prostituierte brachten sich an den Straßenecken in Position, Schleichhändler priesen ihre Waren an, und Einbrecherbanden machten sich auf die Suche nach lukrativen Einnahmequellen.

Überall luden Tanzbars mit bunten Leuchtschriften zum Feiern ein, und jene, die es sich leisten konnten, gönnten sich Champagner, Musik und schöne Frauen.

Als Emmerich an solch einer Bar vorbeikam, wurde gerade die Tür geöffnet. Die verrauchte Luft, die auf die Gasse strömte, war voll von Gelächter, Gesang und fremden Sprachen. Der Türsteher winkte ihn heran, doch Emmerich schüttelte den Kopf. Ihm stand der Sinn nicht nach Amüsement, sein Kopf war mit etwas anderem beschäftigt – Luise.

In den vergangenen Tagen war er immer wieder an ihrem Haus vorbeigegangen, aber nie hatte eine Kerze im Fenster gestanden. Auch sonst hatte er kein Lebenszeichen von ihr oder den Kindern ausmachen können.

Irgendetwas stimmte nicht. Und an diesem Abend war er fest entschlossen herauszufinden, was das war.

Er huschte zur Eingangstür, die wie immer ein Stück offen stand, und betrat seine alte Wohnstätte. Leise, die Waffe im Anschlag, humpelte er über die Treppe. Luises Worte klangen ihm im Ohr. *Ich weiß nicht, was sie in Russland mit ihm angestellt haben, aber glaub mir: Xaver ist zu allem fähig.*

»Herr Emmerich?«

Er fuhr herum. Hinter ihm stand seine ehemalige Nachbarin, Frau Ganglberger. Sie schien überrascht, aber nicht unerfreut darüber zu sein, ihn zu sehen. Schnell ließ er seine Waffe in der Manteltasche verschwinden.

»Was tun denn Sie hier?«, fragte sie.

»Ich will sichergehen, dass es Luise und den Kindern gut geht.«

Sie runzelte die Stirn und legte den Kopf schief. »Ich versteh nicht ganz.«

Er beugte sich nah an ihr Ohr. »Ich will sichergehen, dass es Luise und den Kindern gut geht«, wiederholte er.

»I bin ned derisch«, raunzte sie. »Was ich meinte, ist, dass die nicht da sind. Die sind weg.«

»Jetzt? Um diese Zeit?«

»Ach herrje.« Frau Ganglberger schlug die Hände zusammen. »Sie Ärmster wissen es gar nicht.«

»Was? Was weiß ich nicht?« Emmerichs Puls ging schneller, ein nervöses Kribbeln erfüllte seinen Bauch.

»Na, die sind ausgezogen. Alle zusammen. Vorgestern. Hals über Kopf. Die Luise hat sich dagegen gesträubt, aber wenn der Xaver was will, dann ham alle zu gehorchen. Sonst …« Sie ließ ihre Hand durch die Luft sausen, als würde sie ein unsichtbares Gegenüber ohrfeigen.

»Und wohin?«

Sie zuckte mit den Schultern. »Dasselbe hat die Luise auch gefragt, aber der Xaver hat gebrüllt, dass sie das nicht zu interessieren hat.« Sie tätschelte seinen Oberarm. »Ach, Herr Emmerich, mit Ihnen war die arme Frau so viel besser dran. Und die lieben Kinder erst.« Sie gab einen Seufzer von sich.

Emmerich scherte sich nicht weiter um seine ehemalige Nachbarin. Er stürmte die letzten paar Stufen hoch und trat mit seinem gesunden Bein so lange gegen die Wohnungstür, bis das Schloss nachgab.

Tatsächlich waren sämtliche Möbel, Kleider und persönlichen Gegenstände verschwunden. Nur ein paar Putzlappen und zusammengeknülltes Zeitungspapier lagen auf den abgewetzten Dielen.

»Nein«, murmelte er. »Nein.« Das durfte nicht sein. Wo hatte Xaver sie hingebracht? In einen anderen Bezirk, eine andere Stadt, ein anderes Land? Was hatte er ihnen angetan?

Er trat ans Fenster, ballte seine Hände zu Fäusten und starrte hinaus. Eine ungeahnte Kraft nahm von ihm Besitz. Völlig egal, was er tun, ganz gleich, wohin er gehen und welche Hebel er in Bewegung setzen musste. Er würde seine Familie finden und Xaver zum Teufel jagen.

Diese Geschichte war noch nicht zu Ende.

Nachwort

Viele der beschriebenen Be- und Gegebenheiten beruhen auf Tatsachen. Der Nachkriegsalltag in Wien war von Hunger und Not geprägt. Die Wirtschaft lag brach, es herrschte Wohnungsmangel, und die Arbeitslosenzahlen waren hoch wie nie.

Als es am 13. März 1920 in Berlin zum konterrevolutionären Kapp-Putsch kam, dessen Ziel es war, die Weimarer Republik aufzulösen und durch eine Militärdiktatur zu ersetzen, verschärfte sich die Situation. Um den Umsturzversuch zu vereiteln, rief die deutsche Arbeiterschaft zu einem Generalstreik auf, der schwerwiegende Auswirkungen auf Österreich hatte. Nicht nur dass die ideologischen Gegensätze der Großparteien immer stärker hervortraten, es kam auch zu Engpässen in der Versorgungslage. Lebensmittelhilfen verzögerten sich, die unterbundene Kohlenzufuhr aus Oberschlesien verursachte eine schwere Energiekrise. Fabriken mussten ihre Tätigkeit einstellen. Um Strom und Gas zu sparen, war in Lokalen nach acht Uhr abends ausschließlich Karbidbeleuchtung erlaubt, und die Straßenbahnen – sofern sie überhaupt fuhren – stellten spätestens um halb zehn den Verkehr ein.

Heute ist kaum vorstellbar, dass die meisten Mieter damals tatsächlich keinen eigenen Haustorschlüssel besaßen. Missachteten sie die Sperrstunde (meist 21 Uhr), so hatten sie dem Hausmeister für das Öffnen der Eingangstür ein Entgelt, das sogenannte Sperrsechserl, zu bezahlen – der Name stammt von der ursprünglichen Summe von sechs Kreuzern.

Was die Hochöfen der Ziegelwerke anbelangt, so gab es tatsächlich obdachlose Männer und Frauen, die darin Zuflucht suchten. Der Journalist Emil Kläger (1880–1936), beschreibt in seinem Buch *Durch die Wiener Quartiere des Elends und Verbrechens – ein Wanderbuch aus dem Jenseits* von ihren Lebensumständen.

Es gab zum Glück auch positive Entwicklungen zu vermelden. So kam es nach dem Krieg durch die schwache Währung zu einem Boom der Filmindustrie. Mit einhundertzweiundvierzig gedrehten Streifen war 1920 das produktivste Jahr in der österreichischen Filmgeschichte, und das kleine Land wurde für kurze Zeit zu einer der weltweit führenden Filmnationen.

Nicht nur Dinge und Ereignisse, auch viele der im Buch beschriebenen Orte entspringen der Realität. So befand sich in der Meldemannstraße 27, 1200 Wien, wirklich ein Männerwohnheim. Schaurige Berühmtheit erlangte es durch die Tatsache, dass von 1910 bis 1913 kein Geringerer als Adolf Hitler dort lebte.

Die Rote Bretze (Grundsteingasse 25, 1160 Wien) war ein beliebtes Volkssängerlokal. Sie existierte genauso wie das Römerbad (Holzhausergasse 4–6, 1020 Wien) und die Chatham Bar (Dorotheergasse 6, 1010 Wien), in deren Räumlichkeiten sich heute das berühmte Café Hawelka befindet.

Noch immer gibt es den Böhmischen Prater (Laaer Wald 216, 1100 Wien) und das Hofwaffenmuseum (Arsenal

Objekt 1, 1030 Wien). Letzteres wurde 1921 unter dem Namen Österreichisches Heeresmuseum wiedereröffnet. Seit 1946 ist es als Heeresgeschichtliches Museum bekannt.

Das Kernthema des Buches ist der Krieg gegen die Minderwertigen. Die meisten von uns verknüpfen diesen Terminus mit der Zeit des Nationalsozialismus, in Wahrheit ist die Idee der Volksgesundheit aber viel älter – bereits die Spartaner im antiken Griechenland betrieben eine strenge Auslese. Während viele Politiker zu Beginn des 20. Jahrhunderts den Weg der »positiven Eugenik« einschlugen (Förderung der Tüchtigen), gab es leider auch schwarze Schafe, deren Gedankengut weitaus radikaler und menschenverachtender war. Lassen Sie uns gemeinsam daran arbeiten, dass solche Stimmen für immer verstummen, und halten wir es mit Peter Kropotkin, dem Autor von *Mutual Aid: A Factor of Evolution*, der einst sagte: *Competition is the law of the jungle, but cooperation is the law of civilization.*

Ich hätte das Buch ohne die Berichte und Beschreibungen von Zeitzeugen nicht verfassen können. Allen voran sind die beiden Pioniere der Sozialreportage Max Winter und Emil Kläger zu nennen, doch auch andere Autoren und Historiker wie Josef Roth, Hugo Bettauer oder Alfons Petzold haben mir durch ihre Werke wichtige Einblicke in die damalige Zeit vermittelt.

Eine weitere sehr große Hilfe stellte ANNO (AustriaN Newspapers Online), der virtuelle Zeitungslesesaal der Österreichischen Nationalbibliothek, dar. Dort kann man kostenlos auf über eine Million Ausgaben von mehr als sechshundert historischen Zeitungen und Zeitschriften zugreifen.

Danke

Es gibt Menschen, ohne die dieses Buch nicht das wäre, was es jetzt ist.

Allen voran gilt mein Dank meinem Agenten Kai Gathemann, dem Mann, der alles möglich macht, der motivieren kann wie kein anderer und immer das richtige Wort zur richtigen Zeit findet.

Bei Berit Böhm, Jana Breunig, Nicole Geismann, Dagmar Niesner, Kristin Rosenhahn, Astrid von Willmann und dem gesamten Team von Limes / Blanvalet möchte ich mich für ihre wundervolle Arbeit und ihr Engagement für Emmerich & Co. bedanken.

Mein Dank gilt auch Paul Gaudernak von Random House Audio, der das Hörbuch so toll betreut, und Cornelius Obonya, der die Geschichte so facettenreich eingesprochen hat.

Einen wertvollen Beitrag hat Margit von Cossart geleistet, die mit viel Geduld und Verständnis für den historischen Kontext das Manuskript auf Hochglanz poliert hat.

Many thanks to Gesche Wendebourg e mille grazie a Susanne Seggewiss.

Tausend Dankeschöns gelten auch Kerstin Breyer für ihren unermüdlichen Einsatz, die vielen geöffneten Türen und das immer offene Ohr.

Zu guter Letzt geht ein riesiges Dankeschön an die allerwichtigsten Menschen in meinem Beruf – und das sind meine Leser. Ihr seid die Größten!

Alex Beer

Quellenangaben

Der gute Kamerad
Text: Ludwig Uhland (1787–1862)
Musik: Friedrich Silcher (1789–1860)

Kaiserhymne
Text: Johann Gabriel Seidl (1804–1875)
Musik: Joseph Haydn (1732–1809)

Ich bin ein Zigeunerkind (aus der Operette *Zigeunerliebe*)
Text: Alfred Maria Willner (1859–1929)
Musik: Franz Lehár (1870–1948)

Nimm Zigeuner deine Geige (aus der Operette *Die Csárdásfürstin*)
Text: Leo Stein (1861–1921) und Bela Jenbach (1871–1943)
Musik: Emmerich Kálmán (1870–1948)

Wir setzen uns mit Tränen nieder (aus der *Matthäus-Passion*)
Text: Christian Henrici (1700–1764)
Musik: Johann Sebastian Bach (1685–1750)

Wiener Hetärenlied (ca. 1895)
Musik und Text: unbekannt

Spiel ich die Unschuld vom Lande (aus der Operette *Die Fledermaus*)
Text: Richard Genée (1823–1895)
Musik: Johann Strauss, Sohn (1825–1899)

In fünfzig Jahren ist alles vorbei
Text und Musik: Otto Reutter (1870–1931)

Im Prater blüh'n wieder die Bäume
Text und Musik: Robert Stolz (1880–1975)